# 서경시화
## 西京詩話

# 서경시화

## 평양의 시와 인물들

김점 지음

장유승 옮김

성균관대학교
출 판 부

# 목차

# 서설[*]

## 1. 머리말

『서경시화』는 조선시대 평안도의 인물과 문학을 정리한 책으로, 한시와
이를 둘러싼 이야기가 주를 이루는 시화서이다. 이 책에 등장하는 평안
도 문인은 100여 명, 인용한 시는 300여 수가 넘는다. 시기적으로는 고
대부터 저자가 살았던 18세기까지를 망라한다. 『서경시화』는 평안도
지역문학의 집대성이라는 일관된 주제의식 하에서 편찬된 체계적인 문
학비평서이며, 그 자체로 하나의 지방문학사를 구성한다.

　지역의 문학을 정리하겠다는 확실한 목적의식 하에 편찬된 조선시
대 시화서는 『서경시화』가 유일하며, 이는 역시 지역 단위로 편찬된 유
일한 시선집이 함경도의 『관북시선(關北詩選)』이라는 점과 관련하여 시
사하는 바가 크다. 조선시대 평안도와 함경도는 모두 소외된 지역이었
다. 이는 소외에서 비롯된 지역정체성에 대한 자각이 지역문학과 밀접
한 관련을 맺고 있으며, 나아가 지역문화 발전의 원동력이 되었을 가능
성을 제기한다. 이 글에서는 『서경시화』의 자료적 성격과 이 책이 서술
하는 평안도의 문학사를 개괄한다.

---

[*] 이 글은 필자의 「『서경시화』 연구 – 지역문학사적 성격을 중심으로」(『한국한문학연구』 36집, 한
국한문학회, 2005)를 수정 보완한 것이다.

## 2. 『서경시화』의 자료적 성격

『서경시화』는 3권 1책의 필사본으로, 고 정병욱 교수 소장의 유일본이다. 이 책은『한국시화총편』에 수록되어 오래 전부터 공개되었으나, 문학사에서 언급조차 드문 평안도 지역의 시화였던 탓에 처음에는 연구자의 관심을 끌지 못했다. 이후 시화 연구가 활발해지면서 편자의 시론과 비평관, 그리고 비평의 실제를 개괄한 선행연구를 시작으로, 편자 김점의 생애,『서경시화』의 지역문학사 인식, 편찬과정과 인용서목에 대한 검토가 이루어졌다. 그간 단일한 텍스트로 알려졌던『서경시화』에 『칠옹냉설』이라는 별도의 저작이 포함되어 있다는 사실을 밝힌 것도 주목할 만한 성과이다. 이 장에서는 선행연구를 참조하여『서경시화』의 편자와 편찬동기, 그리고 구성과 내용상의 특징을 살펴본다.

『서경시화』의 편자 김점(金漸, 1695~?)은 평양 출신이다. 본관은 김해(金海), 자는 중홍(仲鴻), 호는 현포(玄圃)이다. 그는 어려서 중부(仲父)에게 수학하고, 열예닐곱 무렵 평안도 지역에서 시명(詩名)이 높았던 허절(許晢)을 사사하여 문학적 재능을 인정받았다. 김점은 자신이 시단에 명성을 떨치게 된 것은 모두 허절의 힘이라고 하여, 그에게 많은 영향을 받았음을 시사했다. 김점은 허절 이외에 자신과 사우로 지낸 인물로 이시항(李時恒), 임익빈(林益彬), 허휘(許徽), 김초직(金楚直), 강간(康侃) 등을 거론했는데, 모두『서경시화』에서 비중 있게 다룬 조선 후기 평안도의 유명 문인들이다.

김점은 1717년 평안도관찰사로 부임한 김유(金楺)와 사제의 인연을 맺었다. 1721년 진사시에 합격하여 성균관에 입학했지만 끝내 문과에 급제하지는 못했다. 80세 되던 1774년, 김점은 평안도관찰사로 부임한 채제공(蔡濟恭)을 만날 기회를 얻게 되었는데, 채제공은 그의 저술 10책을 열람하고 그 문장의 뛰어남에 감탄하는 한편, 차별로 말미암은 그의 불우한 신세를 안타까워했다. 얼마 후 김점이 죽자, 채제공은 그 아들의 부탁으로 문집의 서문을 써주었다. 김점의 문집은 현재 전하지 않는다.

김점이 지역문학 정리 작업의 필요성을 절감하고 자료 수집에 착수한 것은 비교적 젊은 시절의 일이다. 그는 1728년에 쓴 『서경시화』의 첫 번째 서문에서, 평양 문인들의 문학적 성취가 제대로 알려지지 않아 장차 이들의 행적이 민멸될 것을 우려하여 이 책을 편찬한다고 밝혔다. 이 해 일차적으로 편찬을 완료했으나 수록 대상이 평양의 문인에 한정되었다는 점을 스스로 문제 삼고, 평안도 일대로 범위를 넓혀 5년 뒤인 1733년 증보를 마쳤다.

『서경시화』는 지역문화 전통의 우수성을 알리기 위해 편찬된 저술이면서도 그 초점이 철저히 문학적 측면에 집중되어 있다는 점이 특징적이다. 대개의 시화서는 일화잡기류의 내용이 다수 포함되어 있으며, 순수한 문학비평만으로 구성된 경우는 드문 편이다. 그러나 『서경시화』는 조선 후기의 어떤 시화서와 비교하더라도 전문적인 문학비평서로서의 성격이 두드러진다.

『서경시화』가 비교적 체계적인 문학비평서라는 사실은 우선 그 구성에서 확인된다. 『서경시화』는 3권과 보록(補錄)으로 구성되어 있는데, 각 권은 서로 구분되는 내용으로 일관된 맥락을 유지하고 있으며, 대체로 시대 순으로 서술하고 있다.

권1~3은 지역인의 문학을 다루었다. 권1은 평안도 문인들에 대한 간략한 소개와 총평을 겸한 개론적 성격을 지닌다. 시대에 따른 시단의 변화를 서술하고 주요 문인들을 소개했다. 권2에서는 사언시, 악부시, 오언시, 칠언시 등 형식별로 가작과 경구를 선발했으며, 권3은 구체적인 작가론과 작품론에 속한다. 참신한 비유적 비평이 주를 이루고 있는데, 이러한 비유적 비평은 작가의 문학사적 위상을 자리매김하는 데에도 사용되고 있다. 특히 왕세정(王世貞)의 『예원치언(藝苑卮言)』을 전범으로 삼아 평안도 문인들에 대한 종합적인 품격비평을 시도한 부분은 김점이 17~18세기를 풍미한 복고사조에 경도되었음을 보여준다. 이 밖에 요체(拗體), 번안법(飜案法) 등 작법에 대한 설명도 보인다.

보록에는 어제(御製)를 필두로 타 지역의 문인 및 중국 사신들이 평안도에서 지은 시와 관련된 시화를 정리했으며, 부록으로 평안도 문인의 일화가 31항목으로 분류되어 실려 있다. 이 부록은 그간 『서경시화』의 일부로 간주되었으나, 최근 『칠옹냉설』이라는 별도의 저술이라는 주장이 제기되었다. 『칠옹냉설』은 별본(別本)으로 유통된 흔적도 확인되므로 『서경시화』와 『칠옹냉설』은 별개의 저술로 보는 것이 타당하다.

김점이 두 편의 서문에서 자료 수집의 어려움을 토로했듯이, 이미 『서경시화』 편찬 당시에 평안도 문인들의 저술은 대부분 산일되었다. 김점이 당시 간행되어 전하는 평안도 문인의 문집으로 거론한 것은 13종에 불과하다. 이처럼 열악한 환경에서 지역문학 전통을 집대성하려는 그의 노력은 높이 평가할 만하다. 그는 각종 사서(史書)와 문집(文集)을 두루 열람하고, 평안도 문인과 작품에 대한 기록을 수집했으며, 이를 바탕으로 선집(選集)에 수록된 문인과 작품의 수, 사서에 입전(立傳)

된 인물, 평안도 출신의 과거급제자와 관직 진출 상황을 상세히 분석했다. 기존의 시화를 두루 열람한 흔적도 보인다.『동인시화(東人詩話)』, 『용재총화(慵齋叢話)』,『패관잡기(稗官雜記)』,『지봉유설(芝峯類說)』,『계곡만필(谿谷漫筆)』을 두루 인용했는데, 특히『소화시평(小華詩評)』을 자주 인용하여 이로부터 많은 영향을 받았음을 알 수 있다.

김점은『서경시화』에서 평안도를 지칭할 때 항상 '우리 평안도〔吾西〕'라 하고, 평양을 일컬을 때에는 '우리 평양〔吾箕〕'이라는 호칭을 사용하고 있는데, 여기서 그의 지역문화에 대한 애착과 지역문인들에 대한 뚜렷한 동류의식을 엿볼 수 있다. 그럼에도 당색에 얽매여 비평의 균형을 상실한 일반적인 조선 후기 시화와 달리, 동류의식에 매몰되지 않고 때로 혹독한 비판을 서슴지 않는 균형 잡힌 비평적 자세를 보여주고 있다.

## 3.『서경시화』의 문학사 인식

『서경시화』는 고대부터 18세기 초까지의 평안도 지역문인과 작품을 통시적으로 정리하여 그 자체로 하나의 지방문학사를 구성한다. 김점이 『서경시화』의 첫머리에서 개괄한 평안도의 문학사는 한마디로 쇠퇴의 문학사다. 다만 쇠퇴라는 관점은 작가나 작품의 양적 질적 저하에 있는 것이 아니라, 지역인에 대한 배척과 차별이 심화되면서 이들이 능력을 발휘할 기회가 사라지고, 그 문학적 성취가 사장되고 말았다는 현실인식에 바탕을 둔 것이다. 지역의 소외가 심화될수록 오히려 지역문학의 외연은 확장되는 모습을 보인다.

『서경시화』의 문학사 인식에 따르면, 평안도의 문학사는 대략 세 시기로 나누어볼 수 있다. 첫 번째 시기는 고대로부터 고려에 이르기까지다. 기자(箕子), 을지문덕(乙支文德), 정지상(鄭知常)으로 이어지는 지역문학의 전통이 확립되는 시기다. 기자로부터 비롯된 평안도 문학의 전통은 고구려에 이르러 을지문덕에게 계승되었으며, 고려에 와서는 정지상의 출현으로 높은 성취를 거두었다. 두 번째 시기는 조선 초기다. 이 시기의 평안도 문인들은 조정에 진출하여 관각문인으로 활약했다. 조준(趙浚), 이승소(李承召), 어변갑(魚變甲), 어세겸(魚世謙), 김안국(金安國), 김정국(金正國) 등 저명한 문인들이 이 시기에 포함된다. 세 번째 시기는 조선 중기 이후로부터 편자 김점의 당대까지이다. 지역의 경제적, 문화적 발전에 따라 문학 담당층이 확대되어 지역별, 계층별로 수많은 문인이 배출되었다. 그러나 이 무렵을 기점으로 평안도인의 소외가 심화됨에 따라, 이들은 대부분 불우한 평생을 보내야 했다.

## 3.1. 지역문학의 전통의 성립

평안도 문인들은 이른 시기부터 지역적 정체성을 자각하면서 지역의 위상을 제고하고 유구한 지역문화 전통을 자부했다. 특히 평양은 단군과 기자의 유적이 남아 있는 문명의 발상지라는 점이 강조되었는데, 『서경시화』 역시 평양의 역사가 단군으로부터 비롯되며, 기자가 평양에 도읍한 이후 본격적인 문명의 개화가 시작되었다고 서술했다. 이에 따라 기자의 「맥수가(麥秀歌)」를 최초의 평안도 문학으로 규정하고, 기자의 「홍범(洪範)」 역시 문학사에 포함할 수 있는 가능성을 열어두었다. 아울러 「황조가(黃鳥歌)」, 「공후인(箜篌引)」의 배경설화를 소개하고, "우리나라 시가(詩歌)의 도는 모두 여기에서 나온 것이다"라고 하여, 조선 문학의 근원이 평안도에 있다는 점을 강조했다.

「맥수가」를 평안도 문학사의 관념적인 기원으로 자리매김했다면, 본 격적인 평안도 문학사는 을지문덕에 이르러 시작된 것으로 보았다.「여수장우중문시(與隋將于仲文詩)」를 예시하며 "을지문덕은 동방문학의 조종(祖宗)"이라 하여 문학사적 위상을 부여하고, "사람들은 을지문덕이 오언절구의 시조(始祖)임은 알면서 그것이 「맥수가」에서 비롯된 줄은 모른다"라고 하여, 문학사의 연속성을 확보하고자 했다. 또한 그가 글을 지을 줄 알았다는 『삼국사기』의 기록을 인용하여 그의 문인적 면모를 부각시켰다.

을지문덕에 이어 평안도 문학의 정통을 차지한 인물은 정지상이다. "시는 정지상에 이르러 당풍(唐風)이 크게 갖추어졌다"고 하며 그를 평안도 문학의 '정종(正宗)'으로 추앙했다. 그러나 그의 문학사적 위상은 "성한 가운데의 종주이자 쇠한 가운데의 비조"로 규정했는데, 이는 그가 묘청의 난에 연루되어 제거된 뒤로부터 평안도인에 대한 금고가 시작되었다고 보았기 때문이다. 김부식을 평안도 문인 금고의 '작용자(作俑者)'로 보는 것도 이 때문이다.

이들에 대한 김점의 존숭은 남다르다. 그는 심의(沈義)가 「대관재몽유록(大觀齋夢遊錄)」에서 최치원을 천자(天子)의 자리에 두고 정지상을 태학사(太學士)에 둔 것은 적당하다 할 수 있으나, 을지문덕을 다른 문인들과 함께 재상에 둔 것은 잘못이라고 했다. 김종직(金宗直)이 정지상의 「송인(送人)」을 『청구풍아(靑丘風雅)』에 수록하지 않은 점에 대해서도 이의를 제기했다.

그러나 기자, 을지문덕, 정지상을 지역문학의 정통으로 삼은 가장 큰 이유는, 조선시대 이전의 평안도 문인으로서 작품이 전하는 이가 이 세 사람에 불과하기 때문이다. 이 시기의 평안도 문학에 대한 자료는 극히 부족하므로 문학사에 적지 않은 간극이 생길 수밖에 없다. 이에 김점은 평안도인으로 알려진 이들의 문인적 면모를 부각시키고, 전하는 시문이 없다 하더라도 적극적으로 의미를 부여함으로써 문학사의 연속성을 확보하고자 했다.

기준(箕準)이 위만(衛滿)을 박사로 대우했다는 기록을 근거로 "위만 또한 이곳의 문사"라 규정하고, 지역의 문화적 전통을 강조하기 위해 『수사(隋史)』, 『당서(唐書)』 등에서 고구려의 숭문(崇文) 풍조에 대한 기록을 발췌 수록했으며, 소수림왕(小獸林王), 숭류왕(崇留王), 을파소(乙巴素), 왕산악(王山岳), 이문진(李文眞) 등 고구려의 군신(君臣)들까지 지역 문인의 범주에 넣었다. 연개소문(淵蓋蘇文)의 아들들이 모두 문자를 알았다는 점을 강조하여 이들을 지역문인의 범주에 넣은 것도 마찬가지다.

이 밖에 『고려사』에 평안도 출신으로 기록된 최응(崔凝), 현덕수(玄德秀), 조문발(趙文拔) 등은 전하는 시문이 전혀 없으나, 문장에 뛰어났다는 짧은 기사를 토대로 이들을 평안도 문인으로 자리매김했다. 또 『고려사』 「열전」에 평안도 출신으로 기록된 김지(金摯), 혁련정(赫連挺), 조서(趙瑞), 조후(趙珝), 현덕수(玄德秀), 이주헌(李周憲), 조인규(趙仁規) 등을 거론했는데, 이 역시 초기 지역문학사에 놓인 간극을 좁히고 문학사를 풍부히 하려는 의도에서 나온 것으로 보인다.

이러한 문학사 인식의 타당성은 논외로 하고, 평양을 위시한 평안도 일대의 작가와 작품을 정리하는 데 그치지 않고, 고구려로부터 이어지는 북방사 전반까지 시야를 확대함으로써 지역문학사의 연속성을 확보했다는 점은 『서경시화』의 문학사 인식이 지니는 특징적 면모라 하겠다.

## 3.2. 관각문인의 활약과 그 허상

『서경시화』에서 조선 초기 평안도 문인으로 등장하는 이들은 조준(趙浚), 어변갑(魚變甲), 어효첨(魚孝瞻), 어세겸(魚世謙), 김안국(金安國), 김정국(金正國), 이승소(李承召) 등이다. 이들은 조선 중기 이후의 평안도 문인과 달리 청현직으로의 진출에 아무런 제약을 받지 않았으며, 심지어 정승의 지위에까지 올랐다. 조준은 평양 출신으로 혁명의 의론을 발의하여 조선 건국에 크게 기여함으로써 공신에 책봉되었으며, 함종(咸從) 출신의 어변갑, 어효첨, 어세겸은 3대가 모두 문신관료로 현달했다. 용강(龍岡) 출신의 김안국과 김정국은 도학자로서 명성을 날렸으며, 평양 출신의 이승소는 예조판서에 이르렀다. 이들 중 어세겸, 김안국 등은 문형을 역임했다.

이 시기 평안도 문인들의 높은 명성과 공적은 정치가나 도학자로서의 면모에서 두드러진다. 그러나 김점은 이들에게서도 문인적인 면모를 부각시키는 데 주력했다. 어변갑은 국초의 거벽(巨擘)이었으나 효도에 가려져 문학적 성취를 제대로 평가받지 못했다 했고, 김안국은 도학자이긴 하지만 그의 시에는 황정견(黃庭堅)과 진사도(陳師道)의 뜻이 있다고 했다. 이들의 문학세계에 대해서는 선행연구에 자세하므로 간략히 언급해두는 데 그친다.

『서경시화』의 조선 초기 평안도 문인들에 대한 기술에서 특별히 강조하는 점은 관각문인으로서의 위상이다. 김안국이 사신으로 온 일본 승려 붕중(堋中)과 수창하여 그를 굴복시킨 일을 비롯해, 이들이 대외적인 활약으로 화국문장(華國文章)의 솜씨를 발휘한 일을 강조했으며, 이들의 시풍과 작품에 대한 품격비평 역시 대각의 웅혼한 기상과 화려한 풍격에 주안점을 두고 있다.

이 밖에 김담(金淡)이 평안도로 유람온 김시습(金時習)을 가르쳤다 하고, 이인상(李仁祥), 김명한(金溟翰), 노대민(盧大敏)이 임제(林悌)와 수창하고 『부벽루상영록(浮碧樓觴詠錄)』을 남긴 일을 들어, 이 시기의 지역문인들이 중앙문인들과 대등한 입장에서 교류했음을 밝혔다.

그러나 16세기에 접어들면서 평안도 문인들의 중앙 진출은 점차 드물어지기 시작했다. 그럼에도 이 시기에 활동한 문인들의 문집에는 이러한 상황에 대한 위기의식이나 지역적 정체성에 대한 뚜렷한 자각이 보이지 않는데, 이는 『서경시화』의 문학사 인식이 중대한 오류를 범하고 있기 때문이다.

이 시기의 평안도 문인들에 대한 『서경시화』의 기록은 의문점이 많다. 김점이 평안도 출신으로 거론한 이승소, 어변갑, 어효첨, 어세겸, 김안국, 김정국 등은 생평의 대부분을 다른 지역에서 보냈으며, 평안도 출신이라는 명확한 근거도 없다. 설령 연고가 있다 하더라도 미미한 수준이다. 이들을 평안도 문인으로 간주한 것은 조선 초기 평안도인이 진출에 아무런 제약을 받지 않았다는 증거를 찾는 과정에서 자료를 확대 해석하거나 잘못 이해한 결과 빚어진 오류로 보인다. 결국 조선 초기 평안도인이 진출에 아무런 제약을 받지 않았다는 주장은 근거가 없다. 이러한 문학사 인식은 서북인의 소외가 특정한 인물의 사감(私憾)에서 비롯되었다는 오해에서 기인한다.

『서경시화』에 따르면, 평안도 문인 홍승범(洪承範)이 시를 지어 소세양(蘇世讓)을 조롱하자, 대노한 소세양이 조정으로 돌아와 서북인을 금고했다고 한다. 당시 이 속설은 널리 유포되어 있었던 것으로 보이나 이러한 주장은 현실적으로 납득하기 어려울 뿐만 아니라 이미 당시부터 진위를 의심받았다. 조선 초기에도 현달한 서북인의 존재는 찾기 어렵다. 서북인 차별은 조선 중기 이후 신분 차별이 뚜렷해지면서 나타나는 현상이다. 서북인 차별의 본질은 신분 차별이었다.

## 3.3. 지역 정체성의 자각과 지역 문단의 형성

조선 중기 이후 평안도의 지역문학사를 논하기에 앞서, 평양의 경제적 번영과 여기에 힘입은 문화적 성장을 눈여겨 볼 필요가 있다. 평양은 물산이 풍부한데다 교통의 요지에 위치하여 매우 이른 시기부터 도시적 기능이 발달했다. 이미 5세기부터 고구려의 수도로서 번영을 구가했으며, 고려의 역대 국왕들 역시 평양의 중요성을 인식하고 자주 이곳을 순행했다. 고려시대의 평양은 상업의 중심지이자 국제무역항으로서 대중무역의 관문 역할을 했는데, 이로써 조성된 경제적 기반은 평양의 문화수준을 향상시켰다.

조선시대에 들어서도 평양은 중국을 오가는 사행이 반드시 경유하는 곳으로서 사행무역과 함께 유흥문화가 발달했으며, 여전히 상업의 중심지로 활기를 띠었다. 이 시기 평양의 경제적 번영은 생산적인 문화발전으로 이어졌다는 데 그 의의가 있다. 상당한 수준에 이른 평양의 출판문화는 지역문단의 성장에 많은 영향을 주었을 것으로 생각되며, 또한 중국과의 교통로에 위치하여 서적의 수입과 유통도 이루어졌던 것으로 보인다.

이러한 지역사회의 성장에도 불구하고, "대개 조종의 시대에는 평안도에 현달한 이가 많았으나, 성종 이후로는 현달한 이가 점점 줄어들었다"는 언급에서 알 수 있듯이, 이 시기의 평안도 문인들은 조선 초기에 비해 정치적으로 별다른 성취를 거두지 못했다. 비록 황윤후(黃胤後)가 "뛰어난 재주와 학문으로 한 시대를 뒤덮었다"는 평가를 받으며 청현직을 거쳐 승지에까지 올랐으나, 평안도인의 소외는 그 전부터 심화되어 있었던 것으로 보인다. 1643년(인조21)부터 지역민심을 수습하기 위해 평안도 별시가 시행되었으나, 중앙 진출에는 별다른 도움이 되지 않았다. 비록 조선 후기에 접어들면서 생원, 진사의 수가 비약적으로 증가하기는 하지만, 대개 현감이나 참봉 같은 미관말직에 머물렀을 뿐이며, 황윤후 이후로는 당상관을 한 명도 배출하지 못했다는 점에서 급제자의 증가는 큰 의미가 없다.

사실 경제적, 문화적 격차의 심화에 따른 지방의 소외와 이로 인한 중앙과 지방의 갈등은 조선 후기의 일반적인 현상이다. 그러나 서북 지역의 소외는 이익(李瀷)이 "국토의 절반을 잘라 버려두고 쓰지 않는다"고 했듯 그 범위가 지나치게 광범위했으며, 그 정도 또한 다른 지역에 비할 수 없을 정도로 심각했다. 서북 지역이 경제적, 문화적으로 비약적인 성장을 이룩하는 조선 후기에 이르기까지, 이러한 현상은 전혀 개선될 기미를 보이지 않는다.

그러나 김점은 당대 평안도 문인들이 비록 현달하지는 못했을지라도, 전 시대의 문인들에게 부끄럽지 않은 문학적 성취로 지역문학의 전통을 잇고 있음을 강조했다. 그는 동시기 평안도 문인들의 배출을 두고, "평양은 한나라나 당나라에 부끄럽지 않으니, 천고의 시인들의 뼈마저 향기롭다. 풍월은 본디 정해진 주인이 없거늘, 어찌 모두 정지상에게 맡기랴"라는 시를 지어 『서경시화』에 수록했다. 문성(文星)이 서북에 나타났으니 장차 문사들이 대거 나타나리라는 예언을 수록한 것도, 이러한 자부심의 발현이라 하겠다. 이 시기 평안도 문인들에게 보이는 시문(詩文)의 맥(脈)을 전수한다는 의식도 주목할 만하다. 황윤후가 김욱(金旭)을 시험해보고 의발을 맡겼다거나, 이시항(李時恒)이 김점을 육유(陸游)에 비견하며 의발을 전수했다는 기록은, 지역문학 전통에 대한 자부와 계승의식을 보여준다. 이 시기의 문인들에 대한 『서경시화』의 기록은 당대 평안도 문단에 대한 생생한 증언으로 이루어져 있다.

이 시기의 평안도 시단은 대체로 당대 조선을 풍미하던 당풍(唐風)에 경도된 것으로 보인다. 이진(李進)과 전벽(田闢)이 학당(學唐)으로 일컬어졌으며, 허절(許晢)은 복고를 추구하여 시풍의 전환을 이룩했다. 그의 제자 허필(許佖)은 복고풍을 더욱 심화시켰는데, 상술했듯이 김점은 스승 허절의 영향으로, "고문을 사모하여 끝내 문과에 급제하지는 못했다"고 했는데, 이를 액면 그대로 받아들이기는 어려울지라도, 『서경시화』의 비평 양상을 보건대 김점 역시 당시풍을 지향하는 복고사조에 경도되었음은 분명하다.

이 시기의 문인과 작품은 『서경시화』에서 가장 많은 분량을 차지하는데, 이는 당대 평안도 문인 집단이 지역적, 계층적으로 이전에 비해 비약적으로 확대되었기 때문이다. 이전의 평안도 문인들은 대부분 평양 일대 출신이었으나, 이 무렵부터 청천강 이북 지역에서 문인들이 대거 배출되기 시작했다. 그 결과 지역문학의 외연은 대폭 확장되었으며, 평양이 차지하는 독보적 지위를 위협하기에 이르렀다. 김점은 청천강 이북 지역에서 이시항이 처음 나타나자, 평양의 학자들 중에 대적할 이가 없었다 했으며, 당시 평양을 제외한 지역의 과거합격자는 갈수록 늘어나는 반면, 평양 출신의 합격자는 이전만 못한 사실에 대해 부끄러움을 표했다.

문학 담당층의 지역적 확대뿐만 아니라 계층적 확대도 주목할 만하다. 『서경시화』에는 다양한 계층의 문인들에 대한 기록이 보이는데, 평안도의 시승으로 휴정(休靜), 언기(彦機), 도안(道安), 비류(沸流), 추붕(秋鵬), 학산(鶴山), 법종(法宗) 등을 거론했으며, 불교의 용어를 빌려 이들의 우열과 풍격을 논한 부분도 흥미롭다. 또 김점은 고려시대에 용강의 기생 우돌(于咄)과 안주의 기생 동인홍(動人紅)이 시에 뛰어났다는 『패관잡기』의 기록을 인용하고, 「공후인」의 작자 여옥 역시 평안도인임을 상기시켜, 지역의 여성 문인 역시 오랜 연원이 있음을 강조했다. 당대의 여성 문인으로 자신의 종친 김씨와 이시항의 서매(庶妹) 이일지(李一枝)가 시에 뛰어났으나 요절했다는 기록을 남겼다. 이 밖에 중국에서 망명한 상사(上舍) 정선갑(鄭先甲), 역관 정상기(劉尙麒) 등도 지역문인으로 다루었다.

이 시기 평안도 문인들에 대한 배척과 차별이 심화되는 현상과 동시에, 문학적 능력에 대한 이들의 자부와 중앙문인에 대한 대결의식도 두드러진다. 『서경시화』에는 평안도의 문인들이 중앙문인들에게 시재(詩才)를 과시하여 굴복시키거나 인정받은 일화가 이루 셀 수 없을 정도로 많다. 비록 조선 초기 문인들처럼 전대(專對)의 임무를 띠고 사신과 수창한 사례는 보이지 않으나, 종사관으로서 중국 사신들에게 시재를 인정받은 경우도 종종 보인다. 그러나 이 무렵의 평안도 문인들이 과거를 통해 조정에 진출하는 것은 사실상 어려운 일이었다. 단지 부역을 면하고 향촌사회에서 사족으로서의 위상을 유지하기 위해 과거에 몰두했을 뿐이다. 『서경시화』에서 과체(科體)를 하나의 양식으로 다루어, 이름난 문인과 대표작을 열거한 것도 이러한 현실을 반영하는 것으로 보인다.

평안도 지역에 문풍이 진작되는 현상에 대한 조정의 입장도 매우 부정적이었다. 본디 서북 지역에 기대된 것은 문신(文臣)이나 유현(儒賢)의 배출이 아니라 국방을 담당할 인재의 양성이었다. 때문에 서북 지역에서 문교(文敎)의 진흥은 매우 제한된 범위에서 이루어졌으며, 서북인이 문학에 종사하는 것은 유생이라는 명칭을 가탁하여 부역을 피하려는 행위로 간주되었다. 문무가 균형을 이룬 상태라면, 지역적 특성을 고려하여 인재를 양성, 수용하는 정책을 문제 삼을 것이 없다. 다만 무인이 천시되는 문신관료 위주의 사회에서 문신으로 진출하는 길을 차단하고 오로지 무예만을 강권한 것이 문제라 하겠다. 서북 지역의 문교 진흥과 서북인의 조정 진출에 비교적 우호적이었던 인물들조차 이러한 원칙에는 이의를 제기하지 않았으므로, 조선 말기에 이르기까지 서북인에 대한 소외는 해소되지 않았으며, 여기에 체제 모순의 심화로 인한 폐단이 더해지면서, 이들의 불만은 결국 홍경래의 난으로 폭발하고 말았다.

## 4. 맺음말

조선시대 평안도는 소외된 지역이었다. 평안도인은 과거에 급제하더라도 중앙 진출이 쉽지 않았으며, 조선 후기까지도 고위직에 오른 인물은 극히 드물었다. 그들의 학문적, 문학적 성취 또한 제대로 알려지지 않았다. 『서경시화』는 그들의 성취가 무시할 수 없는 수준이었음을 보여준다.

『서경시화』에 실려 있는 문인과 작품의 상당수는 다른 문헌에 보이지 않는다. 이 책의 가치가 여기에 있다. 『서경시화』는 평안도 지역의 역사와 문화를 집대성한 저술로, 지역사회의 문화적 전통을 과시함으로써 지역의 위상을 제고하려는 노력의 산물이다. 『서경시화』의 번역은 자료가 부족한 조선시대 평안도 지역 연구에 기여할 것이라 믿는다.

아울러 이 책에서는 『칠옹냉설』을 함께 번역 수록했다. 『서경시화』와 『칠옹냉설』은 별개의 저술이지만, 저자가 동일인일 가능성이 높다는 점, 필사자가 두 저술을 함께 필사했다는 점, 그리고 두 저술이 모두 평안도의 역사와 문화라는 동일한 주제를 다루고 있다는 점을 고려한 것이다.

필자는 2005년 『서경시화』에 관한 첫 논문을 발표한 이래, 2010년 「조선 후기 서북지역문인 연구」로 박사학위를 받을 때까지 항상 이 책을 곁에 두고 활용했다. 이 책이 아니었다면 조선시대 서북 지역의 문화적 지형도를 그리겠다는 필자의 목표는 달성하지 못했을 것이며, 무엇보다 연구의 필요 자체를 절감하지 못했을 것이다. 이 책이 증언하는 조선시대 평안도의 수준 높은 문인 집단의 존재는 연구의 필요를 절감케 했다.

필자는 이 책을 접한 직후부터 번역을 시작했으나 여러 사정으로 차일피일 미루느라 진척은 더디기만 했다. 결국 16년이 지난 지금에야 부족한대로 마무리를 짓는다. 오랜 숙제를 마친 느낌이지만 여전히 명쾌히 해결하지 못한 부분이 많아 아쉬울 뿐이다. 동학들의 기탄없는 질정을 바란다.

## 참고문헌

문희순, 「『서경시화』 연구」, 『학산조종업박사화갑기념논총』, 태학사, 1990.

안대회, 『조선 후기 시화사』, 소명출판, 2000.

이은주, 「평안도 인물 일화집 『칠옹냉설』 연구」, 『대동문화연구』 111집, 성균관대학교 대동문화연구원, 2020.

장유승, 「『서경시화』 연구 – 지역문학사적 성격을 중심으로」, 『한국한문학연구』 36집, 한국한문학회, 2005.

조지형, 「『서경시화』의 구성 체제와 문헌적 특성」, 『고전과 해석』 30집, 고전문학한문학연구학회, 2020.

조지형, 「『서경시화』의 편찬 과정과 인용 서목 연구」, 『한민족문화연구』 70집, 한민족문화학회, 2020.

# 서경시화

❀

## 권1

## 일러두기

1. 이 책은 『(수정증보)한국시화총편』 제11권(태학사, 1996)에 영인 수록된 필사본 『서경시화』를 저본으로 삼았다. 영인 상태가 좋지 않은 부분은 조정윤 선생이 제공한 고화질 복사본을 참조하였다.

2. 칙(則) 구분은 저본을 따랐으며, 구분이 애매한 경우에 한하여 역자가 자의적으로 구분하였다.

3. 저본의 각 칙은 제목이 달려 있지 않으나 핵심 내용을 뽑아 소제목으로 붙였다.

4. 내용주와 출전주는 번역문에 각주로 부기하였다. 내용주는 각주 표제어를 부기하고 한자를 병기하였으며, 출전주는 각주 표제어를 생략하고 한자로만 표기하였다. 내용주와 출전주의 성격을 공유한 각주는 부득이 혼용하여 표기하였다.

5. 원주는 【 】표기하였다. 저본의 두주는 저자의 원주가 아니지만, 원문의 이해를 도우므로 적절한 위치에 삽입하고 역시 【 】표기하였다.

6. 이 책에 인용된 중국시는 『당시품휘(唐詩品彙)』, 『당음(唐音)』, 『전당시(全唐詩)』, 『영규율수(瀛奎律髓)』, 개인 문집의 순서로 출전을 밝히고, 한국시는 『동문선(東文選)』, 『신증동국여지승람(新增東國輿地勝覽)』, 개인 문집의 순서로 출전을 밝혔다. 중국 조사의 시는 1773년(영조 49) 간본 『황화집(皇華集)』을 출전으로 밝혔다.

7. 서명은 겹낫표(『 』), 편명 및 작품명은 홑낫표(「 」)로 표기하였다.

# 서문(1)

야랑왕(夜郞王)은 한(漢)나라가 크다는 것을 알지 못하여 천고의 웃음 거리가 되었다.[1] 우리나라는 일개 야랑왕국일 뿐이며, 대동강 물가를 따라 위치한 곳은 또 그중에서도 한구석이다. 그러나 예로부터 거친 밥을 좋아하고 팔 베고 잠자기를 즐기는 이가 있었듯이, 시를 평하는 방법도 이와 비슷하다.

지금 사람들이 우리 평양에도 나라에서 손꼽히는 뛰어난 문인이 있다는 말을 갑자기 듣는다면 끝내 믿는 자가 없을 것이다. 하지만 어째서 〈맥수가(麥秀歌)〉가 기자(箕子)의 입에서 나왔다는 사실은 생각하지 않는단 말인가. 수백 년 동안 오로지 문사를 숭상하여 작자가 대대로 나왔지만 태사(太史)의 손에 채록되지 않아 몇 편 안 되는 적은 작품으로는 한 지방을 대변하기에도 부족하니, 가정(嘉靖, 1522~1566) 연간 이후로는 오(吳)나라, 초(楚)나라 노래와 『시경(詩經)』 3백 편의 관계[2]처럼 되었다.

나는 이 때문에 서글피 탄식하고 엄숙히 두려워하여 예해(藝海)를

---

1 야랑왕(夜郞王)은……되었다 : 야랑(夜郞)은 남이(南夷)의 큰 나라이다. 한(漢) 무제(武帝)가 사신을 보내었으나 한나라가 크다는 것을 알지 못하고 복속을 거부하다가 원수 원년에 토벌 당했다. 야랑왕은 그제서야 입조(入朝)했으나 죽음을 당했다.

2 오(吳)나라……관계 : 『시경』에는 당시 여러 나라의 시가 실려 있는데, 오나라와 초나라는 도외시하여 수록하지 않았다.

섭렵하고 사림(詞林)을 망라하여 천겁의 세월을 거슬러 올라가고 백 리의 땅 끝까지 찾아다녔으니, 비유하자면 수레를 모는 자가 부정한 방법으로 짐승을 잡는 것 같았다.[3] 기자 이래로 시로 이름난 약간의 인물과 약간의 작품을 모두 품평하여 모래와 자갈 속에서 금을 캐내고 쭉정이 속에서 낟알을 찾듯 하면서 마음을 두지 않은 적이 없었다. 비로소 원고를 엮고 나자, 꾸짖는 이들이 떼 지어 나타나 공박했다.

"자네 같은 애송이가 어찌 문단의 노련한 이들을 감당하겠는가?"

아, 내가 참으로 지나치기는 하다. 옛날의 뛰어난 사람들을 논하기에는 부족하니, 어찌 이백(李白)은 천자(天子)와 같고 두보(杜甫)는 사관(史官)과 같다는 따위의 말을 할 수 있겠는가. 천년 동안 평자 또한 한둘이 아니었으니, 나의 품평은 그저 문단에 웃음거리를 제공할 뿐이다. 하지만 우리를 오나라나 초나라 같은 오랑캐로 여겨 음탕하고 속되다며 채록하지 않고 노랫가락에 올리지도 않았으니, 비록 큰 선비나 뛰어난 학자가 있더라도 재주를 소중히 여기지 않아 얼마 남지 않은 기록마저도 흩어져 버렸다. 훗날 비록 태사가 찾아와 채록하려 한들 무슨 방법으로 하겠는가. 그렇다면 이 책을 지은 것은 나 자신을 자랑하기 위해서가 아니라 오나라나 초나라와 같이 취급되지 않기를 바라서이다.

무신년(1728) 4월, 분성(盆城) 김점(金漸)은 쓰다.

---

3 수레를……같았다 : 조(趙)나라 왕량(王良)이 법도에 따라 수레를 몰 때는 짐승을 잡지 못하고, 부정한 방법으로 몰았더니 짐승을 많이 잡았다는 고사를 인용한 것이다. 여기서는 온갖 방법으로 시문을 수집했다는 뜻으로 보인다.

# 서문(2)

내가 예전에 고금의 여러 문인을 품평한 뒤 '서경시화'라고 이름했으나,
겨우 평양 한 곳에 그쳤을 뿐이다. 그리하여 스스로 책망하며,

"문장은 공적인 것이니 어느 고을인들 없겠는가. 또 어찌 사람들에게
널리 보이지 않겠는가."

하고, 보고 들은 것을 모두 모아 그때마다 기록해두었다. 마침 부인상
을 마친 지 거의 반년이 되었는데, 더욱 무료하여 마음을 진정할 수가
없기에 일을 마치리라 생각하고 간간이 각 고을에 글을 보냈다. 다만 제
때 보내지 않으면 다시 아사(亞使) 이석복(李錫福)[4]을 불러 공문을 보내
서 받았다. 평안도 일대에서 문장에 능하다고 이름난 사람은 거의 한둘
도 빠뜨리지 않았다. 모두 합쳐 몇 권으로 만들었으니, 추가로 넣은 것
은 십분의 사요, 덜어낸 것이 십분의 육이었다.

평안도 일대처럼 궁벽한 곳에서 파편적인 기록을 하나하나 수집하
고자 했으니, 태사(太史 사마천(司馬遷))처럼 천하를 두루 다닌 사람이 아
니라면 불가능한 것이다. 그러나 넓은 바다에 빠뜨린 보물이 있다는 탄
식이 없으려면 어찌 그만둘 수 있겠는가. 그리하여 나는 마음속으로
늘 혹시라도 빠뜨릴까 두려워한 나머지 애태우느라 머리가 세었으니,

---

4 아사(亞使) 이석복(李錫福) : 아사는 평안 도사(平安都事)를 말한다. 이석복은 1733년 3월 평
안 도사에 임명되었다.

얻지 못하면 그만두지 않았다. 그러므로 내가 고생하는 것을 본 사람
이 말했다.

"그대가 이 사람들을 위해 충성을 다하지 않았다고 누가 말하겠는
가."

내가 두려워하며 말했다.

"위정공(魏定公)이 말하기를, '신이 충신이 되게 하지 마소서' 했다.[5]
내 어찌 감히 이를 즐거워하겠는가."

계축년(1733) 2월 1일 다시 쓰다

---

5 위정공(魏定公)이……했다 : 위정공은 당(唐)나라 명재상 위징(魏徵)이다. 그가 태종(太宗)에
  게 자신을 양신(良臣)이 되게 하고 충신(忠臣)이 되게 하지 말라고 했다. 양신이 되면 신하는
  아름다운 명성을 얻고 임금도 훌륭하다는 칭송을 받지만, 충신이 되면 신하는 화를 당하고
  임금은 어리석다는 오명을 얻기 때문이라 했다.

# 1

# 평안도 문학의 기원

단군(檀君)의 시대는 하(夏)나라, 은(殷)나라와 같고, 변한(弁韓)의 시대는 기(杞)나라, 송(宋)나라와 같다.[1] 아, 문헌을 누가 징험하겠는가. 〈맥수가(麥秀歌)〉 18자는 시가(詩歌)의 개산조(開山祖)이며, 훗날의 〈황하송(黃河頌)〉 역시 신령한 조화로 지은 것이다.

고구려는 칠백 년 동안 적막했고, 고려에 이르러 각종 교육기관을 설치하니, 을지문덕(乙支文德)과 같은 이가 비로소 고려를 위하여 기치를 세웠으며, 사간(司諫) 정지상(鄭知常) 같은 이가 한번 우주를 다 씻어내어 텅 비게 만들었다.

고려 말에 이르러 시의 쇠퇴가 극에 달했다가 우리 조선이 흥기하자 재주 있는 호걸들이 무리지어 나와 비단주머니를 끼고[2] 먼 후세에 전해질 것을 기약하지 않은 이가 없었다. 그러나 어느덧 병란을 겪은 뒤로는 일어설 힘이 없고 광채는 다 사그라져 모두 신령한 두 사람만 못하다.

---

1 단군(檀君)의……같다 : 하나라와 은나라의 후예가 세운 나라가 기나라와 송나라이다. 단군과 변한의 관계가 이와 같다는 말이다.
2 비단주머니를 끼고 : 당(唐)나라의 시인 이하(李賀)가 등에 비단 주머니를 지고 나귀를 타고 다니다 좋은 시구가 생각나면 종이에 써서 거기에 넣었다는 고사를 인용한 것이다.

# 2

# 우리 문학의 시조 을지문덕

을지문덕(乙支文德)은 우리나라 문학의 시조이다. 수양제(隋煬帝)가 요동(遼東)을 정벌할 적에 을지문덕이 시를 지어 수나라 장군 우중문(于仲文)에게 주었다.

| | |
|---|---|
| 신묘한 계책은 천문을 궁구하고 | 神策究天文 |
| 오묘한 계산은 지리를 다하였네 | 妙算窮地理 |
| 싸움에 이겨 공이 이미 높으니 | 戰勝功旣高 |
| 만족을 알고 멈추기를 바라노라[1] | 知足願云止 |

『삼국사기(三國史記)』를 살펴보니, "그는 자질이 용맹하고 지혜가 있으며 아울러 글을 지을 줄 알았다"고 했다. 그렇다면 하늘이 낸 문무의 재주로 한 시대를 뒤덮었으니, 어찌 쇠퇴한 시대의 인물이라 하겠는가. 관중(管仲)이나 악의(樂毅)[2]와 같은 무리가 만났더라도 마땅히 무릎을 꿇었을 것이다.

---

1 『三國史記』卷44.〈乙支文德列傳〉.
2 관중(管仲)이나 악의(樂毅) : 관중은 춘추시대 제(齊)나라의 명재상이고 악의는 전국시대 연(燕)나라의 장군으로 각기 나라를 흥성하게 한 인물이다.

# 3

# 귀신의 도움을 받은 정지상

사간(司諫) 정지상(鄭知常)은 천고에 드문 재주를 지녔으니, 배워서 도달할 수 있는 경지가 아니다. 그가 급제하기 전에 절에 가서 공부하는데 달밤에 누군가 언덕 위에서 시를 읊조리는 듯했다.

| 승려가 보이니 절이 있는 듯하고 | 僧看疑有寺 |
| 학이 지나가니 소나무 없어 한스럽네[1] | 鶴過恨無松 |

그리고는 갑자기 보이지 않기에 귀신이 알려준 것이라 여겼다. 훗날 시험장에 들어갔는데 시험관이 '여름 구름은 기이한 봉우리에 많네[夏雲多奇峰]'[2]로 시제(詩題)를 내었다. 정지상이 그 시를 써서 함련(頷聯)을 지었더니 시험관이 극구 칭찬하며 마침내 장원으로 삼았다. 당(唐)나라 전기(錢起)가 "강가에 몇 봉우리 푸르네.[江上數峰靑]"[3]라는 시구를 얻은 일과 매우 비슷하다.

---

1 李奎報, 〈白雲小說〉, 『東國李相國文集』附錄.

2 여름……많네 : 도잠(陶潛)의 〈사시(四時)〉에 나오는 구절이다.

3 강가에……푸르네 : 전기의 〈성시상령고슬(省試湘靈鼓瑟)〉에 나오는 구절이다. 전기가 달밤에 여관에서 시를 읊는데 누군가 "곡조가 끝나자 사람은 보이지 않고, 강가에 몇 봉우리 푸르네.[曲終人不見, 江上數峰靑]"라는 시구를 읊었다. 주위를 돌아보았으나 아무도 없었기에 귀신이라고 여겼다. 훗날 과거에 응시하니 시관(試官) 이위(李暐)가 '상령고슬(湘靈鼓瑟)'이라는 시제(詩題)를 냈다. 전기는 이 구절을 말구(末句)에 써서 합격했다.

# 4

## 정지상과 김부식

사간(司諫) 정지상(鄭知常)과 문열공(文烈公) 김부식(金富軾)은 명성이 나란하여 맞수라 불리웠다. 한 번은 함께 절에 놀러 갔다가 정지상이 시를 지었다.

| | |
|---|---|
| 절에서 설법이 끝나니 | 琳宮梵語罷 |
| 하늘빛은 유리처럼 맑네[1] | 天色淨琉璃 |

김부식이 좋아하면서 그 시를 달라고 했으나 주지 않았기에 마침내 죄를 꾸며 죽여버렸다. 김부식은 말할 것도 없거니와 정지상도 스스로 화를 취한 것이다. 아! 어느 시대인들 설현경(薛玄卿)[2]이 없겠는가.

---

1 李奎報, 〈白雲小說〉, 『東國李相國文集』附錄.
2 설현경(薛玄卿) : 수(隋)나라 시인 설도형(薛道衡)을 말한다. 양제(煬帝)는 자기보다 시를 잘 짓는 사람이 나오기를 바라지 않았는데, 설도형이 "어두운 창에는 거미줄이 걸려 있고, 빈 들보에는 제비가 물어온 진흙이 떨어진다.[暗牖懸蛛網, 空梁落燕泥.]"라는 시구를 짓자 미워하여 살해했다.

# 5
# 조연수의 시

문극공(文克公) 조연수(趙延壽)는 관학생(官學生)으로 중국에 들어갔다. 재상 조인규(趙仁規)가 그의 아버지였는데, 문극공이 중국에서 절구 한 수를 지어 보냈다.

한 집안에 세 개의 호부[1]　　　　　　一門三虎符

오랜 옛날부터 없던 일이네　　　　　千萬古應無

누구의 음덕인지 모르겠지만　　　　不識誰陰德

집에는 늙은 부모님 계시네　　　　　高堂有白髮


역시 혁혁하여 풍골(風骨)이 있다.

---

1 한……호부 : 호부는 재상 또는 장군에게 수여하는 부절(符節)이다. 조연수의 부친 조인규와 형 조서(趙瑞), 조련(趙璉)이 모두 재상의 지위에 올랐기에 이렇게 말한 것이다.

# 6

# 조준의 시

문충공(文忠公) 조준(趙浚)은 고려 말엽에 강원도 안렴사로 나가서 예하 고을을 순행하다 시를 지었다.

| 동쪽 바다 씻어낼 날 머지않았으니 | 滌蕩東溟知有日 |
| 백성들아 눈 씻고 맑아지길 기다려라[1] | 居民洗眼待澄淸 |

식견이 있는 이들에게 큰 칭찬을 받았다. 이때 우리 태조의 위엄과 덕이 날로 높아지고 있었는데, 조준이 앞장서서 혁명의 계획을 꾸며 종묘에 배향되는 공로를 세웠으니, 마침내 시참(詩讖)에 부합한 것이었다.

---

1 趙浚, 〈次旋善客舍韻〉, 『東文選』卷17.

# 7

# 이승소의 고향

문간공(文簡公) 이승소(李承召)는 세종(世宗) 정묘년(1447)에 두 번 과거에 급제했는데 모두 장원이었다. 빠르게 승진하여 예조 판서에 이르렀으며, 조정의 중요한 문서는 대부분 그의 손에서 나왔으니, 우뚝이 한 시대의 종장(宗匠)이 되었다.

어떤 이는 이승소가 연안(延安) 출신이라고 하지만, 그가 스스로 "집이 평양에 있다."[1]라고 하지 않았는가. 그리고 그가 지은 대동강 시에 "낚시터에 가서 옛날 살던 곳 찾으리.〔欲向漁磯尋舊隱〕"[2]라고 했으니 이 또한 증거가 아니겠는가. 마치 두보(杜甫)가 농서(隴西)에 살기도 하고 촉(蜀)에 살기도 한 것과 같으니, 어찌 일정한 거처가 있었겠는가.

---

1 집이 평양에 있다 : 이승소(李承召)의 『삼탄집(三灘集)』 권10에 실려 있는 〈개성으로 유람하러 가는 영천경을 전송하는 시의 서문〔送永川卿遊松京詩序〕〉에 "나 역시 집이 평안도에 있다.〔予亦以家在關西〕"라는 언급이 보인다.

2 李承召, 〈平壤大同江次陳翰林詩韻〉, 『三灘集』 卷5.

# 8

# 한국창과 김은서의 시

가정(嘉靖) 연간에 재주 있는 사람이라 일컬어진 이로 용산(龍山) 한극
창(韓克昌), 옥계(玉溪) 김은서(金殷瑞)보다 나은 이가 없었다. 그러나 용
산은 본디 산림에 은거하는 사람이요, 옥계는 어엿한 젊은 협객이었다.
그들의 시는 이렇다.

| | |
|---|---|
| 만년에 용산 아래 집을 지어 | 晚築龍山下 |
| 무심히 흰 구름을 맡았네 | 無心管白雲 |
| 멀리 바위에 떨어지는 여울 소리 | 遠聲灘下石 |
| 눈 속 마을의 차가운 모습 | 寒色雪中村 |
| 골짜기의 달은 한가로이 창을 엿보고 | 洞月閒窺戶 |
| 숲에서 부는 바람에 문이 절로 움직이네 | 林風自動門 |
| 사람이 돌아오니 개 한 마리 짖는데 | 人歸一犬吠 |
| 울타리 너머 관솔불 희미하네 | 松火隔籬昏 |

이는 용산의 〈집터를 정하고〉라는 시이다.

| | |
|---|---|
| 푸른 옥 강물에 떠 밤낮으로 엉겼는데 | 碧玉浮江日夜凝 |
| 깊고 얕음 헤아릴 수 없어 긴 노끈 넣어보네 | 淺深無計入長繩 |

낚시꾼은 그물 걷고 그저 호호 손을 부는데 　　　漁翁捲網空呵手

어떻게 계응에게 농어회를 바칠까[1] 　　　　　鱸膾何能薦季鷹

이는 옥계의 〈얼음을 읊다〉라는 시이다. 요컨대 시어에 천기(天機)가
있는 것도 있고, 인공(人工)이 있는 것도 있으니, 두 사람의 우열을 알 수
있다.

---

1 어떻게⋯⋯바칠까 : 계응은 진(晉)나라 장한(張翰)이다. 그가 낙양에서 벼슬하다가 가을이
　되자 문득 고향의 순채국과 농어회가 생각나 벼슬을 버리고 고향으로 돌아갔다.

# 9

# 홍승범의 시

주서(注書) 홍승범(洪承範)은 문사가 빼어나 식자들이 살아있는 호랑이
라고 지목했다. 어린 시절 시구 하나를 지었다.

| | |
|---|---|
| 산대에는 참새가 깃들고 | 山臺棲鳥雀 |
| 원접사는 아이를 키우네 | 遠接長兒孫 |

원접사(遠接使) 소세양(蘇世讓)이 음악과 여색에 빠져 지냈기 때문에
이렇게 말한 것이다. 아, 우리 평안도 사람들이 금고된 화는 어찌 그리
도 혹독한 보복이란 말인가.

# 10

# 강의봉의 시

우암(愚巖) 강의봉(康儀鳳)은 총명하고 특히 자존심이 강하여 책을 많이 읽지 않았다. 국헌(菊軒) 황징(黃澄), 정씨(鄭氏), 현씨(玄氏)와 함께 '사로(四老)'가 되었는데, 장난삼아 절구 한 수를 지었다.

| | |
|---|---|
| 상산사호의 높은 이름 전하기에 부족하니 | 四皓高名不足垂 |
| 한나라 조정에서 헛되이 장량에게 속았구나[1] | 漢廷虛被子房欺 |
| 차라리 석 잔 술에 함께 취하여 | 豈如共醉三盃酒 |
| 인간세상 시비를 모두 잊는 게 어떠하리 | 都忘人間有是非 |

역시 의미가 있다.

---

1 상산사호의……속았구나 : 상산사호는 한(漢)나라 때 상산(商山)에 은거한 동원공(東園公), 기리계(綺里季), 하황공(夏黃公), 녹리선생(甪里先生) 등 네 명의 노인이다. 한 고조(漢高祖)가 세자를 폐위하려 하자 장량(張良)이 이들을 불러 태자를 돕게 하니, 고조가 세자를 폐위할 마음을 버렸다.

# 11

# 임제와 『상영록』

송오(松塢) 이인상(李仁祥), 호서(湖西) 김명한(金溟翰), 남파(南坡) 노대민 (盧大敏)은 모두 풍류가 빼어나 평안도의 으뜸가는 인물들이었다. 국헌 (菊軒) 황징(黃澄)은 특히 사부(詞賦)로 이름나 백호(白湖) 임제(林悌)에 게 인정을 받았다. 백호가 평안도 병마평사로 와서 어느 날 저녁 이들 을 데리고 부벽루에서 달을 구경하며 많은 시를 수창하고 『상영록(觴詠 錄)』이라 이름했다. 지금 그 중에서 오언율시 각 1연을 뽑는다.


백호 임제

지는 달은 높은 성가퀴에 걸려 있고                落月掛高堞

차가운 조수는 먼 모래섬에서 우네[1]             寒潮鳴遠洲


국헌 황징

물가 나무에 달이 지려 하는데                   汀樹月將落

어촌에 불빛 하나 밝구나[2]                      漁村火獨明


송오 이인상

---

1 林悌,〈右聯句六賢各足一句以成篇逐用前韻作古風〉,『浮碧樓觴詠錄』.

2 黃澄,〈三五七言〉,『浮碧樓觴詠錄』.

구름은 지난 왕조의 절을 덮고                                    雲鎖前朝寺

하늘은 옛 도성의 누각에 높구나3                                 天高故國樓


## 호서 김명한

차가운 조수는 섬을 가르고                                      寒潮分斷嶼

높은 누각은 긴 모래섬을 굽어보네4                               高閣瞰長洲


## 남파 노대민

푸른 술동이에 산은 아직 저물지 않았는데                          碧樽山未暮

붉은 촛불은 밤이라 밝구나5                                     紅燭夜能明


　　하산(夏山) 조인우(曹仁友)가 이른바 "함께 노닌 이들이 모두 신선이었다."라고 한 말은 몹시 부러워한 것이다.

---

3　李仁祥, 〈五言絶句〉, 『浮碧樓觴詠錄』.

4　金溟翰, 〈右聯句六賢各足一句以成篇遂用前韻作古風〉, 『浮碧樓觴詠錄』.

5　盧大敏, 〈三五七言〉, 『浮碧樓觴詠錄』.

# 12

# 박위의 시

선암(扇菴) 박위(朴葦)는 젊어서부터 빼어난 인물로 이름이 났다. 박엽(朴
燁)이 평안도 관찰사로 있을 때 아전을 시켜 그를 잡아오게 하고는, 갑
자기 경전의 한 구절을 내어 "어느 풀인들 시들지 않겠는가.[何草不黃]"[1]
라고 하니, 선암은 즉시 "그 흙은 희다.[厥土惟白]"[2]라고 대답했다. 민첩
하기가 이와 같았다.

또 회문시(回文詩) 한 수를 지었는데, 중국 사신 주지번(朱之蕃)이 탄
복하여 산호 채찍과 앵무배(鸚鵡盃)를 상으로 주었다. 선암이 길주(吉州)
로 유배되었을 때 양원(梁園)의 벽(癖)[3]이 있어 눈 내리는 날 시 한 연을
지었다.


점점이 앉은 자고새와 선명한 색 다투고            妬鮮爭點鷓

어지러이 날아드는 까마귀의 검은 빛을 조롱하네       嘲黑亂侵鴉


---

1 어느……않겠는가 : 『시경』〈하초불황(何草不黃)〉의 "어느 풀인들 시들지 않겠으며 어느 날인
   들 가지 않으리오.[何草不黃, 何日不行.]"라는 구절을 인용한 것이다.

2 그 흙은 희다 : 『서경(書經)』「하서(夏書)」〈우공(禹貢)〉의 "토질은 백색이며 덩어리가 없는 양
   토이다.[厥土惟白壤]"라는 구절을 인용한 것으로, 박엽이 인용한 『시경』 구절의 대우를 맞춘
   것이다.

3 양원(梁園)의 벽(癖) : 양원은 한(漢)나라 양효왕(梁孝王)의 정원이다. 그가 빈객들을 정원으
   로 불러 눈이 내리는 광경을 감상하고 시를 지은 일이 있다.

용사의 공교로움을 알 수 있다. 결어는 이렇다.

| | |
|---|---|
| 몸 기울여 가만히 서 있자니 | 側身空佇立 |
| 고향은 저 멀리 아득하구나 | 鄕國杳天涯 |

또한 청초하다.

# 13

# 허판의 시

기산(箕山) 허관(許灌)은 학사(學士) 유도삼(柳道三), 시랑(侍郎) 이지온(李
之韞)과 서로 앞을 다투었는데, 당시 사람들이 '방외삼걸(方外三傑)'이라
일컬었다. 허관은 한 시대를 우습게 보고 또 자부하기를 좋아했다. 황
해도의 막부에 있을 때【황주 판관(黃州判官)으로 감영에 갔을 때이다.】에도 상관
에게 굽히지 않았고, 막부에 글을 지을 일이 있을 때마다 "오직 허관(許
灌)만이 글을 안다."라고 큰소리쳤다. 황해도 관찰사가 여러 차례 그를
군색하게 만들려 했으나 할 수가 없었다. 그리하여 수양산에 놀러 가기
로 약속하고, 미리 "수양산에 올라가 백이를 생각하네.〔登首陽山憶伯夷〕"
한 구절을 몰래 자기 사위에게 보내어 즉시 대답하게 했다. 그러나 사
위가 일부러 즉시 대답하지 않고 짐짓 생각하는 척하니, 기산은 속으로
그가 자기를 이기려 하는 줄 알고 즉시 읊었다.


수양산에 올라 백이를 생각하니　　　　　　登首陽山憶伯夷

응당 기자와 함께 동쪽으로 왔으리　　　　也應箕子與東歸

당시 철철 흘린 눈물 바다로 변하여　　　　當時積淚翻成海

인간세상에 흘러들어 시비를 씻으리　　　　流向人間雪是非


관찰사가 끝내 어쩌지 못하고 놀이를 마쳤다. 기산이 어찌 시에만 뛰

어났겠는가. 풍류와 절조도 뛰어났다. 이때 가도(椵島)의 일1이 있어 율시 한 편을 지어 기록했다.


| | |
|---|---|
| 사신 가는 바닷길 열리지 않아 한스러운데 | 已恨星槎海不開 |
| 강가에 가득한 깃발이 다시 보이는구나 | 更看旌旆滿江隈 |
| 중원의 부로들을 무슨 낯으로 보리오 | 中原父老何顔見 |
| 도독과 감군이 이 길로 왔네2 | 都督監軍此路來 |
| 갑병 육천 명이 같은 날 출발하니 | 兵甲六千同日發 |
| 임진년 경진년 사십구년 만에 돌아왔네3 | 壬庚四十九年回 |
| 이번 길은 요동을 평정하러 가는 것이 아닌데 | 今行不是平遼役 |
| 어찌하여 군문에 새벽부터 피리소리 급한가 | 底事牙門曉角催 |


읽는 사람으로 하여금 동해에 빠져죽을 생각4이 들게 한다.

---

1 가도(椵島)의 일 : 1638년(인조16)부터 1641년까지 청나라가 명나라 공격을 위해 누차 조선에 원병을 요구한 일을 말하는 것으로 보인다.

2 도독과……왔네 : 임진왜란 때 명나라가 구원병을 파병한 일을 말한다.

3 임진년……돌아왔네 : 임진년은 임진왜란이 일어난 1592년을 말하고, 경진년은 청나라의 요구에 따라 원병을 파병한 1641년을 말하는 듯하다.

4 동해에 빠져죽을 생각 : 전국시대 제(齊)나라 노중련(魯仲連)이 진(秦)나라를 천자로 섬기느니 동해에 빠져죽겠다고 한 말을 인용한 것으로, 여기서는 청나라를 섬기는 것을 거부한다는 뜻이다.

# 14

# 전벽의 시

서정(西亭) 전벽(田闢)은 타고난 재주가 뛰어나고 식견이 밝아 사람들이 아끼고 그리워했다. 약관의 나이로 성균관을 거쳐 문과에 급제했으나 도리어 부족하다고 여겨 합격자가 발표된 뒤 돌아와 문을 걸어 잠그고 옛일을 연구하여 5년 뒤에 공부를 마쳤으니, 학문에 힘쓰는 훌륭한 선비였다. 어떤 선비가 그에게 글을 주었는데 대략 칠조개(漆彫開)에 비유하는 내용이었다.[1] 간이(簡易) 최립(崔岦)의 「희년록(稀年錄)」[2]에 보인다.

서정이 역적의 옥사[3]에 걸려들어 목숨이 위태로웠는데 충익공(忠翼公) 박동량(朴東亮)이 힘써 구원한 덕택에 화를 면했지만 십 년 동안 변방에서 귀양살이를 하게 되었다. 그의 시는 이렇다.

죄 없이 유배되어 가을이 슬퍼 눈물 흘리고　　　　　　空謫悲秋淚

귀뚜라미 소리는 초나라 노래 같구나　　　　　　　　蟲聲似楚歌

단풍 숲 어두운 변방에서　　　　　　　　　　　　　　楓林暗嶺海

비바람이 산하를 막는구나　　　　　　　　　　　　　風雨阻關河

---

1　어떤……내용이었다 : 이순형(李純馨)의 〈전 정자에게 주는 서문[贈田正字序]〉을 말한다. 『간이집(簡易集)』 부록에 실려 있다. 칠조개는 공자의 제자로 벼슬하라는 권유를 받고도 하지 않았다.

2　희년록(稀年錄) : 『간이집(簡易集)』 권9에 실려 있다.

3　역적의 옥사 : 1612년(광해군4) 일어난 김직재(金直哉)의 옥사를 말한다.

| 푸른 뜰에는 붉은 이슬 둥글고 | 庭綠團紅露 |
|---|---|
| 맑은 강에는 저녁 노을 흩어지네 | 江澄散晚霞 |
| 서쪽 바라보는 외로운 신하의 눈물 | 孤臣西望淚 |
| 차가운 빛은 장사에 접했네[4] | 寒色接長沙 |

아, 곤궁하기는 곤궁하지만 산천의 승경이 정신과 서로 감발한다.

---

4 장사(長沙) : 한(漢)나라 가의(賈誼)가 좌천된 곳으로, 여기서는 유배지를 말한다.

# 15

# 황윤후의 시

월저(月渚) 황윤후(黃胤後)는 큰 재주와 깊은 학문으로 한 시대를 뒤덮었다. 한 번은 시강원 문학으로 중국 사신 정룡(程龍)을 접대했는데, 수창시는 이렇다.

| | |
|---|---|
| 비범한 조정의 호걸이 | 倜儻當朝傑 |
| 조서를 받들어 바닷가로 나왔네 | 承綸出海隅 |
| 시서를 배운 옛날의 명장 | 詩書古名將 |
| 집안은 대대로 참된 선비였다네 | 家世卽眞儒 |
| 황제의 덕이 먼 지방을 회유하고 | 帝德方柔遠 |
| 천자의 명성은 오랑캐를 압도하네 | 天聲已壓胡 |
| 응당 일을 마치는 날에 | 應知幹事日 |
| 공훈이 황도에 진동하리라[1] | 勳業振皇都 |

중국 사신이 극구 칭찬하며 난초 그림으로 보답했다. 다시 시강원에 들어가서는 세자를 모시고 강학하느라 공로가 많았는데, 하루는 내전(內殿)에서 주렴을 드리우고 불러 비단 도포 한 벌을 상으로 내렸으니, 세상에 드문 대접이라 하겠다.

---

1 黃胤後, 〈奉別〉, 『皇華集』 卷49.

# 16

# 이진의 시

---

갈파(葛坡) 이진(李進)은 만력(萬曆, 1573~1620) 연간 이후로 으뜸가는 인물이다. 어떤 이가 그를 이백(李白)에 비유하자 이렇게 말했다.

"내 시가 이백을 만났다면 마땅히 채찍을 잡고 하인 노릇을 하겠지만, 백마재자(白馬才子)[1]의 따위는 나도 충분히 할 수 있다."

월사(月沙) 이정귀(李廷龜)가 대제학으로 있을 때 갈파의

| 칠월 초삼일 | 七月初三日 |
|---|---|
| 올해도 이미 가을이구나 | 今年亦已秋 |

라는 시구를 얻고 자기도 모르게 무릎을 치며 말했다.

"참으로 기린을 잡을 만한 솜씨이다"

이때부터 과거를 볼 때마다 항상 칭찬을 받았다. 그러나 시험장에 오래 있으면서 크게 성취하기를 기대하여 번번이 억누르고 선발하지 않았다. 이 때문에 백발이 되도록 영락하여 겨우 한 번 급제하고 죽었다. 그의 자만시(自挽詩)는 이렇다.

| 넓은 바다에 배 지나간 자취 남지 않았고 | 滄海不留舟去迹 |
|---|---|

---

1 백마재자(白馬才子) : 이백의 시 〈백마편(白馬篇)〉 등을 가리키는 듯하다.

푸른 하늘에 학 날아간 흔적 보기 어렵네                 碧霄難見鶴歸痕

먼 훗날에도 눈물을 흘리게 할 만하다.

# 17

# 기자의 후손 선우협

돈암(遯菴) 선우협(鮮于浹)은 천고에 드문 학자인데, 우리 태사(太師 기자)가 바로 그의 비조(鼻祖)이다. 하루는 낮잠을 자는데 태사인 듯한 사람이 그에게 시를 주었다. 그 시에 이런 구절이 있었다.

| 무너진 성 밖의 한 자 무덤 | 尺墳殘城外 |
| 외로운 사당이 차가운 창문을 마주했네[1] | 孤祠對寒牖 |

월사(月沙) 이정귀(李廷龜)가 신묘한 말이라 했다. 어떤 이는 오언시(五言詩)라는 이유로 의심하지만, 내 생각에 성인의 영령은 옛날에 있으면 옛날에 맞게 행동하고 지금에 있으면 지금에 맞게 행동한다. 그렇다면 시라고 유독 지금의 말을 지을 수 없겠는가. 월사의 감식안도 일리가 있다.

---

1 『遯菴全書』年譜.

# 18

# 김여욱의 시

이촌(梨村) 김여욱(金汝旭)은 젊어서부터 시로 이름났다. 월저(月渚) 황윤후(黃胤後)가 시험해보고 기특하게 여겨 의발을 전수했다. 한참 뒤에 진사시에 급제하여 성균관에 들어갔는데, 동학들이 어울리려 하지 않았다. 마침 정월 대보름이 되어 모두들 달구경을 가서 성균관이 텅 비어 아무도 없었다. 김여욱은 홀로 우두커니 있다가 자리에서 시 한 연을 지었다.

| | |
|---|---|
| 달이 있어 남들은 함께 구경하는데 | 有月人同賞 |
| 돈이 없어 나만 홀로 깨어있네 | 無錢我獨醒 |

동학들이 돌아와 보고는 한참동안 읊조리다가 손을 잡고 말했다.
"그대의 재주가 이 정도인 줄은 몰랐네"
광법사(廣法寺)는 성에서 가까운 이름난 사찰인데, 이촌은 50세 이후에야 한 번 가보고 사찰의 승려에게 시를 주었다.

| | |
|---|---|
| 그저 광법사가 이름난 절이란 말만 듣고 | 徒聞廣法稱名寺 |
| 늘상 한스럽게도 일찍 찾아가지 못했네 | 每恨尋眞不早圖 |
| 쉰 일곱이 되어 이제 비로소 와보니 | 五十七年今始到 |

노승이 나에게 속인은 물러가라고 꾸짖네　　　　　　老禪嗔我俗人無

얼마 전 이동열(李東說)이 서울에 왔다가 삼각산 사찰에 갔는데, 당시 서울의 선비들이 시회(詩會)를 열었다. 이동열이 먼저 읊었다.

일찍이 삼각산이 이름난 절이란 말만 들었을 뿐　　　　曾聞三角知名寺

매번 한스럽게도 일찍 찾아가지 못했네　　　　　　　每恨尋眞不早圖

삼십년 만인 지금 비로소 와보니　　　　　　　　　　三十年來今始到

노승이 나에게 속인은 물러가라고 꾸짖네　　　　　　居僧嗔我俗人無

모든 선비들이 모두 붓을 놓았으니, 그 시가 이촌에게서 나온 줄은 몰랐던 것이다.

# 19

## 김여욱과 허관의 우열

근래의 뛰어난 인물로는 모두들 김여욱(金汝旭)과 허관(許灌)을 꼽는데, 우열을 가리기 어렵다. 그러나 이촌(梨村)이 스스로 적절한 평가를 내렸다.

"학포(學圃) 허관은 천 칸의 넓은 집처럼 형세가 널찍하지만 단지 꾸미는 노력이 적다. 나는 팔작지붕을 얹은 세 칸의 집과 같아 높고 넓은 모습을 다 갖추었다."

사람들은 이것으로 두 사람의 우열이 정해졌다고 여겼다.

## 20

# 오준망의 시

기산이 두려워했던 벗으로 일사(逸士) 오준망(吳峻望), 적벽(赤壁) 계운식(桂雲植), 예산(禮山) 김의엽(金義燁)이 있다. 오준망은 시단에 기치를 세웠으나 술을 좋아하여 명성을 떨치지 못했다. 이 무렵 영명사(永明寺)에서 성벽을 따라 묻어둔 술이 잘 익었는데, 어느 날 저녁 네 사람이 함께 가서 훔쳐 마시고는 항아리 위에 연구(聯句)를 썼다.

| | |
|---|---|
| 진나라 때 소탈한 필 이부1 | 晉代疎狂畢吏部 |
| 천년에 전하는 풍류가 우리에게 맡겨졌네 | 風流千載屬吾儕 |
| 술항아리 훔쳐 마셔도 포박하는 사람 없어 | 瓮間盜飮無人縛 |
| 흠뻑 취해 산으로 돌아가니 달이 지려 하네2 | 大醉還山月欲低 |

이른 아침에 승려들이 알아채고 관찰사에게 알렸는데, 관찰사는 끝내 따지지 않고 단지 이렇게 말했다.

"결구를 지은 자는 반드시 오래 살지 못하고 죽을 것이다."

자취를 찾아보니 오준망이었는데, 오준망은 얼마 뒤에 죽었다. 관찰사는 박엽(朴燁)이었다.

---

1 진나라……이부 : 필 이부는 이부 낭(吏部郎)을 역임한 필탁(畢卓)이다. 이웃집 술을 훔쳐 마시다가 붙잡혀 포박당했는데, 이튿날 신분이 밝혀져 풀려났다.

2 盧禛, 〈戱飮聯句〉, 『玉溪集』 續集 卷4.

# 21

# 양만영의 시

원외(員外) 양만영(楊萬榮)은 양현망(楊顯望)의 아들이다. 숙종 병인년 (1686) 춘당대시(春塘臺試)를 거쳐 성균관 박사가 되었으나 기사년(1689) 이후 스스로 탄핵하고 고향으로 돌아갔으니, 제멋대로인 젊은이였다. 만년에 장인 강후망(姜後望)의 호서 별장에 의지하여 살았다. 마침 사문(斯文) 김시걸(金時傑)과 그 아우 김시보(金時保)가 청풍동(淸風洞)으로 놀러왔다가 길에서 강후망을 만났다. 강후망이 양만영과 두 김씨에게 시를 부탁하니, 양만영이 먼저 지었다.

| | |
|---|---|
| 강호를 여행하다 지친 나그네 | 倦遊湖海客 |
| 글재주 뛰어난 형제간이라네 | 文雅兄弟間 |
| 청풍동을 향해서 가니 | 去向淸風洞 |
| 백월산에서 왔다네 | 來從白月山 |

백월산은 두 김씨의 별장이다. 두 김씨는 대적할 수 없다는 것을 알고 일어나 떠났다. 강후망이 양만영의 등을 쓰다듬으며 말했다.

"사위야 사위야, 덕택에 내가 체면을 차렸다."

# 22

# 홍익중의 시

삼천(三遷) 홍익중(洪益重)은 평소 책을 그다지 읽지 않았으나 시에는 뛰어났다. 만약 그 역량을 채웠다면 얻기 어려운 재주가 되었을 것이다. 한번은 도안(道安)과 광법사(廣法寺)에서 만나 생각을 짜내어 응수하니 기이한 시상이 계속 나왔다. 도안이 이 때문에 여러 번 식은땀을 흘렸다. 오랜 뒤에 홍익중이 일이 있어 서울에 들어갔다가 선비들을 따라 관왕묘(關王廟)를 구경했다. 홍익중이 한 연을 지었다.

| 몸은 적토유성마를 타고 | 身騎赤兔流星馬 |
| 손은 청룡언월도를 들었네 | 手握靑龍偃月刀 |

선비들이 깜짝 놀라며 말했다.
"아무래도 그대를 얕볼 수 없다."
마침내 붓을 놓았다.

# 23

# 허절이 명성을 떨치다

문산(文山) 허절(許晢)은 하늘이 내린 재주를 지니고 옛것을 회복하고 황무지를 개척하여 한 지방 시인의 으뜸이 되었다. 요컨대 그의 솜씨는 기이한 것과 올바른 것, 여는 것과 닫는 것이 있어 마치 음식 중의 태뢰(太牢), 음악 중의 황종(黃鍾), 그릇 중의 정이(鼎彝)와 같았다.[1] 한 편의 시가 나올 때마다 다리도 없는데 사방으로 전해져 삼척동자까지도 목을 빼어 서쪽을 바라보았다.

근래 유생 장대경(張大經)이 과거 보러 서울에 갔다가 당시 이름났던 남쪽 지방 선비를 만났는데, 그 사람이 들어서 알고 문산에게 주는 절구 한 수를 읊었다.

| | |
|---|---|
| 허절은 글에 능한 사람 | 許晢能文者 |
| 평생토록 만나기 원했네 | 平生願見之 |
| 모란봉의 아름다운 달 아래서 | 牧丹峰好月 |
| 언제쯤 함께 시를 지을까 | 何日與論詩 |

문산도 듣고 통쾌하게 여겼다.

---

1 음식······같았다 : 비슷한 종류 중에 가장 뛰어나다는 뜻이다. 태뢰는 소, 양, 돼지를 갖춘 제사로 성찬을 뜻하며, 황종은 12율려(律呂)의 기준이 되는 음률이다. 정이는 나라에 공을 세운 사람의 이름을 새긴 제기(祭器)이다.

# 24

# 홍만조가 허절을 인정하다

하곡(荷谷) 허봉(許篈)의 〈봄날 부벽루에 노닐며〉[1] 시는 고금의 절창이다. 문산(文山) 허절(許晢)이 생각을 다해 그 시에 차운했는데, 판서 홍만조(洪萬朝)가 순찰사로 있을 때 문산에게 읍지의 속편을 편찬하게 하면서 그 시를 선발했다. 문산은 감히 그럴 수 없다고 고사했지만 홍만조는,

"그대의 시가 하곡보다 나은 듯하네."

하고 끝내 선발하라고 명했다. 풍산(豊山, 홍만조)이 문산을 알아준 것은 백락(伯樂)이 천리마를 돌아본 것과 같다.[2]

---

1 許篈, 〈春遊浮碧樓〉, 『荷谷集』補遺.

2 백락(伯樂)이……같다 : 백락은 춘추시대에 말의 관상을 잘 보던 사람으로, 버려진 명마를 알아보곤 했다.

# 25

# 이만우의 시

담연자(淡然子) 이만우(李萬祐) 여길(汝吉)은 재주가 문산(文山) 허절(許晢)보다 빼어났지만 문산처럼 크지는 않았다. 그러나 빼어난 시어와 기이한 기운이 계속 나왔다.

| | |
|---|---|
| 단련하여 방패를 만드니 | 鍊鍊曾成盾 |
| 쇠나 돌과 다투지 않네 | 金石與不爭 |
| 한번 울면 천지를 놀래키니 | 一鳴驚天地 |
| 만고토록 길이 푸르네 | 萬古長靑靑 |
| | |
| 그윽하고 한가로워 난초와 뜻이 맞고 | 幽閒蘭有契 |
| 맑고 시원하여 달과 어울리네 | 淸爽月相得 |
| 드넓어 막힌 것 없으니 | 廓然無所碍 |
| 푸른 가을 하늘만 보이네 | 惟見秋空碧 |
| | |
| 지난 2,3월에 | 向來二三月 |
| 붉고 푸른 꽃에 동풍이 불었네 | 紅綠間東風 |
| 천하라는 집 안에서 | 乾坤一室內 |
| 조물주가 단청을 칠하네 | 造物丹靑翁 |

문산은 마음이 급해 땀으로 등을 적셨다. 한 번은 그가 어떤 손님에게 말했다.

"허 아무개는 죽어야 한다."

손님이 그 뜻을 이해하지 못하자 문산이 말했다.

"나는 어렸을 때부터 시를 배웠지만 이여길의 시어와 같은 것은 한마디도 얻지 못했네. 그러고도 살 수 있겠는가?"

그러자 손님이 크게 웃었다. 나는 여길을 만나본 적이 있는데, 그의 말에 따르면 자신은 문산과 나이를 잊은 친구로 고금에 이야기할 만한 곳을 항상 함께 노닐었다고 하며 거의 오열하며 눈물을 흘리려 했다. 거문고 줄을 끊고 창이 부러진 것[1]이 어찌 고금이 다르겠는가.

---

1 거문고……것 : 백아(伯牙)는 종자기(鍾子期)가 죽자 더 이상 자신의 음악을 알아줄 사람이 없다고 여겨 거문고 줄을 끊었고, 춘추시대의 창 만드는 장인이 자기 아들을 죽여 그 피를 발라 창을 완성했으나 왕이 알아보지 못하자 그 창이 부러졌다. 모두 알아주는 사람이 없는 슬픔을 뜻한다.

# 26

# 이시항의 시

화은(和隱) 이시항(李時恒)은 청천강 북쪽에서 왔는데, 우리 평양의 학자 중에 대적할 수 있는 사람이 없었다. 그러나 늙도록 불우하여 그리 현달하지는 못했다. 오랜 뒤에 과거에 급제하여 어천 찰방(魚川察訪)이 되었는데, 마침 정승 조태억(趙泰億)이 청나라 사신을 맞이하러 국경에 나왔다가 통군정(統軍亭)에 올라 산(山)자 운을 얻어 자리의 손님들에게 각자 차운하게 했다. 이시항이 즉시 읊었다.

| | |
|---|---|
| 요동 벌판 옛날에 모두 우리 땅이었는데 | 鶴野昔時皆我地 |
| 마잠1은 어느 해에 오랑캐 산이 되었나 | 馬岑何歲忽胡山 |

조태억이 대단히 칭찬했다.

"이 늙은이가 한 수 물러야겠군."

또 오랜 뒤에 이시항이 사신의 일 때문에 청나라에 가다가 글을 지어 김학기(金學起)의 묘소에 제사지냈는데, 그가 질정관(質正官)으로 중국에 간 적이 있기 때문이다. 그러므로 예로부터 꿈에 나타나면 실제와 맞는 경우가 많았다. 한 번은 화은이 꿈에서 절구 한 수를 얻었다.

---

1 마잠 : 통군정 건너편에 바라보이는 마이산(馬耳山)을 말하는 듯하다.

금강불아 너에게 묻노니　　　　　　　　　　　問爾金剛佛

지금은 어디에 있는가　　　　　　　　　　　　于今安在哉

승려가 말하길 천만 개 봉우리　　　　　　　　師云萬千嶽

서 있는 것이 모두 여래라네　　　　　　　　　立立皆如來


　북쪽으로 와서 영녕사(永寧寺)[2]에 올랐는데 꿈에 본 것을 실제로 보게 되었다. 영일(靈一)이라는 시승(詩僧)이 있었는데, 화은에게 시를 지어 달라기에 마침내 이 절구시를 써서 주었더니 몹시 고마워했다. 아, 이 또한 기이한 일이다.

---

2 영녕사(永寧寺) : 조선 사신이 북경으로 가는 길에 있는 사찰로, 동두대(東頭臺)와 영원위(寧遠衛) 사이에 있다.

# 27

# 전석지의 시

송강(松江) 전석지(田錫至)는 시를 지을 때 매우 기괴한 것을 추구하여 속된 말투를 절대 쓰지 않았다. 이 때문에 불우하게 살다가 죽었다. 그의 〈등불〉 절구는 다음과 같다.

| | |
|---|---|
| 한나라 운수 장차 다하려 하니[1] | 炎運時將歇 |
| 누가 다시 기울어진 사직 일으키랴 | 誰復重器傾 |
| 오장원의 청유막 안에서 | 五丈淸油裏 |
| 아아! 공명이 죽었구나[2] | 嗚呼去孔明 |

역시 빼어나고 의미가 있다.

---

1 한나라……하니 : 한나라가 화덕(火德)으로 개국했다고 하므로 이렇게 말한 것이다.
2 오장원의……죽었구나 : 공명은 제갈량이다. 그가 한나라의 부흥을 도모하다가 오장원에서 죽었으므로 이렇게 말한 것이다.

# 28

# 허필의 시

문산(文山) 허절(許晢)이 한번 나온 뒤로는 시도(詩道)가 거의 옛 법도에 가까워졌다. 그의 뛰어난 제자 중에는 동곽(東郭) 허필(許佖) 언백(彦伯)보다 나은 사람이 없다. 타고난 재주가 아름답고 빼어나며, 그의 시는 고아함을 위주로 하여 속된 기운이 전혀 없었다. 항상 당나라 이후로는 시가 없다 하고, 또 당나라를 충분히 배웠다 하며 반드시 육조(六朝) 이전으로 올라가려 했다. 문산은 그의 시 한 편을 읽을 때마다 항상 무릎을 치며 좋다고 했다. 애석하게 쉰 살도 못 되어 죽었다. 죽음을 앞두고 시 한 연을 읊었다.

홰나무는 강과 바다의 꿈결에 차갑고[1]　　　　　　　槐寒江海夢
시는 한나라 당나라 소리가 줄어들었네　　　　　　詩減漢唐聲

　내 생각에 언백은 속되지 않은 고아한 선비로 은자의 풍모가 있다. 단지 조물주가 그렇게 만들었을 뿐이다. 시가 사람을 궁하게 한다더니 과연 그렇지 않은가.

---

1 홰나무는……차갑고 : 인생은 홰나무 아래의 한바탕 꿈처럼 부질없다는 괴안지몽(槐安之夢)의 고사를 인용한 것이다.

# 29

# 허절과 김집의 인연

문산(文山) 허절(許晢)은 시로 이름나 천고의 세월을 내려다보았으니 탁월하여 그에 미칠 사람이 없는 듯했다. 그러나 다른 사람을 만나면 자기 재주를 자랑하지 않았고, 후배가 하나라도 잘 하는 것이 있으면 반드시 칭찬하고 가르쳐서 끝내 성취하게 했다. 그러므로 사방의 수재들이 책 상자를 지고 모여들어 집에는 항상 신발이 가득했다.

내가 16, 7세 무렵 그동안 지은 글을 가지고 찾아뵈었는데, 문산은 그것을 보고 여러 차례 무릎을 치고 나를 아끼면서 옛 시인처럼 되라고 격려했다. 이때부터 사람을 만날 때마다 내 칭찬을 아끼지 않았으니, 내가 시단에 조금 이름이 난 것은 모두 문산의 힘이다.

신축년(1721), 나는 요행히 진사시에 급제하여 성균관에 가서 문묘에 참배했다. 마침 문산이 과거를 보러 서울에 들어왔기에 만나게 되었는데, 문산은 반가워하며 몹시 즐거워했다. 1년 뒤에 끝내 병들어 죽자 내가 시를 지어 애도했다. 그 결구에,

아양곡 연주하려 하지만 누가 들어주리오　　　　峨洋欲奏知誰聽
영롱한 생학의 울음만 넓은 하늘에 울려퍼지네　　笙鶴泠泠碧落寬

라고 했으니, 거의 실상을 기록한 것이다.

# 30

# 김점의 중부

"사람들은 훌륭한 아버지와 형제가 있는 것을 즐거워한다."[1]라고 성현께서 말씀하셨으니, 어찌 나를 속였겠는가. 나의 중부(仲父)는 젊어서 과거공부를 했으나 불행히도 집안의 환란을 만나 끝내 급제하지 못했다. 그러나 읽지 않은 책이 없었으며, 후배들을 이끌어주기를 마치 못 미칠 것처럼 했다. 나는 그분에게 『대학』과 『논어』를 배웠는데 요행히 중간에 그만두지 않았으니, 오늘에 이른 것은 그분의 힘이다. 한 번은 절구 한 수를 지어 보여주셨다.

| | |
|---|---|
| 점이는 시 짓기에 뛰어나니 | 漸也長詩筆 |
| 아버지는 아는가 모르는가 | 父兮知不知 |
| 평소 가르친 뜻을 | 生平下敎意 |
| 그는 실로 잊지 않았네 | 渠實不忘之 |

읽을 때마다 나도 모르게 눈물을 떨군다.

---

1 사람들은……즐거워한다 : 『맹자(孟子)』〈이루 하(離婁下)〉에 나오는 말이다.

# 31

# 이인채의 재주

이명재(耳鳴齋) 이인채(李仁采) 선실(善實)은 젊어서부터 영특했다. 태어난 해도 나와 같고, 성균관에 들어갈 때에도 나와 함께 합격했다. 그러나 나는 주제넘게 고문(古文)을 사모하다가 이루지 못했는데, 선실은 과거 급제에 각고의 노력을 기울여 마침내 장원을 차지했으니 그 득실이 어떠한가. 그러나 선실은 만족하지 않고 매번 내가 글 한편을 지을 때마다 칭찬했으니, 마치 "남의 재주를 자기 것처럼 여긴다."[1]라는 말과 같았다.

---

1 남의……여긴다 : 『서경(書經)』〈진서(秦誓)〉에 나오는 말로, 재주있는 사람을 몹시 아낀다는 말이다.

# 32

# 근래 평안도 문인들

요즈음의 시단에는 문산(文山) 허절(許晢) 이외에도 이 지역의 문장가들이 매우 많다. 내가 스승이나 벗으로 지낸 사람들로 말하자면, 우리 평양의 병조 정랑 이시항(李時恒), 중화(中和)의 사예 임익빈(林益彬), 덕천(德川)의 상사 허휘(許徽), 의주(義州)의 원외 김초직(金楚直), 은산(殷山)의 원외 강간(康侃) 등이 있다. 어떤 이는 시(詩)로 알려졌고 어떤 이는 부(賦)로 유명한데, 임익빈과 이시항 두 어른이 나와 몹시 친한 지기(知己)이다. 육유(陸游)와 같다는 칭찬을 받았으니, 거의 이시항의 의발을 받은 것이다. 사예는 내가 허관(許灌)보다 낫다고 했지만 내가 감당할 수 없다. 비록 그렇지만 시기 받는 세상 사람에 비하면 역시 다행이라 하겠다. 내가 〈우연히 흥이 나서 짓다〉라는 절구를 지었다.

| | |
|---|---|
| 평양은 한나라 당나라에 부끄럽지 않으니 | 西京不愧漢兼唐 |
| 천고의 시선들은 뼈마저 모두 향기롭다 | 千古詩仙骨亦香 |
| 풍월은 본디 정해진 주인이 없으니 | 風月本來無定主 |
| 어찌 모두 정지상에게 맡기랴 | 豈應全屬鄭知常 |

아, 옛 사람은 다시 볼 수 없으며, 앞으로 나타날 사람은 기약할 수 없을 뿐이다.

# 33

# 평양 이외 지역의 발전

평안도 지방의 고을은 거의 50여 곳이지만 오직 평양만이 선비의 기북 (冀北)[1]과 같으니, 뛰어난 인재가 많기로는 참으로 평안도의 으뜸이다. 그러나 공자의 제자들도 모두 노(魯)나라 사람은 아니었고, 광무제(光武帝)의 장군과 재상도 남양(南陽) 사람이 아닌 경우가 있었다.[2] 조물주가 부여하는 것이 공정하다는 말이 참으로 옳다.

대체로 국초에 이름난 사람들은 대부분 평양 출신이었지만, 만력(萬曆) 연간 이후에는 여러 고을이 굴기하여 쓸쓸한 강과 험한 골짜기에서도 무예를 그만두고 책에 몰두한 사람이 있다. 백 년 동안 병법을 익히던 사람들을 한번 씻어내어 갑자기 사라지게 했으니, 아, 성상께서 평안도에 베푼 교화가 증명된 것이 아니겠는가.

---

1 기북(冀北) : 본디 명마(名馬)가 많이 나는 곳인데, 여기서는 인재가 많이 나는 곳을 비유했다.
2 공자의……있었다 : 공자가 노나라 출신이고 광무제가 남양 출신이므로 이렇게 말한 것이다.

# 34

# 평안도 문인의 대두

갈파(葛坡) 이진(李進)이 간혹 사람들에게 말했다.

"일전에 빛이 없는 문성(文星)이 서북에 나타났으니, 백년이 지나지 않아 여러 고을에서 반드시 과거에 급제하는 사람이 많을 것이다."

그로부터 이른바 '용방(龍榜)'[1]이라는 것을 명경과(明經科)에서 모두 얻게 되었다. 또 근래에 영남의 늙은 선비가 꿈에서 문성을 따라가다 평안도에 멈추는 것을 보았다. 이 때문에 평안도가 특히 흥성하여 한양의 여러 공들에게 인정받는 사람이 많았다. 아, 고개지(顧愷之)가 말한 점입가경(漸入佳境)이 이를 두고 한 말이 아니겠는가.

---

1 용방(龍榜) : 뛰어난 인물이 과거에 대거 합격함을 말한다. 용호방(龍虎榜)이라고 한다. 당나라 정원 8년(792) 구양첨, 한유 등 23인이 육지(陸贄)의 방(榜)에서 등제한 것을 가리킨다.

# 35

# 『고려사』에 수록된 평안도 문인

『고려사(高麗史)』를 살펴보면 다음과 같은 내용이 있다.

"최응(崔凝)은 토산(土山) 사람으로 오경에 통달했으며 글을 잘 지었다."

"현덕수(玄德秀)는 연주(延州) 사람으로 어려서부터 총명했다. 책을 읽으면 대의에 통달했고 글을 잘 지었다."

"조문발(趙文拔)은 인산진(麟山鎮) 사람으로 어려서부터 총명하여 책을 읽으면 모두 기억했고 문사가 맑고도 놀라웠다."

내 생각에 이 세 사람은 한 시대의 문사들인 듯한데, 애석하게도 세월이 오래되어 이들이 지은 시 한 구절도 찾아볼 수가 없다. 그러므로 뛰어난 자만 대략 기록하고, 끊어서 본조(本朝 조선)부터 시작한다.

# 36

# 김반의 시

송정(松亭) 김반(金泮)은 강서(江西) 사람이다. 한 번은 중국에 사신으로 갔는데, 물고기 그림을 그린 족자에 제화시(題畫詩)를 구하는 이가 있었다. 즉시 시를 지었는데 그 마지막 구는 이렇다.

| | |
|---|---|
| 만약 짧은 꼬리를 태운다면 | 若爲燒短尾 |
| 하늘에 올라 용이 되리라[1] | 攀附在天龍 |

중국 사람들이 마침내 '짧은 꼬리를 태운 선생'이라 지목했다. 그는 이처럼 나라를 빛냈다.

---

1 『新增東國輿地勝覽』 卷52, 平安道 江西縣. 물고기가 용문(龍門)을 뛰어넘어 용으로 변할 때는 반드시 우레가 쳐서 꼬리를 태운다는 말이 있기 때문에 이렇게 말한 것이다.

# 37

# 어변갑의 급제를 예언하다

직전(直殿) 어변갑(魚變甲)은 함종(咸從) 사람이다. 그가 전시(殿試)에 응시하려 했을 때, 태학사(太學士) 정이오(鄭以吾)가 꿈에서 시를 얻었다.

| | |
|---|---|
| 세 차례 바람과 우레에 고기는 용으로 변하고 | 三級風雷魚變甲 |
| 봄날의 아지랑이 자욱한 경치에 말 소리 드무네[1] | 一春烟景馬稀聲 |
| 비록 대우는 서로 대등하다 하겠으나 | 雖云對偶元相敵 |
| 등용문에 오를 사람 이름에 어찌 미치랴[2] | 那及龍門上客名 |

어변갑이 과연 장원으로 합격했다. 아, 기이하다.

---

1 세……드무네 : '고기는 용으로 변하고'의 원문은 어변갑(魚變甲)이고, '말 소리 드무네'의 원문은 마희성(馬稀聲)이다. 1408년(태종8) 식년시에서 어변갑은 문과 장원, 마희성은 무과 장원으로 급제했다.

2 魚叔權, 『稗官雜記』.

# 38

# 어변갑의 시

직전(直殿) 어변갑(魚變甲)은 국초의 으뜸가는 인물이었으나 효자라는 명성에 가려졌을 뿐이다. 임금에게 하직하고 고향집으로 돌아가 시를 지었다.

| | |
|---|---|
| 병으로 사직하고 조용한 집에 돌아오니 | 謝病歸來一室幽 |
| 오래된 연못가의 초목이 황량하네 | 荒凉草樹古池頭 |
| 내가 어찌 공명을 피하는 사람이랴 | 若余豈避功名者 |
| 그저 어머님 때문에 멀리 가지 않을 뿐[1] | 只爲慈親不遠遊 |

먼 훗날까지 어버이를 잊고 벼슬을 좇는 자를 부끄러워 죽게 만든다.

---

1 魚變甲, 〈題池浦家壁〉, 『東文選』 卷22.

# 39

## 어세겸의 시

직전(直殿) 어변갑(魚變甲)의 후손은 대대로 뛰어난 문인이었다. 특히 문정공(文貞公) 어세겸(魚世謙)이 시단을 주도했다. 그가 이조 판서로 있을 때 월산대군(月山大君)【월산대군은 덕종(德宗)의 아들이다.】을 만났는데, 월산대군이 대내(大內)에서 은항아리 세 개를 받들고 나왔다. 허리 양쪽에 모두 금실로 어제(御製)를 써서 월산대군에게 하사한 것이었는데, 향기로운 술이 가득했다. 대군이 자리에 있는 사람들에게 화답하게 하고 술을 돌렸다. 다시 이어서 내시가 명을 전하여 재신(宰臣)들에게 화답하게 했는데, 문정공이 즉시 응제했다.

| | |
|---|---|
| 밖에는 천금의 글자가 빛나고 | 外耀千金字 |
| 속에는 만년의 봄을 간직했네 | 中藏萬世春 |
| 임금의 글씨 나오자마자 | 奎章纔漏洩 |
| 향기가 사람을 취하게 하네[1] | 酣酌已醺人 |

그 밖의 장편은 길어서 기록하지 않는다.

---

1 李廷馨, 〈東閣雜記〉, 『知退堂集』 卷8.

# 40

# 김안국과 김정국

모재(慕齋) 김안국(金安國)과 아우 사재(思齋) 김정국(金正國)은 용강(龍岡) 사람이다. 모두 도학과 문장이 한 시대에 드높았지만 모재야말로 문단에 적치(赤幟)를 세웠다. 일본의 승려 붕중(弸中)을 만났을 적에는 여러 번 그를 무릎 꿇게 했다. 몽당붓의 힘으로 산을 무너뜨리듯 교활한 왜적을 굴복시켰으니, 참으로 '조정에서 싸워 이긴 자¹'라고 하겠다.

---

1 조정에서……자 : 『위료자(尉繚子)』〈공권(攻權)〉의 "전쟁은 조정에서 이기는 경우가 있다.〔兵有勝於朝廷〕"라는 말을 인용한 것으로, 군대를 동원하지 않고 조정에서 정책을 세워 이긴다는 뜻이다.

# 김정과 김필성의 시

교리(校理) 김정(金鼎), 상사(上舍) 김필성(金弼聖)은 인접한 지역에서 앞
뒤로 태어났으며, 사람됨이 호탕하기도 대략 비슷했다. 교리의 시는 이
렇다.


깨어나서는 취할 때의 생각을 후회하고　　　　　　　醒時却悔醉時情

취한 뒤에는 깨었을 때의 맹세를 잊네[1]　　　　　　醉後渾忘醒後盟


상사의 시는 이렇다.


석 잔 막걸리는 하늘이 내린 맛인데　　　　　　　　三盃濁酒天生味

사해의 맑은 이름은 비난받을 분수라네　　　　　　　四海淸名分受譏


역시 시대는 달라도 곡조는 같다고 할 만하다.


---

1 洪直弼,〈承文院校理金公墓碣銘〉,『梅山集』卷35.

# 42

# 최덕중의 시

동봉(東峰) 최덕중(崔德重)은 중화(中和) 사람이다. 종제 최덕문(崔德雯)과 함께 쌍벽(雙璧)으로 일컬어졌다. 세상에서 전하는 말에 따르면 해압산(海鴨山)에서 두 최씨가 태어난 뒤로 초목이 다 말라죽었다 하니, 시단의 기이한 일로 알려져 있다. 동봉의 압록강 시는 다음과 같다.

백두산 아래서 발원할 때          白頭山下發源時

하늘의 뜻이 어찌 두 갈래 있게 했으리      天意寧敎有兩岐

바다에 이르도록 합류하지 않으니       若到海門猶未合

세상에 어긋나지 않는 물건이 없네       世間無物不參差

식자들은 느낀 바 있어 지은 시라고 했다.

# 한우신의 시

정안(靜安) 한우신(韓禹臣)은 순안(順安) 사람이다. 문충공(文忠公) 포은 (圃隱) 정몽주(鄭夢周)가 예지하여 얻은 사람이다.[1] 성리학을 맛있는 음 식처럼 좋아했는데, 죽기 직전에 절구 한 수를 지었다.

| | |
|---|---|
| 옛사람 배우고자 했으나 행실이 독실치 못하여 | 志學古人行不篤 |
| 명성과 사업 결국 보잘 것 없구나 | 聲名事業竟昏昏 |
| 하루아침에 죽게 되니 내 운명 편안히 여기되 | 一遭歸盡安吾命 |
| 그저 요사이 도를 듣지 못한 것이 한스럽구나 | 只恨年來道未聞 |

그는 이처럼 독실하게 도를 추구했고, 생사가 갈라지는 순간에도 슬 퍼하지 않았다.

---

1 문충공(文忠公)……사람이다 : 정몽주가 순안의 북송정(北松亭)에 올라 풍광을 보고, 이곳 에서 뛰어난 인재가 나올 것이라고 예언했다는 일화가 『서원등록(書院謄錄)』에 보인다.

# 44

# 변환의 시

형산(荊山) 변환(卞矙)【자호는 삼일산인(三一山人)이며 젊어서 진사가 되었다.】은 안주(安州) 사람이다. 시에 뛰어났고 필법 또한 높은 경지에 이르렀으니 실로 우리 평안도의 왕희지(王羲之)이다. 어려서 서산대사(西山法師) 휴정(休靜)의 문하에 들어갔으며 법명이 쌍익(雙翼)이었는데, 곧 환속하여 마침내 문과에 급제했다. 안주 사람이 과거에 장원한 것은 변환으로부터 비롯된 것이다. 그러나 예전의 흠결이 문제가 되어 삭방되자, 변환은 "세상이 나와 맞지 않는다."라고 탄식하고 마음껏 글을 짓고 술을 마시며 즐겁게 살다가 훗날 병들어 죽었다. 부원수(副元帥) 정충신(鄭忠信)이 만시를 지었다.

인간세상에서 영원히 황금방이 끊겼지만     人間永絶黃金榜
천상에서는 다시 백옥루를 지었네     天上重開白玉樓

실상을 기록했다고 할 만하다.

# 45

# 변지익의 시

형산(荊山) 변환(卞瓛)은 소순(蘇洵)과 같은 사람이리라. 그는 변지수(卞之隨)와 변지익(卞之益) 두 아들을 두었다. 변지익의 자는 숙겸(叔謙)이다. 그러므로 '변숙(卞叔)'이라 자칭했는데, 기이한 행동을 좋아했으며 혼인하지 않고 자식도 없이 28세에 죽었다.

변숙은 재주가 뛰어나고 학문이 넓어 천고의 인물들을 마음에 들어 하지 않았으나 유독 초당사걸(初唐四傑)을 사모하여 그들의 시문을 항상 익히며 법도로 삼고, 송(宋)나라 이하의 시문은 논하지도 않았다. 게다가 총명하고 기억력이 좋기로 매우 유명했다. 하루는 중국 사람이 고금의 기이한 책을 배에 싣고 와서 팔려 했는데, 변숙이 가서 한번 대충보고는 마치 익숙하게 보던 것처럼 암송했다. 중국 사람이 깜짝 놀라며 배에 실린 책을 모두 주었다.

한 번은 예(乂)자를 제목으로 나라를 다스리는 방법에 대한 책을 지어 대궐에 바쳤는데, 인조(仁祖)가 비답을 내려 가상히 여겼다. 당시 사대부 중에 변숙의 문하에 들어가려 하지 않는 자가 없었다. 나는 변숙이 참으로 우리 평안도의 뛰어난 선비라 생각한다. 매번 그의 시를 읽을 때마다 '산악에서 신을 내린다.〔維嶽降神〕'[1]라는 말을 더욱 믿게 된다.

---

1 산악에서 신을 내린다 : 『시경』 「대아(大雅)」 〈숭고(崧高)〉에 나오는 말로, 산악이 높고 커서 그 신령(神靈)과 화기(和氣)를 내려 훌륭한 인물이 나게 된다는 뜻이다.

# 윤영, 김호익, 안헌민의 시

변숙(卞叔 변지익)과 같은 시기에 여러 고을에 뛰어난 인재가 많았다. 퇴옹(退翁) 윤영(尹瑛), 서천(西泉) 김호익(金虎翼), 송오(松塢) 안헌민(安獻民)이 그중 뛰어난 자이다. 변숙은 문장을 논할 때마다 김호익만 일컫는 것을 부끄러워하여 마치 개 보듯 싫어했다. 그러나 김호익과 윤영, 안헌민 두 사람은 모두 불우하여 겨우 찰방 자리 하나를 얻었을 뿐이었다. 김호익의 시는 이렇다.

| | |
|---|---|
| 백년 인생에 세 가지 즐거움 적고[1] | 百年三樂小 |
| 천리 땅에 한 자리 벼슬 낮구나 | 千里一官卑 |

이보다는 윤영의 시가 낫다.

| | |
|---|---|
| 세상살이는 양장판 같고 | 世路羊腸坂 |
| 사람의 마음은 곡령산 같네[2] | 人情鵠嶺山 |

---

1 세 가지 즐거움 : 맹자가 말한 군자의 즐거움으로, 첫째, 부모가 살아있고 형제가 무고한 것, 둘째, 위로 하늘에 부끄럽지 않고 아래로 사람에게 부끄럽지 않은 것, 셋째, 천하의 영재를 얻어 교육하는 것이다.

또 이보다는 안헌민의 시가 낫다.

옷도 없고 밥도 없고 자식도 없으니           無衣無食又無兒
나를 세 가지 없는 사람으로 만든 이 누구인가   使我三無主者誰

이것이 바로 갈수록 태산이라는 말이다.

---

2 세상살이는……같네 : 양장판은 중국 산서(山西)에 있는 험한 비탈이며, 곡령산은 개성의 숭
  악산(崧岳山)을 말한다.

# 47

## 정두평의 시

청하(靑霞) 정두평(鄭斗枰)은 상원(祥原) 사람이다. 젊어서 힘써 과거공부를 하여 사서와 육경 및 옛 문장가들의 글을 마치 잠꼬대처럼 외웠다. 문장을 지을 때에는 이치를 위주로 하여 마치 콩과 조, 베와 비단처럼 평범하면서도 꼭 필요한 물건과 같았다. 아들과 손자를 잃었는데 이어서 또 문인 양시진(楊時晉)이 죽자 시를 지어 애도했다.

| | |
|---|---|
| 아들 죽고 손자 죽은 고통이 어떠한가 | 兒死孫亡痛若何 |
| 더 이상 흘릴 눈물 없으리라 여겼네 | 謂無餘淚更滂沱 |
| 지금 그대 잃고 눈물이 샘솟으니 | 如今哭子如泉涌 |
| 비로소 내 인생 눈물 많은 줄 알겠다 | 始識吾生淚亦多 |

헛되이 이름나는 선비가 없음을 알 수 있다.

## 48

# 임익빈의 시

수은(睡隱) 임익빈(林益彬)은 중화(中和) 사람이다. 평안도 별과(別科)에 장원급제하여 성균관 사예가 되었는데, 성상께서 항상 '관서문형(關西文衡)'이라 지목했다고 한다. 한 번은 유배를 가게 되었는데, 간의(諫議) 신처수(申處洙)가 조촐한 잔치를 베풀자 시를 지었다.

| | |
|---|---|
| 삼월 강가 성에 해 저무는데 | 三月江城暮 |
| 동풍도 매우 차갑구나 | 東風亦一寒 |
| 그대와 종일토록 취하니 | 與君終日醉 |
| 의관을 단정히 할 필요는 없겠지 | 衣帶不須端 |

신처수가 뛰어난 솜씨라 했다. 그러나 결어가 어찌 굴원(屈原)의 본색1 이겠는가. 나는 "누가 홀로 깨어있는 굴원으로 여기랴.〔誰肯獨醒看〕"라고 지었으면 하는데, 두 사람은 이미 모두 죽었으니 애석하다.

---

1 굴원(屈原)의 본색 : 굴원은 초 회왕(楚懷王)에게 간언하다가 쫓겨났으므로 흔히 유배객을 비유한다.

# 49

# 민광보의 시

수은(睡隱) 임익빈(林益彬)과 같은 고을에서 으뜸으로 일컬어지는 사람으로 수재(守齋) 이만추(李萬秋)가 있고, 남북으로 두 월경(月景)이 있는데 월산(月山)은 민광보(閔光普), 월곡(月谷)은 김정보(金鼎輔)이다. 하루는 오랜만에 만나 셋이 둘러앉으니 변론이 바람처럼 일어나 좌중이 조용해졌다. 그러나 세 사람은 시를 자부하지 않았고, 민광보만 조금 뜻이 있었다. 다만 황량하다는 비난을 면치 못했다. 한 번은 대동강의 주막에서 운을 나누어 시를 지었는데, 민광보가 미(未)자를 얻었다.

| | |
|---|---|
| 땅의 형세는 감계(坎癸 북동쪽)에 솟았고, | 地勢聳坎癸 |
| 하늘의 모습은 오미(午未 서남쪽)에 트였네 | 天形坼午未 |

풍수가의 말과 흡사하다. 또 통군정(統軍亭)에서 지은 시는 이렇다.

| | |
|---|---|
| 사해 한가운데의 천하에서 | 四海中天下 |
| 조선은 한 척의 배일 뿐 | 朝鮮一葉舟 |

역시 우맹(優孟)이 말을 장사지낸 솜씨이다.[1]

---

1 우맹(優孟)이……솜씨 : 초(楚)나라 장왕(莊王)이 아끼던 말이 죽자 대부(大夫)의 예로 장사 지내게 했다. 우맹이 말을 임금의 예로 장사지내라고 풍자하자 장왕이 잘못을 깨달았다. 여기서는 과장된 표현을 사용하여 의미를 드러낸다는 뜻으로 보인다.

# 50

# 허휘의 시

허휘(許徽) 자미(子美)는 덕천(德川) 사람이다. 사마천(司馬遷)처럼 천하 유람을 좋아하여 남쪽이건 북쪽이건 머무르는 곳이 바로 집이었다. 그가 덕천에 있을 때 월근정(月近亭)에서 지은 절구 한 수가 인구에 회자되었다. 평양에서 지은 시구는 이렇다.

| | |
|---|---|
| 맑기는 칠리탄[1] 같아 달빛은 더욱 환하고 | 淸如七里將多月 |
| 고요하기는 무릉도원보다 더하나 꽃이 적구나 | 幽過仙源但少花 |
| | |
| 마루를 여니 큰 벌판이 자리에 꽉 차고 | 軒開大野俄盈席 |
| 주렴을 거두니 뭇 산이 집에 가득하네 | 簾捲群山忽滿家 |

이러한 시어는 많이 얻을 수 없다.

---

1 칠리탄(七里灘) : 후한(後漢)의 은자 엄광(嚴光)이 은거하던 곳이다.

# 51

# 강간이 정우량의 인정을 받다

강간(康侃) 간여(侃如)는 은산(殷山) 사람이다. 젊었을 때부터 문장을 공부하여 기이한 기운이 있고 신묘한 경지에 이른 작품이 많았다. 사람됨이 본디 소탈하고 빼어나 자신은 송나라 이전으로 거슬러 올라가며 오직 소식(蘇軾)만이 자신의 오랜 벗이라 했다. 정승 정우량(鄭羽良)은 평소 감식안이 있었는데, 어떤 이가 물었다.

"목은(牧隱) 이색(李穡) 이후 지금까지 인물이 없었는데,[1] 그래도 중국의 과거시험에 급제할 만한 사람이 있겠습니까?"

정 정승이 바로 대답했다.

"오직 강간 간여 뿐이다."

그러므로 정 정승을 위해 지은 〈학남만은서(鶴南晚隱序)〉에 완곡한 곳이 많았으니, 참으로 한 잔 술을 마시며 백 번 절한다고 하겠다.[2]

---

1 목은(牧隱)……없었는데 : 이색이 원(元)나라 제과(制科)에 급제했으므로 이렇게 말한 것이다.

2 한……하겠다 : 『예기(禮記)』〈악기(樂記)〉에 나오는 말로, 정중한 예의를 갖춘다는 뜻이다.

# 52

# 청북 문인의 대두

청북(淸北) 지역은 200여 년 동안 황량했는데, 장원 김우진(金遇辰)이 나와서 타파했으니, 문단에 적치를 하나 세운 것이다. 오희증(吳希曾), 이겸(李謙) 등은 한(漢)나라 고조(高祖)의 앞길을 터준 진섭(陳涉)[1]과 같은 인물이며, 이소번(李昭番), 김석래(金錫來) 등은 옛나라를 이은 광무제(光武帝)[2]와 같은 인물이다. 요사이 북방의 바람이 더욱 거세져 계덕해(桂德海), 김득필(金得弼) 등이 응양(鷹揚)[3]과 같은 자질로 나란히 명성을 떨치며 거의 한 지방을 넘어설 정도이다. 요조(繞朝)가 말하지 않았던가? "그대는 진(秦)나라에 사람이 없다 말하지 말라"라고.[4]

---

1 한(漢)나라……진섭(陳涉) : 진(秦)나라의 폭정에 처음으로 저항한 인물로, 그가 반란을 일으킨 결과 한 고조가 천하를 차지했다.

2 옛나라를 이은 광무제(光武帝) : 광무제는 한(漢)나라를 멸망시킨 왕망(王莽)을 제거하고 후한(後漢)을 개국했다.

3 응양(鷹揚) : 매가 하늘로 솟구치듯 기세를 떨친다는 뜻으로, 본디 강태공(姜太公)을 비유한 말이다.

4 요조(繞朝)가……라고 : 요조는 진(秦)나라의 대부(大夫)이다. 진(晉)나라 사회(士會)가 진(秦)나라에 망명했다가 진(晉)나라의 계책으로 인해 본국으로 돌아가게 되었다. 요조는 사회와 작별하며 진(晉)나라의 계책을 간파하고 있다는 뜻으로 이렇게 말했다. 여기서는 평안도에 인재가 많다는 뜻이다.

# 53

# 문신기가 선조에게 인정받다

사문(斯文) 문신기(文愼幾)는 용천(龍川) 사람이다. 선조(宣祖)가 의주(義州)로 피난와서 특별히 별과(別科)를 시행하여 변방의 민심을 위로했다. 문신기는 자신이 이 지방의 으뜸이라 여겼는데, 합격하지 못하자 수치로 여기며 시험관이 공정하지 않았다고 상소했다. 그런데 정승 윤두수(尹斗壽)를 비난하는 말이 제법 많아 선조의 진노를 샀다. 선조는 즉시 참수하라고 명했으나, 윤두수는 특별히 그의 재주를 시험하도록 청했다. 그리하여 운을 내어 시를 짓게 했는데 강(康)자를 얻었다. 근신들은 모두 위태롭다고 생각했는데 문신기는 즉시 입에서 나오는 대로 불렀다.

〈육가〉를 낭랑히 읊조리며 승상을 생각하니[1]　　　　六歌朗咏思丞相
한 무리의 군대로 중흥시켜 조금 안정되길 바랐네　　　一旅中興仰少康

성상께서 이를 보자 진노를 거두고 특별히 관직을 주었다. 이는 한 시대 임금과 신하의 만남이니, 설령 문신기가 당시 급제했다 하더라도 어찌 이보다 나았겠는가?

---

1　육가를…생각하니 : 〈육가〉는 송(宋)나라 승상 문천상(文天祥)이 지은 시이다. 문천상은 원(元)나라의 침략에 끝까지 저항한 인물이다.

# 54

# 김현중과 김남욱의 시

치암(癡巖) 김현중(金鉉中)은 연주(延州)【영변(寧邊)의 옛 이름이다.】가 생긴 이래로 가장 뛰어난 인재였다. 운암(雲巖) 김남욱(金南旭) 역시 철산(鐵山)의 호탕한 선비였다. 다만 벼슬하기에 급급했다는 소문이 있었다. 그들이 지은 시는 다음과 같다.

| | |
|---|---|
| 그대는 왜 먼저 현달했고 나는 왜 늦는가 | 君何先達我何遲 |
| 가을 국화 봄 난초 각각 때가 있다네 | 秋菊春蘭各有時 |
| 당시 먼저 과거 합격했다 자랑하지 말게 | 莫詫當年先折桂 |
| 광한전에 가장 높은 가지 있다네[1] | 廣寒惟有最高枝 |

이는 치암의 시이다.

| | |
|---|---|
| 지렁이도 본디 굽힐 때와 펼 때가 있는 법 | 尺蠖元來屈亦伸 |
| 대장부가 어찌 선비 두건 쓴 채로 늙으리오 | 丈夫何必老儒巾 |
| 변방에서 공을 세워 오랑캐 진압한 뒤 | 功成塞外淸塵後 |
| 마땅히 만 리 땅에 제후로 봉해지리라 | 當作封侯萬里人 |

---

1 羅世纘, 〈贈安正字〉, 『松齋遺稿』 卷1.

이는 운암의 시이다. 모두 인구에 회자되었다. 3대가 모두 재주를 지녔으나 늙을 때까지 변방을 지켰다. 두보(杜甫)가 "문장은 영달을 미워한다."라고 했는데 그 말이 참으로 옳다.

# 55

## 중국인 정선갑

상사(上舍) 정선갑(鄭先甲)은 중국의 사족이다. 철옹(鐵瓮)으로 와서 석수장이 노릇을 하며 먹고 살았다. 절도사가 그를 아끼고 불쌍히 여겨 조정에 아뢰어 찰방으로 삼았기에 만년에는 배불리 먹고 살다 죽었으니 역시 통쾌한 일이다. 지금 전하는 시는 겨우 몇 수에 지나지 않지만 나라를 떠나 고향을 그리워하는 마음이 종이와 먹 사이에서 흘러나와 먼 훗날에도 눈물을 흘리게 한다.

# 56

# 유상기가 남구만의 대구를 짓다

유상기(劉尙麒)는 역관(驛官)이다. 떠돌다가 우리 평양으로 와서 살게 된 뒤 한 번은 사신 가는 일로 약천(藥泉) 남구만(南九萬) 정승을 따라가게 되었다. 남구만이 북쪽으로 가서 성에 올라가,

장성을 북쪽에 쌓은 것은 진시황의 힘이요 　　　　　　長城北築始皇力

라는 구절을 읊었으나 한참동안 대구를 잇지 못했다. 유상기가 옆에 있다가 말했다.

발해가 동쪽으로 흐르는 것은 하후씨의 공이라[1] 　　　　渤海東流夏后功

남 정승은 너무 거칠다고 여겼으나 바꾸지는 못했다.

---

1 발해가……공이라 : 하후씨는 우(禹)임금을 말한다. 우임금이 치수(治水)한 공로가 있으므로 이렇게 말한 것이다.

# 57

# 평안도의 의로운 선비들

만력(萬曆) 연간 이후 우리 평안도에 충성스럽고 의로운 선비로 통주 (通州)【선천(宣川)】의 차예량(車禮亮), 압록(鴨綠)【의주(義州)】의 최효일(崔孝逸), 안흥(安興)【안주(安州)】의 장희범(張希範), 영청(永淸)【영유(永柔)】의 김우석(金禹錫), 신안(新安)【순안(順安)】의 김영록(金永祿), 우리 기성(箕城)【평양(平壤)】의 김준덕(金峻德), 김지웅(金志雄) 등이 있다. 어떤 이는 포의의 신분으로 스스로 나섰고, 어떤 이는 장수의 신분으로 일어났는데, 그들의 불평한 소리가 종종 문장으로 나오면 모두 사람들의 마음을 격동시키기 충분했다. 내가 우선 그들의 일과 시문을 모아 뒤에 열거한다.

차예량과 최효일은 정묘호란 이후로 모두 의리를 지켜 청나라를 섬기지 않았다. 차예량은 몰래 최효일을 보내어 명나라 소식을 알아내려고 했다. 차예량이 시를 지었다.

| | |
|---|---|
| 한강 북쪽 구름은 갈수록 어두운데 | 北漢雲愈黑 |
| 남쪽 하늘의 해는 아직도 밝네 | 南天日尙明 |
| 중국에서 무슨 일을 하려고 | 神州何事業 |
| 배 한 척 타고 떠나는가[1] | 付與一舟行 |

최효일이 차운했다.

| | |
|---|---|
| 굳센 기운은 곧장 하늘에 이어졌고 | 壯氣連天直 |
| 정성은 해를 꿰뚫으며 빛나는구나 | 精誠貫日明 |
| 남아의 몇 움큼 눈물 | 男兒數掬淚 |
| 비단 그대 떠나서가 아니라네2 | 不獨爲君行 |

차예량은 오랑캐에게 잡혀 온 집안사람이 해를 당했고, 최효일은 연경에 들어가 홍각(紅閣)3에서 순절했다.

장희범은 양무공(襄武公) 정봉수(鄭鳳壽)와 함께 의병을 일으켜 오랑캐와 맞서 싸워 큰 절개를 세웠다. 그의 시는 이렇다.

| | |
|---|---|
| 충효는 집안에 전해지는 법도 | 忠孝傳家法 |
| 공명은 귀를 스쳐가는 바람 | 功名過耳風 |

그가 공로를 자랑하지 않음이 이와 같았다.

김우석은 병자호란 때 군사를 거두어 자모산성(慈母山城)으로 들어갔다가 갑자기 남한산성이 포위되었다는 소식을 듣고 곧장 강개한 심정으로 성문에 절구 한 수를 썼다.

| | |
|---|---|
| 오랑캐를 황제 삼느니 동해에 뛰어들겠네4 | 寧踏東溟恥帝秦 |

1 洪良浩, 〈張義士厚健傳〉, 『耳溪集』 卷18.

2 李德壽, 〈紀崔判官事〉, 『西堂私載』 卷4.

3 홍각(紅閣) : 명나라 의종(毅宗)이 죽은 곳이다.

4 尹行恁, 〈海東外史〉, 『碩齋稿』 卷9.

오랑캐가 찾아내어 죽이려 했지만 어린 아들 김응원(金應元)이 울면서 대신 죽기를 청하여 둘 다 풀려났다.

김영록은 이 수부(李水部)라는 중국 사람을 만난 적이 있는데 그의 부채에 이런 시를 쓰고 떠났다.

| | |
|---|---|
| 방비할 좋은 계책 없어 | 牧禦無長策 |
| 천지가 오랑캐 소굴 되었네 | 乾坤入虜場 |
| 옛 나라에는 산하만 남고 | 山河餘古國 |
| 문물은 황량히 흩어졌다네[5] | 文物散荒凉 |

이 수부가 이 시를 가지고 가도(椵島)에 들어가자 도독(都督) 모문룡(毛文龍)이 보고서 존경하는 마음이 생겨 종이를 보내 그 시를 샀다.

김준덕은 정묘호란 때 공로가 있었는데, 시사에 감격하여 하릴없이 율시 한 수를 읊었다. 그 말구는 이렇다.

| | |
|---|---|
| 근심스러운 것은 오직 사직 뿐 | 所憂惟社稷 |
| 애당초 제후에 봉해지길 원치 않았네 | 初不覓封侯 |

김지웅은 팔장사(八壯士)[6]의 한 사람으로, 두 왕자를 모시고 심양(瀋陽)에 들어갔다. 왕자의 시에 화답하여 지은 시는 이렇다.

---

5  李時恒,〈新安之高高嶺下東江里……余亦和韻而尾之〉,『和隱集』卷2.

6  팔장사(八壯士) : 봉림대군(鳳林大君)이 볼모가 되어 심양으로 갔을 때 호종(扈從)한 김지웅(金志雄), 박기성(朴起星), 박배원(朴培元), 신진익(申晉翼), 오효성(吳孝誠), 장사민(張士敏), 장애성(張愛聲), 조양(趙壤)을 말한다.

위태로운 이역만리에서 충성은 더욱 굳어지고　　　　　萬里危憂忠轉篤

백년 인생의 수치에 한은 새로워지네[7]　　　　　　　百年羞恥恨方新


이 시들은 모두 충분(忠憤)이 끓어올라 탄식하다 숨이 넘어갈 듯하니, 지금까지도 광채가 난다.

또 영청(永淸)【영유(永柔)】의 김새(金璽), 양양(陽襄)【강동(江東)】의 황대붕(黃大鵬)이 있었는데, 모두 임진왜란 때 의병장이었다. 김새는 어가가 영청에 머물렀을 때 광해군을 모시게 되었는데, 보름달을 시로 읊으라는 명을 받고,


몇 만 년 동안 차고 기울었나　　　　　　　　　　盈虧幾萬年

너만 옛날과 지금을 알겠구나　　　　　　　　　　爾獨知古今


라는 구절을 지어 특별히 상을 받았는데, 붓 하나만 빼서 떠났다. 황대붕(黃大鵬)은 사적인 일로 조령(鳥嶺)을 넘어 상주(尙州)에 갔다가 마침 목사가 그날이 국기일(國忌日)인 줄도 모르고 기생과 악공을 데리고 낙동강에서 뱃놀이하는 모습을 보았다. 황대붕이 곧장 시를 지었다.


낙동강 위에 놀잇배 띄우니　　　　　　　　　　洛東江上仙舟泛

음악소리 바람에 멀리 흘러가네　　　　　　　　長笛高歌落遠風

말 멈춘 나그네는 들어도 즐겁지 않으니　　　　客子停驂聞不樂

창오산 빛이 구름 속에 있기 때문이지[8]　　　　蒼梧山色暮雲中

---

7　李時恒,〈孟山縣監金公行狀〉,『和隱集』卷7.

한 글자 한 글자가 창칼과 같으니, 상주 목사가 부끄러워하며 굴복했을 것이다.

---

8 창오산……때문이지 : 李恒의 『一齋集』續錄, 〈遺事〉에 비슷한 시가 있다. 창오산은 순(舜)임금의 무덤이 있는 곳이다. 이날이 선대 국왕의 기일이므로 이렇게 말한 것이다.

# 58

# 휴정의 시

우리 평안도의 승려 중에는 청허당(淸虛堂) 휴정(休靜)보다 뛰어난 이가 없다. 그는 안릉(安陵)의 사족이었다. 시를 지으면 초탈하여 속되지 않았고, 매우 뛰어난 깨달음이 있었다. 만력(萬曆) 기축년(1589)에 역적의 옥사가 일어나자 이름난 승려였으므로 잡혀갔는데, 선조(宣祖)가 특별히 풀어주라고 명했다. 훗날 임진왜란이 일어나자 의승(義僧)을 모집하여 거느렸다. 중국 장수 이여송(李如松)이 시를 주었는데, 소식(蘇軾)의 옥대(玉帶)를 대신하기 충분하다.[1] 한 번은 향로봉(香爐峰)에 올라 절구를 지었다.

| | |
|---|---|
| 만국의 도성은 개미둑 되었고 | 萬國都城爲蟻垤 |
| 천가의 호걸은 초파리 같네 | 千家豪傑若醯鷄 |
| 창문의 밝은 달이 청허의 베개를 비추는데 | 一窓明月淸虛枕 |
| 끝없는 솔바람 소리 그치지 않네[2] | 無限松風韻不齊 |

읽을 때마다 조계(曹溪)[3]가 땀을 흘리게 만든다.

---

1 소식(蘇軾)의……충분하다 : 소식이 불인선사(佛印禪師) 요원(了元)을 만나 옥대를 풀어주었다는 고사를 인용한 것으로, 여기서는 이여송이 휴정을 인정했다는 뜻이다.

2 柳成龍, 〈僧人能詩〉, 『西厓集』 別集 卷4.

3 조계(曹溪) : 중국 선종(禪宗)의 육조(六祖) 혜능(惠能)을 말한다.

# 59

# 평안도 승려의 시

청허(淸虛)와 영관(靈觀)을 계승한 자가 영청(永淸) 언기(彦機)이다. 우리 평양의 도안(道安), 비류(沸流), 추붕(秋鵬), 학산(鶴山), 법종(法宗)은 모두 한 시대의 시승(詩僧)들로 각기 문집이 전하는데, 내가 읽어보니 모두 시승이라는 이름에 걸맞지 않다. 이제 저들의 법으로 비유하자면, 언기와 법종은 곧장 외도(外道)에 떨어졌으며, 도안은 소승(小乘)이다. 오직 추붕만이 때때로 입적(入寂)의 경지에 들어갔다. 그의 시는 이렇다.

| | |
|---|---|
| 백제 천년의 공업을 녹여1 | 能消白帝千年業 |
| 청산 육리2의 수치를 씻네 | 以雪靑山六里羞 |
| | |
| 홀로 가야산에 가서 해인사를 찾고 | 獨向倻山尋海印 |
| 멀리 운봉 너머로 지는 해를 보네 | 遙看落日過雲峰 |
| | |
| 누워서 냇물소리 들으니 빗소린가 의심하고 | 臥聞川語飜疑雨 |
| 취하여 산마루를 대하니 병풍인줄 알았네 | 醉對山顔錯認屏 |

---

1 백제……녹여 : 한 고조(漢高祖)가 적제(赤帝)의 아들로서 백제(白帝)의 아들인 뱀을 죽이고 황제의 자리에 올랐다는 전설을 인용한 듯하나 미상이다.

2 청산 육리 : 중국 전국 시대 유세객 장의(張儀)가 초 회왕(楚懷王)에게 상오(商於) 땅 6백 리를 바치겠다고 약속했다가 나중에 6리였다고 속인 고사를 인용한 것이다.

풀밭에 말 우는 삼월은 저물어가고 　　　　　　　芳草馬嘶三月暮

지는 꽃 새소리에 온 산이 봄이라네 　　　　　　　落花禽語萬山春


이와 같은 시구는 모두 칠언시의 상승(上乘)이다.

# 60

# 낭열의 시

낭열(良悅)은 제멋대로인 승려이다. 처음에는 서울 외곽에서 왔는데, 주로 수양(首陽 해주(海州))이나 비류(沸流 성천(成天))에 머물렀다. 사찰에 살지도 않고 석씨(釋氏) 성을 쓰지도 않았다. 한때는 청하(靑霞) 정두평(鄭斗平)의 집을 드나들었는데, 정두평이 그의 재주를 기특하게 여겨 방외(方外)의 벗으로 사귀었다. 하루는 정두평이 벽운(僻韻)을 내어 그를 꺾으려 했는데, 그가 즉시 대답했다.

| | |
|---|---|
| 삼찌꺼기도 달게 먹거늘 술지게미를 사양하랴 | 麻粕猶甘豈厭糟 |
| 세상의 명리를 겨울잠 자는 벌레처럼 피하네 | 世間名利退如蟄 |
| 몸에 걸친 흰 장삼이 내 분수에 맞으니 | 身邊白衲眞吾分 |
| 맑은 물에 씻을 뿐 이를 잡지 않는다네 | 洗濯淸泉不用鏖 |

정두평이 놀라서 혀를 내밀었다.

# 61

# 평안도 여인의 시

어숙권(魚叔權)의 『패관잡기(稗官雜記)』에 말했다.

"우리나라 여자의 시는 삼국시대에는 알려진 것이 없고, 고려 500년 동안에는 단지 용성(龍城)의 기생 우돌(于咄)과 팽원(彭原)의 기생 동인홍(動人紅)만 시를 지을 줄 알았다."

팽원은 안주(安州)의 별칭이다. 다만 고조선 시대에 이미 곽리여옥(霍里麗玉)이 있었다는 사실은 몰랐다. 근래 우리 고을의 김씨는 나와 같은 집안사람이며 운산(雲山)의 이일지(李一枝)는 바로 화은(和隱) 이시항(李時恒)의 서매(庶妹)인데, 모두 서른도 못 되어 죽었다. 아, 시가 사람을 궁하게 한다더니 예로부터 어찌 남자만 그렇겠는가?

# 62

# 평안도의 신동

예로부터 신동(神童)이라고 해서 반드시 운명이 현달한 것은 아니었고,
현달한 사람이라고 모두 총명한 것은 아니었다. 유독 정지상(鄭知常)만
세 살에 갈매기 시를 읊었다.

| | |
|---|---|
| 시끄러운 흰 물새 | 喧喧白鷗鳥 |
| 머리 굽혀 하늘 향해 노래하네 | 頭曲仰天歌 |
| 흰 털은 녹색 강에 떠있고 | 白毛浮綠水 |
| 붉은 발바닥은 푸른 물결 밟네 | 紅掌踏淸波 |

변지익(卞之益)은 일곱 살에 중국 사신 앞에서 강에 떠 있는 오리를
두고 시를 읊었다.

| | |
|---|---|
| 누가 채색 붓을 던져 | 何人投彩筆 |
| 강물에 을(乙)자를 썼나 | 乙字寫江波 |

한 사람은 용손(龍孫)이요 한 사람은 적선(謫仙)[1]으로, 인간 세상에
사는 사람이 도달할 수 있는 수준이 아니다. 그 아래로 박위(朴蔿)가 아
홉 살에 읊은 시는 이렇다.

| 달은 도원수가 되고 | 月作都元帥 |
| 별은 백만 군사 되었네 | 星爲百萬兵 |
| 바람에게 명령을 내려 | 使風行號令 |
| 한 번에 구름을 쓸어버렸네 | 一掃陣雲平 |

이시항(李時恒)이 열두 살에 기생에게 준 시는 이렇다.

| 눈처럼 밝은 흰 모시는 | 白紵明如雪 |
| 젊은 여인의 손수건이라네 | 靑娥手裡巾 |
| 해마다 남포에서 이별하면서 | 年年南浦別 |
| 눈물 닦으며 님을 보내네[2] | 拭淚送情人 |

허관(許灌)은 13세에 북쪽으로 가서 과거에 장원급제했고, 양만영(楊萬榮)은 14세에 도회시(都會試)에서 장원급제했으며, 이홍렴(李弘廉)은 12세에 책문(策文)을 지어 춘추시(春秋試)에 급제했다. 그러나 정지상은 식자우환이라 했듯이 끝내 흉악한 화를 초래했고, 변지익은 28세 무렵 백옥루(白玉樓)가 완성을 고했다.[3] 나머지도 모두 조물주의 장난을 면치 못했으니, 참으로 통탄스럽다.

---

1 한……적선(謫仙) : 용손은 본디 왕실의 후손을 가리키는 말인데 여기서는 뛰어난 인재라는 뜻으로 쓰인 듯하다. 적선은 당나라 시인 이백(李白)이다.

2 李時恒, 〈戲題箕妓手巾〉, 『和隱集』卷1.

3 백옥루(白玉樓)가 완성을 고했다 : 당나라 시인 이하(李賀)는 28세에 죽었는데, 상제(上帝)가 백옥루가 완성되어 기문을 짓게 하려고 그를 데려갔다는 전설이 있다. 여기서는 문인의 죽음을 말한다.

# 63

## 평안도인의 저술

우리 평안도의 문장가 중에 저술을 남긴 이는 예로부터 매우 드물었다. 간혹 있더라도 몇 권에 불과할 뿐이며, 간행되어 세상에 전하는 것은 겨우 십여 종뿐이다. 만일 지금 게시하지 않는다면 오랜 뒤에 결국 잊혀질 듯하여 일단 그 목록을 아래에 나열한다.

# 64

# 평안도인의 문집

조준(趙浚)의 『송당집(松堂集)』 4권, 어변갑(魚變甲)의 『잠와집(潛窩集)』 1
권, 어세겸(魚世謙)의 『함종집(咸從集)』 ▉▉권, 김안국(金安國)의 『모재집
(慕齋集)』 8권, 김정국(金正國)의 『사재집(思齋集)』 2권, 이승소(李承召)의
『삼탄집(三灘集)』 7권, 선우협(鮮于浹)의 『돈암집(遯菴集)』 5권, 이시항(李
時恒)의 『화은집(和隱集)』 12권, 이인채(李仁采)의 『주학입문(朱學入門)』
8권, 석휴정(釋休靜)의 『청허집(淸虛集)』 7권, 도안(道安)의 『월저집(月渚
集)』 2권, 언기(彦機)의 『편양집(鞭羊集)』 3권, 추붕(秋鵬)의 『설암집(雪巖
集)』 3권.

# 65

# 저술을 남긴 평안도인

회헌(晦軒) 양덕록(楊德祿)이 편찬한 『평양지(平壤誌)』는 오음(梧陰) 윤두수(尹斗壽)가 지은 것을 이어서 만든 것이다. 다만 윤두수는 종합하여 완성했을 뿐이다. 평양에 관한 모든 일은 여기서 확인할 수 있다. 그러나 이미 고려 때에 정지상(鄭知常)의 〈서경잡절(西京雜絶)〉이 있었다는 사실은 모른다.

근세에 박학하고 저술이 많다고 일컬어지는 이로는 민광보(閔光普)만한 이가 없는데, 그가 편찬한 『주역연의(周易演義)』는 돈암(遯菴) 선우협(鮮于浹)의 저술과 서로 안팎을 이룬다. 『압록집(鴨綠集)』 또한 변숙(卞叔)의 『조선승(朝鮮乘)』을 모방하여 만든 것이다.

이밖에 황징(黃澄)의 『설역(說易)』과 최덕문(崔德雯)의 『담병(談兵)』은 모두 이른바 쓸모 있는 재주이다. 그러나 황징은 윤수겸(尹受謙)이 반역할 관상임을 알아보았고, 최덕문은 억지로 역적 이괄(李适)에게 갔다가 마침내 비명에 죽었으니, 군사를 아는 것이 『주역』을 아는 것만 못하다는 것을 알 수 있다.

# 66

## 문집이 있는 평안도인

김명한(金溟翰), 전벽(田闢), 황윤후(黃胤後), 이진(李進), 허관(許灌), 김여욱(金汝旭), 변지익(卞之益), 허절(許晢) 등은 각각 문집 약간 책이 있는데, 대부분 상자 속에 방치되어 있거나 이미 도둑맞았으니 끝내 사라지고 말 것이다.

# 67

# 『동문선』에 수록된 평안도인의 시

지금 여러 사람의 시 중에 『동문선(東文選)』을 비롯한 여러 책에 나오는 것을 살펴보면 다음과 같다. 을지문덕(乙支文德)과 조인규(趙仁規) 각 1수, 석휴정(釋休靜) 3수, 어변갑(魚變甲) 4수, 어세겸(魚世謙) 10수, 정지상(鄭知常) 13수, 조준(趙浚) 12수, 김안국(金安國) 11수, 이승소(李承召) 55수, 그리고 『황화집(皇華集)』에 실린 황윤후(黃胤後)의 시 1수이니, 역시 근래에 보기 드문 것이다.

# 68

## 역사책에 수록된 평안도인

볼 만한 언행이 있는 사람으로서 우리나라 역사책과 『해동명신록(海東名臣錄)』에 나오는 이들은 다음과 같다.

을지문덕(乙支文德), 최응(崔凝), 현덕수(玄德秀), 조문발(趙文拔), 조인규(趙仁規), 김반(金泮), 어변갑(魚變甲), 어효첨(魚孝瞻), 어세겸(魚世謙), 김안국(金安國), 김정국(金正國), 그리고 근세의 김양언(金良彦)은 각기 전(傳)이 있다. 조연수(趙延壽)는 조인규(趙仁規)의 전 아래에 보이고, 김경직(金敬直)은 김륜(金倫)의 전 아래에 보인다. 정지상(鄭知常), 이음(李蔭), 이진수(李進修)는 비록 입전(立傳)되지 못했으나, 명성과 행적이 잘 알려져 있다. 조준(趙浚)은 개국 일등공신이며 오사충(吳思忠)과 조박(趙璞)은 그 다음이니 훗날의 역사책에 각기 입전될 것이며, 이승소(李承召) 또한 문원전(文苑傳)[1]에서 찾아보게 될 것이다.

---

1 문원전(文苑傳) : 문학으로 명성을 떨친 인물들의 전기이다.

# 69

## 시호를 받은 평안도인

고려 이래 이름난 재상 중에 시호를 받은 이로 우리 평양에는 7명의 조씨(趙氏)와 1명의 이씨(李氏)가 있다. 정숙공(貞肅公) 조인규(趙仁規), 장민공(莊敏公) 조서(趙瑞), 충숙공(忠肅公) 조연(趙璉), 문극공(文克公) 조연수(趙延壽), 문정공(文靖公) 조덕유(趙德裕), 문충공(文忠公) 조준(趙浚), 평간공(平簡公) 조견(趙狷), 문간공(文簡公) 이승소(李承召)이다.

함종(咸從)에는 세 명의 어씨(魚氏)가 있으니, 문효공(文孝公) 어효첨(魚孝瞻), 문정공(文貞公) 어세겸(魚世謙), 양숙공(襄肅公) 어세공(魚世恭)이다. 용강(龍岡)에는 두 명의 김씨(金氏)가 있으니 문경공(文敬公) 김안국(金安國), 문목공(文穆公) 김정국(金正國)이다.

이중 조연수, 어세겸, 김안국은 각기 뛰어난 재주로 번갈아 대제학을 맡았으니, 한 시대의 통쾌한 일이 되었다.【의주(義州)에 두 장씨가 있으니 희양공(僖襄公) 장사길(張思吉), 장양공(莊襄公) 장철(張哲)이다. 용강(龍岡)에 양의공(襄毅公) 김경서(金景瑞), 철산(鐵山)에 양무공(襄武公) 정봉수(鄭鳳壽)가 있다.】

# 70

# 평안도의 서예가(1)

세상 사람들은 문장을 사소한 재주라 하지만, 서예가 재주 중에서도 더욱 작은 것임은 알지 못한다. 그러나 두보(杜甫)가 "붓을 내리니 비바람이 놀라고, 시를 지으니 귀신이 운다."[1]라고 했고, "시는 소리 있는 그림이요, 그림은 소리 없는 시다."라는 말이 있으니, 사람에 비유하자면 사지가 하나라도 없으면 안 되는 것과 같다. 그러므로 내가 뽑아 기록하여 호사자들의 한바탕 큰 웃음거리로 삼는다.

---

1 붓을……운다 : 두보의 〈이백에게[寄李白]〉에 나오는 구절이다.

# 평안도의 서예가(2) : 김학기

직제학(直提學) 김학기(金學起)는 세조조(世祖朝)에 서법으로 한 시대의
으뜸이었다. 세조가 화살통을 주면서 시구를 쓰게 하니,

| 강물 가까운 누대에 먼저 달이 비치고 | 近水樓臺先得月 |
| 해를 향한 꽃나무에 일찍 봄이 오네[1] | 向陽花木易爲春 |

라는 구절을 썼다. 세조가 보고 기특하게 여겨 특별히 가자(加資)를 명
했는데, 탄핵을 받아 그만두었지만 특별한 대우라고 하겠다.

---

1 강물……오네 : 본디 송(宋)나라 소린(蘇麟)의 시구이다.

# 72

# 평안도의 서예가(3) : 홍승범

주서(注書) 홍승범(洪承範)은 한 시대 문단의 범과도 같았다. 아울러 글
씨에도 뛰어나서 남창(南窓) 김현성(金玄成)의 인정을 받았는데, "옛사람
중에서 찾더라도 그 짝이 드물 것이다."라는 칭찬을 듣기까지 했다.

# 73

## 평안도의 서예가(4) : 변환

형산(荊山) 변환(卞瓛)은 문장에 관한 일이라면 정밀하고 좋지 않은 것
이 없었으며, 글씨에 더욱 뛰어나 왕희지(王羲之)를 본받았다. 한 번은
사신 권침(權枕)을 따라 중국에 갔는데, 중국 사람들이 글씨에 뛰어나
다는 소문을 듣고 와서 글씨를 청하느라 때때로 문에 신이 가득했다.
어떤 상서(尙書)가 매우 칭찬했다.

"상사(上舍)의 글씨가 정묘하니, 비록 왕희지가 다시 태어나도 멀찍이
뒤로 물러날 것이다."

우리나라의 서예가 중에 그의 글씨를 보관하여 보배로 삼는 이가 많
다. 아들 변지익(卞之益)과 손자 변장(卞莊)도 모두 글씨를 잘 썼는데, 변
지익이 특히 뛰어나 우뚝이 일가의 법을 이루었다.

# 74

# 평안도의 서예가(5) : 조흥종

상사(上舍) 낙진정(樂眞亭) 조흥종(曺興宗)은 시를 지으면 기이한 기운이
있었고 필법도 몹시 정교하여 초서(草書)와 예서(隷書)에 모두 뛰어났다.
당시 누정의 편액이 대부분 그의 손에서 나왔다. 그의 아들 조세걸(曺世
傑)은 그림에 뛰어나 세상 사람들이 이렇게 말했다.

"조씨는 세 가지(시서화)에 뛰어난데 아버지는 둘을 얻었고 아들은 하
나를 얻었다."

# 평안도의 서예가(6) : 양의원

상사(上舍) 양의원(楊懿元)은 종요(鍾繇)와 왕희지(王羲之)의 글씨를 배워
골기(骨氣)가 굳세어 우뚝이 서예가의 우두머리가 되었다. 한 번은 인현
서원(仁賢書院)의 심원록(尋院錄)[1]에 글씨를 썼는데, 마침 죽남(竹南) 오
준(吳浚)이 뒤에 와서 보더니 이름을 쓸 때가 되자 손을 떨기까지 했다.
그는 이처럼 두려움의 대상이 되었다.

---

1 심원록(尋院錄) : 서원 방문자의 이름을 적은 일종의 방명록이다.

# 평안도의 서예가(7) : 홍선

상사(上舍) 홍선(洪僎)의 글씨는 진(晉), 촉(蜀)의 서예가[1]를 본받은 것인데, 특히 큰 글씨에 뛰어났다. 다만 살[肉, 필획의 굵기]이 뼈[骨, 필획의 뼈대]보다 우세했다. 한 번은 '대동문(大同門)' 석 자를 돌에 새겼다. 어떤 이는 이것이 국헌(菊軒) 강우성(康遇聖)의 글씨라 한다.

---

1 진(晉), 촉(蜀)의 서예가 : 진은 왕희지(王羲之), 촉은 소식(蘇軾)을 말한다.

# 평안도의 서예가(8) : 김여욱

태주(泰州) 김여욱(金汝旭)의 글씨는 조맹부(趙孟頫)를 따른 것이다. 처음 보면 그다지 대단하지 않은 것 같지만, 오랫동안 보면 조금 맛이 있는 듯하다가 끝내는 그 법도를 넘어설 수 없다.

# 78

# 평안도의 서예가(9) : 황재요

상사(上舍) 동은(洞隱) 황재요(黃戴堯)는 월저(月渚) 황윤후(黃胤後)의 아들이다. 문장은 황윤후보다 못했지만 글씨는 그보다 뛰어났다. 중국 사람이 한번 보고 효자의 필적이라 지목했는데, 훗날 마침내 효도로 정려문(旌閭門)을 하사받았다. 지금 『동은서법(洞隱書法)』이 남아 있다.

그밖에 김명한(金溟翰), 박위(朴蔿), 안일개(安一介), 이영백(李英白)의 글씨도 모두 유명하지만, 나는 아직 보지 못했다.【이영백은 글씨로 이름났으며 진사를 지냈다.】

# 79

# 평안도의 화가(1) : 조세걸, 송창엽

중추(中樞) 조세걸(曺世傑)은 호가 패주(浿洲)이며 그림으로 한 시대에 뛰어났다. 사람됨이 담박하여 외적인 것을 좋아하지 않아 평소에는 마치 어리석어 보이지만, 종이 앞에 앉으면 번쩍 마음이 열렸으며 수묵산수화에 특히 뛰어났다. 숙종이 도화서에 도성의 모습을 그리도록 했는데, 조세걸의 그림이 제일이었기에 특별히 후한 상을 내렸다. 훗날 중국에 사신으로 간 사람이 좋은 그림 하나를 사왔는데, 다름 아닌 조세걸의 솜씨였다. 동시기에 송창엽(宋昌燁)이라는 사람이 역시 그림으로 이름났기에 세상 사람들이 '조송(曺宋)'이라 일컬었다.

# 평안도의 화가(2) : 김진여, 최만하

김진여(金振汝) 덕익(德翼)과 최만하(崔萬厦) 광보(廣甫)는 모두 문인 집안
의 자제이다. 덕익은 패주(浿洲) 조세걸(曹世傑)에게 산수(山水), 인물(人
物), 화조(花鳥) 그림을 배웠다. 자태를 그리는 데 특히 뛰어나 조세걸보
다 조금 나았으나 완력은 그보다 못했다. 창랑(滄浪) 홍세태(洪世泰)의
시에,

전신(傳神 초상화)은 패주에게 배운 것이라네[1]                    傳神學自浿洲者

라고 했다. 광보 역시 덕익과 함께 배웠으나 문학을 몰라 속된 기운이
많았기에 세상 사람들이 그다지 중시하지 않는다.

---

1 洪世泰, 〈淸心亭贈金振汝〉, 『柳下集』卷6.

# 서경시화

�֎

## 권2

# 1

# 우리나라 시가의 기원

은(殷)나라가 망하자 무왕(武王)은 기자(箕子)를 조선(朝鮮)에 봉하고 신하로 삼지 않았다. 훗날 기자가 주(周)나라로 조회하러 가다가 은나라의 옛 터를 지나는데, 궁실이 무너지고 피와 기장이 자라난 모습을 보고 상심하였다. 곡하자니 안 될 일이고, 울자니 부녀자에 가까웠다. 그리하여 노래를 지었는데 〈맥수가(麥秀歌)〉라 한다.

고구려 유리왕(琉璃王)에게는 화희(禾姬)와 치희(雉姬)라는 두 여자가 있었는데, 서로 총애를 다투며 질투하였다. 훗날 유리왕이 기산(箕山)으로 사냥을 갔는데, 치희가 화희에게 욕을 먹고 떠나버렸다. 왕이 듣고서 직접 쫓아갔으나 치희는 돌아오려 하지 않았다. 왕이 나무 아래에서 쉬다가 꾀꼬리가 날아와 모이는 것을 보고 느낀 바 있어 노래를 지었는데 〈황조가(黃鳥歌)〉라 한다.

조선진(朝鮮津)의 졸병 곽리자고(霍里子高)가 새벽에 일어나 배를 젓고 있는데, 어떤 미친 사람이 머리를 풀고 술병을 들고 물길을 거슬러 건너갔다. 자기 아내 여옥(麗玉)에게 말하니, 여옥이 상심하여 공후(箜篌)를 가져다 그 소리를 본떴다. 그 노래를 〈공후인(箜篌引)〉이라 한다. 그렇다면 우리나라 시가(詩歌)의 도(道)는 모두 여기에서 나온 것이다. 아, 몹시 다행이다.

# 2

# 평안도의 사언시

우리 평안도의 사언시(四言詩)로 『시경』에 들어갈 만한 것으로 〈맥수가〉의 경우 그 노랫말은 풍아(風雅)이며, 그 뜻은 〈서리(黍離)〉[1]이다. 〈황조가〉는 사물을 보고 사람에 비유하였으니 원망하는 감정에서 생긴 것이다. 〈공후인〉은 비통과 개탄을 직접 쏟아내었으니 슬픈 감정에서 나온 것이다. 돈암(遯菴) 선우협(鮮于浹)의 〈수양(首陽)〉[2]과 변지익(卞之益)의 〈요복(遼菖)〉은 그 다음이다.

---

1 서리(黍離): 『시경』「왕풍(王風)」의 편명으로, 동주(東周)의 대부(大夫)가 서주(西周)의 옛수도 호경(鎬京)을 지나가다가 폐허가 된 대궐과 종묘에 잡초가 우거진 모습을 보고 탄식하며 부른 노래이다.

2 鮮于浹, 〈首陽〉, 『遯菴全書』卷5.

# 3

# 기자의 〈홍범〉(1)

―――

『서경(書經)』 〈홍범(洪範)〉은 기자가 직접 서술한 것으로 만세의 도통(道統)일 뿐만 아니라 그 정밀하고 빼어난 말을 가려내면 아송(雅頌)과도 같아 오히려 〈맥수가〉의 위에 있다.

# 4

# 기자의 〈홍범〉(2)[1]

서민이 나쁜 무리를 만들지 않고 지위에 있는 사람이 당파를 만들지 않
는 것은 군주가 표준을 세우기 때문이다……표준에 맞지 않더라도 잘
못을 저지르지 않으면 군주는 받아주어야 한다……미천한 이를 학대
하지 말고 높은 사람을 두려워하지 말라……벼슬아치는 부유한 뒤에
야 착해진다……편벽되지 않고 기울지 않아 왕의 의리를 따르며, 사사
로이 좋아하지 말고 왕의 도를 따르며, 사사로이 미워하지 말고 왕의 도
를 따르라. 편벽되지 않고 당파를 만들지 않으면 왕의 도가 넓어지며,
당파를 만들지 않고 편벽되지 않으면 왕의 도가 편해지며, 상도를 어기
지 않고 기울지 않으면 왕의 도가 바르게 되리니, 표준으로 모이고 표준
으로 돌아올 것이다……이것이 이치이고 교훈이니, 상제(上帝)가 가르
쳐주신 것이다. 서민들이 표준에 대해 부연한 말을 교훈으로 삼고 실천
하면 천자의 광채를 가까이할 것이다……강경하여 순종하지 않으면
굳세게 다스리고, 온화하고 유순하면 부드럽게 다스린다. 침울한 자는
굳세게 다스리고, 교만한 자는 부드럽게 다스린다……오직 군주만이
복을 주고 군주만이 위엄을 부리며 군주만이 좋은 음식을 먹을 수 있
다……자기 마음에 물어보고, 경사(卿士)에게 물어보고, 서인에게 물

---

1 기자의 홍범 : 이 항목은 『서경』 〈홍범〉의 일부를 인용한 것인데, 중간에 생략된 부분이 많아
  문맥이 통하지 않는다. 생략된 부분은 말줄임표로 표시했다.

어보고, 점을 쳐서 물어보라.……다섯 가지[2]가 갖추어지고 각기 계절에 맞으면 초목이 무성해진다……왕이 살필 것은 해이고 경사는 달이고 사윤(師尹)은 날이다[3]……뛰어난 백성이 드러나고 집이 편안해질 것이다. 뛰어난 백성이 미천해지고 집이 편안하지 못할 것이다[4]……서민은 별이니,[5] 바람을 좋아하는 별이 있고, 비를 좋아하는 별이 있다.[6] 해와 달의 운행에는 겨울이 있고 여름이 있으니,[7] 달이 별을 따름으로 비바람을 알 수 있다.[8]

---

2 다섯 가지 : 비[雨], 맑음[暘], 더위[燠], 추위[寒], 바람[風]을 말한다.

3 왕이……날이다 : 기후의 조화가 이해(利害)에 미치는 영향을 살피되, 왕은 해를 기준으로, 경사는 달을 기준으로, 사윤은 날을 기준으로 삼아야 한다는 말이다.

4 뛰어난……것이다 : 해와 달과 날의 기후가 적절하면 풍년이 들어 백성이 살기 좋아지고, 그렇지 않으면 흉년이 들어 백성이 살기 어려워진다는 말이다.

5 서민은 별이니 : 백성이 땅에 붙어 있는 것은 별이 하늘에 붙어 있는 것과 같다는 말이다.

6 바람을……있다 : 바람을 좋아하는 것은 기성(箕星)이고, 비를 좋아하는 것은 필성(畢星)이다.

7 해와……있으니 : 해와 달이 계절에 따라 궤도를 달리하여 움직인다는 말이다.

8 달이……있다 : 달이 기성(箕星)에 들어가면 바람이 많고, 달이 필성(畢星)에 들어가면 비가 많다는 말이다.

# 5

# 평안도의 명(銘), 찬(贊), 전(傳)

문정공(文貞公) 어세겸(魚世謙)의 〈귀물명(鬼物銘)〉은 비록 순수한 대아
(大雅)는 아니지만, 요컨대 『시경』에서 겨우 조금 떨어져 있을 뿐이다.
양덕록(楊德祿)의 〈고경명(古鏡銘)〉, 이진(李進)의 〈갑을장명(甲乙帳銘)〉과
〈추우찬(芻虞贊)〉 등도 이에 버금간다. 김태좌(金台佐)의 〈수박자전(守朴
子傳)〉, 변지익(卞之益)의 〈남산군전(南山君傳)〉에 있는 말도 협운(協韻)[1]하
거나 구(句)를 이루어 자못 『시경』의 남은 뜻이 있다. 지금 모두 뒤에 모
아놓는다.

---

1 협운(協韻) : 소리가 비슷한 운을 통용하는 것이다.

# 6

# 어세겸의 〈귀물명〉

이른바 〈귀물명(鬼物銘)〉은 다음과 같다.


## 관명(冠銘)

| | |
|---|---|
| 하나라 상나라 주나라 거치며 | 歷夏商周 |
| 명칭도 다르고 규격도 달랐네 | 殊名異規 |
| 사람의 위에 자리하니 | 居人之上 |
| 높이 있어도 위태롭지 않네 | 高而不危 |
| 찬란히 겉모습 꾸미니 | 煥而外飾 |
| 안으로 신중히 지켜야 하네 | 須愼內持 |
| 행여 덕을 어기지 말아야 하니 | 德或罔愆 |
| 갓끈 묶기를 어찌 사양하리 | 結纓何辭 |


## 패명(佩銘)

| | |
|---|---|
| 쟁그랑 소리 내며 드리우니 | 鏘乎藜兮 |
| 허리에 매어 있네 | 腰焉繫之 |
| 율(律)과 여(呂)가 있어 | 律兮呂兮 |
| 걸음을 다스리네 | 步焉制之 |
| 현명한 선비는 | 賢兮士兮 |

마음이 맞는다네 心焉契之

## 이명(履銘)

오직 의를 따라 惟義之蹈

큰길로 나아가네 趨康莊兮

오직 너를 보며 惟爾之視

상서를 살피리라[1] 將考祥兮

## 사명(笥銘)

의상이 뱃속에 있어 衣裳在腹

때맞추어 꺼내고 넣네 出納有時

군자를 위해 지키고 爲君子守

군자를 위해 꾸미네 爲君子儀

## 궤명(匱銘)

비어 있으면 받고 虛而受之

가득 차면 꺼내네 盈而出之

때맞추어 열고 닫으며 時其開闔

또 굳게 간직하네 又重密之

## 인명(印銘)

---

1 상서를 살피리라 : 『주역』〈이괘(履卦) 상구(上九)〉의 "행동을 보아 상서를 살핀다.〔視履考祥〕" 라는 말을 인용한 것이다.

| 끊임없이 이어진 모양 | 累累若若 |
| 철사 같은 전서(篆書)라네 | 籒篆鐵索 |
| 믿음의 표식 또렷하니 | 信章昭焯 |
| 군자가 의지하네 | 君子攸託 |

## 금명(琴銘)

| 거문고의 덕이 온화하니 | 琴德愔愔 |
| 그 소리 분명하네 | 式昭其音 |
| 순임금과 문왕은 멀어졌으니2 | 舜文已遠 |
| 누구의 마음에 맞을까 | 誰契于心 |
| 아, 공자의 문하에 | 嗟呼孔門 |
| 선비가 많았네 | 濟濟靑衿 |
| 우아한 거문고 곡조 | 絃歌雅操 |
| 천기가 깊고 오묘하네 | 天機妙深 |
| 내게 석 자 거문고 있으니 | 我有三尺 |
| 황금보다 귀중하네 | 寶重雙金 |
| 사악함과 음란함을 다스리고 | 用制邪淫 |
| 옛날과 지금을 씻어내네 | 蕩滌古今 |
| 글을 지어 새겨 | 辭以銘之 |
| 공경하는 마음 쓰네 | 以寫欽欽 |

---

2 순임금과 문왕은 멀어졌으니 : 순(舜)임금은 거문고로 〈남풍가(南風歌)〉를 지어 태평성대를
  노래했고, 주 문왕(周文王)은 제후들이 귀순하자 〈문왕조(文王操)〉를 지었다.

검명(劍銘)

| | |
|---|---|
| 구야자가 묘한 재주 부리고 | 歐冶騁妙 |
| 막야가 먼저 깨달았네3 | 莫耶先覺 |
| 월나라 숫돌로 칼날 가다듬고 | 越砥斂鋒 |
| 벽제의 기름으로 담금질했네4 | 鵜膏淬鍔 |
| 옛 감옥에서 용을 잡고5 | 捕龍古獄 |
| 큰 못에서 뱀을 베었네6 | 斬蛇大澤 |
| 석 자 칼에 정기가 솟으니 | 三尺騰精 |
| 모든 요괴가 넋을 잃네 | 百妖喪魄 |
| 성내어 삼군에게 휘두르니 | 怒揮三軍 |
| 한번 잡으면 위엄이 서네 | 威作一握 |
| 칼을 차면 공정하고 | 佩則爲公 |
| 뽑으면 적수가 없네 | 拔之無敵 |
| 아, 저 둔한 칼날은 | 嗟彼鉛鋋 |
| 계륵에게나 오만하네 | 傲玆鷄肋 |
| 어찌 알랴 칼집 열면 | 烏知開匣 |
| 옥을 자르는 칼이 있는 줄 | 有此截玉 |
| 뜻 있는 선비는 모두 | 凡百志士 |
| 싫어하지 않고 지니네 | 服之無斁 |

---

3 구야자가……깨달았네 : 구야자와 막야는 모두 춘추시대에 명검을 제작한 장인이다.

4 월나라……담금질했네 : 월나라 숫돌은 중국 남부 지역에서 생산되는 유명한 숫돌이다. 벽제는 물새인데 그 기름으로 녹슨 칼을 닦으면 빛이 난다고 한다.

5 옛……잡고 : 진(晉)나라 장화(張華)가 풍성(豐城)의 옛 감옥에서 용천검(龍泉劍)을 찾았다는 고사를 인용한 것이다.

6 큰……베었네 : 한 고조(漢高祖)가 젊은 시절 큰 못에서 뱀을 만나자 칼로 베어죽였다는 고사를 인용한 것이다.

# 7

# 양덕록의 〈고경명〉

이른바 〈고경명(古鏡銘)〉¹은 다음과 같다.

| | |
|---|---|
| 밝은 둥글고 안은 밝으니 | 外圓內明 |
| 하늘과 태양을 형상하였네 | 形天象日 |
| 서주의 기원에 | 西周紀年 |
| 동방에서 덕을 칭송했네² | 東方頌德 |
| 밝은 거울이 땅속에 들어가 | 明入地中 |
| 밝은 거울이 어두워졌네 | 用晦其明 |
| 밝음은 사라질 수 없으니 | 明不可息 |
| 기자의 올바름이라네³ | 箕子之貞 |
| 삼천 년 동안 숨었다가 | 三千載隱 |
| 하루아침에 나타났네 | 一朝而出 |
| 오직 글씨와 획은 | 唯文與畫 |

---

1  고경명(古鏡銘) : 1620년(광해군12) 평양에서 발견된 오래된 거울을 소재로 삼은 글이다. 관련 사실은 이정귀(李廷龜)의 『월사집(月沙集)』 권33에 실려 있는 〈기성고경설(箕城古鏡說)〉에 자세하다.

2  서주의……칭송했네 : 당시 이 거울이 기자의 것으로 주 무왕(周武王)이 은(殷)나라를 정벌하기 위해 제후들과 회합할 때 만들어진 것이라는 설이 있었다.

3  기자의 올바름이라네 : 거울에 새겨진 '동왕공(東王公)'을 기자로 해석하는 설이 있으므로 이렇게 말한 것이다.

마멸되거나 퇴색하지 않았네 　　　　　　　　不磨不涅

용은 다섯 가지 상서에 깃들고 　　　　　　　龍盤五瑞

사람은 만수를 축원하네 　　　　　　　　　　人祝萬齡

어찌 어질고 장수할 뿐이랴 　　　　　　　　　豈惟仁壽

무기를 없앤 효과라네 　　　　　　　　　　　乃驗銷兵

사람들은 이 물건 덕택에 　　　　　　　　　　人賴此物

비로소 동왕공을 알았네 　　　　　　　　　　始知東王

아, 은미한 것이 나타나니 　　　　　　　　　　於闡幽微

그 빛이 드러나지 않으랴 　　　　　　　　　　不顯其光

# 8

# 이진의 〈갑을장명〉

이른바 〈갑을장명(甲乙帳銘)〉[1]은 다음과 같다.

| | |
|---|---|
| 아, 너 천막이여 | 於呼爾帳 |
| 갑과 을이 있구나 | 爾甲爾乙 |
| 갑과 을로 삼았으니 | 甲之乙之 |
| 하늘이 순서를 정했네 | 特天秩之 |
| 천막이여, 천막이여 | 帳乎帳乎 |
| 누가 주관하여 | 誰主張之 |
| 펼치고 가리는가 | 張之障之 |
| 구슬과 깃털로 | 珠乎翠乎 |
| 누가 너를 장식했나 | 疇爾絡之 |
| 아, 너 천막이여 | 於爾帳 |
| 임금의 표준으로 삼았네 | 惟作皇極 |
| 임금이 표준 되지 못하면 | 皇之不極 |
| 천막은 내 자리 아니라네 | 帳非余幬 |
| 하늘이 순서를 정하니 | 天幹之秩 |

---

1 갑을장명 : 갑을장은 한 무제(漢武帝)가 만든 천막이다. 갑장은 금은보화로 꾸며 신(神)의 자리로 삼고, 을장은 자신의 자리로 삼았다.

너는 어찌 그리 엄숙한가      爾何穆穆

아, 너 천막이여        於爾帳

그저 엄숙할 뿐이네       惟穆穆若

# 9

# 이진의 〈추우찬〉

이른바 〈추우찬(騶虞贊)〉[1]은 다음과 같다.

| | |
|---|---|
| 아, 추우여 | 吁嗟騶虞 |
| 어찌 그리 성품이 어진가 | 何性之仁 |
| 세상에서 뿔 달린 상서라 하니 | 世稱角瑞 |
| 기린과 앞을 다투네 | 伯仲乎麟 |
| 풀밭에 들어가도 꺾지 않아 | 入草不折 |
| 나의 쑥대와 갈대가 자라네 | 長我蓬葭 |
| 배고프면 무엇을 먹을까 | 飢將焉食 |
| 무성한 싹이라네 | 有茁其芽 |
| 저 풀밭을 돌아보니 | 睠彼崍幪 |
| 발을 디디지 않네 | 趾莫之加 |
| 온갖 짐승의 우두머리인데 | 逝長百獸 |
| 도리어 돼지와 어울리네[2] | 反與豝貐 |
| 태어나 헛되이 오지 않았으니 | 生不虛來 |

---

1 추우찬(騶虞贊) : 추우는 상상의 동물이다. 범의 몸통에 사자의 머리, 흰 바탕에 검은 줄무늬
가 있다. 성품이 어질어 풀을 밟지 않고 살아 있는 동물은 먹지 않는다. 『시경』에 〈추우〉라는
시가 실려 있다.

이 또한 주나라 때문이라네 　　　　　　　　　　玆亦於周

둥지의 까치3에 호응하니 　　　　　　　　　　有應鵲巢

성대한 짝이로다 　　　　　　　　　　　　　　振振是述

누구 때문에 왔는가 　　　　　　　　　　　　孰爲來哉

아, 추우여 　　　　　　　　　　　　　　　　吁嗟騶虞

온화한 기운이 쌓여 　　　　　　　　　　　　和氣之鍾

이와 같이 되었다네 　　　　　　　　　　　　有若是夫

비단옷과 가죽옷이 　　　　　　　　　　　　錦衣狐裘

참으로 바르고 아름답네4 　　　　　　　　　　洵直且好

고깔은 금과 옥으로 꾸미고5 　　　　　　　　金玉會弁

초선관6을 머리에 썼네 　　　　　　　　　　貂蟬在顚

---

2 도리어 돼지와 어울리네 : 『시경』〈추우〉에 주(周)나라 문왕(文王)이 천하를 잘 다스려 짐승
이 번식했다는 점을 말하기 위해 암퇘지[豝]와 어린 돼지[豵]를 언급했기 때문에 이렇게 말한
것이다.

3 둥지의 까치 : 원문은 '鵲巢'인데, 『시경』「소남(召南)」의 편명이다. 제후 가문 여인의 덕을 읊
은 시다.

4 비단옷과……아름답네 : 『시경』〈종남(終南)〉의 "군자가 오니 비단옷에 가죽옷을 입었네[君
子至止, 錦衣狐裘.]"라는 구절을 인용한 것으로, 군주를 찬미한 말이다.

5 고깔은……꾸미고 : 『시경』〈기욱(淇奧)〉에서 위 무공(衛武公)을 찬미하여 "고깔 장식이 별처
럼 빛난다.[會弁如星]"라고 한 말을 인용한 것이다.

6 초선관(貂蟬冠) : 담비 꼬리와 매미 날개로 장식한 고위 관원의 관이다.

# 10

## 김태좌의 〈수박자전〉

〈수박자전(守朴子傳)〉은 다음과 같다.

| | |
|---|---|
| 기백을 떨치다가 | 刷氣洩魄 |
| 탄식하며 답답해 하네 | 嘁欷服臆 |
| 문을 열고 들어와서는 | 爹戶而入 |
| 문을 닫고 눈물 흘리네 | 閉門而泣 |
| 누구 때문에 왔다가 | 孰爲來哉 |
| 누구 때문에 가는가 | 孰爲去哉 |
| 아, 너희 두 아들이여 | 咨汝二子 |
| 누가 입혀주고 먹여주나 | 誰衣誰食 |
| 어찌 이를 생각하지 않고 | 胡不是思 |
| 스스로 병들게 하는가 | 自令病爲 |
| 아리따운 짝이 있으니 | 婉嬺好比 |
| 뜻대로 되지 않는 일 없네 | 莫不如意 |
| 낮이 다하면 밤이 되고 | 窮日爲夜 |
| 해가 다하면 봄이 되네 | 畢歲爲春 |
| 목석 같은 사람이 아니라면 | 自非石人 |
| 누군들 슬퍼하지 않으리 | 誰能不悲 |

내가 정을 주었거늘　　　　　　　　我旣輸情

그가 어찌 모른체 하랴　　　　　　　彼寧越視

나는 갈림길에 서서　　　　　　　　我如臨歧

내 슬픔과 작별하네　　　　　　　　以別我哀

# 11

## 변지익의 〈화납부〉

만취(晚翠) 변지익(卞之益)의 〈화납부(華妠賦)〉는 다음과 같다.

| | |
|---|---|
| 드높은 태백산 | 太白峨峨 |
| 비 내리고 구름 덮였네 | 雨之雲之 |
| 정자와 나루가 이어지고 | 亭津洛之 |
| 강이 있고 언덕 있네 | 有流有澌 |
| 산과 물에서 | 維山維水 |
| 두 여인 태어나니 | 實生二女 |
| 세상에 짝이 없네 | 世無與侶 |
| 붉은 입술 풍성한 머리 | 朱脣豊髮 |
| 곧은 눈썹 단정한 이마 | 直眉脩額 |
| 지그시 바라보니 | 遺視綿邈 |
| 그윽하고 또렷하네 | 蜿蜿的的 |
| 곧은 옥이여 | 玉之貞兮 |
| 검고 푸르네 | 有玄有蒼 |
| 달의 빛이여 | 月之光兮 |
| 찼다가 기우는구나 | 有虧有盈 |
| 예쁘게 웃으니 보조개 지고 | 巧笑倩兮 |

| | |
|---|---|
| 아름답고 밝구나 | 抑若揚兮 |
| 뭇여인은 추한 모습이라 | 衆女仳儺兮 |
| 마치 광대와 같구나 | 苟逞優倡 |
| 마치 광대와 같으니 | 苟逞優倡 |
| 용모가 더욱 시드네 | 貌用益喪 |
| 아, 너 화납이여 | 噫爾華妠兮 |
| 참으로 풍채 있네 | 洵有望兮 |
| 선명하고 선명하니 | 瑳兮瑳兮 |
| 마치 덮어주는 듯하네 | 如或被之 |
| 옷이 화려해서가 아니라 | 匪服伊華兮 |
| 화납이기 때문이라네 | 華妠之故也 |

# 12

## 김정보의 〈귀거래사〉

월곡(月谷) 김정보(金鼎輔)의 〈귀거래사(歸去來辭)〉는 다음과 같다.

| | |
|---|---|
| 미인이 있으니 | 爰有美人 |
| 미쳐 날뛰는 나를 경계하네 | 戒我狂奔 |
| 길잡이가 앞길을 인도하여 | 導夫先路 |
| 읍하고 문으로 들어가네 | 揖之入門 |
| 비괘에 질장구가 가득 찬다 했고[1] | 比缶有盈 |
| 실로 감괘의 술동이로다[2] | 實坎之尊 |
| 지팡이 짚고 산에 오르고 | 登山以杖 |
| 배를 타고 강을 건너네 | 涉水而船 |

이상은 모두 국풍(國風)의 은미한 뜻이 있다.

---

1 비괘에……했고 : 『주역』〈비괘(比卦) 초육(初六)〉에 "진실함이 질장구가 가득 찬 듯하면 결국 다른 길한 운세가 돌아온다.[有孚盈缶, 終來有他吉.]"라고 했다.

2 실로 감괘의 술동이로다 : 『주역』〈감괘(坎卦) 육사(六四)〉에 "술동이의 술과 대그릇 두 개의 음식을 질그릇에 담는다.[樽酒簋貳用缶]"라는 말을 인용한 것으로 질박함을 추구한다는 뜻이다.

# 13

# 평양에서 발견된 옛 거울

『평양속지(平壤續志)』에 실려 있는 옛 거울에 "동왕공서주회년익수민의
자손오양음진자유도(東王公西周會年益壽民宜子孫吾陽陰眞自有道)" 20자가
새겨져 있다. 해석하는 사람들은 '서주회년(西周會年)'은 맹진(孟津)에서
회합한 해[1]라고 했다. 오직 월사(月沙) 이정귀(李廷龜)만이 '오(吾)'자부터
읽어야 한다고 하면서 이렇게 말했다.

　"주(周)는 흙에 묻혀 마멸된 것으로 국(国)으로 보아야 하니, 국(國)의
옛 글자이다. 회(會)는 증(曾)으로 보아야 하니, 증(增)의 옛 글자이다.
진(眞)은 경(竟)으로 보아야 하니 경(鏡)의 옛 글자이다."

　또 예서(隸書)로 되어 있으므로 기자 때의 글이 아니라고 했다. 그리
고 끝에서는 이렇게 말했다.

　"동왕(東王)은 동명왕(東明王)을 가리킨다."

　내 생각에는 그렇지 않은 듯하다. 주(周)는 모(母)인 듯하니 바로 서왕
모(西王母)이다. 『열선전(列仙傳)』에 다음과 같은 내용이 있다.

　"목공(木公)이라는 자가 있는데 동왕공(東王公)이라고도 한다. 서왕모
와 함께 음양(陰陽)을 다스린다."

　그렇다면 양음(陽陰)과 익수(益壽) 등의 말은 쉽게 이해할 수 있다. 대

---

1 맹진(孟津)에서 회합한 해 : 주 무왕(周武王)이 은(殷)나라를 정벌하고자 맹진에 8백 명의 제
　후와 회합한 때를 말한다.

체로 한(漢)나라의 유선시(遊仙詩), 교사가(郊祀歌), 요가(鐃歌)[2] 등의 여러 작품은 모두 결어(結語)에 수명을 늘려 장수하게 해 달라는 말이 있다. 거울의 내용은 아마도 일시(逸詩)인데 낙랑 시대에 동쪽에서 나타난 듯하다. 그러나 해석하는 사람들은 단지 동왕(東王)이라는 글자만 가지고 태사(太師 기자)나 주몽(朱蒙)이라고 한다. 비록 시인의 삼매(三昧)를 얻었다 할지 모르나, 나는 감히 믿을 수 없다.

〈공후인(箜篌引)〉에 대해 『지봉유설(芝峯類說)』에 말했다.

"이 노래는 고악부(古樂府)에 실려 있으나 우리나라에는 전하는 것이 없어 애석하다."

악부(樂府)라는 형식은 한 무제(漢武帝) 때 처음 나왔으니, 이른바 여옥(麗玉)이라는 사람은 필시 위만(衛滿) 이후의 사람이겠지만 애석하게도 증거삼을 문헌이 부족하다. 다만 이 노래는 중국 밖에서 지은 것인데 무슨 이유로 중국에 들어갔는지 모르겠다. 조선씨(朝鮮氏)가 한(漢)에 도읍하여 한 지방의 가요를 태사(太史)가 채집했기 때문인 듯하다. 여옥이 공자(孔子)의 시대에 나왔다면 오(吳)나라와 초(楚)나라의 노래처럼 삭제했을지도 모르겠다. 또 말했다.

"우리나라의 가사는 방언이 섞여 있으므로 중국의 악부와 나란히 놓을 수 없다."

참으로 그렇다. 우리 고을 이진(李進)의 〈강촌별곡(江村別曲)〉, 당악(唐岳)의 윤학(尹鶴)이 지은 〈훈도가(訓導歌)〉, 비류(沸流 성천)의 윤영(尹瑛)이 지은 〈무녀가(巫女歌)〉, 철옹(鐵甕 철산)의 김현중(金絃中)이 지은 〈화류사

---

2 유선시(遊仙詩)……요가(鐃歌) : 유선시는 신선 세계를 소재로 삼은 시이며, 교사가는 교외에서 천지에 제사지내며 연주하는 음악이고, 요가는 군악의 일종이다.

〈花柳詞)〉 등은 삼척동자라도 부를 줄 모르는 이가 없으며 인구에 널리 회자되었다. 오산(烏山)의 김경서(金景瑞)가 지은 〈대붕(大鵬)〉 한 곡은 〈칙륵가(勅勒歌)〉3와 앞을 다투니, 천고의 통쾌한 일로 관휴(貫休)처럼 종을 치고 싶다.4

---

3 칙륵가(勅勒歌) : 동위(東魏)의 고환(高歡)이 군사들의 사기를 진작하기 위해 장수 곡율금(斛律金)에게 짓게 한 노래이다. 조선후기에는 중원의 회복을 갈망하는 노래로 이해되었다.

4 천고의……싶다 : 양신(楊愼)의 『승암시화(升庵詩話)』에서 위응물(韋應物)의 시를 칭찬하며 한 말이다. 관휴는 당나라의 시승(詩僧)인데, 종을 친 고사는 없다. 남당(南唐)의 시승(詩僧)이 좋은 시구를 얻자 기뻐서 한밤중에 종을 쳤다는 고사를 인용한 듯하다.

# 14

# 역사에 기록된 평안도

천 리 떨어진 곳은 환경이 다르고 백 리 떨어진 곳은 습속이 다르다더니, 옛사람의 말이 참으로 옳다. 우리 평양은 태사가 가르침을 펼친 뒤로 문물이 찬란하여 거의 중국과 같았다. 비록 중간에 위씨(衛氏)과 고씨(高氏)[1]의 두 시대를 거쳤으나, 습속은 대체로 바뀌지 않았다. 당시 문장을 좋아한 군주와 신하가 간혹 있었으나 자주 보이지는 않는다. 지금 역사책에 근거하여 그 풍속을 모으고, 다음으로 군주와 신하의 업적을 언급하여 그 대략을 보인다.

---

1 위씨(衛氏)과 고씨(高氏) : 위만조선과 고구려를 말한다.

# 15

## 평안도의 풍습

나라의 풍속으로 말하자면, 지금『오대사(五代史)』에 "풍속이 문자를 안다." 하였다.

『수사(隋史)』에 말했다.

"경술을 좋아하고 숭상하며 문사를 사랑하고 즐기므로 경도(京都)에 유학하는 이들이 오가느라 길에 이어지는데, 어떤 이는 죽을 때까지 돌아가지 않는다. 선현이 남긴 풍속이 아니라면 누가 이렇게 만들 수 있겠는가."

『당서(唐書)』에 말했다.

"사람들이 배우기를 좋아하여 외딴 마을과 가난한 집에서도 서로 힘쓴다. 거리마다 전부 국당(局堂)을 짓고, 혼인하지 않은 자제들이 모여 지내며 경전을 읽고 활쏘기를 연습한다."

『평양지(平壤志)』에 말했다.

"고려 이후로 문교(文教)가 쇠퇴하지 않아 학당과 서원을 두어 선비 양성에 전념했다."

# 16

# 평안도의 군주들

군주로 말하자면 『동국통감(東國通鑑)』에 말했다.

"고구려 소수림왕은 태학을 세워 자제를 교육했다."

"고려 태조가 서경에 행차하여 학원(學院)을 세우고 수재(秀才) 정악(廷鶚)을 서학박사(書學博士)로 삼아 육부(六部)의 생도를 모아 가르치게 했다."

"성종이 서경에 수서원(修書院)을 설치하여 학생들에게 책을 베껴 써서 보관하게 했다."

고령(高靈) 신숙주(申叔舟)가 말했다.

"세조가 부벽루에 올라 멀리 천고의 옛일을 생각하며 사물을 보고 감회를 일으켜 시를 지었다. 교화를 펼쳐 세상을 다스리고 옛 성인을 따를 뜻이 시 바깥으로 넘쳤다. 아름다운 시가 휘황찬란하여 강가를 비추고 만세에 빛을 남기니, 기자의 〈홍범〉과 나란히 아름답다. 평안도 사람들에게 천만다행이 아니겠는가."[1]

죽계(竹溪) 안침(安琛)이 말했다.

"중종이 평양부에 명하여 도회(都會)를 설치하여 선비를 양성하게 하였으니, 성상이 문교를 높이고 교화를 일으킴이 어찌 그리 지극한가."

---

1 申叔舟, 〈平壤浮碧樓御製記〉, 『保閑齋集』 卷14.

# 17

## 평안도의 신하들

신하로 말하자면 사가(四佳) 서거정(徐居正)이 말했다.

"을지문덕(乙支文德)은 고구려 때 명성을 떨쳤다."

우암(尤菴) 송시열(宋時烈) 선생이 말했다.

"평안도의 문헌을 확인할 수 없게 된 지 오래이다. 그러나 을지문덕
이 처음으로 시의 연원을 열어 우뚝이 여러 작품의 처음이 되었다."

익재(益齋) 이제현(李齊賢)이 말했다.

"사간(司諫) 정지상(鄭知常)은 노자와 장자를 좋아하여 글을 지으면
속세를 벗어난 신선의 기상이 있었다."

사가 서거정이 말했다.

"간의(諫議) 정지상의 시는 시어와 운치가 맑고 화려하며 구법과 격
조가 호탕하고 빼어나 만당(晩唐)의 법도를 깊이 터득하였다. 특히
요체(拗體)에 뛰어나 시를 지으면 사람들을 놀라게 하고 당세에 회자
되었으니, 한 시대에 대적할 이가 없다고 하겠다."

"문충공(文忠公) 조준(趙浚)은 재상으로 나라를 경영하여 시에는 뜻
을 두지 않은 것 같지만, 시를 지으면 거침없고 걸출하여 대인군자의
기상이 있다."

잠곡(潛谷) 김육(金堉)이 말했다.

"문효공(文孝公) 어효첨(魚孝瞻)은 문장을 지으면 자세하고 곡진하여

말과 뜻이 모두 지극하며 상소에 더욱 뛰어났다."

용재(慵齋) 성현(成俔)이 말했다.

"양성(陽城) 이승소(李承召)는 시와 문이 모두 아름다워 마치 솜씨 좋은 장인이 도끼와 끌의 흔적을 남기지 않고 아로새긴 듯하다."

허균(許筠)이 말했다.

"삼탄(三灘) 이승소는 염체(艶體)의 한 부분을 맛보았다."

"문정공(文貞公) 어세겸(魚世謙)은 선조(宣祖) 때 대제학을 지냈는데, 그의 시는 많이 보이지 않으나 잡시(雜詩)만은 조금 좋다."

수암(遂菴) 권상하(權尙夏)가 말했다.

"월저(月渚) 황윤후(黃胤後)는 문장과 학식으로 세상에 이름났으며 시도 굳세고 담박했다."

화은(和隱) 이시항(李時恒)이 말했다.

"변지익(卞之益)은 고고하고 우아하여 세속의 글과 전혀 다르다. 필법 또한 굳세어 일가의 법이 있다."

운암(雲菴) 이덕수(李德壽)가 말했다.

"화은 이시항은 문, 시, 사부, 변려문 등 짓는 글마다 모두 정밀하고 능숙하였다. 과격하고 괴이한 말을 하지 않고 평온하고 전아함에 힘써 마치 세상에 쓰기 적절한 콩과 조, 베와 비단같다."

오천(梧川) 이종성(李宗城)이 말했다.

"화은 이시항이 글을 지을 적에는 붓을 잡자마자 완성하여 말의 기운이 거침없다. 시도 오묘하게 단련하여 흥취가 있으며, 변려문에 더욱 뛰어났다."

# 18

# 평안도의 승려들

방외(方外)로 말하자면, 월사(月沙) 이정귀(李廷龜)가 말했다.

"휴정(休靜)의 시문(詩文)은 글자마다 모두 살아 있고 구절마다 나는 듯이 움직인다. 마치 오래된 칼이 칼집에서 나와 서릿발 같은 기운이 휘날리는 듯하니, 종종 개원(開元, 713~741), 대력(大曆, 766~779) 연간의 시와 흡사하다. 그와 같은 승려인 혜휴(惠休), 도림(道林) 등은 논할 것도 없다."

택당(澤堂) 이식(李植)이 말했다.

"청허(淸虛)의 시는 현묘한 깨달음이 있어 성률(聲律)에 구속되지 않고 배비(排比)가 섞이지 않았다. 그러나 흥취가 빼어나고 예봉이 날카롭다. 요컨대 예불하고 목탁 치는 사이에 지은 것이니, 아침저녁으로 읊조리며 시인들과 퇴고(推敲)를 따지는 관휴(貫休)와 광선(廣宣)[1] 무리의 수준에 그치는 정도가 아니다.

민창도(閔昌道)가 말했다.

"미천석(彌天釋 도안(道安))의 문장은 불가의 잡화(雜花)를 펼쳐 베틀로 삼고, 불경과 그 밖의 책을 씨줄과 날줄로 삼아 나열하고 섞어 체재에 구애받지 않았다. 시를 지을 적에는 몹시 노력을 기울여 제법 본색(本色)의 말이 있다. 만약 그중에 빼어난 것을 뽑아 옛책에 섞어 넣

---

1 관휴(貫休)와 광선(廣宣) : 모두 당나라의 시승(詩僧)이다.

는다면, 문공(文公) 권덕여(權德輿)가 바람 소리와 층층 봉우리라는 비유를 영철(靈澈)에게만 쓰지 않았을 것이다.² 만약 창랑자(滄浪子) 엄우(嚴羽)가 비평했다면 임제종파(臨濟宗派)에 소속시키지 않았겠는가."³

2 권덕여(權德輿)가……것이다 : 권덕여는 〈여산에서 옥주로 돌아가는 영철 상인을 전송하는 서문[送靈澈上人廬山回歸沃洲序]〉에서 영철의 시를 두고 "바람과 소나무가 서로 소리를 내고, 얼음과 옥이 서로 부딪치며, 천 길의 층층 봉우리 아래에 금빛 푸른빛이 있는 것 같다."라고 한 말을 인용한 것이다.

3 만약……않았겠는가 : 엄우는 『창랑시화』에서 한(漢), 위(魏), 진(晉), 성당(盛唐)의 시를 배우는 자를 임제종(臨濟宗), 중당(中唐) 이후의 시를 배우는 자를 조동종(曹洞宗)에 비유하며, 전자를 높이 평가했다.

# 19

# 평안도 문인 총론

총론으로 말하자면, 화은(和隱) 이시항(李時恒)이 말했다.

"정지상(鄭知常)의 〈송인(送人)〉 절구 한 수는 원화(元和, 806~820) 연간의 시를 압도하고, 김반(金泮)이 어룡(魚龍) 그림 족자에 쓴 시는 중국을 감동시켰다. 직제학 김학기(金學起)는 책문에 뛰어났고 갈파(葛坡) 이진(李進)은 여러 문체에 뛰어났다. 월저(月渚) 황윤후(黃胤後)는 정밀하고 화려하며 서정(西亭) 전벽(田闢)은 법도가 있고, 기산(箕山) 허관(許灌)은 굳건하고 이촌(梨村) 김여욱(金汝旭)은 유려하다. 강정(江亭) 양덕록(楊德祿)과 괴헌(槐軒) 노경래(盧警來)의 상소, 국헌(菊軒) 황징(黃澄)과 김의엽(金義燁)의 사(詞)는 선배의 뒤를 이어 한 시대를 내달렸다. 허절(許晢)은 건장하고 이만우(李萬祐)는 전아하여 각기 별도의 격조로 모두 인구에 회자되었다."

# 20

# 글 짓는 법

만취(晚翠) 변지익(卞之益)이 말했다.

"글을 짓는 법은 똑같이 닮는 것이 아니라 이치가 있어야 한다."

"평담한 가운데 문채가 있어야 한다."

"미묘하고 현통하여 다른 사람이 읽으면 생각은 하되 말할 수는 없어야 한다."

"없는 가운데 있는 것이 생기고, 오묘하여 하늘의 재주를 빼앗는다."

내 생각에 이 몇 마디 말은 애초에 자기를 위해 한 말이었지만 역시 후학들의 법도가 된다.

# 21

# 평안도 문학사

우리 평안도의 문장가는 오랜 세월을 거치면서 을지문덕(乙支文德)보다 웅장한 이가 없었고 정지상(鄭知常)보다 호방한 이가 없었다. 한 사람은 비조(鼻祖)요, 한 사람은 정종(正宗)이니, 어찌 논의할 여지가 있겠는가.

국초의 뛰어난 문장가 중에 정승 조준(趙浚)은 조정의 으뜸이고 송정(松亭) 김반(金泮)은 성균관의 영재이다. 직전(直殿) 어변갑(魚變甲)은 구양수(歐陽修)에 근원을 두면서도 담박하고 우아하여 뛰어났으나 변화는 없었다. 문정공(文貞公) 어세겸(魚世謙)과 문간공(文簡公) 이승소(李承召)는 굳셈으로 적치를 세우기도 하고 치밀함으로 시단을 주도하기도 했는데, 이승소의 재주가 실로 뛰어났으니, 총괄하여 말하자면 관각체(館閣體)이다.

모재(慕齋) 김안국(金安國) 형제는 모두 육경(六經)에서 나와 소식(蘇軾)과 소철(蘇轍)로 수식했다. 비록 재주는 소순(蘇洵)에 미치지 못하나 그 시와 의론은 대략 비슷하다. 홍치(弘治, 1488~1505), 정덕(正德, 1506~1521) 연간 이후로는 작자들이 앞을 다투지 않았고, 오직 용산(龍山) 한최(韓最)가 가장 뛰어나다고 일컬어졌으나 애석하게도 전하는 것이 별로 없다.

송정(松亭) 지달해(池達海)와 면헌(勉軒) 김학기(金學起) 두 사람은 스스로 설 힘이 있었으니, 모두 한 시대의 뛰어난 솜씨였다. 천계(天啓,

1621~1627), 숭정(崇禎, 1628~1644) 연간에는 맑은 기운이 모여 서정(西亭) 전벽(田闢), 월저(月渚) 황윤후(黃胤後), 기산(箕山) 허관(許灌), 이촌(梨村) 김여욱(金汝旭) 등 여러 사람들이 다시 일어나 떨쳤다.

전벽은 육경에 근원을 두었으며 정밀하고 법도가 있었다. 황윤후는 시법이 간엄하고 담박하여 좋다. 허관은 사마천(司馬遷)에서 나와 두보(杜甫)를 아울러 취하였으나, 의지가 기운을 통솔하지 못해 큰소리치며 활보하였다. 김여욱은 구양수(歐陽修)와 소식(蘇軾) 등에게서 나왔는데, 기력이 조금 부족하지만 철두철미 가리는 말이 없었다. 갈파(葛坡) 이진(李進)은 객경(客卿)으로 관중(關中)에 들어와[1] 남을 꾸짖고 지위를 빼앗으며, 갑옷을 입고 날카로운 무기를 들고 한 시대를 채찍질했다. 또 밀성(密城)의 변환(卞瓛), 변지익(卞之益), 변지수(卞之隨)가 있었는데 모두 육조(六朝)에서 나왔으며, 변지익은 여기에 초당사걸(初唐四傑)의 법도를 더하여 마치 소순(蘇洵)에게 소식(蘇軾)이 있는 것과 같았다. 동시대의 우익(羽翼)으로 김대용(金大勇), 안사현(安四賢) 등은 모두 한 지역에서 뛰어난 이들이었다. 그들이 도달한 경지를 논하자면 숙천(肅川)과 영변(寧邊)의 뛰어난 자이다.

현허(玄虛) 양만영(楊萬榮)은 타고난 재주가 뛰어나 아름다움을 위주로 했고, 청하(青霞) 정두평(鄭斗平)은 비록 본색은 아니지만 간담이 커서 취할 만 하다. 문산(文山) 허절(許晢)은 사마천과 한유, 유종원에서 나와 근원이 여유 있고 풍격이 빼어나 오로지 홀로 서기에 힘썼으나 성률

---

1 객경(客卿)으로 관중(關中)에 들어와 : 객경은 외국인으로 고관에 오른 사람을 말한다. 관중에 위치한 진(秦)나라가 객경을 등용하여 강성해졌다. 여기서는 이진이 평안도 사람이 아니라는 뜻으로 보인다.

을 몰라 조금 어긋났다. 이만우(李萬祐)와 허필(許佖)도 이러한 유파이다. 이만우는 현묘함을 다하여 색상(色相)의 밖에서 터득한 듯하고, 허필은 지혜와 힘을 다해 한(漢), 당(唐)을 추종하였으나 안타깝게도 나약하다. 화은(和隱) 이시항(李時恒)은 자질이 빼어난데다 학식도 여유롭다. 다만 글짓기에 힘쓰느라 정채가 돌지 않았다. 김준덕(金峻德)은 무인 중에서 조금 뛰어나고, 석휴정(釋休靜)은 시승(詩僧)의 우두머리이니, 역시 빈 산의 발소리처럼 반가운 존재다.[2]

---

1 빈……존재다 : 외딴 산 속에 혼자 사는 사람이 누군가의 발소리를 들으면 몹시 기뻐한다는 말이 『장자(莊子)』「서무귀(徐无鬼)」에 보인다.

# 22

# 평안도 한시 명구

고려의 오언율시와 칠언율시 가운데 정지상의 것은 내가 흠잡을 수 없다. 우리나라 이후로 작자가 무려 수십 명이나 되어 모두 작품을 남겼는데, 대부분 당(唐), 송(宋)의 영향을 받아 바르고 법도가 있다. 그러나 높고 낮음과 얕고 깊음에 대해서는 의론할 수 있을 듯하다. 지금 빼어난 구절을 뽑아 여기에 모아놓는다.

# 23

# 오언시 명구

오언시는 다음과 같다.


### 정지상(鄭知常)

소리는 산의 대나무를 가르고          聲催山竹裂

피는 들꽃을 붉게 물들였네[1]          血染野花紅


### 김안국(金安國)

추운 참새는 깊은 숲에 의지하고          凍雀依深薄

사나운 다람쥐는 무너진 담장을 오르네[2]          驕鼪上敗墻


### 이인상(李仁祥)

구름은 지난 왕조의 절을 덮고          雲鎖前朝寺

하늘에 옛 도성의 누각이 높네          天高故國樓


### 김명한(金溟翰)

차가운 조수는 작은 섬을 가르고          寒潮分斷嶼

---

1  成侃, 〈夜聞子規〉, 『眞逸遺稿』 卷3.

2  金安國, 〈幽居〉, 『慕齋集』 卷2.

높은 누각은 긴 모래톱 굽어보네 高閣瞰長洲

**변환(卞瓛)**

지난날에는 의주 부윤이었는데 舊日龍灣尹

초가을 말 위의 나그네 되었네 新秋馬上人

**전벽(田闢)**

바다는 흐르는 물을 받아들이고 海能容逝水

산은 돌아오는 구름을 사양하지 않네 山不讓歸雲

**이진(李進)**

먼 포구에 겨울비 뿌옇고 極浦迷寒雨

넓은 하늘에 저녁 새 내려오네 長空落暮禽

**허관(許灌)**

삼신산 가라앉아 육지와 맞닿고 三山沈接陸

바다는 뒤집혀 연못이 되었네 滄海飜成池

**김여욱(金汝旭)**

봄 내내 변방의 나그네 신세 三春關外客

해서의 고을에서 홀로 밤을 보내네 獨夜海西州

**홍익중(洪益重)**

밤이라 삽살개는 빗소리 들으니 짖고 夜猣聞雨吠

가을이라 송아지는 구름을 밟으며 돌아오네        秋犢踏雲歸


허절(許晢)

풀의 뜻은 남은 눈 밀치려 하고        草意排殘雪

꽃의 마음은 봄바람에 감사하네        花心感惠風


이시항(李時恒)

오랑캐와 중국의 모든 나라 통하고        萬國通夷夏

위수와 경수의 뭇 강물 합류하네[3]        群流合渭涇


허필(許佖)

암자에 한 번 울리는 경쇠 소리 맑고        菴淸晨一磬

어두운 골짜기에 천 마리 매미가 우네        峽邃暝千蟬


추붕(秋鵬)

오래 앉으니 하늘에 꽃이 날리고        坐久天花落

행인이 드무니 길에 풀이 생기네        行稀徑草生


예스러우면서 바르기도 하고, 그윽하면서 오묘하기도 하고, 정밀하면서 공교롭기도 하고, 전아하면서 아름답기도 하고, 웅장하면서 호탕하기도 하고, 기이하면서 씩씩하기도 하니, 모두 그 오묘함을 다했다.

---

3 李時恒, 〈望海〉, 『和隱集』 卷3.

# 24

# 칠언시 명구

칠언시는 다음과 같다.


정지상(鄭知常)

푸른 버들 속에 문 닫은 여덟 아홉 집          綠楊閉戶八九屋

밝은 달에 주렴 걷은 서너 사람¹              明月捲簾三四人


이승소(李承召)

만고의 세월 흐른 어두운 못에는 괴물이 숨어 있고    萬古陰湫藏怪物

백년 지난 부서진 보루는 황량한 연기에 덮여 있네    百年殘壘鎖荒煙


김안국(金安國)

술동이 앞에서 백설가 부르니 봄은 저물어가고     尊前白雪歌春暮

주렴 너머 청산에서 들려오는 새 소리 듣네³      簾外靑山聽鳥啼


전벽(田闢)

가을바람이 살짝에 불어와 나그네 옷 싸늘하고     秋風吹鬢客衣冷

---

1 鄭知常, 〈長源亭〉, 『東文選』 卷12.

2 李承召, 〈淸州途中〉, 『三灘集』 卷4.

3 金安國, 〈次使相咸從縣樓韻〉, 『慕齋集』 卷1.

지는 달이 창을 엿보니 신선의 꿈 맑구나 　　　　　　落月窺窓仙夢淸


### 허관(許灌)

보름 밤에 보니 새 달이 가깝고 　　　　　　　　三五夜看新月近

천리 떨어져 생각하니 미인은 멀구나 　　　　　一千里憶美人遙


### 김호익(金虎翼)

청운의 길 있어 사람들 다투어 오르고 　　　　靑雲有路人爭上

백발은 사사로움 없는데 나만 유독 많구나 　白髮無私我獨多


### 변지익(卞之益)

뿔피리 소리는 천리에 물결을 일으키고 　　鼓角聲掀千里浪

깃발 그림자는 구주의 연기를 헤치네 　　　旌旗影拂九州烟


### 김필성(金弼聖)

일어나 계북 땅 삼경의 달을 보고 　　　　起看薊北三更月

앉아서 강남으로 만 리 가는 배를 전송하네 　坐送江南萬里船


### 허절(許晢)

시월의 강산에 나막신 자국 한 쌍 　　　十月江山雙屐齒

양기가 생기는 계절이 돌아왔네 　　　　一陽時節大刀頭


### 이만우(李萬祐)

주렴은 짧은데 가을이라 새벽 산빛은 짙고 　簾短秋多曉山色

창가는 허전한데 밤이라 먼 조수 소리 들리네 窓虛夜足遠潮聲

강은(康璠)

누런 닭고기 젓가락으로 집으니 가을이라 기름 많고 黃鷄入筯秋膏濕

흰 국수 상에 오르니 시골 맛 깊네 白麪登盤野味長

허필(許佖)

수많은 집에서 도소주4 마시며 즐기는데 千家行樂屠蘇盞

만고의 세월을 여관 같은 세상에서 보내네 萬古流光逆旅天

허휘(許徽)

칠리탄5처럼 맑은데 달빛이 환하고 淸如七里將多月

도화원보다 그윽하나 단지 꽃이 적구나 幽過仙源但少花

강간(康侃)

물가에 부딪치는 개울물은 학만 홀로 바라보고 衝岸迅溪窺獨鶴

하늘 가득 내리는 비는 신룡의 장난이라 滿天飛雨戲神龍

휴정(休靜)

달 아래 파리한 신선은 천 길의 회나무 帶月癯仙千丈檜

숲 너머 맑은 거문고는 여울물 소리 隔林淸瑟一聲灘

---

4 도소주(屠蘇酒) : 설날에 마시는 술이다.

5 칠리탄(七里灘) : 후한(後漢)의 은자 엄광(嚴光)이 은거하던 곳이다.

추붕(秋鵬)

백제 천년의 공업을 녹여6              能消白帝千年業

청산 육리7의 수치를 씻네8         以雪靑山六里羞

제각기 운치가 있다.

---

6  백제……녹여 : 한 고조(漢高祖)가 적제(赤帝)의 아들로서 백제(白帝)의 아들인 뱀을 죽이고
  황제의 자리에 올랐다는 전설을 인용한 듯하나 미상이다.

7  청산 육리 : 중국 전국 시대 유세객 장의(張儀)가 초 회왕(楚懷王)에게 상오(商於) 땅 6백 리를
  바치겠다고 약속했다가 나중에 6리였다고 속인 고사를 인용한 것이다.

8  秋鵬, <西楚覇王>, 『雪巖雜著』卷2.

## 25

# 음률에 올릴 만한 구절

기구(起句) 중에 오언시로서 음률에 올릴 만한 것은 다음과 같다.


정지상(鄭知常)

뜰 앞에 낙엽 하나 지고 　　　　　　　　　　　　庭前一葉落

상 아래에 온갖 벌레 우네[1] 　　　　　　　　　　床下百蟲悲


이승소(李承召)

먼 바다는 하늘과 더불어 고요한데 　　　　　　　遠水兼天淨

거센 바람이 유독 땅을 뒤흔드네[2] 　　　　　　長風特地催


김안국(金安國)

비 맞아 핀 꽃처럼 화려하고 　　　　　　　　　　芬華花綻雨

서리 맞은 잎처럼 시들었네[3] 　　　　　　　　　淪落葉雕霜


강의봉(康儀鳳)

구름으로 드는 오솔길 가늘고 　　　　　　　　　入雲樵路細

1 鄭知常, 〈送人〉, 『東文選』 卷9.

2 李承召, 〈次益齋瀟湘八景詩韻〉, 『三灘集』 卷9.

3 金安國, 〈李參贊籹夫人蔡氏挽〉, 『慕齋集』 卷8.

개울 따라 버들 꽃 날리네 緣澗柳花飛


전벽(田闢)

손님 만나 속된 이야기 싫어하고 對客嫌言俗

책을 보니 눈이 밝아 기뻐하네 看書喜眼明


이진(李進)

눈이 내리니 나그네 유독 놀라고 雪落偏驚客

날씨가 차니 참으로 집이 그립네 天寒正憶家


조흥종(曹興宗)

북쪽으로 천리 길 떠난 사람 北去人千里

남쪽에서 오는 초승달 하나 南來月一鉤


김여욱(金汝旭)

광야는 하늘과 이어져 넓고 曠野連天闊

성곽을 굽이도는 강에는 긴 모래톱 長洲繞郭流


휴정(休靜)

예와 지금은 여관과 같고 古今爲逆旅

천지 또한 한단지몽과 같네 天地亦邯鄲


도안(道安)

바다에 외로운 구름 피어나고 湖海孤雲出

천지에 새 한 마리 날아가네                          乾坤獨鳥飛

### 추붕(秋鵬)

구중궁궐에 하직하고                            九天辭鳳闕

병들어 초가집에 누웠네[4]                        一病臥蝸廬

기구 중에 칠언시로서 음률에 올릴 만한 것은 다음과 같다.

### 전벽

성 위에 까마귀 울자 아침 해 뜨고              烏啼城上晨光出

배 안의 사람 말소리에 조수가 들어오려 하네      人語舟中潮欲生

### 김여욱

이름난 재주는 서울에 대적할 사람 없고          才名京洛無雙士

대대로 벼슬한 집안이라 어진 이 부족하지 않네    家世簪纓不乏賢

결구 중에 음률에 올릴 만한 것은 다음과 같다.

### 전벽

임금과 어버이에게 모두 죄를 지었는데           君親俱得罪

천지는 홀로 무정하구나                      天地獨無情

---

4  秋鵬,〈次朱正郎病中韻〉,『雪巖雜著』卷2.

정두평(鄭斗平)

민둥산 되는 것을 한스러워 않고                                莫恨童童山且禿

깡총 뛰는 토끼가 그물에 걸릴까 걱정하네              還嫌趯趯兎之罝

# 26

# 오언시와 칠언시의 기구

오언시의 기구 중에 뽑을 만한 것은 다음과 같다.


김안국(金安國)

대궐의 모든 관원 조용한데        鳳闕千官靜

임금님 거처는 멀리 구중궁궐 속[1]      宸居迥九天


변환(卞瓛)

별은 바야흐로 제 위치에 자리 잡고     前星方正位

해와 달은 황휘[2]를 둘러싸네      日月繞黃麾


전벽(田闢)

해 뜨고 구름 전부 흩어지니      日出雲歸盡

아, 하늘은 빛나는구나       於天亦有光


이진(李進)

칠월 셋째 날         七月初三日

---

1 金安國, 〈端午帖字〉, 『慕齋集』 卷3.

2 황휘(黃麾) : 천자의 의장이다.

올해도 벌써 가을이네 今年亦已秋

김여욱(金汝旭)

내 집은 평양부에 있으니 我家平壤府

문이 대동강을 마주했네 門對大同江

이만우(李萬祐)

느지막히 동성 모퉁이로 나서니 晚放東城曲

흰 구름 개인 가을이구나 白雲新霽秋

칠언시는 다음과 같다.

조준(趙浚)

산 빛과 강물 소리 모두 고요한데 嶽色江聲共寂寥

어느 곳 큰 집에서 밤에 피리를 부는가[3] 朱門何處夜吹簫

김안국

비 그쳐도 거센 바람 그치지 않고 捲雨長風力不休

깊은 밤 달에 불어 산 위로 올리네[4] 夜深吹月上山頭

허관(許灌)

한 점 가을 매 깃털 선명한데 秋鷹一點羽毛鮮

---

3 趙浚, 〈江都夜泊〉, 『東文選』 卷17.

바다를 지나 다시 하늘로 날아가네 　　　　　飛過滄溟更有天

## 김여욱

강에는 저녁 구름 끼고 조수는 성을 치는데 　　暮雪連江潮打城

겨울 산은 반쯤 들판의 구름 속에 들어갔네 　　寒山半入野雲平

## 정두평(鄭斗平)

구만 리 하늘이 멀다 말하지 말라 　　　　　休言九萬里天長

곧바로 바람 타고 올라 옥황상제 옆에서 호소하리 　直欲乘風訴帝傍

## 이만우

아득히 먼 하늘은 흠 없이 푸른데 　　　　　長空杳杳碧無痕

상제는 자미궁으로 시인의 영혼을 부르네 　　帝召詩魂返紫薇

---

4　金安國,〈舟行走次許楊根磁南仲韻〉,『慕齋集』卷6.

# 27

# 오언시와 칠언시의 결구

결구 중에 오언절구는 다음과 같다.


정지상(鄭知常)

사찰에서 설법이 끝나니                                    琳宮梵語罷

하늘빛은 유리처럼 맑네[1]                                  天色淨琉璃


김안국(金安國)

가을바람이 흰 살쩍에 불어오는데                          秋風吹素鬢

흰 마름풀 피어난 모래톱에 홀로 서 있네[2]                獨立白蘋洲


강의봉(康儀鳳)

만약 하늘의 구멍을 메울 수 있다면                        天闕如能補

강호의 그림자 외롭지 않으리                               江湖影不孤


정두평(鄭斗平)

홀로 화씨(和氏)의 옥을 품고서                             獨抱和生璞


---

1 李奎報, 〈白雲小說〉, 『東國李相國集』 附錄.

2 金安國, 〈與諸君餞會金震卿于梨湖飮至夜分翌日震卿佒來卽筆奉寄〉, 『慕齋集』 卷5.

부질없이 나라 걱정하네 空爲大國憂

### 전석지(田錫至)

예법에 맞는 선생의 집 禮法先生宅

장안에 만세토록 전하네 長安萬世傳

칠언시는 다음과 같다.

### 강의봉

술 한 잔 마시고 상전벽해 되길 기다리니 一杯直待桑田改

밤 사냥 어찌 반드시 파릉에서 하랴3 夜獵何須灞上行

### 전벽(田闢)

홀로 신라의 천지 밖에 서니 獨立新羅天地外

삼천세계4도 먼지 하나일 뿐 三千世界一毫塵

### 허관(許灌)

강개하게 슬픈 노래 부르는 것이 참된 나의 본성이니 悲歌慷慨眞吾性

서경은 본디 연나라 조나라와 가깝기 때문이라네 自是西京近趙燕

---

3 밤……하랴 : 한(漢)나라 장군 이광(李廣)이 밤에 사냥을 하고 술에 취해 돌아오는 길에 파릉
정(灞陵亭)을 지나는데 파릉위(灞陵尉)가 이광을 붙잡아 지나가지 못하게 했다는 고사를 인
용한 것이다.

4 삼천세계(三千世界) : 불교 용어로 온 세상을 말한다.

김여욱(金汝旭)

소리 높여 노래하니 저녁 하늘 푸른데 　　　　　高歌唱斷暮天碧

만리 장풍에 기러기 한 마리 돌아오네 　　　　　萬里長風歸雁孤


허절(許晢)

아니면 시원한 바람타고 떠나가 　　　　　　　不然將御冷風去

먼 하늘에서 학과 함께 울리라 　　　　　　　迥與長空寡鶴鳴

## 28

# 옛사람의 시를 점화한 시

여러 사람의 시구는 옛 사람과 겹치는 것이 많다. 정지상(鄭知常)의

| | |
|---|---|
| 승려가 보이니 절이 있는 듯하고 | 僧看疑有寺 |
| 학이 지나가니 소나무 없음을 한스러워하네[1] | 鶴過恨無松 |

는 이동(李洞)의

| | |
|---|---|
| 학이 돌아가니 멀리 절이 있는 줄 알겠고, | 鶴歸遙認刹 |
| 승려가 걸어가니 구름과 떨어지지 않네[2] | 僧步不離雲 |

와 같다. 한극창(韓克昌)의

| | |
|---|---|
| 멀리 개울물 바위에 떨어지는 소리 | 遠聲灘下石 |
| 눈 속 마을의 차가운 모습 | 寒色雪中村 |

은 이기(李頎)의

| | |
|---|---|
| 가을 소리는 만 호의 대나무 | 秋聲萬戶竹 |

---

1 李奎報, 〈白雲小說〉, 『東國李相國集』附錄.

2 李洞, 〈冬日題覺公蘭若〉, 『唐詩品彙』.

차가운 모습은 오릉의 소나무3                           寒色五陵松

와 같다. 황징(黃澄)의

물가 나무에 달이 지려 하는데                          汀樹月將落
어촌의 불빛 하나 밝구나                              漁村火獨明

는 두보(杜甫)의

들길은 구름과 함께 어두운데                          野徑雲俱黑
강에는 배 불빛 하나 밝네4                            江船火獨明

와 같다. 강의봉(康儀鳳)의

지리는 신선 세계 감추고                              地理藏眞界
천문은 소미성5을 비추네                              天文暎少微

는 허혼(許渾)의

지리는 남쪽 바다가 넓고                              地理南溟闊
천문은 북극성이 높네6                               天文北極高

---

3 李頎, 〈望秦川〉, 『唐詩品彙』.
4 杜甫, 〈春夜喜雨〉, 『唐詩品彙』.
5 소미성(少微星) : 처사를 상징하는 별자리이다.
6 李商隱, 〈獻寄舊府開封公〉, 『唐詩品彙』.

와 같다.

| | |
|---|---|
| 병은 사마상여의 소갈증 같고 | 病覺相如渴 |
| 마음은 자하의 두려움이 부끄럽구나 | 心慚子夏癯 |

는 전기(錢起)의

| | |
|---|---|
| 사마상여의 소갈증은 알지 못하고 | 不識相如渴 |
| 그저 자미(子美, 두보)의 시만 읊네[7] | 徒吟子美詩 |

와 같다. 변환(卞瓛)의

| | |
|---|---|
| 천추절 으뜸가는 구경 | 甲觀千秋節 |
| 서풍 부는 팔월이라네 | 西風八月時 |

는 두목(杜牧)의

| | |
|---|---|
| 노래하고 피리부는 천추절 | 歌吹千秋節 |
| 누대는 팔월이라 서늘하네[8] | 樓臺八月涼 |

와 같다. 전벽(田闢)의

| | |
|---|---|
| 비록 궁하나 어찌 곡할 수 있으랴 | 雖窮何可哭 |
| 늙으려 하니 읊는 것이 마땅하도다 | 將老且宜吟 |

---

7　錢起,〈江行無題十三首〉,『唐詩品彙』.
8　杜牧,〈華清宮三十韻〉,『全唐詩』.

는 두보(杜甫)의

| | |
|---|---|
| 길이 다하였으니 어찌 곡하지 않으리오 | 途窮那免哭 |
| 몸이 늙으니 시름을 금할 수 없네9 | 身老不禁愁 |

와 같다.

| | |
|---|---|
| 새로 아는 것이 즐겁다 하여 | 莫以新知樂 |
| 옛적 배운 것을 잊을 수 있으랴 | 能忘舊學溫 |

는 왕유(王維)의

| | |
|---|---|
| 지금 총애를 받는다 하여 | 莫以今時寵 |
| 옛적 은혜를 잊을 수 있으랴10 | 能忘舊日恩 |

와 같다.

| | |
|---|---|
| 문을 여니 바다가 넓고 | 門開滄海闊 |
| 주렴을 걷으니 푸른 산이 길구나 | 簾捲碧山長 |

는 유종원(柳宗元)의

| | |
|---|---|
| 샘은 가까운 바다로 돌아가고 | 泉歸滄海近 |
| 숲은 먼 초나라 산으로 들어가네11 | 樹入楚山長 |

---

9 杜甫, 〈暮秋將歸秦留別湖南幕府親友〉, 『瀛奎律髓』.
10 王維, 〈息夫人〉, 『唐詩品彙』.

와 같다.

| | |
|---|---|
| 삼천 년이면 바다도 변하고 | 三千年變海 |
| 구만 리에는 뜬 구름 | 九萬里浮雲 |

은 두목(杜牧)의

| | |
|---|---|
| 일천 년 만에 임금과 신하가 만나니 | 一千年際會 |
| 삼만 리 땅에 농사짓고 누에 치네[12] | 三萬里農桑 |

와 같다.

| | |
|---|---|
| 금탑은 바람 안개 속에 오래되었고 | 金塔風煙古 |
| 구름다리는 물가 바위에 가을이라네 | 雲橋水石秋 |

는 석영철(釋靈澈)의

| | |
|---|---|
| 초나라 풍속은 바람 안개 속에 오래되었고 | 楚俗風煙古 |
| 물가 모래톱에 수목이 차네[13] | 汀洲水木凉 |

와 같다. 황윤후(黃胤後)의

| | |
|---|---|
| 은나라 무정이 나라 다스리던 날 | 殷武調元日 |
| 주나라 문왕이 늙은이 봉양하던 해 | 周文養老年 |

---

11 柳宗元, 〈酬徐二中丞普寧郡內池館卽事見寄〉, 『唐詩品彙』.

12 杜牧, 〈華淸宮三十韻〉, 『全唐詩』.

13 靈澈, 〈九日和于使君〉, 『唐詩品彙』.

는 장열(張說)의

| | |
|---|---|
| 한무제가 분수를 나누던 날 | 漢武橫汾日 |
| 주왕이 호 땅에서 잔치하던 해14 | 周王宴鎬年 |

와 같다. 이진(李進)의

| | |
|---|---|
| 버들은 봄 지나자 솜을 날리고 | 柳搖春後絮 |
| 매화는 섣달 전에 꽃이 붙었네 | 梅着臘前花 |

는 우세남(虞世南)의

| | |
|---|---|
| 버들은 서리 내린 뒤 푸르게 피고 | 柳開霜後翠 |
| 매화는 눈앞에서 향기를 풍기네15 | 梅動雪前香 |

와 같다.

| | |
|---|---|
| 푸른 풀에 은행나무 시름겹고 | 草綠愁平仲 |
| 남은 꽃은 두견새 원망스럽게 하네 | 花殘怨子規 |

는 심전기(沈全期)의

| | |
|---|---|
| 꽃 피는 봄 은행나무 푸르고 | 芳春平仲綠 |
| 맑은 밤 두견새 우네16 | 淸夜子規啼 |

---

14 張說, 〈奉和聖製與諸王遊興慶宮之作〉, 『唐詩品彙』.
15 虞世南, 〈侍宴歸鴈堂〉, 『唐詩品彙』.

와 같다.

| | |
|---|---|
| 산 북쪽의 절에서는 차가운 종소리 | 寒鍾山北寺 |
| 강 서쪽 마을에 멀리 보이는 불빛 | 遠火水西村 |

은 잠삼(岑參)의

| | |
|---|---|
| 가까운 종소리는 들판의 절에서 맑게 들리고 | 近鍾淸野寺 |
| 강가 마을에 멀리 보이는 한 점 불빛[17] | 遠火點江村 |

과 같다.

| | |
|---|---|
| 한 해 동안 나그네 되어 천리길 떠나니 | 一年身作客 |
| 꿈에서 집에 돌아가네 | 千里夢還家 |

는 장위(張謂)의

| | |
|---|---|
| 만리 길 꿈속에서 집에 돌아가니 | 還家萬里夢 |
| 오경의 나그네 시름겹게 하네[18] | 爲客五更愁 |

와 같다.

| | |
|---|---|
| 만사는 양쪽 귀밑머리 시들게 하고 | 萬事雙蓬鬢 |

---

**16** 沈佺期,〈夜宿七盤嶺〉,『唐詩品彙』.

**17** 岑參,〈巴南舟中夜書事〉,『唐詩品彙』.

**18** 張謂,〈同王徵君湘中有懷〉,『唐詩品彙』.

갈옷 입은 외로운 자취 　　　　　　　　　　　　　孤蹤一葛衣

는 두보(杜甫)의

신세는 양쪽 귀밑머리 시들게 하고 　　　　　　身世雙蓬鬢
천지에는 초가 정자 하나[19] 　　　　　　　　乾坤一草亭

와 같다. 조흥종(曺興宗)의

안개비에 빈 강은 저물고 　　　　　　　　　烟雨空江暮
서리 내려 낙엽지는 가을이라네 　　　　　　風霜落木秋

는 두심언(杜審言)의

눈보라치는 관산은 어두운데 　　　　　　　雨雪關山暗
서리 내려 초목이 드무네[20] 　　　　　　　風霜草木稀

와 같다.

흰 구름 한가로이 절로 떠나가는데 　　　　白雲閒自去
밝은 달은 누구 집을 비추나 　　　　　　　明月任誰家

는 이백(李白)의

---

19　杜甫,〈暮春題瀼西新賃草屋〉,『瀛奎律髓』.
20　杜審言,〈贈蘇味道〉,『唐詩品彙』.

| | |
|---|---|
| 흰 구름은 모였다 흩어지는데 | 白雲還自散 |
| 밝은 달은 누구 집을 비추나21 | 明月落誰家 |

와 같다.

| | |
|---|---|
| 마을마다 농사짓고 누에치기 바쁜데 | 農桑村村急 |
| 곳곳에서 뱃노래 한가롭네 | 漁歌處處閒 |

는 두보(杜甫)의

| | |
|---|---|
| 농부는 마을마다 취하고 | 農夫村村醉 |
| 아이들은 곳곳에서 돌아오네22 | 兒童處處歸 |

와 같다. 허관(許灌)의

| | |
|---|---|
| 고국엔 청산만 남고 | 故國靑山在 |
| 번화는 패수에 흘러가네 | 繁華浿水流 |

는 형숙(荊叔)의

| | |
|---|---|
| 한나라에는 산하만 남고 | 漢國山河在 |
| 진나라 무덤에는 초목만 깊네23 | 秦陵草樹深 |

---

21 李白, 〈憶東山〉, 『唐詩品彙』.

22 杜詩에 보이지 않는다.

23 荊叔, 〈題慈恩塔〉, 『唐詩品彙』.

와 같다.

| | |
|---|---|
| 신선 정자는 대동강을 마주 대하고 | 仙亭臨浿水 |
| 가을빛은 진산에 떨어지네 | 秋色落秦山 |

는 왕유(王維)의

| | |
|---|---|
| 황폐한 성은 옛 나루를 마주 대하고 | 荒城臨古渡 |
| 지는 해는 가을 산에 가득하네[24] | 落日滿秋山 |

와 같다. 김여욱(金汝旭)의

| | |
|---|---|
| 대궐에 누런 길 열리자 | 金闕開黃道 |
| 어가가 옥좌로 내려오네 | 鑾輿下紫宸 |

는 두보(杜甫)의

| | |
|---|---|
| 대궐에 누런 길 열리자 | 閶闔開黃道 |
| 의관 정제하고 대궐에 절하네[25] | 衣冠拜紫宸 |

와 같다.

| | |
|---|---|
| 서쪽으로 지는 해는 둥글고 | 日落金方圓 |
| 변방의 넓은 하늘은 맑네 | 天淸玉塞空 |

---

24 王維, 〈歸嵩山作〉, 『唐詩品彙』.
25 杜甫, 〈太歲日〉, 『唐詩品彙』.

는 대숙륜(戴叔倫)의

넓은 오나라 변방의 하늘은 높고　　　　　　　　　天高吳塞闊
텅 빈 초나라 산에 해가 지네26　　　　　　　　　　日落楚山空

와 같다.

만 그루 나무에 가을바람 분 뒤　　　　　　　　　萬木秋風後
외로운 성은 낙조 사이에 있네　　　　　　　　　　孤城落照間

는 마대(馬戴)의

온 나무에 가을장마 내리고　　　　　　　　　　　萬木秋霖後
외로운 산에 석양 비추네27　　　　　　　　　　　孤山夕照餘

와 같다.

만나니 백발이 새롭고　　　　　　　　　　　　　相逢新白髮
함께 옛 청산을 마주하네　　　　　　　　　　　　共對舊青山

는 우무릉(于武陵)의

부끄럽게도 새로 백발이 되어　　　　　　　　　　羞將新白髮
도리어 옛 청산에 왔네28　　　　　　　　　　　　却到舊青山

---

26　戴叔倫, 〈次下牢韻〉, 『唐詩品彙』.
27　馬戴, 〈秋思〉, 『唐詩品彙』.

와 같다. 허필(許佖)의

마을 우물 바위에 얼음 생기고　　　　　　　　閭井氷生石
관청 연못 연꽃은 서리에 시드네　　　　　　　官池霜折荷

는 황보증(皇甫曾)의

들판 나루의 물가에 얼음 생기는데　　　　　　野渡氷生岸
차가운 시내는 숲 너머에서 세차게 흐르네29　　寒川燒隔林

와 같다. 강간(康侃)의

비 내린 뒤 대나무 떨기 싸늘하고　　　　　　　雨餘叢竹冷
서리 가까워 외로운 단풍나무 또렷하네　　　　霜近獨楓明

는 주경여(朱慶餘)의

비 내린 뒤 홰나무 이삭 무겁고　　　　　　　　雨餘槐穗重
서리 가까워 약초 싹 시드네30　　　　　　　　霜近藥苗衰

와 같다. 칠언시 가운데 정지상(鄭知常)의

바람 부는 나그네 배에 구름은 조각조각　　　風送客帆雲片片

28　于武陵, 〈西歸〉, 『唐詩品彙』.
29　皇甫曾, 〈晚至華陰〉, 『唐詩品彙』.
30　朱慶餘, 〈和劉補闕秋園五首〉, 『瀛奎律髓』.

이슬 젖은 대궐 기와는 옥비늘 같네[31]　　　　　　露濕宮瓦玉鱗鱗

는,

빛은 푸른 기와 흔들어 옥비늘 같고　　　　　　光搖碧瓦鱗鱗玉
그림자는 처마에 내려 조각조각 금 같네　　　　影落茅簷寸寸金

와 같다. 조준(趙浚)의

달 밝은 회수에 서리 처음 내리고　　　　　　月明淮水霜初落
가을 다한 강도에 버들 시들지 않았네[32]　　秋盡江都柳未凋

는 잠삼(岑參)의

꽃은 백관 맞이하고 별은 방금 졌는데　　　　　花迎劍佩星初落
버들은 깃발을 스치고 이슬은 마르지 않았네[33]　柳拂旌旗露未乾

와 같다. 이승소(李承召)의

멀리서 보니 두 봉황이 어가를 부축하고　　　　雙鳳遙瞻扶玉輦
구소 소리 요대에서 내려오는 듯하네[34]　　　九韶還訝下瑤臺

---

31 鄭知常, 〈長源亭〉, 『東文選』 卷12.

32 趙浚, 〈江都夜泊〉, 『東文選』 卷17.

33 岑參, 〈和賈至舍人早朝大明宮之作〉, 『唐詩品彙』.

34 李承召, 〈早朝〉, 『三灘集』 卷8.

는 왕규(王珪)의

| | |
|---|---|
| 구름 속에서 두 봉황이 어가를 부축하여 내려오고 | 雙鳳雨中扶輦下 |
| 바다 위에 여섯 자라가 산을 메고 오네35 | 六鰲海上駕山來 |

와 같다. 김안국(金安國)의

| | |
|---|---|
| 만리 떨어진 변방에서 승전보를 전하니 | 萬里玉關傳露布 |
| 하늘 위 대궐에 구름 깃발 현란하네 | 九霄金闕絢雲旗 |

와 전벽(田闢)의

| | |
|---|---|
| 천리 길 여행하니 가을이 저물려 하고 | 千里旅遊秋欲暮 |
| 인간 세상 백년 인생 병이 항상 많네 | 百年人世病常多 |

는 두보(杜甫)의

| | |
|---|---|
| 만리 길에 가을이 슬퍼 항상 나그네 신세 | 萬里悲秋常作客 |
| 백년 인생 병이 많아 홀로 누대에 오르네36 | 百年多病獨登臺 |

와 같다. 이진(李進)의

| | |
|---|---|
| 창문은 천리에 푸른 산맥을 머금고 | 窓含列峀千里翠 |
| 문은 온통 맑은 긴 개울 받아들이네 | 門納長溪一面清 |

---

35 王珪, 〈依韻恭和聖製上元觀燈〉, 『瀛奎律髓』.

36 杜甫, 〈九日登高〉, 『唐詩品彙』.

는 두보의

| 창문은 서령에 천추토록 쌓인 눈을 머금고 | 窓含西嶺千秋雪 |
| 문에는 만 리 떨어진 동오에서 온 배가 정박했네37 | 門泊東吳萬里船 |

와 같다.

| 기운은 산하가 되어 여전히 나라를 지키고 | 氣作山河猶鎭國 |
| 몸은 귀신이 되어 오랑캐를 섬멸하려 하네 | 身爲厲鬼欲殲夷 |

는 조정(趙鼎)의

| 몸은 기미성 타고 하늘로 돌아가고 | 身騎箕尾歸天上 |
| 기운은 산하가 되어 우리나라 굳세게 하네38 | 氣作山河壯本朝 |

와 같다. 허관(許灌)의

| 북쪽의 변방에 오니 여전히 북소리 들리고 | 北來楡塞猶聞鼓 |
| 남쪽으로 도원을 바라보니 또 배가 없네 | 南望桃源又闕船 |

는 두보의

| 남쪽으로 계수를 건너려니 배가 없고 | 南渡桂水闕舟楫 |
| 북쪽으로 진천으로 돌아가려니 북소리 잦네39 | 北歸秦川多鼓鼙 |

---

37 杜甫, 〈絶句四首〉, 『全唐詩』.
38 『宋史』 卷369 〈趙鼎列傳〉.
\

와 같다. 김여욱(金汝旭)의

천 리 저녁 강에 가을빛 아득하고　　　　千里暮江秋色遠
만 집의 가을 낙엽에 빗소리 잦네[40]　　　萬家寒葉雨聲多

는 조맹부(趙孟頫)의

천 리 산수에 가을빛 아득하고　　　　　千里湖山秋色遠
만 집의 아지랑이에 석양이 짙네　　　　萬家煙花夕陽多

와 같다. 정두평(鄭斗平)의

천지는 캄캄하고 비 내리려 하는데　　　二儀昏黑天將雨
삼복의 무더위에 해는 저물려 하네　　　三伏炎蒸日欲曛

는 두보의

천지는 맑고 탁하여 높고 낮은데　　　　二儀淸濁還高下
삼복의 무더위는 있는가 없는가[41]　　　三伏炎蒸定有無

와 같다. 홍익중(洪益重)의

두 강이 가로로 나뉘는 곳에 오르니　　　登臨二水橫分地

---

39  杜甫,〈暮歸〉,『瀛奎律髓』.

40  趙孟頫,〈登飛英塔〉,『元詩選』.

41  杜甫,〈江陵節度使陽城郡王新樓成王請嚴侍御判官同作〉,『唐詩品彙』.

저무는 가을 온 산에 휘파람 소리　　　　　　嘯嗷千山欲暮秋

는 진여의(陳與義)의

오와 촉이 가로로 나뉘는 곳에 올라　　　　　登臨吳蜀橫分地
저물녘 강호를 서성이네[42]　　　　　　　　　徙倚湖山欲暮時

와 같다. 모두 지극히 웅장하고 화려하여 우열을 가리기 어렵다. 지금
후대의 작이라는 이유로 전부 제쳐두고자 한다면 조금 원망스러울 것
이다.

---

42　陳與義, 〈登岳陽樓〉, 『瀛奎律髓』.

# 29

# 칠언시를 잘라 만든 오언시

칠언시를 잘라 오언시로 만든 것은 다음과 같다.


전벽(田闢)

복사꽃은 비단보다 붉고                        桃花紅勝錦

흐르는 물은 쪽풀보다 푸르네                    流水碧於藍


위 시는 두보(杜甫)의 아래 시를 잘라 만든 것이다.


복사꽃은 비단보다 붉어 구분 못하고            不分桃花紅勝錦

버들개지는 솜보다 희어 얄밉구나[1]            生憎柳絮白於綿


이진(李進)

백발은 비록 나를 속이지만                      白髮雖欺我

국화는 가을을 저버리지 않네                    黃花不負秋


위 시는 진사도(陳師道)의 아래의 시를 잘라 만든 것이다.

---

1 杜甫,〈送路六侍御入朝〉,『瀛奎律髓』.

중양절 맑은 술동이로 백발을 속이고 　　　　　　九日淸罇欺白髮

십년 동안 나그네 되어 국화를 저버렸네2 　　　　十年爲客負黃花


김여욱(金汝旭)

성궐은 누런 먼지 속에 　　　　　　　　　　城闕黃塵裏

관하는 백발 앞에 있네 　　　　　　　　　　關河白髮前


위 시는 두보의 아래 시를 잘라 만든 것이다.


전란의 먼지 속에 시절이 위태롭고 　　　　　時危兵甲黃塵裏

강호의 늙은이 앞에 해가 짧구나3 　　　　　日短江湖白髮前


김호익(金虎翼)

삼천 은세계 　　　　　　　　　　　　　　三千銀世界

열두 옥루의 밤 　　　　　　　　　　　　　十二玉樓臺


위 시는 아래 시를 잘라 만든 것이다.


삼천 세계는 은빛이요 　　　　　　　　　　三千世界銀成色

열두 누대는 옥으로 층층4 　　　　　　　　十二樓臺玉作層

2 陳師道, 〈九日寄秦觀〉, 『瀛奎律髓』.

3 杜甫, 〈公安送韋二少府匡贊〉, 『瀛奎律髓』.

4 劉師道, 〈咏雪〉, 『詩話總龜』.

# 30

# 오언시를 보태 만든 칠언시

오언시를 보태어 칠언시로 만든 것은 다음과 같다.

전벽(田闢)

| | |
|---|---|
| 하늘 가에 달 밝고 벌레 우는 밤 | 明月天涯虫弔夜 |
| 푸른 산 강산에 낙엽 날리는 때 | 靑山江山葉飛時 |

위 시는 유장경(劉長卿)의 아래 시를 보탠 것이다.

| | |
|---|---|
| 하늘가에 달 밝은 밤 | 明月天涯夜 |
| 푸른 산 강산은 가을[1] | 靑山江山秋 |

홍익중(洪益重)

| | |
|---|---|
| 올라보니 해 져도 마음은 여전히 씩씩하고 | 登臨落日心猶壯 |
| 서늘한 바람 타니 몸은 신선이 되려 하네 | 駕御冷風骨欲仙 |

위 시는 두보(杜甫)의 아래 시를 보탠 것이다.

---

1  劉長卿, 〈松江獨宿〉, 『唐詩品彙』.

해 져도 마음은 여전히 씩씩하고

가을바람 부니 병도 나으려 하네[2]

落日心猶壯

秋風病欲蘇

---

2 杜甫, 〈江漢〉, 『瀛奎律髓』.

# 31

# 용사에 뛰어난 시

용사(用事)를 잘한 단율(短律)은 다음과 같다.


## 김안국(金安國)

먼 산은 곽희[1]의 솜씨로 그린 수묵화 같고 　　　遙山水墨郭熙手

가까운 포구는 엷게 화장한 서시의 얼굴 같네[2] 　近浦淡粧西子容


## 전벽(田闢)

긴 대나무에서 먼 옛날 왕희지가 생각나고[3] 　脩竹遠思王逸少

푸른 산은 사조를 마주하기 어렵네[4] 　　　碧山難對謝玄暉


## 김여욱(金汝旭)

반상시 같은 백발에 이미 놀라고[5] 　　　已驚白髮潘常侍

조의루 같은 맑은 시 더욱 좋아라[6] 　更愛淸詩趙倚樓

---

1 곽희(郭熙) : 송(宋)나라의 화가이다.

2 金安國, 〈自博川暮至淸川江酌于舟中已而捨舟登樓卽景聊賦〉, 『慕齋集』 卷2.

3 긴……생각나고 : 왕희지가 대나무를 몹시 좋아하여 하루라도 없으면 안 된다고 했다는 고
사를 인용한 것이다.

4 푸른……어렵네 : 사조(謝朓)가 선성 태수(宣城太守)로 부임하여 산에 누대를 짓고 경치를
감상하며 풍류를 즐긴 고사를 인용한 것이다.

5 반상시……놀라고 : 반상시는 진(晉)나라 반악(潘岳)이다. 그는 32세에 백발이 나기 시작했다.

허절(許晢)

| | |
|---|---|
| 백기는 강당 아래에서 얻어 승진하고[7] | 伯起將升堂下得 |
| 자운은 적막하게 도에서 노닐었네[8] | 子雲惟寂道中遊 |

이상은 인명을 사용한 것이다.


김안국

| | |
|---|---|
| 북쪽 향해 대궐의 곤룡포 입은 천자에게 하직하고 | 天墀北面辭龍袞 |
| 동쪽으로 해 뜨는 땅에 오니 봉황 모습 의젓하네[9] | 日域東來儼鳳儀 |


허관(許灌)

| | |
|---|---|
| 바람의 힘은 나비의 꿈[10]을 흔들어 깨우고 | 風力打驚蝴蝶夢 |
| 거문고의 마음은 봉황의 소리[11] 낼 줄 아네 | 琴心解作鳳凰聲 |


허절

| | |
|---|---|
| 연성의 가시덤불에는 봉황이 홀로 살고 | 漣城枳棘孤棲鳳 |

---

6  조의루(趙倚樓)……좋아라 : 조의루는 당나라 시인 조하(趙嘏)이다. 그가 지은 "긴 피리 한 곡조에 사람이 누각에 기대었네.[長笛一聲人倚樓]"라는 구절이 널리 알려져 생긴 별명이다.

7  백기는……승진하고 : 백기는 후한(後漢) 양진(楊震)의 자이다. 양진이 조정의 부름을 마다하고 제자들을 가르치는데 새가 세 마리의 전어(鱣魚)를 강당 아래 떨어뜨렸다. 이를 본 사람들이 전어는 대부(大夫)가 입는 옷의 무늬이고 세 마리는 삼공(三公)을 상징하므로 양진이 승진할 징조라고 했다.

8  자운은……노닐었네 : 자운은 한(漢)나라 양웅의 자이다. 그는 〈해조(解嘲)〉에서 "오직 적막함만이 덕을 지키는 집이다.[惟寂惟寞, 守德之宅.]"했다.

9  金安國, 〈蕙秀山董內翰碑〉, 『慕齋集』 卷1.

10  나비의 꿈 : 『장자(莊子)』에 나오는 호접몽(蝴蝶夢)의 고사를 인용한 것이다.

11  봉황의 소리 : 사마상여(司馬相如)가 탁문군(卓文君)에게 애정을 표현하며 거문고를 타며 노래한 〈봉구황(鳳求凰)〉을 말한다.

| | |
|---|---|
| 평양의 잡목에는 뿔 하나 달린 기린 | 箕國荊榛獨角麟 |

**이시항**(李時恒)

| | |
|---|---|
| 성은 목마른 용이 바다로 달려가는 듯 | 城似渴龍奔海水 |
| 누각은 봉황이 하늘에서 춤추는 듯 | 樓疑飛鳳舞雲霄 |

**강의봉**(康儀鳳)

| | |
|---|---|
| 위수 가에서 사냥하는 주 문왕 돌아보지 않았으니12 | 渭濱不顧周王獵 |
| 한나라 대궐에 조회한 상산사호 낯부끄럽네13 | 商顏還慚漢闕朝 |

**전벽**

| | |
|---|---|
| 두곡14에서 초가집을 노래하니 스스로 가련한데 | 自憐杜曲歌茅屋 |
| 도원에서 옥당을 꿈꾸느라 끝내 부끄럽네 | 終愧桃源夢玉堂 |

**허관**

| | |
|---|---|
| 다섯 걸음 민지에서 조나라 비파 부끄럽고15 | 五步澠池羞趙瑟 |
| 삼경의 변방에 오랑캐 피리소리 원통하네 | 三更關塞怨胡笳 |

---

12 위수……않았으니 : 주 문왕이 사냥을 나갔다가 위수 가에서 낚시하는 강 태공(姜太公)을 만나 재상으로 삼았다. 여기서는 강 태공이 스스로 문왕의 신하가 되겠다고 하지 않은 점을 강조한 듯하다.

13 한나라……낯부끄럽네 : 상산사호(商山四皓)는 상산에 은거한 동원공(東園公), 기리계(綺里季), 하황공(夏黃公), 녹리선생(甪里先生) 네 노인을 말한다. 한 고조(漢高祖)가 태자를 폐위하려 하자 장량(張良)이 이들을 불러 태자를 보필하게 했다. 이 모습을 본 고조는 태자를 폐위하려던 생각을 버렸다.

14 두곡(杜曲) : 두보의 시골집이 있던 곳인데, 여기서는 작자의 고향을 말하는 듯하다.

### 허절

동선령의 눈 내린 길은 청판[16] 처럼 높고      洞仙雪路懸靑坂

총수산의 얼음 같은 샘물은 용두[17]에 흐르네      蔥秀氷泉咽龍頭

이상은 지리를 사용한 것이다.

### 허관

술벗을 별에 가두려는 것처럼 어리석고[18]      癡欲囚星留酒伴

달빛을 타고서 하늘의 나루를 묻는 것처럼 미쳤네      狂似泛月問天津

### 김호익(金虎翼)

석목의 상서로운 구름은 붉은 신을 맞이하고      析木祥雲迎赤舃

부상의 상서로운 해는 누런 치마를 비추네[19]      扶桑瑞日照黃裳

이상은 천문을 사용한 것이다.

---

15 다섯……부끄럽고 : 춘추시대 진(秦)나라와 조(趙)나라가 민지에서 회맹했는데, 진나라 왕이 조나라 왕에게 비파를 연주하게 했다. 조나라 인상여(藺相如)는 진나라 왕에게 답례로 악기를 연주하기를 요구했으나 진나라 왕이 거부했다. 그러자 인상여는 "다섯 걸음 안에 있으니 당신의 목을 찌를 수 있다."라고 협박하여 결국 진나라 왕에게 악기를 연주하게 했다.

16 청판(靑坂) : 장안 인근의 지명이다.

17 용두(龍頭) : 물을 토해내는 용 머리 모양의 장식이다.

18 술벗을……어리석고 : 남조(南朝) 송(宋)의 위원규(衛元規)가 술에 취해 실수한 뒤 "이제부터 주성(酒星)을 하늘의 감옥에 가겠다."라고 한 말을 인용한 것이다.

19 석목의……비추네 : 석목은 중국의 유연(幽燕) 지역을 상징하는 별자리이고, 붉은 신은 임금의 신이다. 부상은 동해에 있는 신령한 나무로 동쪽을 말하고, 누런 치마는 왕후의 복장이다.

## 김안국

| | |
|---|---|
| 옥경은 서쪽의 하늘과 이어진 바다 너머에 있고 | 玉京西隔天連海 |
| 달은 동쪽 계수나무 그림자 드리운 누각에 뜨네[20] | 銀闕東升桂影樓 |

## 이진(李進)

| | |
|---|---|
| 산하와 천지는 모두 자리 차지했고 | 山河天地皆成位 |
| 일월성신은 각기 관직 맡았네 | 日月星辰各有官 |

이상은 천문과 지리를 번갈아 사용한 것이다.

## 이승소(李承召)

| | |
|---|---|
| 노자의 잔약한 후손은 원대한 계획 없고 | 仙李殘孫無遠計 |
| 저룡의 사나운 아들이 방자하게 날뛰네[21] | 猪龍獗子肆猖狂 |

## 허관

| | |
|---|---|
| 한나라 여인은 푸른 무덤 남겨 가련하고[22] | 可憐漢女留靑塚 |
| 연나라 까마귀 머리가 하얗게 변하려 하니 한탄스럽네[23] | 太息燕烏欲白頭 |

---

20 金安國, 〈次大明正使翰林院修撰華察遊漢江韻〉, 『慕齋集』 卷8.

21 노자의……날뛰네 : 노자의 후손은 당 현종(唐玄宗)을 말한다. 노자의 성이 이씨고 당 황실의 성도 이씨이기 때문이다. 저룡의 아들은 안녹산(安祿山)을 말한다. 현종이 안녹산을 두고 "몸은 용이나 머리는 돼지인 저룡과 같으니 두려울 것 없다."라고 했다.

22 한나라……가련하고 : 한나라 여인은 억지로 흉노에 시집 간 왕소군(王昭君)을 말한다. 그녀의 무덤에만 풀이 자랐으므로 푸른 무덤[靑塚]이라고 했다.

사람과 동물을 번갈아 사용한 것이다. 세상 사람들은 용사가 요괴의 짓이라고 하지만 나는 이해하지 못하겠다.

---

23 연나라……한탄스럽네 : 전국 시대 연(燕)나라 태자 단(丹)이 진(秦)나라에 인질로 잡혀 있을 때, 진나라 왕이 "까마귀 머리가 하얗게 변하고 말의 머리에 뿔이 나면 돌려보내주겠다."라고 했다.

# 32

# 평안도 고대 문학

엄주(弇州) 왕세정(王世貞)이 말했다.

"우리 공자께서는 글만 짓고 시는 짓지 않았다."[1]

아, 태사씨는 도대체 어떤 사람인가. 〈홍범(洪範)〉은 이학(理學)의 연원이요, 〈맥수가(麥秀歌)〉는 시단(詩壇)의 비조이다. 위만(衛滿)은 일개 도망친 오랑캐에 불과한데 기준(箕準)이 박사로 대우했으니, 위만 또한 이곳의 문사가 아니겠는가.

고구려는 무예를 숭상하였으나 문장을 좋아한 임금이 있어 소수림왕(小獸林王)은 태학(太學)을 설치하고 숭류왕(崇留王)은 중국을 배우고자 했다. 신하로는 나라를 다스린 을파소(乙巴素), 음률을 조화한 왕산악(王山岳), 역사를 편찬한 이문진(李文眞), 그리고 수(隋)나라 장수에게 글을 보낸 을지문덕(乙支文德) 등이 있다. 요컨대 모두 어두운 거리의 등불이요, 빈 골짜기의 귀뚜라미 소리와 같다.

---

1 王世貞, 〈藝苑巵言〉, 『弇州四部稿』 卷144.

# 33

# 천남생과 천남건 형제

천남생(泉男生)과 천남건(泉男建) 형제에 대해 세상 사람들은 그들이 내분을 일으킨 줄만 알고 시례(詩禮)에 익숙한 줄은 모른다. 『삼국사기』를 살펴보면, 천남생은 중리위두대형(中裏位頭大兄)이 되어 모든 외교문서를 주관했다. 『당서(唐書)』에도 그가 순후하고 예의가 있다고 했다. 천남건은 이적(李勣)이 동쪽으로 쳐들어올 때 원만경(元萬頃)을 시켜 격문을 짓게 했는데,

"험한 압록강을 지킬 줄 모른다."

하니, 천남건이,

"삼가 명을 받들겠습니다."

하고 군사를 옮겨 지켰다. 그렇다면 천개소문(泉蓋蘇文)의 아들들은 모두 글을 알았던 것이다. 비록 그렇지만 말할 줄 아는 앵무새와 같을 뿐이다.

# 34

## 장원급제한 평안도인

고려 때 평안도 사람으로서 과거에 장원급제한 사람 중에 사간(司諫) 정지상(鄭知常), 낭중(郎中) 조문발(趙文拔) 등은 탁월하여 미칠 수가 없다. 김지(金摯)와 혁련정(赫連挺) 두 사람은 호탕하여 문단에서 나란히 이어서 활동했다. 조서(趙瑞)와 조후(趙珝) 형제는 함께 과거에 급제하고 이어서 문형을 맡았다. 그밖에 현덕수(玄德秀), 이주헌(李周憲), 조인규(趙仁規) 등은 모두 다른 길로 출세했다. 저 만년까지 과거에 매달린 자들은 너무 편협하지 않은가.

# 35

# 정지상의 죽음

사간 정지상(鄭知常)의 죽음은 오랜 세월 시단의 송사거리가 되었다. 학사 이인로(李仁老)는,

"대궐에 출입하며 바른 말을 하였으니 옛날 임금의 잘못을 간언하는 신하의 풍도가 있었다."[1]

했는데, 단서만 제기하고 분명히 말하지 않았다. 이보다는 문강공(文康公) 이석형(李石亭)이,

"김부식이 국사를 제멋대로 편찬하며 자신의 간사한 짓을 삭제하고 정지상의 일을 감추었다."

라고 한 것이 나으니, 거의 옥사(獄事)를 이루었다. 또 이보다는 금양위(錦陽尉) 박미(朴瀰)가,

| | |
|---|---|
| 높은 문필봉을 전부 평평하게 깎았으니 | 文筆高峰劃盡平 |
| 천추에 어진 사람 시기했다는 명성만 남았네 | 千秋留得妬賢聲 |
| '남포의 긴 둑'이란 재주 있고 정감 있는 말은 | 長堤南浦才情語 |
| 황무지가 되도록 이름은 사라지지 않으리[2] | 直到天荒不昧名 |

---

1 李仁老, 『破閑集』.

2 朴瀰, 〈西京感述〉, 『汾西集』 卷8.

라고 한 것이 낫다. 붓 하나로 판결하여 죄인을 찾아내었으니 이야말로 28자의 『춘추(春秋)』라 하겠다.

# 36

# 김학기와 김반에 관한 사실

우리 평양 사람들은 직학(直學) 김학기(金學起)가 문형(文衡)을 맡았다고 하는데, 문형이라는 것은 앞서 발견한 묘지명[1]의 "세상에 나와 한 시대의 눈 멀고 귀 먹은 사람들을 고무했다."라는 말에 근본을 두었을 뿐이며, 『평양지(平壤志)』에서 말한 집의(執義) 또는 직학(直學)이 믿을 만하다는 것을 전혀 모른다. 작고한 화은(和隱) 이시항(李時恒) 공은 그의 묘소에 예문 직학(藝文直學)이라고 썼다. 내가 한양에 유학할 적에 이른바 『문형록(文衡錄)』이라는 책을 보았더니 과연 없었다. 아, 화은 노인은 훌륭한 사관(史官)이라고 하겠다.

우옹(尤翁) 송시열(宋時烈)이 지은 송정(松亭) 김반(金泮)의 묘갈명[2]에,

"선생의 출처 의리와 사승 연원은 시대가 멀어 감히 알 수 없다."

했고, 또,

"야사(野史)에 동봉(東峰) 김시습(金時習)이 선생에게 가서 『논어』, 『맹자』, 『시경』, 『서경』, 『춘추』를 배웠다고 했다."

했다. 그렇다면 선생이 누구에게 배웠는지는 상세하지 않으나, 그가 가

---

1 앞서 발견한 묘지명 : 이시항(李時恒)의 『화은집(和隱集)』 권8에 실려 있는 〈예문관 직제학 김공 묘갈명(藝文館直提學金公墓碣銘)〉에 따르면, 김학기의 9대손 김만구(金萬耉)가 부서진 비석에서 김학기의 이름을 발견하고 주위를 파서 지석(誌石) 2조각을 발견했는데, 이를 말하는 듯하다.

2 宋時烈, 〈松亭金先生墓表〉, 『宋子大全』 卷193.

르친 사람은 실로 우리나라의 오태백(吳泰伯)이다. 『동국여지승람(東國與地勝覽)』을 살펴보면, 선생은 양촌(陽村) 권근(權近)의 문인이다. 우옹처럼 박학한 사람조차 양촌에 대해서는 한 마디도 하지 않았고, 동봉의 경우는 애써 패관잡기(稗官雜記)를 인용하여 증거를 대었으니, 요컨대 은미한 뜻이 숨겨져 있는 것이다.

# 37

# 일찍 두각을 나타낸 평안도인

미수(眉叟) 허목(許穆)이 말했다.

"요즘 평안도에 유학을 공부하는 선비들이 많다. 안정(安定)의 한우신(韓禹臣), 비류(沸流)의 박대덕(朴大德), 낙랑(樂浪)의 선우협(鮮于浹) 등이 그들이다. 그중에 선우협이 가장 저명하다."[1]

한우신이 세상에 이름나리라는 것은 포은(圃隱) 정몽주(鄭夢周) 선생이 기약했고,[2] 먼 훗날 선우씨가 제사를 받을 것이라고 중국 술사가 알아보았으니, 어릴 적부터 그 눈에 들었던 것이다.[3]

---

1 요즘……저명하다 : 허목의 『기언(記言)』 별집 권25 〈이 처사 묘표(李處士墓表)〉에 보인다.

2 한우신이……기약했고 : 본서 권1 43 참조

3 먼……알아보았으니 : 본서 『칠옹냉설(漆翁冷屑)』 「빼어난 풍채」 3 참조

# 38

# 부자형제가 모두 뛰어난 평안도인

아! 천고의 옛날부터 인걸이 있었으니 누군들 신령한 땅에서 나오지 않았겠는가. 신백(申伯)과 보후(甫侯)는 산악이 내렸고,[1] 소식(蘇軾)과 소철(蘇轍)이 태어나자 초목이 말라죽은 일[2]은 경전에 실려 있으니 참으로 분명하다.

우리 평양의 산하는 천하의 으뜸으로 기이하고 탁월하니, 범상치 않은 선비가 모두 이곳에서 나왔다. 그러므로 간혹 부자가 대대로 혁혁하고 형제가 나란히 앞을 다투어 5, 6대에 이른 경우도 있었으니, 시대마다 인재가 부족하지 않았다. 대체로 당나라의 삼주수(三珠樹), 송나라의 목가산(木假山)[3]과 같았으니, 이 또한 쉬운 일이 아니다. 평안도의 문헌이 누구에게 전해질지 모르겠다. 우선 그중 한두 가지 가장 잘 알려진 경우를 거론하여 뒤에 대충 기록한다.

---

1 신백(申伯)과……내렸고 : 신백과 보후는 주(周)나라의 명신(名臣)이다. 『시경(詩經)』〈숭고 (崧高)〉에 "산악이 신령한 기운을 내려 보후와 신백을 낳았다.〔維嶽降神, 生甫及申.〕"하였다.

2 소식(蘇軾)과……일 : 소식과 소철은 소순(蘇洵)의 아들로, 삼부자가 송나라의 문장가로 이름났다. 이들은 미산(眉山) 출신인데, 당시 "미산에 세 소씨가 태어나자 초목이 전부 말라죽었다."라는 말이 있었다.

3 당나라의……목가산(木假山) : 삼주수는 당나라 왕발(王勃) 삼형제를 비유한 말이며, 목가산은 송나라 소순(蘇洵) 삼부자를 비유한 말이다. 모두 문장에 뛰어났다.

# 39

# 부자가 과거에 급제한 평안도인

아버지와 아들이 과거에 오른 경우는 나축(羅軸)과 나춘우(羅春雨), 윤운귀(尹云貴)와 윤회(尹晦), 송경지(宋敬持)와 송은상(宋殷商), 박형량(朴亨良)과 박한충(朴漢忠), 이겸(李謙)과 이문우(李文虞), 김성경(金成卿)과 김태좌(金台佐), 황응성(黃應聖)과 황윤후(黃胤後), 이유(李愈)와 이시담(李時橝), 양현망(楊顯望)과 양만영(楊萬榮), 안건지(安健之)와 안성(安晟), 이경창(李慶昌)과 이도첨(李道瞻), 김수억(金壽億)과 김국항(金國恒), 홍윤제(洪允濟)와 홍익서(洪益恕), 양우전(梁禹甸)과 양정택(梁正澤), 이두운(李斗運)과 이윤백(李允白), 안정인(安正仁)과 안권형(安權衡)이 있다. 삼부자로는 이승백(李承伯)의 아들 이보(李葆)와 이음(李蔭), 어효첨(魚孝瞻)의 아들 어세겸(魚世謙)과 어세공(魚世恭)이 있다.

# 40

## 형제가 과거에 급제한 평안도인

형제로는 조준(趙浚)과 조견(趙狷), 김안국(金安國)과 김정국(金正國), 김윤온(金允溫)과 김윤화(金允和), 전벽(田闢)과 전흡(田闠), 노상현(盧尙賢)과 노상의(盧尙義), 김석래(金錫來)와 김진래(金晉來), 김명하(金鳴夏)와 김명은(金鳴殷), 김극지(金克之)와 김기지(金器之), 방만규(方萬規)와 방성규(方聖規), 윤태기(尹泰基)와 윤형기(尹亨基), 이윤항(李允沆)과 이윤항(李允恒), 백인환(白仁煥)과 백의환(白義煥), 안정인(安正仁)과 안정택(安正宅)이 있다. 종합해서 말하자면 이호림(李好霖), 이하림(李賀霖), 이장림(李壯霖), 이대림(李待霖), 이우림(李遇霖) 오형제처럼 성대한 경우는 없다.

# 41

# 조손이 과거에 급제한 평안도인

할아버지와 손자로는 이승백(李承伯)과 이호림(李好霖), 김학기(金學起)
와 김덕량(金德良), 황응성(黃應聖)과 황대인(黃戴仁), 고진문(高進問)과 고
승헌(高承憲), 홍경(洪敬)과 홍기제(洪旣濟), 이경창(李慶昌)과 이일서(李日
瑞), 윤훈갑(尹訓甲)과 윤태기(尹泰基), 안건지(安健之)와 안정인(安正仁),
여위량(呂渭良)과 여영조(呂榮祖), 조창래(趙昌來)와 조몽린(趙夢麟)이 있
다. 그밖에 3대가 과거에 급제한 경우는 이우림(李遇霖)과 아들 이희귀
(李熙貴), 손자 이한겸(李漢謙), 어변갑(魚變甲)과 아들 어효첨(魚孝瞻), 손
자 어세겸(魚世謙), 조수달(趙壽達)과 아들 조창흥(趙昌興), 손자 조경택
(趙景澤)이 있다.

# 42

## 출세한 평안도인

국초의 문사 중에 가장 출세한 사람은 조준(趙浚), 조박(趙璞), 오사충(吳思忠) 세 군자 만한 이가 없다. 그러나 재상으로는 김경직(金敬直), 이승백(李承伯), 현수(玄琇)가 있고, 판서로는 이보(李葆), 이음(李蔭), 이원충(李原冲), 양백지(楊百枝), 나춘우(羅春雨), 한안해(韓安海), 서언귀(徐彦貴)가 있고, 한성부 판윤으로는 이한(李瀚), 전용덕(田用德), 노혁기(盧奕奇), 윤운귀(尹云貴)가 있다는 사실을 모른다. 아! 출세하기는 출세했지만 오랜 세월이 지난 뒤 한 사람도 언급되지 않으니 두세 군자가 없었더라면 우리 평안도는 적막했을 것이다.

그 뒤를 이어 이진수(李進修), 허승우(許承祐), 정태용(鄭台用), 김반(金泮), 어변갑(魚變甲), 어효첨(魚孝瞻), 이승소(李承召), 박형량(朴亨良), 김학기(金學起), 어세겸(魚世謙), 어세공(魚世恭), 김안국(金安國), 김정국(金正國), 이겸(李謙), 이문우(李文虞) 등 여러 사람은 모두 재상과 높은 관원으로 대각이 아니면 시종신이었다. 대체로 국초에는 평안도에 출세한 이가 많았으나, 성종(成宗) 이후로는 출세한 이가 점점 줄어들었다. 중종(中宗) 때에 와서는 특히 금고가 심했다.

근세에는 참판(參判) 강욱(康昱), 승지(承旨) 황윤후(黃胤後), 우윤(右尹) 이유(李愈), 우윤(右尹) 조창래(趙昌來), 지사(知事) 신수채(申受采) 등이 있다. 그밖에 이경창(李慶昌)과 그의 손자 이일서(李日瑞), 안성(安晟)

과 그의 조카 안정인(安正仁)은 단지 대각의 자리 하나를 차지했을 뿐이니, 아! 이 또한 한스럽다.

# 43

# 외직으로 부임한 평안도인

외직으로 나간 사람은 다음과 같다. 목사(牧使)는 반서(潘壻), 박한충(朴漢忠), 이한겸(李漢謙), 김성경(金成卿), 김태좌(金台佐), 김기지(金器之), 이일서(李日瑞) 등이 있고, 부사(府使)는 조부우(趙府隅), 황응성(黃應聖), 노상의(盧尙義), 이시담(李時橝), 전호민(田皞民), 장세량(張世良), 양현망(楊顯望), 김석지(金錫之), 홍우적(洪禹績), 윤훈갑(尹訓甲), 안건지(安健之), 김윤해(金潤海), 여위량(呂渭良), 임익빈(林益彬) 등이 있다. 도사(都事)는 전벽(田闢), 허관(許灌), 노상질(盧尙質), 여영조(呂榮祖), 이치언(李致彦), 김성유(金聖猷) 등이 있고, 평사(評事)는 김적복(金積福), 정인원(鄭仁源), 이급(李級) 등이 있다. 그밖에 세속에서 말하는 현감(縣監), 전적(典籍) 등은 대부분 자잘하여 다 기록하지 않는다.

# 44

# 삼장을 통과한 평안도인

당(唐)나라 제도에 과거에 급제한 이들은 장원(壯元 1등) 이하 방안(榜眼 2등), 탐화(探花 3등) 등의 호칭이 있었다. 우리 평안도에서는 어변갑(魚變甲), 이승소(李承召), 김정국(金正國), 김성유(金聖猷)가 장원을 차지하였고, 김반(金泮), 김안국(金安國), 조부우(趙府隅), 이진(李進)이 방안이 되었고, 정인원(鄭仁源)은 탐화가 되었다. 요사이 정동열(鄭東說)도 장원이 되었다. 요컨대 명경과는 녹록하여 말할 것도 못 된다. 재주 있는 이가 드물다더니 그 말이 옳지 않은가.

세 번의 시험을 모두 통과하기는 매우 어려워【세 번의 시험을 통과한 사람 중에는 강경(講經)이 없다.】 300년 동안 겨우 11명이 있을 뿐이니, 김통(金統), 이겸(李謙), 김안국(金安國), 김정국(金正國), 홍승범(洪承範), 최여한(崔汝漢), 강욱(康昱), 황윤후(黃胤後), 이유(李愈), 허관(許灌), 홍기제(洪旣濟)이다. 그 중에 김안국과 같은 이는 중시(重試)에도 합격하였다. 초시, 회시, 전시, 중시에 모두 장원한 사람은 겨우 이승소 한 명 뿐이다.【외성(外城) 사람 중에 세 번의 시험을 통과한 사람이 거의 절반이니, 온 도에서 손꼽히는 문헌의 고을이다.】

# 45

# 평안도 별시의 내력

우리 평안도는 중국과 경계를 맞대고 있어 역대로 특별히 후하게 다독
였다. 고려시대에는 과거를 볼 때마다 향시(鄕試)에서 세 사람은 반드시
우리 도에서 뽑았다고 한다. 조선이 일어나고 6,70년 동안은 몹시 적막
했지만 하늘이 우리 세조(世祖)를 인도하여 부벽루(浮碧樓)에 직접 와서
책문(策文)으로 선비를 시험하여 22인을 뽑았는데, 우리 평양이 4분의
1을 차지했으니 우뚝하다 하겠다.

만력(萬曆) 임진년(1592), 천계(天啓) 정묘년(1627), 숭정(崇禎) 기사년
(1629) 세 차례 시험의 합격자는 대부분 우리 평양 사람이고 모두 직부
전시(直赴殿試) 했으니, 이른바 백 마리 사나운 새 중에 한 마리 독수리
를 뽑은 것이다.[1] 병자년(1636)에 따로 별시(別詩)를 시행했는데, 불행히
도 오랑캐 때문에 그만두었다. 그러므로 계미년(1643)에 다시 시험을 치
른 일이 있었다.

그 뒤로 현종, 숙종부터 지금 임금(영조)에 이르기까지 다섯 번의 과
거를 치렀는데, 뽑는 인원을 매번 늘렸다. 그러나 우리 평양 사람은 들
어가기도 하고 들어가지 못하기도 했다. 대저 우리 평양은 온 도에서
손꼽히는 문헌의 고장으로 과거에 급제한 이가 많았으나, 요즘 이후로

---

1 백……것이다 : 남달리 뛰어난 인재를 말한다. 후한(後漢)의 공융(孔融)이 예형(禰衡)을 추천
　하며 "사나운 새 수백 마리도 독수리 한 마리만 못하다." 했다.

는 갈수록 앞을 다투지 못한다. 정유년(1717) 시험은 물론 을해년(1695)의 시험과 무신년(1728)의 시험에서도 자갈과 모래처럼 부끄러운 신세를 면치 못했다.

# 46

# 젊어서 과거에 급제한 평안도인

젊은 나이로 과거에 급제한 자는 다음과 같다. 조몽렴(趙夢廉) 18세, 조경보(趙慶普) 19세, 백광택(白光澤)과 조혁(趙赫)은 모두 20세, 이급(李級), 홍우적(洪禹績), 백상우(白相佑), 조경환(趙慶煥)은 모두 21세, 김우진(金遇辰), 노상의(盧尙義), 이진엽(李震葉), 백홍거(白鴻擧), 노현학(盧玄鶴), 김중옥(金重玉)은 모두 22세, 전벽(田闢), 한식(韓識), 김운승(金運乘), 박성해(朴聖楷), 조정구(趙鼎耉), 김봉서(金鳳瑞), 이양오(李養吾)는 모두 23세, 이승소(李承召), 강의봉(康儀鳳), 전호민(田皞民), 조홍벽(趙弘璧), 여영조(呂榮祖)는 모두 24세, 김적복(金積福), 어효첨(魚孝瞻), 어세겸(魚世謙), 김정국(金正國), 노상현(盧尙賢), 승이도(承以道), 안세갑(安世甲), 고명열(高命說), 윤형기(尹亨基), 조몽린(趙夢麟)은 모두 25세이다.

이중 어씨 부자와 이승소가 가장 출세했고 김정국이 다음이다. 김적복은 십여 년간 병으로 누워 관직이 높지 않았고, 전벽은 역적의 옥사에 연루되어 거의 죽을 뻔하였다. 김우진은 일찍 과거에 급제하였으나 곧 낭패를 당했고, 김봉서는 급제가 발표되자마자 세상을 떠났고, 이급, 김운승, 백홍거, 윤형기 등은 겨우 마흔 안팎의 나이로 요절하였으니, 그중 후사 없이 요절한 이는 더욱 참담하다. 옛사람은 일찍 과거에 급제한 것을 불행이라 여겼으니, 어찌 이유가 없겠는가.

# 47

# 늙어서 과거에 급제한 평안도인

두보(杜甫)의 시에 "인생 일흔은 예로부터 드물다.[人生七十古來稀]" 했다. 그렇다면 일흔에 과거에 급제한 이는 드문 중에서도 더욱 드물다. 근세에 조삼성(曺三省)은 71세, 고승헌(高承憲)은 70세로 모두 명경과(明經科)에 급제했다.[1] 송(宋)나라 진민수(陳敏修)[2]와 비교하면 백중(伯仲)이니 모두 대단히 기이한 일이다. 지금 임금(영조) 때 과거에 급제한 신수채(申受采)는 강태공(姜太公)보다 다섯 살 많은 나이로 승정원의 장관을 지내기도 하고, 호조(戶曹)의 정랑(正郎)이 되기도 하였으니,[3] '나이가 들어 그저 슬퍼할 뿐[老大徒傷悲]'[4]이라는 말이 어찌 오래 가겠는가.

---

1 근세에……급제했다 : 조삼성(1545~?)의 본관은 창녕(昌寧), 자는 수약(守約)으로 평양 사람이다. 1573년(선조6) 진사시에 합격하고 1615년(광해군7) 71세로 문과에 급제했다. 고승헌(1654~?)의 본관은 제주(濟州)로 평양 사람이다. 1723년(경종3) 70세로 문과에 급제했다.

2 진민수(陳敏修) : 송나라 사람으로 73세로 진사시에 합격했다.

3 신수채(申受采)는……하였으니 : 신수채(1687~?)의 본관은 영산(靈山)으로 정주 사람이다. 1771년(영조47) 85세로 문과에 급제했다. 강태공이 주 문왕(周文王)을 만났을 때가 80세였으므로 이렇게 말한 것이다.

4 나이가……뿐 : 한(漢)나라 악부(樂府) 〈장가행(長歌行)〉의 구절이다.

# 48

# 평안도의 불행

우리 평안도의 문운(文運)이 불행하니, 처음으로 빌미를 제공한 사람은 김부식(金富軾)이요, 순장(殉葬)한 자는 소세양(蘇世讓)일 것이다. 아, 김부식은 자기보다 나은 사람 하나를 죽였을 뿐이지만, 소세양 같은 이는 어찌 그리 잔인하단 말인가. 국초부터 성종(成宗) 때까지 높게는 정승이 되고 낮게는 관각(館閣)에 들어가 우뚝이 관원의 모범이 되었으니, 누가 평안도의 선비가 서울만 못하다고 하겠는가. 단지 시구 하나 때문에 당돌한 늙은 물여우 같은 자가 온 도에 해독을 끼쳤으니 이 또한 조물주가 버린 운수이다. 이로부터 뜻있는 선비는 분개하여 팔을 걷어붙이고 문단은 빛을 잃었다. 게다가 임진왜란 때 오랑캐에게 죽은 선비가 거의 절반이었다. 그러므로 위아래로 수백 년 선배들의 이름난 문장과 뛰어난 시구가 흔적을 찾을 수 없는 잿더미가 되었으니, 어찌 학자들이 잘 보관하지 못했기 때문이 아니겠는가. 이 또한 소세양 때문인가?

# 서경시화

❀

## 권3

# 1

# 을지문덕의 시는 〈맥수가〉에서 나왔다

---

기자(箕子)의 〈홍범(洪範)〉은 본디 성인(聖人)의 경전에 속하니 내가 감히 왈가왈부할 수 없다. 〈맥수가(麥秀歌)〉는 먼 옛날 회고시의 원조이며, 한 번 변하여 오언시(五言詩)가 되었다. 사람들은 을지문덕(乙支文德)이 오언시의 으뜸가는 조상인 줄은 알면서도 그것이 〈맥수가〉에서 비롯되었다는 것은 알지 못한다.

## 2

## 정지상의 칠언절구(l)

시는 사간(司諫) 정지상(鄭知常)에 이르러 당풍(唐風)이 잘 갖추어져 시를 말하기에 충분해졌다. 다만 기자(箕子)의 시로 말하자면 일부러 지은 것이 아니라 자연스럽게 나왔고, 을지문덕(乙支文德)의 시는 일부러 짓기는 했지만 꾸미지 않았으며, 정지상은 꾸밈을 다했다. 그러므로 나는 정지상을 성대한 시기의 종주(宗主)이고 쇠퇴하는 시기의 비조(鼻祖)라고 생각한다. 이는 비록 사람의 힘으로 하는 일이지만, 역시 천지간의 음양이 성하고 쇠하는 묘리(妙理)이다. 정지상의 절구는 이렇다.

| | |
|---|---|
| 큰길에 봄바람 불고 가랑비 지나가니 | 紫陌東風細雨過 |
| 엷은 먼지도 일지 않고 버들가지 늘어졌네 | 輕塵不動柳絲斜 |
| 푸른 창 붉은 문에 자지러지는 생황소리 | 綠窓朱戶笙歌咽 |
| 모두 다 이원제자[1]의 집인 듯하구나[2] | 盡是梨園弟子家 |

| | |
|---|---|
| 비 개인 긴 둑에는 풀빛이 짙은데 | 雨歇長堤草色多 |
| 남포에서 님 보내니 슬픈 노래 진동하네 | 送君南浦動悲歌 |

---

1 이원제자(梨園弟子) : 당 현종(唐玄宗)이 궁중에 이원을 설치하고 제자 3백 명을 뽑아 춤과 노래를 가르쳤다.

2 鄭知常, 〈西都〉, 『東文選』 卷19.

| 대동강 물은 언제나 다할까 | 大同江水何時盡 |
|---|---|
| 이별의 눈물 해마다 푸른 물결에 더하거니[3] | 別淚年年添綠波 |

모두 우리나라의 걸작이지만 우열을 이야기하는 사람이 없지 않다. 위의 서도(西都) 시는 맑고 아름다우며 광경이 흐드러지니 28자의 그림 상자라고 하겠다. 아래의 남포(南浦) 시는 몹시 기력이 있으니, '이별의 눈물을 물결에 더한다.〔別淚添波〕'라는 구절은 비록 두보(杜甫)에 근본을 두었으나 먼 훗날까지 정감 있는 시어의 원조가 되기 충분하다. 그런데 도 점필재(佔畢齋) 김종직(金宗直)은 『청구풍아(靑丘風雅)』에 수록하지 않 았으니 나는 이해하지 못하겠다.

---

3 鄭知常,〈送人〉,『東文選』卷19.

# 3
# 정지상의 칠언절구(2)

강엄(江淹)의 〈별부(別賦)〉에,

봄풀은 하늘빛이요                          春草碧色

봄물은 푸르게 일렁이는데                    春水綠波

남포에서 그대를 보내니                      送君南浦

상심이 어떠한가                            傷如之何

했는데, 정지상의 남포(南浦) 시는 단지 이를 가져다 점화했을 뿐이다. 서
도(西都) 시는 이 두 글자를 풀이하며 몹시 힘을 쏟았다. 유몽득(劉夢得)의

큰길에 붉은 먼지 얼굴을 스치네            紫陌紅塵拂面來

같은 구절은 당나라 절구 중에서도 많이 볼 수 없는 것인데, 정지상의

큰길에 봄바람 불고 가랑비 지나가니        紫陌東風細雨過

라는 구절은 여기에 근본을 두었다. 그러나 농염하면서도 연약하지 않
고, 풍부하면서도 아름다우니, 참으로 칠언시의 극치이다. 청출어람이
라더니 과연 그렇지 않은가.

# 4

## 정지상의 요체

요체(拗體)는 율시가 변화한 것으로, 노자(老子)에게서 장자(莊子)와 열자(列子)가 나오고, 부처에게서 구마라습(鳩摩羅什)이 나온 것과 같다. 재주가 넉넉하고 기운이 호탕한 사람이 아니면 까치 소리나 오랑캐 말이 되기 쉽다. 정지상의

| | |
|---|---|
| 푸른 버들에 여덟아홉 집 문이 닫혀 있고 | 綠楊閉戶八九屋 |
| 밝은 달밤에 두세 사람이 주렴을 걷는다[1] | 明月捲簾三兩人 |
| | |
| 위로 별에 닿을 듯한 뾰족한 집 | 上磨星斗屋三角 |
| 반쯤 허공에 솟은 한 칸의 누각[2] | 半出虛空樓一間 |
| | |
| 땅은 푸른 하늘과 멀지 않고 | 地應碧落不多遠 |
| 승려는 흰 구름 마주보며 한가롭네[3] | 僧與白雲相對閑 |

등의 구절은 어찌 극치에 이른 것이 아니겠는가.

---

1  鄭知常, 〈長源亭〉, 『東文選』 卷12.

2  鄭知常, 〈題靈鵠寺〉, 『芝峯類說』 卷13.

3  鄭知常, 〈題登高寺〉, 『東文選』 卷12.

시에는 더하거나 덜어도 모두 저절로 말이 되는 것이 있다. 비유하자면 목공이 나무를 사용하면서 길고 짧음을 헤아려 재단하는 묘리를 잃지 않는 것과 같다. 당나라 사람이 과거시험을 맡아 지은 시에,

| | |
|---|---|
| 뜰 가득 그늘진 오동잎 떨어지는데 | 梧桐葉落滿庭陰 |
| 붉은 문 잠겨 있는 시험장 깊숙하네 | 鎖閉朱門試院深 |
| 예전에 고생하던 곳이니 | 曾是昔年辛苦地 |
| 오늘 초심을 잃지 말아야지[4] | 不將今日負初心 |

라고 했는데, 당시 이름 없는 자가 줄여서 오언시로 만들어 기록했다. 정지상이 과거시험장에서 지었다는 시가 세상에 전하는데,

| | |
|---|---|
| 촛불 세 개 전부 타고 날 밝으려 하는데 | 三丁燭盡天將曉 |
| 팔운시 완성하니 계수나무 향기롭네 | 八角詩成桂已香 |
| 지는 달이 뜰에 가득한데 사람들은 바쁘니 | 落月滿庭人擾擾 |
| 장원하는 청년이 누구인지 모르겠네[5] | 不知誰是壯元郎 |

【명암(明庵) 김인경(金仁鏡)의 비문에 따르면 정숙공(貞肅公) 명암 김인경이 과거시험장에 들어가 시권(試卷)을 바친 뒤 이 시를 지었다고 한다. 정지상의 시라고 한 것은 자세하지 않다.】

이는 본디 김부식(金富軾)의 오언절구[6]에 여덟 자를 늘린 것뿐인데

---

4 魏扶, 〈貢院題〉, 『全唐詩』. 『詩話總龜』에도 보인다.

5 李睟光, 『芝峯類說』 卷13.

갑절로 정채가 있다. 그러나 이 역시 당(唐)나라 위승이(韋承眙)가 과거 시험을 마치고 지은 시7에 있는 말이다.

버들가지 천 가지가 푸르고　　　　　　　　　　　　楊柳千絲綠

복숭아꽃은 만 점이 붉네　　　　　　　　　　　　桃花萬點紅

전하는 이야기로 김부식이 평양의 역적을 평정한 뒤 이 시를 지었는데, 정지상의 혼령이 허공에서 꾸짖으며 '가지마다(絲絲)'와 '점점이(點點)' 네 글자를 알려주었다고 한다. 아, 정지상은 죽었으나 지하에서도 적치(赤幟)를 세우고자 했다. 저 김부식이 꽃을 질투하는 소녀 같은 짓을 다시 할 수 있겠는가.

---

6　尹鑴,〈楓岳錄〉,『白湖全書』卷34.

7　韋承眙,〈策試夜潛紀長句於都堂西南隅〉,『全唐詩』.

# 5

## 조준의 기세

|

정승 조준(趙浚)의 시는 기세가 드높고 필력이 드넓어 대체로 그 사람과
비슷하다. 〈안주회고시(安州懷古詩)〉는 이렇다.

| | |
|---|---|
| 살수는 넘실넘실 하늘까지 일렁이는데 | 薩水湯湯漾碧虛 |
| 수나라 백만 병사가 물고기로 변했네 | 隋兵百萬化爲魚 |
| 지금도 어부와 목동의 이야기에 남아 | 至今留得漁樵語 |
| 나그네의 웃음거리조차 되지 못하네[1] | 未滿征夫一笑餘 |

천년이 지나도록 고구려의 기세를 펼치기 충분하다. 저 양광(楊廣 수
양제)은 요행히 살아남았을 뿐이다. 『지봉유설(芝峯類說)』에서는 너무 지
나치다고 했으니, 어찌 그리 답답한가. 조 정승의 시는 원래 굳세지만 말
이 되지 않는 것도 있다. 〈밤에 금릉에 정박하여(夜泊金陵詩)〉는 이렇다.

| | |
|---|---|
| 인으로 결속하면 천하에 막강하니 | 天下莫强仁可結 |
| 종산은 희미하고 달빛은 몽롱하네[2] | 鍾山隱隱月朦朧 |

---

1 趙浚, 〈安州懷古〉, 『東文選』 卷22.
2 趙浚, 〈夜泊金陵〉, 『東文選』 卷22.

〈적등도(赤登渡)에 쓰다〉는 이렇다.


채미가와 출사표3 어느 것이 잘했나          採薇出師誰得計

적등루 아래의 물이 하늘 같구나4          赤登樓下水如天


요컨대 단숨에 곧장 내달리느라 자세히 점검하지 않았기 때문이다.

---

3 채미가와 출사표 : 채미가는 백이와 숙제가 은(殷)나라에 절개를 지키며 은둔하며 지은 노래
　　이고, 출사표는 제갈량(諸葛亮)이 중원 수복에 나서며 촉한(蜀漢)의 후주(後主)에게 올린 글
　　이다. 여기서는 각기 은거와 출사를 상징하는 듯하다.

4 趙浚, 〈壬戌夏倭寇慶尙遂屠州郡六月十一日承督戰之命倍道馳驛歇馬于赤登渡因題一絶〉, 『東文
　　選』 卷22.

# 6

# 어변갑의 효성

잠와(潛窩) 어변갑(魚變甲)이 벽에 두 수의 시를 썼다.


비바람 속에서 형제가 이야기하고                風雨弟兄話

아침저녁으로 부모님 얼굴을 뵙네[1]           晨昏父母顔


내가 어찌 공명을 피하는 자리오          若余豈避功名者

어버이 때문에 멀리가지 못할 뿐[2]       只爲慈親不遠遊


잠시도 효를 잊지 않는 뜻이 있다. 담제(禫祭)를 앞두고 지은 율시[3]는 꿈속에서조차 효도하여 풍수지탄(風樹之嘆)이 넘치니, 영백(令伯)의 〈진 정표(陳情表)〉[4]만 독보적으로 높은 평가를 받을 수 없다.


---

1 魚變甲, 〈題壁上〉, 『東文選』卷10.

2 魚變甲, 〈題池浦家壁〉, 『東文選』卷10.

3 魚叔權, 『稗官雜記』卷4.

4 영백(令伯)의 진정표(陳情表) : 영백은 진(晉)나라 문인 이밀(李密)의 자이다. 〈진정표〉는 그가 늙은 조모의 봉양을 위해 사직하며 올린 글이다.

# 7

## 어세겸과 이승소의 차이

문정공(文貞公) 어세겸(魚世謙)과 문간공(文簡公) 이승소(李承召)는 모두
당대의 으뜸가는 솜씨였다. 다만 어세겸의 시는 기세와 격조를 위주로
하니, 백 번 싸운 건장한 남아처럼 사납고 두렵다. 이승소의 시는 곰발
바닥처럼 맛좋은 음식이니, 시집 온 지 사흘 지난 신부처럼 곱고 아름
답다. 대개 기력이 우세한 자는 바르고 치밀하며, 정감이 많은 자 역시
함부로 말하기 어려우니, 이것이 두 사람이 서로 다른 까닭이다.

# 8

## 정승의 기상이 있는 시

문장은 하나의 작은 재주일 뿐, 본디 정승의 업적과는 관계가 없다. 다만 여기에 의지하여 뜻을 드러내는 경우가 있다. 문충공(文忠公) 조준(趙浚)의

나는바라나니 평생 원대한 계책을 시행하여 　　　　　我願平生奮長策
임금이 태평성대 만회하게 만들리라[1] 　　　　　　　致主三代欲挽回

문정공(文定公) 어세겸(魚世謙)의

바라노니 이 물을 전부 촉촉한 비로 만들어 　　　　　願傾此水作膏澤
억조창생 적셔서 모두 편안케 하리라[2] 　　　　　　霑濡億兆皆安處

같은 구절은 모두 정승의 기상이 있다.

---

1 趙浚, 〈春日昭陽江行〉, 『東文選』 卷8.
2 魚世謙, 〈楊花渡〉, 『續東文選』 卷4.

# 9

# 이승소의 미인도 시

문간공(文簡公) 이승소(李承召)의 〈미인도(美人圖)〉는 이렇다.

| | |
|---|---|
| 한가로이 함께 바둑 두며 겨루다가 | 開來相與鬪圍碁 |
| 봄이라 노곤하여 바둑알을 천천히 놓네 | 却被春嬌下子遲 |
| 향기로운 뺨에 손 얹으니 뜻이 무한한데 | 手托香腮無限意 |
| 복숭아꽃 가지 위에 꾀꼬리 지저귀네[1] | 桃花枝上囀鶯兒 |

풍류가 가득하고 경치 묘사가 그림 같으니, 향렴시(香奩詩) 속에 두어도 구별하기 어려울 듯하다.

---

1 李承召, 〈美人圖〉, 『三灘集』 卷9.

# 10

# 김안국의 시

모재(慕齋) 김안국(金安國)은 도학자이지만 시는 황정견(黃庭堅)과 진사도(陳師道)의 뜻을 대략 터득했다. 시구를 뽑아본다.


비단 병풍 같은 봄철의 둘러싼 산                     錦屛春繞嶂

맑은 축 소리처럼 밤에 흐르는 물1                   淸筑夜鳴流


바다를 삼킨 하늘은 넓고 푸르며                    空碧天呑海

비에 익은 매화는 연한 노란빛2                     輕黃雨熟梅


봄에는 소를 채찍질해 밭을 갈고                    耕春鞭觳觫

낮에는 지저귀는 새소리 듣네3                       喧晝聽間關


추운 참새는 깊은 숲에 의지하고                    凍雀依深薄

사나운 다람쥐는 무너진 담장을 오르네4              驕鼯上敗墙

---

1 金安國,〈次黃澗縣駕鶴樓韻〉,『慕齋集』卷1.

2 金安國,〈鎭海次四佳先生韻〉,『慕齋集』卷1.

3 金安國,〈泗川樓〉,『慕齋集』卷1.

4 金安國,〈幽居〉,『慕齋集』卷2.

북쪽 바람이 급히 눈을 불어오니　　　　　　　　朔風吹雪急

겨울 해가 천천히 구름에서 나오네[5]　　　　　寒日出雲遲


길러주는 것은 봄의 은택이요　　　　　　　　發育春爲澤

베푸는 것은 상제가 주는 공로라네[6]　　　敷施帝與功


만세토록 이어질 웅장한 도성　　　　　　　萬世神都壯

삼원[7]의 엄숙한 모습 마주하네[8]　　　三垣法象臨


삼각산 가로놓인 초저녁　　　　　　　　三山橫薄暮

한가을에 우는 기러기 한 마리[9]　　一雁叫高秋


영원한 청산의 모습　　　　　　　　萬古靑山色

삼생 시주의 향 연기[10]　　　三生檀越烟


백년 인생 반 넘게 지났으니　　　　百年強過半

만사는 그저 그만두어 마땅하네[11]　萬事只宜休

---

5　金安國, 〈次全州偶書〉, 『慕齋集』 卷2.

6　金安國, 〈大殿迎祥詩依應製韻〉, 『慕齋集』 卷3.

7　삼원(三垣) : 자미원(紫微垣), 태미원(太微垣), 천시원(天市垣)으로 임금을 보필하는 신하를
　　상징한다.

8　金安國, 〈題四山監役官契軸〉, 『慕齋集』 卷3.

9　金安國, 〈謝忠淸尹都事漑送脯醯〉, 『慕齋集』 卷3.

10　金安國, 〈題上院寺〉, 『慕齋集』 卷5.

11　金安國, 〈寓灣公次前韻以送復走筆次寄〉, 『慕齋集』 卷6.

새로운 정국에서 득실을 보고                                                得失看新局

부서진 집에서 출처를 생각하네12                                        行藏憶弊廬


북쪽 향해 대궐의 곤룡포 입은 천자에게 하직하고                天墀北面辭龍袞

동쪽으로 해 뜨는 땅에 오니 봉황 모습 의젓하네13            日域東來儼鳳儀


만사는 그저 취하고 깨는 꿈처럼 볼 뿐                                萬事只看醒醉夢

누가 괴롭게 옛날과 지금의 세상을 묻는가14                      何人苦問古今天


술동이 앞에서 백설가 부르니 봄은 저물어가고                樽前白雪歌春暮

주렴 너머 청산에서 들려오는 새 소리 듣네15                簾外靑山聽鳥啼


사신의 명 받들고 만 리 변방 지나                                        萬里關山唧使命

구중궁궐의 황제를 알현하네16                                            九天城闕覲皇靈


삼신산의 음악 소리가 부절을 맞이하고                            三島笙簫迎玉節

십주의 난새와 학이 수레를 인도하네17                          十洲鸞鶴導雲車


---

12 金安國, 〈次李應敎擇之韻〉, 『慕齋集』卷6.

13 金安國, 〈蕙秀山董內翰碑〉, 『慕齋集』卷1.

14 金安國, 〈次公州聚遠樓韻〉, 『慕齋集』卷1.

15 金安國, 〈次使相咸從縣樓韻〉, 『慕齋集』卷1.

16 金安國, 〈送申僉正止叔赴燕〉, 『慕齋集』卷1.

17 金安國, 〈走筆戲謝江原閔監司壽千耆叟索贈詩〉, 『慕齋集』卷4.

침상에 있으니 맑은 밤 다한 줄도 모르고　　　　　一榻不知淸夜盡

백 잔 술 마시니 제법 좋은 시가 생겨나네[18]　　　百盃頗覺好詩生


옥경은 서쪽의 하늘과 이어진 바다 너머에 있고　　玉京西隔天連海

달은 동쪽 계수나무 그림자 드리운 누각에 뜨네[19]　銀闕東升桂影樓


친구는 열 명 중에 아홉 명 죽었고　　　　　　　十分親故九零落

온갖 기쁨과 슬픔 한 번에 사라졌네[20]　　　　　百計歡悰一掃空


색깔도 있고 소리도 있으며, 기세도 있고 풍골도 있으며, 의미도 있
고 모습도 있다. 김안국의 시를 보면 유학자의 기습을 완전히 벗어나지
는 못한 듯하다.

---

18　金安國, 〈自京還村宿奉安驛民家驪州李牧使伯益亦自京還州來宿共榻夜話伯益贈詩卽次〉, 『慕
　　齋集』卷5.

19　金安國, 〈次大明正使翰林院修撰華察遊漢江韻〉, 『慕齋集』卷8.

20　金安國, 〈閔監察希謙挽〉, 『慕齋集』卷8.

# 11

# 한극창, 김명한, 이진, 전벽의 시

용산(龍山) 한극창(韓克昌)의 높은 정취와 빼어난 운치는 거의 화정(和靖)[1]과 나란히 달릴 만하다. 그의 시 중에 율시 〈복거(卜居)〉는 자못 시원하여 솔바람을 맞으며 꿈을 꾸는 경지에 올랐다.[2] 그러나 읽어보면 부유한 사람의 말이 아니라는 것을 바로 알 수 있다.

예로부터 왕소군(王昭君)을 읊은 사람이 많은데, 아름다운 모습을 묘사한 것이 아니면 화공을 탓하는 내용이었다. 이는 선비의 평범한 말이니, 이보다는 호서(湖西) 김명한(金溟翰)의

| | |
|---|---|
| 어찌 당시 화공을 거스르려 했겠는가 | 豈欲當時忤畵手 |
| 해마다 부(賦)를 사려니 돈이 없어서라네[3] | 年年買賦已無金 |

라는 구절이 낫다. 진부한 말을 답습하지 않고 홀로 왕소군의 마음을 깨달아 오랜 세월 가로막은 벽을 제거했다. 훗날 청하(靑霞) 정두평(鄭斗枰)이 이어서,

---

1 화정(和靖) : 송나라의 은자 임포(林逋)로 시에도 뛰어났다.

2 솔바람을……올랐다 : 양(梁)나라 도홍경(陶弘景)이 솔바람 소리를 좋아하여 정원에 온통 소나무를 심고 그 소리를 들으며 즐거워한 고사를 인용한 것이다.

3 어찌……없어서라네 : 한 무제(漢武帝) 때 진 황후(陳皇后)가 총애를 잃자 사마상여(司馬相如)에게 황금 백 근을 주고 〈장문부(長門賦)〉를 짓게 하여 다시 총애를 받았다는 고사를 인용한 것이다. 왕소군은 돈이 없어 이렇게 할 수 없기에 흉노 땅으로 시집가게 되었다는 말이다.

| | |
|---|---|
| 물어보세 그 당시 장신궁(長信宮)[4]의 한이 | 借問當時長信恨 |
| 이날 차가운 날씨의 슬픔과 비교하여 어떠한가 | 何如此日寒天悲 |

했는데 제대로 원망했다고 하겠다. 다만 왕안석(王安石) 등을 따라 한번 변하여 여기에 이른 것이다.[5]

만력(萬曆) 이후 당시(唐詩)를 배운 자로 나는 두 사람을 찾았으니 갈파(葛坡) 이진(李進)은 격조가 혼후하고 굳세며, 서정(西亭) 전벽(田闢)은 법에 맞게 단속했으나 다만 종종 구애받는 결과를 면치 못했다. 당(唐)나라 사람은 백거이(白居易)를 '널리 교화한 주인〔廣大敎化主〕'라 하고, 이익(李益)을 '맑고 기이하며 바른 주인〔淸奇雅正主〕'이라고 했는데, 나는 두 사람을 여기에 비길 수 있다고 생각한다.

---

4 장신궁(長信宮) : 한(漢)나라 궁인(宮人) 반첩여(班婕妤)가 참소를 받고 물러나 살던 곳이다.
5 왕안석(王安石)……것이다 : 왕안석이 왕소군을 소재로 지은 〈명비곡(明妃曲)〉에서 "한나라 은혜는 얕고 오랑캐 은혜는 깊었으니, 인생의 낙은 마음을 알아주는 데 있네.〔漢恩自淺胡恩深, 人生樂在相知心〕"라고 하여, 왕소군이 흉노로 시집간 것을 긍정적으로 표현한 것을 말한다.

# 12

# 전벽의 시(1)

서정(西亭) 전벽(田闢)의 절구는 색채와 향기가 매우 유동하는 부분이 있다. 예컨대 〈의선사(依仙詞)〉는 이렇다.

| | |
|---|---|
| 신선 누각 열둘에 삼신산 셋 | 仙樓十二海山三 |
| 어떻게 푸른 난새 타고 만리를 날아갈까 | 安得青鸞萬里驂 |
| 슬프다 일장춘몽 깨어난 뒤에 | 怊悵一春春夢覺 |
| 그리운 사람 벽성[1] 남쪽에 있구나 | 相思人在碧城南 |

바로 신선의 말이다. 범을 읊은 시는 다음과 같다.

| | |
|---|---|
| 어두운 골짜기에 바람 불고 달은 지려 하는데 | 陰壑風生月欲灰 |
| 빛나는 두 눈은 금술잔 끼운 듯하네 | 目光雙挾紫金盃 |
| 새벽에 눈 밟으며 오솔길을 막아서니 | 曉來踏雪當蹊路 |
| 나그네가 이른 매화 구경하게 놓아두지 않네 | 不放遊人賞早梅 |

압운이 험할수록 더욱 기이한 말을 만들었으니, 이 노인의 단련하는 묘리를 볼 수 있다.

---

1 벽성(碧城) : 신선이 사는 곳이다.

# 13

## 전벽의 시(2)

가도(賈島)의 시는 이렇다.

삼월이라 마침 삼십 일인데　　　　　　三月正當三十日

풍경은 괴로이 읊조리는 나와 헤어지네　風光別我苦吟新

그대와 함께 오늘밤 잠들 필요 없으니　共君今夜不須睡

새벽 종 울리기 전에는 아직 봄이라네[1]　未到曉鍾猶是春

서정(西亭) 전벽(田闢)의 시는 이렇다.

삼월 삼십일　　　　　　　　　　　　三月三旬日

멀리 헤어지니 이별의 한 새롭네　　　天涯別恨新

가련하다 강호의 나그네는　　　　　　可憐江海客

오래도록 봄 보내는 사람이 되네　　　長作送春人

　모두 봄을 애석해하는 시이지만, 서정의 정감이 백배 낫다. 다음 수
의 이른바

---

1　賈島, 〈三月晦日〉, 『唐音』.

물어보세 울타리 너머 사람이여 　　　　　　　　借問籬外人

봄이 지나면 어디로 가려는가 　　　　　　　　春歸向何處

라는 구절은 경치를 보아도 슬프고 일을 보아도 괴로우니 절로 많은 의
미가 있다.

# 14

# 전벽의 시(3)

두목(杜牧)의 시는 이렇다.

| | |
|---|---|
| 화려한 집에 오늘 성대한 잔치 열렸는데 | 華堂今日綺筵開 |
| 누가 분사어사(分司御使)¹를 보내었나 | 誰遣分司御使來 |
| 홀연 미친 소리 꺼내어 온 좌중이 놀라니 | 忽發狂言驚滿座 |
| 두 줄로 늘어선 기생들 일시에 돌아가네² | 兩行紅粉一時回 |

서정(西亭) 전벽(田闢)의 시는 이렇다.

| | |
|---|---|
| 사립문은 오늘 그대 위해 열었는데 | 荊扉今日爲君開 |
| 누가 이원제자 오리라 생각했으랴 | 誰意梨園弟子來 |
| 미친 소리 하고 싶지만 말하기 두려우니 | 欲發狂言言可畏 |
| 꽃 너머 물가에서 잠시 배회하네 | 隔花臨水暫徘徊 |

완전히 두목의 시를 사용한 것이다. 그러나 두목의 시어는 호탕함이
우세하고 전벽은 조금 조심했으니, 요컨대 그 인품이 그러하기 때문이

---

1 분사어사(分司御使) : 어사 신분으로 낙양에서 업무를 보고 있었던 두목 자신을 말한다.
2 杜牧,〈兵部尙書席上作〉,『全唐詩』,『詩話總龜』등에 보인다.

다. 전벽의 오언율시는 맑고 빼어나며 간략하고 단정하니, 요컨대 옛 뜻
이 있다. 그 공력이 깊은 수준에 도달한 이유를 살펴보면 대체로 우환
속에서 나온 것이다.

# 15

# 전벽의 시(4)

화은(和隱) 이시항(李時恒)이 말했다.

"정지상(鄭知常) 이후로 쉽게 얻을 수 없다는 말은 지나친 칭찬이 아니다. 단지 두 글자를 더했는데 마침내 천 리 차이가 벌어졌다."

# 16

## 전벽의 시(5)

서정(西亭) 전벽(田闢)이 오성(鰲城) 이항복(李恒福)을 애도한 시의 두 연
은 이렇다.

| | |
|---|---|
| 때를 만나 어찌 지혜를 겸양할까 | 遭時何讓智 |
| 나라 걱정에 끝내 어리석기 어렵네 | 憂國竟難愚 |

공교로우면서도 치밀하다.

| | |
|---|---|
| 요동 성곽에 돌아오는 학 아득하고[1] | 遼郭杳歸鶴 |
| 상수에서 부질없이 옥돌을 쥐네[2] | 湘潭空握瑜 |

곧으면서도 아름답다. 수련(首聯)과 미련(尾聯)으로 말하자면 더욱 빛
나고 훌륭하다. 참으로 이항복의 실록이니, 당시 학사대부들이 극구 칭
찬한 이유가 있다.

---

1 요동⋯⋯아득하고 : 요동 사람 정영위(丁令威)가 신선이 되어 천 년 뒤에 학으로 변하여 고향
  으로 돌아왔다는 고사를 인용한 것으로, 여기서는 이항복의 죽음을 말한다.
2 상수에서⋯⋯쥐네 : 상수는 굴원이 초 회왕(楚懷王)에게 쫓겨나 방황하던 곳이고, 옥돌을 쥔
  다는 말은 뛰어난 재주와 덕을 지녔다는 말이다.

# 17

# 전벽의 시(6)

서정(西亭) 전벽(田闢)의 시는 본디 바르고 우아하지만 농담을 섞었다.

| | |
|---|---|
| 현인과 같아지는 것도 충분하거늘 | 得齊賢亦可 |
| 감히 맑은 성인을 바라겠는가 | 敢望聖之淸 |

| | |
|---|---|
| 어느 날 죽을 지 어찌 알리오 | 焉知何日死 |
| 좋은 때 태어나지 못했다고 한스러워 말라 | 休恨不辰生 |

| | |
|---|---|
| 나는 죽이라도 충분한데 | 於吾粥亦足 |
| 이 백성들의 삶이 애처롭구나 | 哀此民之生 |

| | |
|---|---|
| 고사리 캐는 것[1]도 알지 못하거늘 | 不識采薇蕨 |
| 어찌 〈회사(懷沙)〉[2]를 알겠는가 | 焉知懷石沙 |

| | |
|---|---|
| 누가 천지의 나그네를 알겠으며 | 誰知天地客 |

---

1 고사리 캐는 것 : 은(殷)나라의 백이(伯夷)와 숙제(叔齊)가 주(周)나라의 곡식을 먹을 수 없다 며 수양산(首陽山)에 들어가 고사리를 캐어 먹다 굶어죽은 일을 말한다.

2 회사(懷沙) : 굴원(屈原)이 지은 『초사(楚辭)』의 편명으로 죽음을 앞두고 백성을 걱정하고 임 금에게 충성하는 마음을 담았다.

따위는 이른바 '농담을 잘했다'[3]라는 말과 같다.

---

3  농담을 잘했다 : 『시경』〈기오(淇奧)〉의 "농담을 잘하면서도 지나치지 않는다.[善戲謔兮, 不爲
   虐兮.]"라는 구절을 인용한 것이다.

# 18

# 이진의 차운시

여동빈(呂洞賓)의 시는 이렇다.

| | |
|---|---|
| 황학루 앞에서 피리 불 때 | 黃鶴樓前吹笛時 |
| 흰 물풀 붉은 여뀌 강가에 가득하네 | 白蘋紅蓼滿江湄 |
| 속마음 호소하려 해도 아는 사람 없고 | 衷情欲訴無人會 |
| 그저 맑은 바람 밝은 달만 알아주네[1] | 只有淸風明月知 |

갈파(葛坡) 이진(李進)이 화운했다.

| | |
|---|---|
| 악주성[2] 밖에 달 밝을 때 | 鄂州城外月明時 |
| 먼 숲 어둑한 상수의 물가 | 遠樹蒼蒼湘水湄 |
| 한 줄기 피리에 황학이 춤추는데 | 長笛一聲黃鶴舞 |
| 이 광경 오직 흰 구름만 아네 | 此間惟有白雲知 |

자법과 구법이 있고 붓놀림이 지극히 웅장하고 아름다우며 정신이 지극히 진동하여 곧장 여동빈을 뛰어넘으려 한다. 그러므로 요사이 오

---

1 呂巖, 〈題黃鶴樓石照〉, 『全唐詩』. 『五代詩話』에도 보인다.
2 악주성(鄂州城) : 중국 호북성(湖北省)에 있는 지명으로 황학루(黃鶴樓)가 있는 곳이다.

재(悟齋) 조정만(趙正萬) 선생이 "원시(原詩)가 미치지 못하는 듯하다."라고 했으니 참으로 그렇다.

# 19

# 이진의 절구

갈파(葛坡) 이진(李進)의 절구 중에 뽑을 만한 것은 이렇다.

| | |
|---|---|
| 타향에서 나그네 된지 오래라 | 他鄕爲客久 |
| 고향 가는 사람 많이 전송하네 | 故國送人多 |

| | |
|---|---|
| 파주 북쪽에서 여름에 갈옷 입고 | 夏葛坡山北 |
| 한강 서쪽에서 가을에 다듬이질 하네 | 秋砧漢水西 |

| | |
|---|---|
| 해와 달은 외로운 성을 비추고 | 日月孤城照 |
| 만 리 변방에는 안개와 먼지 | 煙塵萬里塞 |

| | |
|---|---|
| 산하에 몇 움큼 눈물 뿌리고 | 山河數掬淚 |
| 비바람에 외로운 배 한 척 | 風雨一孤舟 |

| | |
|---|---|
| 먼 포구에 겨울비 뿌옇고 | 極浦迷寒雨 |
| 넓은 하늘에 저녁 새 내려오네 | 長空落暮禽 |

| | |
|---|---|
| 탁주를 때때로 손님에게 권하고 | 濁醪時勸客 |

약물로 내 몸을 지탱하네　　　　　　　　　藥物可扶吾

세상만사에 두 귀밑머리 쑥대 되고　　　　　萬事雙蓬鬢
갈옷 한 벌 입은 외로운 신세　　　　　　　孤蹤一葛衣

산하와 천지는 모두 자리 차지했고　　　　　山河天地皆成位
일월성신은 각기 관직 맡았네　　　　　　　日月星辰各有官

기운은 산하 되어 나라를 지키고　　　　　　氣作山河猶鎭國
몸은 귀신 되어 오랑캐 섬멸하리　　　　　　身爲厲鬼欲殲夷

바다에는 배 지나간 자취 남지 않고　　　　　滄海不留舟去跡
하늘에는 학 돌아간 흔적 보기 어렵네　　　　碧霄難見鶴歸痕

천 리 떨어져 마음 비추니 두 귀밑머리 희어지고　千里照心雙白鬢
하늘의 해를 따르는 일편단심뿐이네　　　　　一天隨日獨丹誠

얼마나 골격이 뛰어나며 얼마나 풍채가 뛰어난가

# 20

# 이진의 악부시

우리 평안도의 짧은 악부시(樂府詩)는 볼 만한 것이 없다. 오직 갈파(葛坡) 이진(李進)의

안릉에 해 지는데 떠나는 이 전송하니    安陵落日送將歸
안릉의 길가에는 먼지가 날리네          安陵道上行塵飛

는 재주와 정감이 빼어나다.

홀로 걸어도 길가의 먼지를 따라잡지 못하니   獨步不及道上塵
어찌하면 그대의 수레에 오를 수 있을까      何由得上君車輪

비록 왕건(王健)의 〈망부석(望夫石)〉이라도 대등할 것이다.

## 21

# 황윤후의 시

---

월저(月渚) 황윤후(黃胤後)는 비록 시로 이름나지는 않았지만 한가롭고
단정하여 당나라 사람에 가깝다. 〈밤에 산불을 보고〉는 이렇다.


| | |
|---|---|
| 화공이 손댈 곳 없는 줄 알겠으니 | 却識畵工無着處 |
| 온 산의 꽃나무 이미 재가 되었네 | 遍山花木已成灰 |


실제 경치를 대상으로 실제 이치를 묘사했다. 그 뜻은 조물주의 솜
씨를 아까워한 데 있으니, 결코 쉽게 얻을 수 없다.

# 22

# 변씨 삼부자의 시

근세에 시에 뛰어난 사람으로는 변씨 부자가 제일이다. 형산(荊山) 변환(卞瓛)은 밝고 통쾌하며, 팔계(八溪) 변지수(卞之隨)는 예스럽고 담박하며, 만취(晚翠) 변지익(卞之益)은 그윽하고 기이하니, 총괄하여 말하자면 속세의 말을 쓰지 않는다. 형산의 칠언절구는 이렇다.

| | |
|---|---|
| 높고 큰 깃발이 변방 성에 솟았는데 | 高牙大旆出邊城 |
| 피리소리 북소리 땅을 쿵쿵 울리네 | 簫鼓喧喧動地鳴 |
| 해 지자 오랑캐가 백마를 달리니 | 日暮羌兒馳白馬 |
| 준계산1 아래에 짙은 구름 가로놓였네 | 浚稽山下陣雲橫 |

만취의 칠언절구는 이렇다.

| | |
|---|---|
| 은하수 옆 예주궁 안에서 | 蕊珠宮裏絳河濱 |
| 화려한 비단옷이 눈을 환히 비추네 | 繡縠衣裳照眼新 |
| 서른여섯 봉우리에 날 밝으려 하는데 | 三十六峰天欲曉 |
| 때마침 비가 뿌려 나그네를 적시네 | 會將飛雨灑行人 |

---

1 준계산(浚稽山) : 한(漢)나라 장군 이릉(李陵)이 흉노에게 패배한 곳으로, 여기서는 변방의 산을 말한다.

팔계의 오언율시는 이렇다.

누가 알았으랴 두세 달 동안                   誰謂二三月
괴롭게 천리만리 헤어질 줄                     苦離千萬里

만취의 오언율시는 이렇다.

붉은 바람[2]은 푸른 구름을 몰고               朱風驅碧雲
흰 비는 검은 얼굴에 내리네                     白雨下玄顔

몹시 색채가 있고, 몹시 풍도가 있다. 형산의 율시 중에 〈춘소락(春霄
樂)〉 1수는 청신하고 화려하여 읽으면 입에서 향기가 생기니, 요체(拗體)
중에 몹시 뛰어난 작품이다. 정지상(鄭知常) 이후로 이 작품만이 참으로
압권이라 하는데, 참으로 그렇다.

---

2  붉은 바람 : 남풍(南風)을 말한다. 붉은 색은 남쪽을 상징한다.

# 23

# 출세한 황윤후와 불우한 변환

근세의 인물 중에 현달한 사람으로는 월저(月渚) 황윤후(黃胤後)가 최고이고, 곤궁한 사람으로는 형산(荊山) 변환(卞瓛)이 으뜸으로 일컬어진다. 다만 그 명성은 가볍게 여길 수 없다. 월저를 애도한 시는 이렇다.

삼장에서 백전하면[1] 대적할 이 없어 　　　　　三場白戰知無敵

푸른 하늘에 솟은 절벽 황량하지 않네 　　　　半壁靑天賴不荒

형산의 만시는 이렇다.

인간 세상에 영원히 황금방이 끊어졌고 　　　　人間永絶黃金榜

하늘 위에서는 다시 백옥루를 지었구나[2] 　　天上重開白屋樓

한 시대의 모범이 된 것은 대략 비슷하나, 변환은 죽은 뒤에 더욱 빛났다.

---

1 삼장에서 백전하면 : 삼장은 과거시험의 초장(初場), 중장(重場), 종장(終場)을 말하고, 백전은 상투적인 단어를 사용하지 않고 시를 짓는 것이다.

2 인간……지었구나 : 황금방은 과거 합격자의 명단이고, 백옥루는 당나라 시인 이하(李賀)가 죽자 상제(上帝)가 백옥루 기문을 짓기 위해 불렀다는 이야기에서 나온 말로, 문인의 죽음을 뜻한다.

# 24

## 변지수의 〈유소사〉

---

팔계(八溪) 변지수(卞之隨)의 〈유소사(有所思)〉한 편은 지극히 고상하고
오묘하며 지극히 예스럽고 맑으며 지극히 청초하여 육조(六朝) 시대의
여운이 있다. 단지 결구에 장부의 기상이 없다.

# 25

# 변지익의 시문

만취(晩翠) 변지익(卞之益)의 〈요유복(遼有蔔)〉 시는 『시경』 국풍(國風)에
서 나왔고, 〈화납부(華妠賦)〉는 〈신녀부(神女賦)〉의 골격이 있고, 〈남산군
전(南山君傳)〉은 『춘추좌씨전』의 정수이다. 그 대체를 총괄하여 말하자
면 신선이 아니면 부처이고, 귀신이나 신령 같다. 아, 만취 같은 사람을
어디서 얻겠는가.

# 26

# 변지익의 〈요유복〉

변지익(卞之益)의 〈요유복(遼有蕾)〉 시는 『시경』 이후의 구절을 하나도 쓰지 않았고, 또한 『시경』 이전에 나오지 않은 글자도 없다. 읽을 때마다 상(商)나라와 주(周)나라 사람이 눈썹을 치켜들고 손바닥을 가리키며 서로 논란하는 듯하니, 참으로 손이 춤추고 발이 구르는 즐거움을 견딜 수 없다.

# 27

# 변지익의 〈화납부〉

〈화납부(華妠賦)〉는 국풍(國風)의 체재를 터득한 것이 있고, 육조(六朝)
의 형상을 닮은 것이 있다.

| | |
|---|---|
| 곧은 옥이여 현묘하도다 | 玉之貞兮有玄 |
| 푸른 달의 빛이여 기울고 차는구나 | 有蒼月之光兮有虧有盈 |

이와 같은 구절은 국풍과 같고,

| | |
|---|---|
| 붉은 입술 풍성한 머리 | 朱脣豊髮 |
| 곧은 눈썹 긴 이마 | 直眉脩額 |
| 해는 서쪽으로 지고 | 白日西▟ |
| 저녁 회오리바람 분다 | 夕回風入 |

이 네 구는 육조와 비슷하다.

# 28

# 허관의 시(1)

기산(箕山) 허관(許灌)은 시의 격조가 호탕하여 이백(李白)과 몹시 비슷하다. 다만 한 구절, 한 글자가 술과 여색에 얽매이지 않고, 뱃속에 가득한 나라를 걱정하고 임금을 사랑하는 뜻을 곧장 말했으니, 이는 더욱 이백에게 없는 것이다. 스스로를 인정한 시는 이렇다.

| | |
|---|---|
| 가슴 속에는 웅장한 만 리 산하가 서려 있고 | 胸蟠萬里山河壯 |
| 머리에는 해와 달처럼 밝은 빛을 이고 있네 | 頭戴三光日月明 |

감회를 말한 시는 이렇다.

| | |
|---|---|
| 강산은 늙지 않았는데 나그네는 머리를 긁고 | 江山不老客搔首 |
| 천지는 무심한데 사람은 누각에 기대네 | 天地無情人倚樓 |

대궐을 그리워한 시는 이렇다.

| | |
|---|---|
| 보름밤에 보니 새 달이 가깝고 | 三五夜觀新月近 |
| 천리 떨어져 생각하니 미인은 멀구나 | 一千里憶美人遙 |

풍속을 걱정한 시는 이렇다.

| 뱃속 가득한 괴로운 마음 어떻게 토해낼까 | 苦心滿腹何由嘔 |
| 늙은 눈은 사람을 보아도 뜨이지 않네 | 老眼看人亦不開 |

화친을 읊은 시는 이렇다.

| 다섯 걸음 민지에서 조나라 비파 부끄럽고[1] | 五步澠池羞趙瑟 |
| 삼경의 변방에 오랑캐 피리소리 원통하네 | 三更關塞怨胡笳 |

중국을 어지럽히는 것을 통탄한 시는 이렇다

| 성곽에 올라 구름을 보니 | 登臨城郭看雲物 |
| 천지에 팔월의 바둑 헛되이 던졌네 | 虛擲乾坤八月棋 |

북쪽으로 가는 왕소군을 슬퍼하는 시는 이렇다.

| 가련하다 한나라 여인은 푸른 무덤만 남겼으니 | 可憐漢女留靑塚 |
| 한숨 쉬는 연나라 새는 백발이 되려 하네 | 太息燕鳥欲白頭 |

---

1 다섯……부끄럽고 : 춘추시대 진(秦)나라와 조(趙)나라가 민지에서 회맹했는데, 진나라 왕이
조나라 왕에게 비파를 연주하게 했다. 조나라 인상여(藺相如)는 진나라 왕에게 답례로 악기를
연주하기를 요구했으나 진나라 왕이 거부했다. 그러자 인상여는 "다섯 걸음 안에 있으니 당신
의 목을 찌를 수 있다."라고 협박하여 결국 진나라 왕에게 악기를 연주하게 했다.

세자가 돌아와 기뻐한 시는 이렇다.


| 만리 길에서 이제 세자의 수레가 돌아오니 | 萬里路今回鶴馭 |
| 백 년만에 황하가 맑아지는 운수 보겠네 | 百年運又見河淸 |


당시 재상을 비판한 시는 이렇다.


| 초나라가 삼도를 함락하니 모두 진나라의 수치요[2] | 楚兢三都皆晉恥 |
| 곤이 홍수를 다스리니 오직 요임금만 걱정하네[3] | 鯀治洪水獨堯憂 |


아첨하는 신하를 미워한 시는 이렇다


| 옛사람은 외로운 무덤만 남겨 한스러운데 | 古人已恨留孤墳 |
| 보검은 어찌하여 상방에서 늙어가는가[4] | 寶劍如何老尙方 |


순리를 어기는 것을 비판한 시는 이렇다.


| 중원의 부로들을 무슨 낯으로 보리오 | 中原父老何顔見 |

---

2 초나라가……수치요 : 춘추시대 진(晉)나라 사신이 거(莒)나라를 지나가다가 성이 무너진 것을
  보고 거나라 임금에게 성을 쌓으라고 권했으나 거나라 임금은 무시했다. 결국 초나라가 거나
  라를 침략하여 세 도시를 함락했다.
3 곤이……걱정하네 : 곤(鯀)은 요(堯)임금 때 9년 동안 홍수를 다스렸으나 성과가 없었다.
4 보검은……늙어가는가 : 황제가 전권을 위임하는 의미에서 대신에게 하사하는 보검을 상방
  에서 제작하므로 이렇게 말한 것이다.

도독과 감군이 이 길로 왔네        都督監軍此路來

길이 막혀 분개한 시는 이렇다.

사해는 한 집안 되어 해와 달을 함께 하는데    四海一家同日月
삼한 천리 땅은 산천이 다르구나      三韓千里異山川

명예와 절조를 자랑한 시는 이렇다

수양산 아래에 뼈를 묻을 만하고      首陽山下可埋骨
시골 아이 앞에서 허리 굽히기 부끄럽네  鄉里兒前羞折腰

가는 길을 한탄한 시는 이렇다.

맑은 바람 이미 떠났으니 산은 부끄러워하고  淸風已去山應恥
우리 도는 어디로 갈까 바다로 떠나고 싶네  吾道安歸海欲浮

이상의 구절은 모두 충분이 넘치고 강개하여 탄식하다 숨이 끊어질 듯하여 종종 사람들의 마음을 감동시키고 끓어오르게 한다.

# 29

# 허관의 시(2)

---

기산(箕山) 허관(許灌)은 가슴 속에 뜨거운 피가 가득하여 느끼는 대로 나왔으니, 비단 그 자신에게서만 볼 수 있을 뿐만이 아니었다. 도사(都事)를 전송한 시의 마지막 구는 이렇다.

차라리 떠나는 그대에게 한 마디 주리니　　　　　無寧贈君一言行

부서진 서북쪽 봄 하늘을 손으로 메우게　　　　　手補西北春天缺

나는 예전에 이 노인의 시에는 심법(心法)이 있고 구법(句法)이 있으니 한쪽만 말할 수 없다고 여겼다. 대체로 두보(杜甫)의 마음으로 이백(李白)의 입을 빌렸으니, 시의 격조를 막론하고 그 사람은 지극히 얻기 어렵다.

# 30

# 허관의 시(3)

기산(箕山) 허관(許灌)이 허정(許亭)[1]에 쓴 시는 겨우 40자 뿐이지만, 기세가 한 시대를 삼키고 천고의 세월을 무시하여 거의 허정과 높이를 다툴 정도다.

| | |
|---|---|
| 삼신산은 가라앉아 육지와 맞닿고 | 三山沈接海 |
| 푸른 바다는 성곽을 부수네 | 滄海破城池 |

이 한 구절은 허다한 감개를 분출하니, 이 늙은이의 가슴 속에 몇 개의 운몽택(雲夢澤)[2]이 있는지 모르겠다.

---

1 허정(許亭) : 황해도 해주에 있는 정자다.
2 운몽택(雲夢澤) : 초(楚) 지방에 있는 거대한 호수이다.

# 31

# 김여욱의 시(1)

이촌(梨村) 김여욱(金汝旭)의 시는 순수하고 함축적이며 혈맥이 관통하여 세상을 놀라게 하는 말을 만드는 데 힘쓰지 않았으나, 보면 온화하여 사랑스럽고 엄숙하여 공경할 만하다. 요컨대 조직은 여유로우나 정신이 부족하다. 가을밤을 읊은 절구는 이렇다.

| | |
|---|---|
| 하늘에 구름 없고 안개도 걷혔는데 | 碧落無雲露氣淸 |
| 돗자리 무늬 같은 물에 이른 한기 생겨나네 | 簟紋如水早凉生 |
| 밤에도 잠들지 못해 돌아가지 못하니 | 夜來無夢不歸去 |
| 밝은 달이 대동강 가의 성을 비추네 | 明月大同江上城 |

이른바 '고기 한 점을 맛보면 솥에 있는 음식 맛을 안다.'라는 것이다. 이촌이 이상은(李商隱)의 절구 한 수를 차운했는데, 한 구절도 옛사람의 말을 답습하지 않은 것이 없다.

| | |
|---|---|
| 푸른 산의 옛 저궁¹은 쓸쓸한데 | 寥落靑山古渚宮 |
| 초나라 늙은 오동에 가을빛 짙네 | 楚鄕秋色老江楓 |

---

1 저궁(渚宮) : 초나라 궁궐 이름이다.

이 구절은 왕건(王建)의 "옛 행궁 쓸쓸하네〔寥落古行宮〕"와 이백(李白)의 "늙은 오동에 가을빛 짙네〔秋色老梧桐〕"라는 말에 근본을 두고 있다.

양왕의 신녀는 지금 어디 있는가      襄王神女今安在

지나가는 비와 구름을 공연히 가리키네    空指行雲行雨中

이 구절은 이백의 〈양양가(襄陽歌)〉와 유장경(劉長卿)의 〈동작대(銅雀臺)〉에 근본을 두고 있다. 집구시(集句詩)와 무슨 차이가 있는가.

# 32

# 김여욱의 시(2)

---

당나라 사람의 시는 이렇다.

더불어 감상할 달은 있는데                         有月曾同賞

함께 슬퍼하지 않는 가을이 없네¹               無秋不共悲

이촌(梨村) 김여욱(金汝旭)의 시는 이렇다.

달이 있어 사람들은 함께 구경하는데            有月人同賞

돈이 없어 나 홀로 깨어 있구나                    無錢我獨醒

아름답지 않은 것은 아니지만, 단지 풍골과 기력이 걸맞지 않다.

---

1 盧綸, 〈贈別司空曙〉, 『唐音』.

# 33

# 허관, 김여욱, 이진의 특색

기산(箕山) 허관(許灌)은 생각이 팔방에 넘치고 정신이 만고의 세월에 노닐었다. 그러나 기질이 순수하지 않았으므로 기세를 올리며 큰소리를 지르는 병통이 있었다. 이촌(梨村) 김여욱(金汝旭)은 백 번 단련하여 글자를 이루고 천 번 단련하여 구절을 이루었다. 그러나 재주가 풍부하지 않았으므로 죽을 것처럼 나약한 분위기가 있다. 갈파(葛坡) 이진(李進)만이 거의 좋은 시에 가깝다.

# 34

# 이진과 김호익이 시구를 다투다

송(宋)나라 사람이 눈을 읊은 시는 이렇다.

| | |
|---|---|
| 삼천 세계는 은색을 칠했고 | 三千世界銀成色 |
| 열두 누대는 옥으로 쌓았네[1] | 十二樓臺玉作層 |

갈파(葛坡) 이진(李進)의 절구는 이렇다.

| | |
|---|---|
| 삼천 은세계 | 三千銀世界 |
| 열두 옥누대 | 十二玉樓臺 |

서천(西泉) 김호익(金虎翼)도 이런 시구를 지은 적이 있다. 이것은 뛰어난 시어가 아닌데 두 사람이 이렇게 빼앗으려 한 것은 무엇 때문인가. 다름아닌 이른바 '열등한 시마(詩魔)'가 폐부에 들어온 것이다.

---

1 劉師道, 〈咏雪〉, 『詩話總龜』.

# 35

# 김호익의 득의작

천지는 뜻이 있어 남자를 낳았건만          乾坤有意生男子

세월은 무정하여 장부를 늙게 하네         日月無情老丈夫


이것은 서천(西泉) 김호익(金虎翼)이 가장 득의한 시어이다. 그러나 늙은 선비의 틀에 박힌 대우일 뿐이다. 그보다는 이것이 낫다.


청운의 길이 있어 사람들 다투어 오르고      靑雲有路人爭上

백발은 사사로움 없으나 나만 유독 많구나    白髮無私我獨多

# 36

# 양만영과 정광문(1)

원외(員外) 양만영(楊萬榮)은 일찍부터 지혜로웠고, 정광문(鄭廣文)은 대
기만성(大器晚成)이었으니 모두 뛰어나다고 하겠다. 대체로 원외는 아름
답기가 뛰어났고, 정광문은 진솔하기로 인정받았다. 그러나 각기 잘하
고 잘하지 못하는 것이 있었다. 양원외의 잘못은 원진(元積)으로 빠진
것이고, 정광문은 비록 터득했지만 백거이(白居易)가 되지는 못했다.

# 37

# 양만영과 정광문(2)

원외(員外) 양만영(楊萬榮)의 궁사(宮詞)는 궁체(宮體)를 터득했고, 보허사(步虛詞)는 보허체(步虛體)를 터득했으니, 요컨대 격률(格律)이 있고 음조(音調)가 있다. 그러나 이는 장경(長慶, 821~824) 연간 이후의 말이다. 고악부(古樂府)에,

| | |
|---|---|
| 나그네가 멀리서 와서 | 客從遠方來 |
| 내게 잉어 한 쌍 주었네 | 遺我雙鯉魚 |
| 아이 불러 잉어 삶으니 | 呼童烹鯉魚 |
| 속에 편지가 있구나[1] | 中有尺素書 |

했는데, 정광문(鄭廣文)의 〈강남곡(江南曲)〉은 다 여기서 나왔다.

---

1 〈飮馬長城窟行〉, 『文選』.

## 38

## 정광문의 시

왕적(王籍)의 시는 이렇다.

　　매미가 우니 숲은 더욱 고요하고　　　　　　　　蟬噪林愈靜
　　새가 지저귀니 산은 더욱 그윽하네[1]　　　　　鳥啼山更幽

시끄러운 가운데 한적한 뜻이 있다. 정광문(鄭廣文)의 시는 이렇다.

　　노래하는 꾀꼬리와 지저귀는 제비가 서로를 찾으니　歌鶯語燕來相訪
　　초가집은 지금 조용하지 않네　　　　　　　　　草屋如今不寂寥

고요한 가운데 움직이는 뜻이 있다. 왕건(王建)의 〈농가에서 나그네
를 머물게 하다〉에,

　　신부가 부엌에서 불을 때려 하는구나[2]　　　新婦廚中炊欲熟

등의 시어가 있는데, 당나라 시대의 충후한 기상을 볼 수 있다. 정광문

---

1 『梁書』 卷50 〈王籍列傳〉. 『詩話總龜』에도 보인다.
2 王建, 〈田家留客〉, 『唐音』.

의 시는 이렇다.

해 지자 산길 어둑한데                           日暮蒼山道

아이 불러 주인을 찾네                           呼兒問主人

가만히 부엌의 이야기 들으니                      暗聞廚下語

흉년에 왜 이리 손님이 많나 하네                  凶歲客何頻


그 시는 따지지 않더라도 옛날과 지금의 인심이 하늘과 땅 차이임을
알 수 있다.

# 39

## 허절의 시풍

문산(文山) 허절(許晢)은 말세에 태어나 옛사람을 본받을 만하고 지금 사람을 배워서는 안 된다는 것을 알았다. 그러므로 그 시의 핵심이 한 번 크게 변했다. 그는 재주가 뛰어난 데다 격조까지 갖추어 비록 왕도 (王道)와 패도(覇道)를 병용하고 말았지만 음률이 절로 어우러져 그 광 채가 빛나고 소리가 낭랑하여 독자로 하여금 곱씹으며 여운을 느끼게 한다. 다만 시를 지을 때 손질한 흔적이 때때로 드러나고, 시를 다듬을 때 조악한 부분이 섞여 있다. 비유하자면 순자(荀子)와 양웅(揚雄)이 작 은 흠은 있으나 대체로 순수한 것과 같다.1

---

1 순자(荀子)와……같다 : 한유(韓愈)의 〈순자를 읽다.[讀荀子]〉에 나오는 "맹자는 순수한 중에 서도 순수하고, 순자와 양웅은 대체로 순수하지만 작은 흠이 있다."라는 말을 인용한 것이다. 대체로 유가(儒家)의 범주를 벗어나지 않는다는 말이다.

# 40

## 허절의 절구

문산(文山) 허절(許晢)의 절구는 이렇다.

달이 지니 풀끝은 희고　　　　　　　　　　月落草頭白

바닷바람에 새벽 서리 내리려 하네　　　　　海風晨欲霜

스스로 말하기를 "이 구절은 신령의 도움이 있었다." 했다.

지난 밤 한 방울 비가 내렸으니　　　　　　前宵一雨滴

저물어가는 오월의 끝자락이네　　　　　　　五月暮天餘

이 역시 그렇다.

# 41

# 허절의 기러기 시

문산(文山) 허절(許晢)의 기러기 시는 이렇다

들자니 오랑캐가 끝까지 사냥하여          聞道單于窮射獵

사막에 새끼 기를 곳이 없다 하네          漠中無地養新雛

요규(姚揆)의 시에,

들자니 초나라 사람 주살이 가늘고          聞道楚人矰繳細

평지의 풀밭에도 전부 덫을 숨겼네[1]       平坡淺草盡藏機

라는 구절이 있다. 문산이 반드시 본받지는 않았을 것이니, 우연히
같았을 뿐이다.

---

1  司馬光, 〈歸雁〉, 『傳家集』.

# 42

# 허절의 과체시

문산(文山) 허절(許哲)은 과체시에 있어서 '널리 교화한 주인[廣大敎化主]'에 해당한다. 다만 근체시에 있어서는 소승(小乘)에 해당하니, 의지한 법도가 투철하지 않다.

# 43

# 이만우의 시(1)

담연(淡然) 이만우(李萬祐)의 시는 담박하고 광대하여 마치 신령이 도운 듯하다. 꿈을 기록한 시는 이렇다.

| | |
|---|---|
| 노자 떠난 뒤 푸른 소 남아 | 老君去後靑牛在 |
| 인간 세상 떠돈 지 얼마나 되었나 | 流落人間問幾霜 |
| 우연히 타고서 층층 절벽 오르니 | 偶然騎得層雲壁 |
| 천지가 온통 빈 집이 되었네 | 半空天地爲虛堂 |

거의 불가(佛家)에서 말하는 '공(空)'을 깨닫고 입적(入寂)한 자'에 가깝다. 왕유(王維)의 시에

| | |
|---|---|
| 사람 한가로운데 계수나무 꽃 지고 | 人閒桂花落 |
| 밤은 고요한데 봄 산은 비었구나 | 夜靜春山空 |
| 달이 뜨니 산새가 놀라 | 月出驚山鳥 |
| 때때로 봄 시내에서 우네[1] | 時鳴春澗中 |

했는데, 이만우의 시는 이렇다.

---

1 王維, 〈鳥鳴磵〉, 『唐音』.

| | |
|---|---|
| 뜰은 비고 달은 지려 하는데 | 庭空月欲斜 |
| 고요한 밤 산인의 집이라네 | 夜靜山人家 |
| 외로운 학이 홀연 맑은 소리로 우니 | 寡鶴忽淸唳 |
| 못가에 서리가 짙어지네 | 池邊霜氣加 |

왕유의 어세(語勢)를 얻었으나 기상(氣像)은 다르다. 문산(文山) 허절(許晢)은 담연의 "흰구름 방금 걷힌 가을[白雲新霽秋]"이라는 구절을 몹시 칭찬하며, "당나라에서는 맹호연(孟浩然)만이 이 경지에 도달할 수 있다." 했으니, 맹호연도 쉽게 지을 수 없는 것이다. 나는 그 말을 바꾸어 이렇게 말한다.

"맹호연이 '엷은 구름에 은하수 희미하네[微雲淡河漢]'라는 시구를 지었는데, 우리 평양에서는 오직 담연만이 그에 견줄 수 있다. 단지 재주와 힘이 한참 못 미칠 뿐이다."

담연이 맹호연의 〈건덕강(建德江)〉² 시를 비난하며 지은 시는 이렇다.

| | |
|---|---|
| 강 맑고 달은 사람과 가깝다는 | 江淸月近人 |
| 시어는 교묘하나 이치가 없네 | 詩巧語無理 |
| 물에 비친 하늘도 | 不知水中天 |
| 역시 구만 리인 줄 모르네 | 亦自九萬里 |

---

1 건덕강(建德江) : 맹호연의 〈건덕강에서 묵다[宿建德江]〉를 말한다. 시는 이렇다. "배를 옮겨 안개 낀 물가에 정박하니, 해는 저물고 나그네 시름 새롭네. 들판 넓고 하늘은 나무에 나지막한데, 강은 맑고 달은 사람과 가깝네.[移舟泊烟渚, 日暮客愁新, 野曠天低樹, 江淸月近人.]"

내 생각에는 번안법(飜案法)이 몹시 뛰어나 더욱 교묘하고 더욱 이치가 있으니, 삼매(三昧)를 터득한 자가 결국 누구인지 모르겠다.

## 44

# 이만우의 시(2)

---

『소화시평(小華詩評)』에서 옛날부터 지금까지 글을 통해 도를 깨우친 사람을 차례로 거론했는데, 석주(石洲) 권필(權韠)의 〈호정(湖亭)〉 시로 마치며,

"도를 깨우친 사람의 말과 매우 흡사하다."

했다. 담연(淡然) 이만우(李萬祐)의 시로 말하자면 이렇다.


| 푸른 하늘은 만 리에 절로 푸르르고 | 靑天萬里自靑靑 |
| 공은 공 속에서 사라졌다 나타나네 | 空在空中滅復生 |
| 속세의 사람들은 구름 아래에서 올려다보며 | 下土人生雲下視 |
| 그저 하늘이 흐리고 개인다고 말할 뿐이네 | 只言天且有陰晴 |


글을 통해 도를 깨우친 사람이 어찌 석주 한 사람 뿐이겠는가.

# 45

# 허필의 시풍

문산(文山) 허절(許晢)은 항상 허필(許佖) 언백(彦伯)의 시가 마치 흰 장삼을 입고 쇠지팡이를 든 늙은 법사가 한 걸음씩 구름 속으로 들어가 아득히 세상을 벗어나는 모습을 떠올리게 한다고 칭찬했다. 그의 시 중에,

> 깊은 밤 향 사르는 곳에서            燒香夜深處
>
> 바위에 흐르는 물은 멈추지 않네       石川流不息

등의 시구를 읽어보면, 문산이 참으로 정확하게 말했다는 것을 알 수 있다.

# 46

# 허필의 오언절구

허필(許佖) 언백(彦伯)의 오언절구는 때때로 예스러운 경지에 들었다. 예컨대,

| 강가의 벼베는 아낙 | 江上刈禾女 |
| 머리에 흰 갈건을 썼네 | 頭戴白葛巾 |
| 개 한 쌍 저녁에도 떠나지 않고 | 雙犬暮不去 |
| 밭 속에서 행인 보고 짖네 | 田中吠行人 |

한위(漢魏)의 말에 몹시 가깝다.

| 산에서 새벽에 막 잠을 깨니 | 山曉夢初驚 |
| 찬 하늘이 집에 맑게 들어오네 | 霜天透屋淸 |
| 숲 밖에 희미한 달 지니 | 林外墜殘月 |
| 앞마을에 닭이 우는구나 | 前村鷄卽鳴 |

절로 육조(六朝)의 여운이 있다.

| 안개 자욱한 물가에 | 漠漠烟沈渚 |

아련히 홀로 가는 배            依依獨去舟

먼 하늘에 산은 희미하고       逈空山隱約

옛 나루에 찬 물결 흐르네       古渡氷寒流


  역시 저광희(儲光羲)와 맹호연(孟浩然)의 본색을 잃지 않아 읽는 사람으로 하여금 망연자실하게 한다.

# 47

# 허필의 섣달 그믐 시

예나 지금이나 섣달 그믐날 시는 모두 고적(高適)의

오늘밤 천 리 떨어진 고향을 생각하니           故鄕今夜思千里

내일 아침 흰 머리에 또 한 해 더하겠지[1]       霜鬢明朝又一年

라는 구절을 으뜸으로 친다. 몇 해 전 문산(文山) 허절(許晢)이 선비들과 섣달 그믐날 시를 읊었는데, 한 연에,

은하수 그림자는 서왕모의 바다로 기울려 하고     河影欲傾金母海

북두성 자루는 회전하여 동북쪽 하늘을 가리키네    斗杓回指艮岑天

했고, 허필(許佖) 언백(彦伯)은,

집집마다 즐기며 도소주 잔을 권하고            千家行樂屬蘇盞

여관 같은 하늘에는 만고에 흐르는 달빛        萬古流光逆旅天

했으니, 문산을 물러나게 만드는 것은 물론이고, 고적도 옷깃을 여밀

---

1 高適, 〈除夜〉, 『唐音』.

것이다. 담연(淡然) 이만우(李萬祐)의 절구는 이렇다.

| | |
|---|---|
| 그윽하고 한가로워 난초와 맞고 | 幽閒蘭有契 |
| 맑고 시원하여 달과 같네 | 淸爽月相得 |
| 막힘없이 탁 트여 | 廓然無所礙 |
| 푸른 가을 하늘만 보이네 | 惟見秋空碧 |

언백의 시는 이렇다.

| | |
|---|---|
| 깊은 밤 향을 사른 뒤 | 燒香夜深後 |
| 일어나 문 두드리는 손님 맞네 | 起應叩門客 |
| 손님 떠나자 도로 문을 닫으니 | 客去還掩門 |
| 쓸쓸한 달빛이 온 집을 비추네 | 蕭然月一屋 |

선(禪)의 경지에 들었으니, 읽으면 신세(身世)와 색상(色相)이 모두 사라지고 저 사바세계가 가까이 있는 듯하다. 화은(和隱) 이시항(李時恒)은 각 체를 모두 갖추었으나 극도의 경지까지 깊이 나아가지는 못했으니, 이른바 "전체를 갖추었으나 미약하다."라는 말과 같다. 문산 허절은 시에 있어서 홀로 현묘한 뜻을 터득했으니, "백이처럼 청렴하다."는 말과 같다.

# 48

# 시능궁인(詩能窮人)

---

시는 참으로 작은 기예이지만 사람을 궁하게 하는 것은 크다. 예컨대 맹호연(孟浩然)의

　　재주 없어 밝은 임금에게 버림받았네[1]　　　　　　　　不才明主棄

매성유(梅聖兪)의

　　메기가 낚싯대를 오르네[2]　　　　　　　　　　　　　鮎魚上竹竿

라는 시구는 고금의 곤궁한 선비의 효시(嚆矢)라 하겠다. 예전에 이촌 (梨村) 김여욱(金汝旭)의 시를 읽었는데,

　　도를 굽히니 때를 만나기 어렵고　　　　　　　　　　道屈時難遇
　　재주가 없어 세상이 용납하지 않네　　　　　　　　　才疏世莫容

했으니, 방덕공(龐德公)이 일부러 세상에서 버려진 자취이다. 서천(西泉)

---

1　孟浩然, 〈歸終南山〉, 『唐音』.
2　王世貞, 〈藝苑卮言〉, 『弇州四部稿』.

김호익(金虎翼)은

> 백년 인생에 세 가지 즐거움 적고　　　　　　百年三樂少
> 천리 땅에서 한 자리 벼슬 낮구나　　　　　千里一官卑

했으니, 사조(謝朓)의 불우한 모습이다. 기산(箕山) 허관(許灌)은

> 글자를 알아 나라를 걱정하고　　　　　　　識字方憂國
> 벼슬아치 되니 집안을 망치네　　　　　　　爲官轉破家

했으니, 소식(蘇軾)의 우환과 같다. 팔계(八溪) 변지수(卞之隨)는

> 나라 다스리는 방술은 있으나　　　　　　　經邦信有術
> 타고난 운명은 하늘에 달려 있네　　　　　賦命乃懸天

했으니, 왕발(王勃)의 운수와 같다. 서정(西亭) 전벽(田闢)은

> 일 년 동안 자리에 깔개가 없고　　　　　　一年居不席
> 석 달 동안 반찬에 고기가 없네　　　　　　三月食無魚

했으니 수척한 가도(賈島)를 지금 다시 보는 듯하다. 동곽(東郭) 허필(許
佖)은

몸을 감쌀 한 자 비단은 없고 　　　　　　　　　裹身無尺帛

뜻을 말하는 높은 노래만 있네 　　　　　　　　言志有高歌


소식의 가난도 이보다 더할 수는 없다. 송오(松塢) 이인상(李仁祥)의
시는 이렇다.


옷도 없고 밥도 없고 아이도 없으니 　　　　　　無衣無食又無兒

누가 나를 세 가지 없는 사람 만들었나 　　　使我三無主者誰

만약 아이 얻어 한 가지라도 있다면 　　　　若抱添丁爲一有

두 가지 없어도 추위와 굶주림 무엇이 한스러우랴 　二無何恨受寒飢


천고의 여러 궁(窮)자를 독차지했으니, 글자 하나에 눈물을 한 번 흘
릴 만하다.

# 49

# 절구시 짓는 법

절구(絕句)를 지을 적에 중간의 두 구는 어렵지 않고, 오직 기구(起句)와 결구(結句)가 어렵다. 기구의 격조는 너무 높고 결구의 격조는 너무 낮은 경우가 있으니, 사간 정지상(鄭知常)의

뜰 앞에 낙엽 하나 떨어지네[1]　　　　　　　　　　　　　　　庭前一葉落

서정(西亭) 전벽(田闢)의

해가 뜨니 구름은 다 돌아가네　　　　　　　　　　　　　　　日出雲歸盡

따위는 거의 사족(蛇足)이라 하겠다. 마찬가지로 결구가 좋더라도 기구가 도리어 서투른 것이 있으니, 송정(松亭) 김반(金泮)의

누가 가벼운 비단에 그림을 그렸나[2]　　　　　　　　　　　　誰畵輕綃幅

용산(龍山) 한극창(韓克昌)의

---

1　鄭知常, 〈送人〉, 『東文選』 卷9.
2　『新增東國輿地勝覽』 卷52 平安道 江西縣.

는 멀리 가지 못하고 돌아오는 형상이라 하겠다. 대체로 세상에 완전한
것은 적고 흠이 있는 것은 많으니, 어찌 시만 그렇겠는가.

# 50

# 평안도의 과체시

우리 평안도의 과체시(科體詩)는 옛날에는 알려진 것이 없지만, 만력(萬曆) 연간 이후로는 좋은 작품이 매우 많다. 예컨대 이인상(李仁祥)의 〈반선희(半仙戲)〉, 김명한(金溟翰)의 〈망부석(望夫石)〉, 변환(卞瓛)의 〈시도환(視刀環)〉, 지달해(池達海)의 〈무면도강(無面渡江)〉, 박위(朴蒍)의 〈방마화산양(放馬華山陽)〉, 김여욱(金汝旭)의 〈화산우모녀(華山遇毛女)〉, 오준망(吳峻望)의 〈기마오강마수체(棄馬吳江馬垂涕)〉, 허절(許晢)의 〈장신몽소양축소(臟神夢訴羊蹴蔬)〉 등은 전편이 아름다워 참으로 합격할 만하다. 다만 시의 법도로 따져보면 이른바 "공자의 제자들은 환공(桓公)과 문공(文公)의 일을 말하지 않았다."와 같다.

# 51

# 평안도의 부

부(賦)는 황징(黃澄)의 〈대부송(大夫松)〉, 한우신(韓禹臣)의 〈벽사롱(碧紗籠)〉, 황윤후(黃胤後)의 〈회몽초(懷夢草)〉, 허관(許灌)의 〈당파옥두(撞破玉斗)〉, 김의엽(金義燁)의 〈삼세불우(三世不遇)〉, 변지익(卞之益)의 〈낙자심지동(樂者心之動)〉, 양만영(楊萬榮)의 〈매화원굴평(梅花怨屈平)〉, 이공(李龔)의 〈혜주부재천(惠州不在天)〉 등이 근세에 쉽게 얻을 수 없는 것이다.【이인채(李仁采)의 〈조천석(朝天石)〉은 영조(英祖) 병인년(1746) 은과(恩科)에서 성상이 두 구에 비점(批點)을 찍고 장원으로 뽑았다.】

문장을 논할 적에는 기골이 중요하고, 화려함은 그 다음이다. 대관재(大觀齋) 심의(沈義)의 〈기몽(記夢)〉에서 최치원(崔致遠)을 천자(天子)로 삼고 정지상(鄭知常)을 태학사(太學士)로 삼았으니 적절하다 하겠다. 그러나 을지문덕(乙支文德)을 재상의 지위에 둔 것은 굴욕이 아니겠는가. 비유하자면 유송(劉宋)의 문제(文帝)가 원가(元嘉) 30년의 치세를 이룩했으나 끝내 불리(佛狸 북위(北魏) 태무제(太武帝))에게 패배한 것과 같다. 두 사람이 나란히 행세했다면 성에 올라가 탄식한 이가 어찌 송나라 군주뿐이었겠는가.[1]

---

1 성에······뿐이었겠는가 : 북위(北魏)가 남송(南宋)을 공격하자 문제(文帝)가 성에 올라가 군세를 살펴보고 "단도제(檀道濟)가 있었다면 이렇게 되지 않았을텐데."라고 탄식했다. 단도제는 남송의 명장인데 참소를 받고 죽었다. 여기서는 정지상과 을지문덕이 나란히 존재하지 않았기에 아쉽다는 뜻이다.

# 52

# 을지문덕과 정지상

을지문덕이 고구려에서 나온 것은 하도(河圖)를 지고 나타난 용마(龍馬)
와 같고, 정지상이 고려시대에 명성을 떨친 것은 조양(朝陽)의 봉황과
같다. 그 뒤의 사람들은 풍년의 옥에 비기면 부족하고, 흉년의 곡식에
비기면 넉넉할 것이다.[1]

---

1 풍년의……것이다 : 풍년의 옥은 진(晉)나라 유량(庾亮), 흉년의 곡식은 유익(庾翼)을 비유한
 다. 치세를 장식할 인물과 난세를 구제할 인물을 말한다. 여기서는 영성한 시단을 장식할 인물
 을 흉년의 곡식에 비유한 듯하다.

# 53

# 시는 용병과 같다

시를 짓는 것은 군사를 부리는 것과 같다. 기병이 있고 보병이 있으며, 깃발과 북이 있고 칼과 창이 있다. 앉고 일어서고 때리고 찌르는 절차가 있고, 나아가고 물러나고 흩어지고 모이는 형세가 있다. 총괄하여 다음과 같이 말한다.

군마를 믿고 한달음에 백 리를 달리는 자는 송당(松堂) 조준(趙浚)이다.

상황이 좋으면 나아가고 아니면 물러나는 자는 잠와(潛窩) 어변갑(魚變甲)이다.

부대가 질서정연하여 천자도 뛰어 들어올 수 없는 자는 삼탄(三灘) 이승소(李承召)이다.

눈 내리는 밤에 칠십 리를 달려 곧장 채주성(蔡州城)으로 달려가는 자[1]는 함종(咸從) 어세겸(魚世謙)이다.

장수의 자리에 올라 계획을 세워 항상 시의에 맞는 자는 모재(慕齋) 김안국(金安國)이다.

지혜가 힘에 미치지 못해 지키기만 하고 싸우지 않는 자는 사재(思齋) 김정국(金正國)이다.

---

1 눈……자 : 당(唐)나라 오원제(吳元濟)가 반란을 일으키자 장군 이소(李愬)가 눈 내리는 날 채주성으로 급히 진격하여 오원제를 사로잡았다.

깃발과 부절의 정채가 새로운 자는 용산(龍山) 한극창(韓克昌)이다.

정예 군사와 건장한 말로 적을 만나면 잘 싸우는 자는 형산(荊山) 변환(卞瓛)이다.

팽성(彭城)에서 적은 군사로 한 고조(漢高祖)를 누차 곤란하게 만드는 자[2]는 호서(湖西) 김명한(金溟翰)이다.

장수와 사졸을 번갈아 경계하여 군율이 분명한 자는 서정(西亭) 전벽(田闢)이다.

하루에 30리만 가서 멈추고 육박전을 하지 않는 자는 선암(扇巖) 박위(朴蔿)이다.

징을 치고 북을 울리며 모습을 바꾸어 출몰하는 자는 갈파(葛坡) 이진(李進)이다.

긴 창과 큰 칼로 씩씩하게 곧장 나아가는 자는 기산(箕山) 허관(許灌)이다.

도랑을 깊이 파고 보루를 높게 쌓아 화살 하나도 낭비하지 않는 자는 이촌(梨村) 김여욱(金汝旭)이다.

상장군(上將軍)의 명령을 받아 한 구역을 막는 자는 서천(西泉) 김호익(金虎翼)이다.

육정육갑(六丁六甲)을 부리며 병법을 따르지 않는 자는 만취(晩翠) 변지익(卞之益)이다.

그저 책만 많이 읽고 기이한 계책을 내지 못하는 자는 청하(靑霞) 정두평(鄭斗平)이다.

---

2 팽성(彭城)에서……자 : 한 고조가 팽성을 차지하고 있다가 항우(項羽)의 장수 정공(丁公)의 공격을 받고 위태로운 상황에 몰렸던 고사를 인용한 것이다.

기이한 재주를 지닌 검객으로 능숙하게 싸우는 자는 현허(玄虛) 양만영(楊萬榮)이다.

지혜와 힘을 부려 한번 기습하고 한번 정공을 펼치는 자는 문산(文山) 허절(許晢)이다.

군사는 비록 적지만 신묘한 힘으로 지휘하는 자는 담연(淡然) 이만우(李萬祐)이다.

정예병 수천 명으로 적에게 피해를 입지 않는 자는 화은(和隱) 이시항(李時恒)이다.

누각에 올라 거문고를 연주하여 적을 물러가게 하는 자는 동곽(東郭) 허필(許佖)이다.

# 54

# 평안도 시인들의 비유

엄주(弇州) 왕세정(王世貞)이 『예원치언(藝苑卮言)』을 지었는데, 먼저 오도손(敖陶孫)의 『역대시평(歷代詩評)』을 수록하고, 여러 현인에 대한 자신의 평을 덧붙였다. 어떤 것은 크고 어떤 것은 작으며, 어떤 것은 깊고 어떤 것은 얕아 모두 눈으로 보는 듯하다. 나는 우리 평안도의 이름난 시인들에 대해서도 본떠 짓고자 했으니, 이 또한 제 힘을 헤아리지 못한 것이다.

을지문덕(乙支文德) 공은 천마(天馬)가 해를 뒤쫓고 신룡(神龍)이 구름을 밟는 것과 같다.

사간 정지상(鄭知常)은 명황(明皇)이 월궁(月宮)에 들어가 인간 세상에서 들을 수 없는 예상우의곡(霓裳羽衣曲)을 듣는 것과 같다.[1]

송당(松堂) 조준(趙浚)은 무목공(武穆公) 악비(岳飛)가 배외군(背嵬軍)[2] 8백 명을 거느리고 곧장 오랑캐의 진영으로 돌격하면서도 기운이 남는 것과 같다.

송정(松亭) 김반(金泮)은 샘이 흘러 바위에 부딪치니 한가롭고 깨끗하여 사랑스러운 것과 같다.

---

1 명황(明皇)이……같다 : 명황은 당 현종(唐玄宗)이다. 그가 꿈에 월궁에 가서 예상우의곡을 구경한 적이 있다.

2 배외군(背嵬軍) : 악비가 만든 정예부대이다.

잠와(潛窩) 어변갑(魚變甲)은 눈 녹은 물로 차를 끓여 맑은 흥취가 있는 것과 같다.

삼탄(三灘) 이승소(李承召)는 귀한 집 딸이 비록 성대하게 화장하지 않아도 저절로 아름다운 듯하다. 또 태위(太尉) 도간(陶侃)이 톱밥과 대나무 조각까지도 치밀하게 다루는 것과 같다.[3]

문정공(文貞公) 어세겸(魚世謙)은 장안(長安)의 저자 사람이 비록 성대한 음악을 연주하더라도 미간에 속세의 기미가 있는 듯하다. 또 설만철(薛萬徹)이 군사를 거느리면 크게 이기거나 크게 패하는 것과 같다.[4]

모재(慕齋) 김안국(金安國)은 마치 승려를 본받아 억지로 괴로운 말을 하지만 상황에 맞출 줄 모르는 듯하고, 또 한산(寒山)의 한 조각 비석[5]이 적막한 광경을 위로하여 홀로 있을 만하지만 홀로 있을 수 없는 것과 같다.

사재(思齋) 김정국(金正國)은 처음 활쏘기를 배우는 사람이 비록 화살은 많이 쏘지만 과녁을 적게 맞추는 것과 같다.

용산(龍山) 한극창(韓克昌)은 하늘을 향해 우는 외로운 학이 원래 속세를 벗어난 물건인 것과 같다.

국헌(菊軒) 황징(黃澄)은 마을의 모임에 생선 한 가지와 채소 한 가지뿐, 끝내 진귀한 음식이 없는 것과 같다.

---

3 태위(太尉)……같다 : 도간은 동진(東晉) 사람으로 배를 만들 때 버리는 톱밥과 대나무 조각까지 잘 보관해 두었다가 요긴하게 사용했다.

4 설만철(薛萬徹)이……같다 : 설만철은 당(唐)나라 장군이다. 당 태종(唐太宗)이 그를 두고 크게 이기거나 크게 패하는 장군이라고 평한 적이 있다.

5 한산(寒山)의 한 조각 비석 : 북조(北朝)의 온자승(溫子昇)이 지은 〈한릉산사비(韓陵山寺碑)〉를 말한다. 〈한산사비(寒山寺碑)〉라고도 하는데 세상에 드문 문장을 말한다.

호서(湖西) 김명한(金溟翰)은 이원(梨園)의 늙은 기생이 사람들에게 노래와 춤을 가르치지만 원래 태상시(太常寺)의 음악이 아닌 것과 같다.

우암(愚巖) 강의봉(康儀鳳)은 외로운 승려가 설법을 하다가 한두 마디 적절한 해설을 얻고서 높은 자리에 끼려고 하는 것과 같다.

송정(松亭) 지달해(池達海)는 기암절벽에 단풍나무와 대나무가 쓸쓸하여 그저 한번 보고 말 뿐인 것과 같다.

동봉(東峰) 최덕중(崔德重)은 비단옷을 입고 그림자를 돌아보며 제법 자랑하고 아까워하는 것과 같다.

형산(荊山) 변환(卞瓛)은 눈보라 치는 다리에서 겨울 매화 한 그루가 사람을 향해 말하려는 것과 같다.

선암(扇巖) 박위(朴蔿)는 작은 마을의 울타리에 드문드문 핀 꽃이 아름다우나 낙양(洛陽)에 가득 핀 모란과 같은 모습은 부족한 것과 같다.

서정(西亭) 전벽(田闢)은 종묘의 음악을 한 번 연주하면 세 번 감탄하는 듯하고, 또 한 구역 아름다운 산수에 자줏빛 푸른 빛 안개가 끼어 구경하느라 겨를이 없는 것과 같다.

월저(月渚) 황윤후(黃胤後)는 신부가 처음 시부모를 만나며 교태가 얼굴에 가득한 것과 같다.

갈파(葛坡) 이진(李進)은 육화진(六花陣)[6]을 짜면 기병(奇兵)이 있고 정병(正兵)이 있으나 결국 대열을 잃지 않는 듯하고, 또 등왕각(滕王閣)의 강물과 하늘, 노을과 물새가 모두 절경인 것과 같다.[7]

퇴옹(退翁) 윤영(尹瑛)은 꿈속에서 밥을 먹었는데 역시 배부른 것과 같다.

---

6 육화진(六花陣) : 당(唐)나라 장수 이정(李靖)이 제갈량(諸葛亮)의 팔진법(八陣法)을 본떠 만든 진법이다.

팔계(八溪) 변지수(卞之隨)는 가을이 깊어지면 물이 빠져 바닥이 보이는 것과 같다.

만취(晩翠) 변지익(卞之益)은 균천광악(鈞天廣樂)[8]의 생황 한 곡조를 들으면 피로를 잊는 듯하고, 또 곤산(崑山)의 알록달록한 옥이 때때로 정채를 드러내지만 종묘의 그릇으로 쓸 수는 없는 것과 같다.

서천(西泉) 김호익(金虎翼)은 자갈밭의 초가집에서 좋은 흥취를 조금 찾을 수는 있지만 부귀한 사람의 비웃음을 면치 못하는 것과 같다.

송오(松塢) 안헌민(安獻民)은 어가를 따르는 은자가 그저 종남산(終南山)에 아름다운 흥취가 있는 줄 아는 것과 같다.

조악진(曺樂眞)은 가까운 산의 화초가 종종 거칠고 속되어 우아한 흥취를 감당하지 못하는 것과 같다.

기산(箕山) 허관(許灌)은 천 길의 폭포가 잠시도 멈추지 않고 제멋대로 쏟아지는 것과 같다. 또 도위(都尉) 이릉(李陵)의 5천 병사가 모두 초(楚)·형(荊) 땅의 용사로 기이한 재주를 지닌 검객이지만 때때로 방탕한 본색을 드러내는 것과 같다.

이촌(梨村) 김여욱(金汝旭)은 수원(隋苑)[9]의 색색 꽃이 아리따워 사랑스러운 것 같고, 또 새로 지은 작은 집이 아름답지만 무릎만큼도 못 오는 것과 같다.

김구룡(金九龍)은 강남의 어시장에 들어가면 썩어 냄새나는 것과 신

---

7 등왕각(滕王閣)의……같다 : 당(唐)나라 왕발(王勃)이 지은 〈등왕각서(滕王閣序)〉의 "저녁 노을은 외로운 물새와 나란히 날고, 가을 강물은 넓은 하늘과 한 가지 빛깔이네.〔落霞與孤鶩齊飛, 秋水共長天一色.〕"라는 명구를 인용한 것이다.

8 균천광악(鈞天廣樂) : 천상의 음악이다.

9 수원(隋苑) : 수양제(隋煬帝)가 만든 화려한 정원이다.

기한 것이 왕왕 섞여있는 것과 같다.

청하(靑霞) 정두평(鄭斗平)은 새로 차린 약국에 약재가 부족한 것은 아니나 증세에 알맞은 것이 몹시 드문 것과 같다.

현허(玄虛) 양만영(楊萬榮)은 기방의 여인이 문에 기대어 웃는 것과 같고, 또 꾀꼬리가 간드러지게 우는데 하루종일 버드나무 그늘에 맑은 소리가 울려퍼지는 것과 같다.

삼천(三遷) 홍익중(洪益重)은 홀로 배에서 낚시하면서 눈보라를 견디지 못하는 것과 같다.

문산(文山) 허절(許晢)은 마한(馬韓)의 긴꼬리닭[10]처럼 사람의 눈에 띄지만 〈우공(禹貢)〉에 있는 물건이 아닌 것과 같다. 또 푸른 산이 어두워지려 하는데 해질녘이 아름다운 것과 같다.

담연(淡然)은 이만우(李萬祐)는 흰 구름이 저절로 일어나 온 골짜기를 뒤덮어 희뿌연 세상을 만드는 것과 같다.

화은(和隱) 이시항(李時恒)은 나부산(羅浮山) 아래의 미인과 한바탕 즐기지만 끝내 실제가 아닌 것과 같다.

수은(睡隱) 임익빈(林益彬)은 오릉(五陵)의 소년이 날쌔게 말을 타지만 거칠고 호탕한 것과 같다.

허필(許佖) 언백(彦伯)은 백로가 홀로 서서 마음이 절로 한가로운 것과 같고, 백아(伯牙)가 거문고를 연주하면 시원한 산수가 생각나는 것과 같다.

허휘(許徽) 자미(子美)는 뜬구름이나 날리는 버들개지가 모습과 냄새

---

10 마한(馬韓)의 긴꼬리닭 : 『후한서(後漢書)』에 따르면, 마한에 긴꼬리닭이 있는데 꼬리의 길이가 다섯 자라고 한다.

는 있으나 뿌리가 없는 것과 같다.

강간(康侃) 간여(侃如)는 달마(達摩)가 면벽하여 본성을 깨닫고 끝내 공적(空寂)으로 돌아가는 것과 같다.

계덕해(桂德海) 원섭(元涉)은 하(河)·삭(朔) 지방의 청년이 수염을 휘날리며 걸터앉아 사람의 기운을 위축되게 만드는 것과 같다.

김득필(金得弼) 현좌(賢佐)는 노련한 아전이 글을 쓰듯 손놀림이 쉽고 빠른 것과 같다.

황염조(黃念祖) 여수(汝修)는 창주(滄洲)에 하늘까지 솟구치는 파도가 일어나는 왕유(王維)의 그림이 사람의 마음을 움직이기 충분한 것과 같다.

# 서경시화

❀

보록

# 1

## 평양의 어제시

고려의 국왕들은 모두 평양 행차를 좋아했으니, 태조의 훈계를 실추할까 두려워서였다. 고려 국왕의 어제(御製)에,

북두칠성 서넛 반짝이네[1]　　　　　　　　　　北斗七星三四點

라는 구절이 있는데, 세상 사람들은 이 구절을 모란봉에서 지었다고 전하나, 어떤 임금이 지은 것인지는 알 수 없다. 【어떤 유생이 나와서 대우를 지었는데 "남산의 만년은 열 번의 천추라네.〔南山萬壽十千秋〕" 했다.】 중엽에 이르러서는 예종(睿宗) 한 명 뿐이다. 그가 구제궁(九梯宮)에 쓴 시는 이렇다.

| | |
|---|---|
| 동명왕의 궁궐로 가는 길 험하여 | 路險東明闕 |
| 수레 멈추고 소 멍에 풀어놓네 | 停車解駕牛 |
| 황량한 성은 가파른 벼랑 가로지르고 | 荒城橫絶巘 |
| 높은 누각은 차가운 강물을 베고 있네 | 飛閣枕寒流 |
| 화려한 궁전은 항상 문이 열려 있고 | 藻殿常開戶 |
| 주렴은 내리지도 않았네 | 珠簾不下鉤 |

---

1 『新增東國輿地勝覽』卷51. 平安道 平壤府.

| 좋은 구경 참으로 아까우니 | 勝遊眞可惜 |
| 가을에 다시 한 번 찾아오리라2 | 後約更高秋 |

무척 당시(唐詩)의 느낌이 있다. 충숙왕(忠肅王)이 안주(安州) 백상루(百祥樓)에 쓴 시는 이렇다.

| 청천강 가의 백상루 | 淸川江上百祥樓 |
| 삼라만상 쉽게 거둘 수 없네 | 萬景森羅不易收 |
| 멀리 긴 둑의 풀은 한 면이 온통 푸르고 | 草遠長堤靑一面 |
| 하늘 아래 이어진 산봉우리는 천 개나 푸르네 | 天低列岫碧千頭 |
| 비단 병풍 그림자 속에 날아가는 물새 한 마리 | 錦屛影裏飛孤鶩 |
| 옥거울 빛 속에 점을 찍은 작은 배 한 척 | 玉鏡光中點小舟 |
| 인간세상에 선경이 있는 줄 믿지 않았는데 | 未信人間仙境在 |
| 오늘 밀성(안주)에서 영주를 보는구나3 | 密城今日見瀛洲 |

지봉(芝峯) 이수광(李睟光)이 여기서 한 연을 뽑아 아름다운 시구라고 했다. 그렇지만 우해(于海) 홍만종(洪萬宗)의 "찬란하지만 연약하다."라는 말이 더욱 알맞다. 우리 태조 대왕이 평양 영전(影殿)에 쓴 시는 이렇다.

| 박복한 팔자로 어찌 이곳에 있느냐 | 薄相胡爲在此中 |

---

2 『新增東國輿地勝覽』卷51. 平安道 平壤府.

3 『新增東國輿地勝覽』卷52. 平安道 安州牧.

| 이 이치를 깊이 생각하면 옛사람의 풍모라네 | 深思此理古人風 |
| 비록 조선의 시조라고 불리지만 | 朝鮮始祖雖稱號 |
| 덕이 옛 현인에 부족하여 부끄럽기 그지없네4 | 德乏前賢愧不窮 |

근래에 숙종이 차운했다.

| 궁궐 안에 곤룡포 찬란한데 | 龍袞煌煌玉殿中 |
| 온 세상 사람들이 어진 풍도 우러르네 | 八方咸仰至仁風 |
| 신령하고 오래 갈 국운은 금자5에서 확인했으니 | 靈長運祚徵金尺 |
| 천년만년 영원히 끝나지 않으리라 | 萬歲千年永不窮 |

성조(聖祖 태조)는 겸손을 지키고 명릉(明陵 숙종)은 추모하여 짓고 또 계승했으니 임금의 학문이 독실함을 알 수 있다. 광묘(光廟 세조)가 부벽루(浮碧樓)에 올라 지은 시는 이렇다.

| 넘실거리는 강물에 어찌 끝이 있으랴 | 湯湯江水何窮盡 |
| 끝없이 아득하여 하늘도 땅 구분 없네 | 渺漠冥冥無天地 |
| 당당한 큰 업적은 어디서 시작되었나 | 堂堂洪業云何肇 |
| 근원이 있는 것은 모두 이와 같다네 | 有其源者皆如是 |
| 천명을 받아 화란을 평정하니 | 叨握瑤圖平禍亂 |
| 내 힘이 아니라 뭇 사람의 지혜 덕택이지 | 豈余全賴用衆智 |

---

4 太祖, 〈題西京影殿御容〉, 『列聖御製』 卷1.
5 금자 : 조선 태조가 꿈에서 신인(神人)이 주는 금자(金尺)를 받았다는 전설을 인용한 것이다.

| | |
|---|---|
| 여러 산을 바라보니 하나의 세계 이루었고 | 騁目千山成一界 |
| 고금의 영웅들은 두 가지가 아니라네 | 古今英豪無二致 |
| 군사 훈련하고 지방 살펴 민폐를 없애니 | 治戎省方求民瘼 |
| 어찌 기자의 팔조목만 아름다우랴6 | 八敎焉能獨專美 |

읽어보면 어느 왕보다 월등히 훌륭하여 천고에 뛰어난 기상이 있다. 임진왜란 때 선조(宣祖)가 의주(義州)에 행차하여 지은 율시는 이렇다.

| | |
|---|---|
| 나랏일 다급한 날 | 國事蒼黃日 |
| 누가 이광필과 곽자의7처럼 충성하랴 | 誰能李郭忠 |
| 중대한 계책 있어 한양을 떠났으니 | 去邠存大計 |
| 회복은 그대들 의지하리라 | 恢復仗諸公 |
| 변방의 달에 통곡하고 | 慟哭關山月 |
| 압록강 바람에 상심하네 | 傷心鴨綠風 |
| 조정의 신하들아 오늘 이후로도 | 朝臣今日後 |
| 다시 동인이니 서인이니 할 것인가8 | 寧復更西東 |

백년 뒤에 들어도 오히려 눈물을 훔치게 하거늘, 하물며 그때 따라 간 사람들은 어떻겠는가.

---

6 世祖, 〈與中宮世子幸浮碧樓有作〉, 『列聖御製』卷3.

7 이광필(李光弼)과 곽자의(郭子儀) : 안사(安史)의 난을 평정하고 당나라를 중흥한 공신이다.

8 『再造藩邦志』卷1.

# 2

# 김황원과 이지저의 우열

학사(學士) 김황원(金黃元)이 부벽루(浮碧樓)에 올라 고금의 제영시를 보
다가 자기 뜻에 차지 않아 그 현판을 불태우고는 하루종일 난간에 기대
어 괴롭게 읊조리다가 단지

| 장성의 한 면에 넘실거리는 물 | 長城一面溶溶水 |
| 큰 벌판 동쪽에는 점점이 산 | 大野東頭點點山 |

이라는 구절을 얻고, 생각이 고갈되어 통곡하고 떠났다. 사가(四佳) 서
거정(徐居正)이 말했다.

"이 구절은 늙은 선비의 일상적인 말이니, 어찌 이처럼 통곡하며 괴
로워했는가."

이때 세조가 평양에 행차했는데, 관찰사 조효문(曺孝門)이 사가에게
악곡의 가사를 구했다. 사가는 자기 재주가 부족하다고 여겨 단지 평장
(平章) 이지저(李之氐)의

| 대동강 물은 유리처럼 푸르고 | 大同江水琉璃碧 |
| 장락궁의 꽃은 비단처럼 붉네 | 長樂宮花錦繡紅 |
| 어가가 오는 것이 좋아서가 아니라 | 玉輦一遊非好事 |

태평세월을 백성과 함께 하기 위해서라네[1]　　　　太平風月與民同

라는 절구 한 수를 보여주었을 뿐이다. 내 생각에 이지저는 김황원에 한참 미치지 못하는데 서거정은 오히려 높였다. 김창성(金昌城)이 부벽루 시를 구했다면[2] 김황원의 이 구절은 사가가 명령을 수행할 바탕이 되었을 것이다. 그렇지 않으면 시구를 찾다가 통곡할 겨를도 없었을 것이다.

---

1　李之氐, 〈西都口號〉, 『東文選』 卷19.
2　김창성(金昌城)이……구했다면 : 이 부분은 뜻이 통하지 않는다. 오탈자가 있는 듯하다.

# 3

# 이색의 부벽루 시(1)

목은(牧隱) 이색(李穡)의 부벽루(浮碧樓) 시는 이렇다.

| | |
|---|---|
| 어제 영명사를 지나다 | 昨過永明寺 |
| 잠시 부벽루에 올랐네 | 暫登浮碧樓 |
| 성은 비었는데 달은 한 조각 | 城空月一片 |
| 돌은 오래되고 구름은 천추로다 | 石老雲千秋 |
| 기린마는 떠나서 돌아오지 않는데 | 麟馬去不返 |
| 천손은 어느 곳에서 노니는가 | 天孫何處遊 |
| 난간에 기대어 길게 휘파람 부니 | 長嘯倚風磴 |
| 산은 푸르고 강은 절로 흐르네[1] | 山靑江自流 |

경태(景泰, 1450~1457) 연간 초기에 중국 사신 시강(侍講) 예겸(倪謙)이 부벽루에 올랐다가 이 시를 보고 한탄했다.

"이 사람과 같은 시대에 태어나지 못했구나."

예전에 해악(海岳) 허국(許國)이 여러 사람에게 이 시를 얻어 읽더니 오랫동안 읊조리다가 말했다.

"너희 나라에 어찌 이런 시가 있단 말인가?"

---

1  李穡, 〈浮碧樓〉, 『牧隱詩藁』卷2.

태사 주지번(朱之蕃)은 말했다.

"매일 이런 시를 얻을 수 있다면 우리들은 시를 지을 필요가 없다."

내 생각에 목은은 만년의 절개가 기구하여 문장이 제값을 받지 못한다는 탄식이 있다. 지금 저승에서 살아 돌아온다면 함부로 행동한 것을 부끄러워하리라.

# 4

# 이색의 부벽루 시(2)

『지봉유설(芝峯類說)』에 "부벽루(浮碧樓), 연광정(練光亭), 백상루(百祥樓), 통군정(統軍亭)은 모두 평안도의 명승이다." 하고, 단지

이색(李穡)

성은 비었는데 달은 한 조각　　　　　　　　　　　　城空月一片

김황원(金黃元)

장성의 한 면에는 넘실거리는 강물　　　　　　　　長城一面溶溶水

충숙왕(忠肅王)

풀은 멀리 긴 둑의 한 면에 푸르네　　　　　　　　草遠長堤靑一面

유성룡(柳成龍)

해는 청주와 제주의 경계로 지네　　　　　　　　　日落靑齊界

등의 구절을 가장 아름다운 제영이라 했다. 그러나 내가 보기에 충숙왕은 유치하여 말할 것도 없고, 유성룡 역시 할 말이 없지 않다. 김황원은 이미 옛사람이 늙은 선비의 일상적인 말이라는 혹평을 받았다. 오직 이색만이 당나라 사람의 오묘한 경지이다.

# 5

## 정지상의 남포 시

사간 정지상(鄭知常)의 남포(南浦) 시는 천고의 절창이다. 후대의 작자들이 비슷하게조차 짓지 못했는데, 일단 그 격률이 당시(唐詩)와 같은 것을 뽑는다.


### 절재(節齋) 김종서(金宗瑞)

| 강에서 님을 보내니 이별의 한이 많은데 | 送客江頭別恨多 |
| 음악소리 처절하여 노래 부르지 못하네 | 管絃凄斷不成歌 |
| 하늘이여 바람을 시켜 가는 깃발을 막게 하여 | 天教風伯阻旌旆 |
| 저녁 내내 대동강에 물결 일게 하소서[1] | 一夕大同生晚波 |


### 광성(廣城) 이극감(李克堪)

| 강가에 눈이 녹아 강물이 불었는데 | 江上雪消江水多 |
| 밤새도록 죽지가 노랫소리 들리네 | 夜來聞唱竹枝歌 |
| 그대와 헤어지면 그리움 끝이 있으랴 | 與君一別思何盡 |
| 천 리의 춘심을 푸른 물결에 보내네[2] | 千里春心送碧波 |


---

1 『新增東國輿地勝覽』卷51. 平安道 平壤府.
2 『新增東國輿地勝覽』卷51. 平安道 平壤府.

## 고죽(孤竹) 최경창(崔慶昌)

| | |
|---|---|
| 아득한 강 언덕에 버들개지 무성한데 | 水岸悠悠楊柳多 |
| 멀리 작은 배에서 채련가를 부르네 | 小船遙唱采蓮歌 |
| 붉은 꽃 전부 지고 가을바람 불어오니 | 紅衣落盡秋風起 |
| 해 저무는 모래톱에 흰 물결 일어난다[3] | 日暮芳洲生白波 |

## 서익(徐益)

| | |
|---|---|
| 남호의 아가씨는 연밥을 많이 캐어 | 南湖士女採蓮多 |
| 새벽부터 화장하고 서로 노래 부르네 | 曉日明粧相應歌 |
| 치마에 가득 차지 않으면 배를 돌리지 않아 | 不到盈裳不回楫 |
| 때때로 먼 물가에서 풍파에 가로막히네[4] | 有時遙渚阻風波 |

## 이달(李達)

| | |
|---|---|
| 연잎은 들쭉날쭉하고 연밥은 많은데 | 蓮葉參差蓮子多 |
| 연꽃 사이에는 아가씨의 노랫소리 | 蓮花相間女娘歌 |
| 돌아올 때 물목에서 만나기로 약속하여 | 來時約伴橫塘口 |
| 고생스레 물결 거슬러 배를 저어가네[5] | 辛苦移舟逆上波 |

## 월사(月沙) 이정귀(李廷龜)

| | |
|---|---|
| 고운 풀은 비 내린 뒤 더욱 무성한데 | 芳草萋萋雨後多 |

---

3 崔慶昌, 〈浿江樓舡題詠〉, 『孤竹遺稿』.

4 徐益, 〈浿江樓舡題詠〉, 『孤竹遺稿』.

5 李達, 〈采蓮曲次大同樓船韻〉, 『蓀谷詩集』卷6.

석양의 모래톱에 채련가 소리                     夕陽洲畔采菱歌

미인의 열 폭 비단치마                          佳人十幅綃裙綠

남포의 봄 강물에 물들었네[6]                   染出南浦春水波


나는 말한다. 김종서와 이극감은 격률이 융화하여 개원(開元) 연간에
가깝고, 최경창 이하는 음조가 맑아 원화(元和) 연간과 비슷하니 역시
시대가 그렇게 만든 것이다.

---

6 李廷龜, 〈大同江泛舟次前人韻〉, 『月沙集』卷10.

# 6

## 장근과 남효온의 기자묘 시

조사(詔使) 장근(張瑾) 공의 기자묘(箕子廟) 시는 이렇다.

| | |
|---|---|
| 노년에 무왕을 만나 제후에 봉해지니 | 白首有封逢聖武 |
| 황천에서 탕왕을 만날 면목이 없구나[1] | 黃泉無面見成湯 |

추강(秋江) 남효온(南孝溫)이 이어서 반박했다.

| | |
|---|---|
| 무왕이 수를 미워하지 않았으니[2] | 武王不憎受 |
| 탕왕이 어찌 주나라 미워하리오 | 成湯豈怒周 |
| 두 나라가 혁명하는 사이에 | 二家革命間 |
| 성인은 원망하거나 탓하지 않았네 | 聖人無怨尤 |
| 교활한 아이[3]가 교만하고 음란하여 | 狡童逞驕淫 |
| 나의 좋은 계책을 듣지 않았네 | 不我聽嘉猷 |
| 집은 망해도 도는 망하지 않아 | 家亡道不亡 |
| 주나라 위하여 홍범구주 아뢰었네[4] | 爲周陳九疇 |

---

1 張瑾, 〈謁箕子廟〉, 『皇華集』 卷5.
2 무왕이……않았으니 : 수는 무왕에게 정벌당한 은 주왕(殷紂王)의 이름이다.
3 교활한 아이 : 기자의 〈맥수가〉에 나오는 말로, 은 주왕을 말한다.

이 시는 비록 의론에 가깝지만 기자의 수치를 깨끗이 씻어냈으니 문장가의 환공(桓公), 문공(文公)이라 하겠다.

---

4  南孝溫, 〈謁箕子廟庭〉, 『秋江集』卷1.

# 7

## 정경세와 정두경의 기자묘 시

두 정씨(鄭氏)가 기자묘(箕子廟)에 쓴 시는 이렇다.

| | |
|---|---|
| 내 옷깃 오른쪽으로 여몄으니 | 吾衽能令右 |
| 누가 공의 수레를 동쪽으로 오게 했나 | 公車孰使東 |
| 도가 행해지면 오랑캐 땅도 누추하지 않고 | 道行夷不陋 |
| 인이 멀어지니 도리어 나라가 비는구나 | 仁遠國還空 |
| 무엇인들 하늘의 뜻 아니겠는가 | 何者非天意 |
| 교활한 아이를 원망할 것 없네 | 無然怨狡童 |
| 천년 뒤에 사당에 예를 갖추니 | 千秋禮遺廟 |
| 홍범을 말하는 소리 들리는 듯하네[1] | 髣髴聽陳洪 |

이것은 우복(愚伏) 정경세(鄭經世)의 시이다.

| | |
|---|---|
| 박사의 검은 새 돌아가고[2] | 亳社歸玄鳥 |
| 황하의 배에는 흰 물고기 나타났네[3] | 河舟見白魚 |

---

1 鄭經世, 〈往在甲申春, 余方讀論語, 夢謁箕子祠有感, 賦一短律, 覺而記其首聯, 以語同伴則或戲之云, 覺時作還不及, 後二十五年己酉秋, 余以冬至使過平壤, 時方爲君服斬, 不得入祠宇, 瞻拜于廟下, 遂憶夢中句, 足成短律〉, 『愚伏集』卷1.

| 팔조의 가르침을 가지고 | 還將八條教 |
| 구이의 땅에 와서 살았네 | 來作九夷居 |
| 해외에는 주나라 곡식이 없고 | 海外無周粟 |
| 하늘에는 낙서가 있구나 | 天中有洛書 |
| 옛 궁궐 지금 이미 없어지고 | 古宮今已沒 |
| 벼와 기장은 은허와 같구나4 | 禾黍似殷墟 |

이것은 동명(東溟) 정두경(鄭斗卿)의 시이다. 지금 '주나라 곡식'과 '낙서' 두 구는 성당시(盛唐詩)에 두어도 부끄러울 것이 없다. 우복의 시는 이취(理趣)가 볼 만하지만 그가 지은 것은 딱 맞지 않고 심하게 견강부회했으니, 이 때문에 송나라 사람의 투식에 빠졌다.

---

2 박사의……돌아가고 : 박사는 은나라의 사직이다. 이곳에 검은 새가 와서 알을 낳았는데, 여기서 설(契)이 태어나고 그의 후손이 은나라를 세웠다. 검은 새가 돌아갔다는 것은 은나라가 망했다는 말이다.

3 황하의……나타났네 : 주 무왕(周武王)이 은나라를 정벌하려고 배를 타고 황하를 건너는데 흰 물고기가 배에 뛰어들자 은나라를 이길 징조라고 여겼다.

4 鄭斗卿,〈箕子祠〉,『東溟集』卷3.

# 8

# 김시습이 평양에서 지은 시

동봉(東峰) 김시습(金時習)이 승려가 되어 서쪽으로 가서 광법사(廣法寺)에 왔다가 그곳의 산수를 사랑하여 여러 해 머물렀다. 그의 벗 김영유(金永儒)는 평양 서윤이 되고 박절손(朴哲孫)은 통판이 되어 두 사람이 술을 가져와 동봉을 대접했다. 동봉이 시를 지어 사례했는데, 그 마지막 구는 이렇다.

| | |
|---|---|
| 태수여 수레를 재촉하지 말고 | 太守勿促駕 |
| 다시 안개 속에 묵게나 | 更宿烟霞裏 |
| 달 밝고 하늘에 서리 가득하니 | 月明霜滿天 |
| 새벽 종소리 들어도 기쁘네[1] | 晨鐘聞亦喜 |

엄연히 낙빈왕(駱賓王) 이상이다. 그밖에 단군(檀君), 기자(箕子), 후토(厚土), 분연(墳衍)[2] 4편의 시는 질탕하고 서글퍼 굴원(屈原)의 운치가 있다. 〈패강곡(浿江曲)〉의 결구는 이렇다.

---

1 金時習, 〈平壤少尹金判官朴特來慰我廣法寺以詩謝而留之〉, 『梅月堂集』 卷9.

2 단군(檀君)……분연(墳衍) : 『매월당집』 권9에 실려 있는 〈의초사구가(擬楚辭九歌)〉에 속하는 4편의 시이다.

| 세상의 기쁨과 슬픔 | 世間歡樂與悲傷 |
| 모두 한바탕 남가일몽이라네3 | 都是南柯夢一場 |

역시 무한히 강개하다. 〈대동강에서 장사하는 아낙의 말을 기록하다〉는 사물에 의탁하여 비유했으니, 예컨대,

| 그대 마음은 길가의 쑥대 같아 | 君心陌上蓬 |
| 정처 없이 이리저리 날아가네 | 飄飄無定趣 |
| 첩의 마음은 버들가지 같아 | 妾心如柳絲 |
| 항상 그리운 마음 얽혀있지요 | 糾結常戀慕 |
| 아리따운 여인의 마음은 | 婉戀兒女心 |
| 변치 않겠다는 맹세 지키네4 | 本守靡他誓 |

라는 구절은 자신의 본색을 완전히 드러냈다.

---

3 金時習, 〈浿江曲〉, 『梅月堂集』 卷9.
4 金時習, 〈大同江岸紀商婦語〉, 『梅月堂集』 卷9.

# 9

# 한권과 유강의 기생 시

사문(斯文) 한권(韓卷)이 사명(使命)을 받고 평양에 왔다. 승소만(勝小蠻)이라는 기생이 있었는데 용모와 재주가 모두 빼어났다. 고을 관원이 한권을 위해 잠자리를 모시도록 했지만 한권이 늙고 추하여 승소만이 싫어하여 등불을 등지고 있다가 바로 달아났다. 한권이 시를 지었는데 그 하구(下句)는 이렇다.

| 비록 원앙의 꿈은 이루지 못했지만 | 縱然未遂鴛鴦夢 |
| 고당의 꿈속에서 보는 것보단 낫구나[1] | 却勝高唐夢裏看 |

훗날 판서 유강(兪絳)이 평안도 관찰사가 되어 풍월루(風月樓)에서 잔치를 열었는데, 유람객 박씨가 한 구절을 지어 올렸다. 판서는 시에 기운이 있다며 급히 불러들이고 시간을 정해놓고 시를 짓게 했는데, 말구에 와서 개(開)자를 운으로 불렀다. 이때 옥정련(玉井蓮)이라는 기생이 자리에 있었는데, 박씨가 그의 이름을 물어보고는 곧 시구를 지었다.

| 사또의 정사는 봄기운과 같아 | 使君政化同春氣 |

---

1 비록……낫구나 : 원앙의 꿈은 남녀의 만남을 말하고, 고당의 꿈은 초 회왕(楚懷王)이 고당에서 놀다가 꿈에 여인을 만나 동침했다는 고사를 인용한 것이다.

옥정의 연꽃2이 섣달에 피었네                    玉井蓮花臘月開

    유강이 대단히 칭찬하며 옥정련을 그에게 넘겼다. 나는 한권의 시를 읽을 때마다 웃음을 터뜨리지 않은 적이 없었다. 그러다가 천천히 박씨의 시를 읽으면 정신이 조금 편안해진다. 참으로 '풍류는 추락하지 않고 바로 이 사람에게 있다.'라는 말과 같다.

---

2 옥정의 연꽃 : 연못의 연꽃을 비유한 말로, 기생 옥정련의 이름을 활용했다.

# 10

# 심수경과 권응인의 선연동 시

정승 심수경(沈守慶)이 평안 감영에 아끼는 기생이 있었는데, 기생이 죽자 시를 지었다.

| 남아가 한 번 죽음은 끝내 피할 수 없지만 | 男兒一死終難免 |
| 선연동 안의 혼이 되기 바란다네 | 願作嬋娟洞裏魂 |

선연동은 평양 기생의 무덤이다. 심수경은 훗날 충청도 관찰사가 되었는데 학관 권응인(權應仁)이 청주(淸州)에 머무르다가 노래를 지었다.

| 인생은 남북을 가리지 않고 뜻 가는대로지만 | 人生適意無南北 |
| 선연동 안의 혼은 되지 마소서 | 莫作嬋娟洞裏魂 |

역시 양웅(楊雄)이 지은 〈반이소(反離騷)〉[1]의 남은 뜻이다.

---

1 양웅(楊雄)이 지은 반이소(反離騷) : 굴원(屈原)이 지은 〈이소(離騷)〉의 뜻을 뒤집어 지은 글인데, 여기서는 권응인의 시가 심수경의 시와 반대 의미라는 점을 비유한 것이다.

# 11

# 윤계선과 권필의 선연동 시

파담(坡潭) 윤계선(尹繼先)의 선연동(嬋娟洞) 시는 이렇다.

| | |
|---|---|
| 아름다운 기약 어디 가고 또 황혼이 왔나 | 佳期何處又黃昏 |
| 가시나무 쓸쓸히 무덤 앞을 둘러쌌네 | 荊棘蕭蕭擁墓門 |
| 한스럽게 푸른 이끼가 옥같은 뼈를 둘러싸고 | 恨入碧苔纏玉骨 |
| 꿈에서는 화려한 누각에서 금 술동이 마주하리 | 夢來朱閣對金罇 |
| 밤비에 지는 꽃은 향기도 없고 | 花殘夜雨香無跡 |
| 이슬에 젖은 봄 제비는 눈물 자국 뿐 | 露濕春燕淚有痕 |
| 낙양에서 온 협객을 누가 알리오 | 誰識洛陽遊俠客 |
| 산허리에 해 지는데 아름다운 혼령을 조문하네 | 半山斜日弔芳魂 |

석주(石洲) 권필(權韠)도 절구 한 수를 지었다.

| | |
|---|---|
| 해마다 봄빛이 황량한 무덤을 찾아오니 | 年年春色到荒墳 |
| 꽃은 화장한 얼굴 같고 잎은 치마 같네 | 花似新粧葉似裙 |
| 더없이 아름다운 혼은 흩어지지 않고 날아가 | 無限芳魂飛不散 |
| 이제는 비가 되고 또 구름이 되네[1] | 秖今爲雨更爲雲 |

내가 『소화시평(小華詩評)』을 보니 윤계선의 시가 권필보다 못하다고
했다. 석주는 충분히 자연스러운 경지에 들었으나 윤계선의 시는 그저
가볍고 빼어날 뿐이다.

---

1 權韠, 〈嬋娟洞〉, 『石洲集』 卷7.

# 12
# 고경명의 백상루 시

백상루(百祥樓)는 충숙왕(忠肅王)이 어제시(御製詩)를 지은 뒤에 예나 지금이나 창화한 자가 매우 많다. 제봉(霽峯) 고경명(高敬命)의 시는 이렇다.

| | |
|---|---|
| 취하여 사다리 밟고 열두 누각 오르니 | 醉躡梯飅十二樓 |
| 청천강의 고운 풀이 전부 바라보이네 | 晴川芳草望中收 |
| 수정 주렴 드리우니 땅이 없는 듯하고 | 水晶簾箔疑無地 |
| 봉래섬의 안개 가장 위에 있는 듯하네 | 蓬島煙霞最上頭 |
| 하늘 멀리 매화 속에 옥피리 소리 들리고 | 天外梅花飛玉笛 |
| 달 옆이라 연잎은 신선의 배와 같구나 | 月邊蓮葉杳仙舟 |
| 바람 맞으며 부구의 소매1 잡고 싶으니 | 臨風欲挹浮丘袂 |
| 생학이 훌쩍 날아 십주2를 희롱하네3 | 笙鶴飄然戲十洲 |

허균(許筠)은 그가 강서시파(江西詩派)를 씻어내고 당나라 시의 경지에 들어가려 하므로 몹시 유려하고 청원하다고 칭찬했다. 아, 이 말이

---

1 부구의 소매 : 부구는 신선의 이름이다. 진(晉)나라 곽박(郭璞)의 〈유선시(遊仙詩)〉에 "왼손으로 부구의 소매를 잡고 오른손으로 홍애의 어깨를 친다.〔左挹浮丘袖, 右拍洪崖肩.〕"라는 구절을 인용한 것이다.

2 십주(十洲) : 신선이 사는 동해의 섬 열 곳이다.

3 高敬命, 〈百祥樓次韻〉, 『霽峯集』 卷4.

참으로 옳다. 제봉과 의릉(毅陵 충숙왕)이 동시대에 태어나지 않은 것이
다행이다. 그렇지 않았다면 어찌 설현경(薛玄卿)⁴이 되지 않았을 줄 알
겠는가.

---

4 설현경(薛玄卿) : 수(隋)나라 시인 설도형(薛道衡)이다. 수양제(隋煬帝)가 그의 시재(詩才)를
  시기하여 죽였다.

# 13

# 이정구가 최립을 칭찬한 시

간이(簡易) 최립(崔岦)이 십년 동안 평양에 은거했는데, 그가 지은 〈서도록(西都錄)〉에서 대략 알 수 있다. 만력(萬曆) 신축년(1601), 월사(月沙) 이정귀(李廷龜)가 조사(詔使) 고천준(顧天俊)의 원접사가 되고, 지봉(芝峯) 이수광(李晬光), 남곽(南郭) 박동열(朴東說), 동악(東岳) 이안눌(李安訥), 학곡(鶴谷) 홍서봉(洪瑞鳳), 남창(南窓) 김현성(金玄成), 오산(五山) 차천로(車天輅), 석주(石洲) 권필(權韠)이 각기 사신을 접대하는 일로 왔다가 간이당(簡易堂)에서 수창한 시가 있는데, 월사의 한 연은 이렇다.

천추의 붓 아래 진한을 전하고             千秋筆下傳秦漢
온갖 새 지저귀는 가운데 봉황을 보네[1]      百鳥喧中見鳳凰

아, 간이와 같은 사람을 어디서 얻을 수 있을까.

---

1 李廷龜, 〈次東皐崔立之韻〉, 『月沙集』 卷9.

# 14

# 최립의 연광정 시

임진왜란으로 누대가 거의 없어졌는데, 16,7년이 지나 연광정을 처음 수리했다. 마침 조사(詔使)가 온다는 소식이 있어 원접사 일행이 연광정에 올라가 유람했다. 원접사 서경(西坰) 유근(柳根)은 마침 병에 걸려 참석하지 못하고, 율시 한 수를 지어 뜻을 전했다. 그의 막료 죽음(竹陰) 조희일(趙希逸), 오산(五山) 차천로(車天輅)가 술에 취해 차운했는데, 서경이 두세 차례 읊조렸으나 우열을 가리지 못했다. 간이(簡易) 최립(崔岦)이 은거하다가 역시 그 모임에 참석했는데, 간이가 가장 늦게 와서,

| 한 해 봄이 움직여 강가의 눈을 녹이고 | 一年春動消江雪 |
| 천 리 멀리서 은혜가 와서 나라의 근심을 위로하네[1] | 千里恩來慰國憂 |

라는 구절을 지었다. 서경이 손뼉을 치며 말했다.

"이 노인은 예전처럼 굳세니, 참으로 마지막에 와서 윗자리에 앉는 사람이다."

---

1 崔岦,〈次韻拜廣遠接使柳相國台史〉,『簡易集』卷8

# 15

## 정두경의 통군정 시

동명(東溟) 정두경(鄭斗卿)이 사명(使命)을 받고 의주(義州)에 가서 부윤 이완(李莞)과 통군정(統軍亭)에서 만나 술을 마셨다. 마침 도독 모문룡(毛文龍)의 군사가 지나가는 것을 보고 곧장 율시 한 수를 지었다.

| | |
|---|---|
| 통군정 앞 강물은 못이 되고 | 統軍亭前江作池 |
| 통군정 아래 뿔피리 소리 슬프네 | 統軍亭下角聲悲 |
| 사또의 다섯 마리 말은 푸른 실로 멍에 매고 | 使君五馬青絲勒 |
| 도독의 병사 천 명은 붉은 깃발 들고가네 | 都督千夫赤羽旗 |
| 변방의 아이는 모두 오랑캐 말을 하고 | 塞垣兒童盡胡語 |
| 요동 산천은 옛날과 다르구나 | 遼東山川非昔時 |
| 이제부터 오랑캐 두목은 사냥이나 일삼으리니 | 自是單于事遊獵 |
| 밤중에 성 위에서 불을 켜도 의심할 필요 없네[1] | 城頭夜火不煩疑 |

우해 홍만종은 이 시의 기운과 격조가 군세어 두보와 비슷하다고 했다. 내 생각에 동명의 시들은 대부분 이백에게서 나왔는데, 이 시는 자기 솜씨를 부린 것이기 때문이다. 중후하고 기복이 있으면서 시원하고 탁월하니, 우해는 참으로 내면을 볼 줄 아는 사람이다.

---

1 鄭斗卿,〈携龍灣李府尹登統軍亭〉,『東溟集』卷7.

# 16

## 박엽의 자만시

박엽(朴燁)은 6년간 평안도 관찰사를 지냈다. 한 번은 달밤에 법수교(法首橋)에 왔다가 갑자기 한 연을 지었다.

| | |
|---|---|
| 한때의 평양 감사 | 一代關西伯 |
| 천 년의 법수교 | 千年法首橋 |
| 그저 오늘밤 달이 | 秪應今夜月 |
| 끝내 가련한 밤이라네 | 終作可憐宵 |

시의 뜻이 슬프니 마치 자만시(自挽詩)와 다름없다. 얼마 후 처형당했으니 그 시참(詩讖)이 이루어진 것이다.

# 17

# 홍익한의 시

---

화포(花浦) 홍익한(洪翼漢)은 척화한 일 때문에 외직으로 쫓겨나 평양 서
윤이 되었다. 마침 오랑캐가 쳐들어오자 샛길로 산성에 들어가 수비하
며 시를 지었다.

| | |
|---|---|
| 달 어두운 변방의 길 | 月黑關河路 |
| 황폐한 마을엔 범이 다닐 듯하네 | 荒村虎欲行 |
| 나라 생각 간절한 선비는 | 翹心思國士 |
| 의리 지키며 의병을 모으네 | 扶義募鄕兵 |
| 가만히 하늘의 뜻 생각하며 | 黙究皇天意 |
| 홀로 지새는 밤 참기 어렵네 | 艱虞獨夜情 |
| 어디선가 피리 소리 들려오니 | 數聲何處笛 |
| 온 성에 한스러움 가득하구나 | 吹恨滿江城 |

그 격렬한 충분이 해와 달처럼 드높으니, 백년 뒤에도 듣는 사람의
머리털이 대나무처럼 꼿꼿이 서게 만든다.

# 18

# 김창흡의 부벽루 시

오재(悟齋) 조정만(趙正萬)이 평양 서윤으로 있을 때 삼연(三淵) 김창흡
(金昌翕)이 평안도를 유람하다 들러 함께 부벽루에 올라 시를 지었다.

| | |
|---|---|
| 설악산에 은거한 나그네가 | 雪嶽幽棲客 |
| 또 변방으로 놀러왔구나 | 關河又薄遊 |
| 맑은 달은 몸을 따르고 | 隨身有淸月 |
| 밤낮 없이 높은 누각에 있네 | 卜夜在高樓 |
| 칼춤을 추니 어룡이 고요하고 | 劍舞魚龍靜 |
| 술잔을 돌리니 은하수 흐르네 | 盃行星漢流 |
| 닭 울자 서로 돌아보며 일어나니 | 鷄鳴相顧起 |
| 목란 배에 흥이 남았네[1] | 留興木蘭舟 |

오재가 말했다.

"경련(頸聯)의 '정(靜)'자는 '동(動)'자로 바꾸면 어떠한가?"

삼연은 가부를 말하지 않고 그저 머리를 들어 하늘을 바라볼 뿐이
었다.

【효헌(曉軒) 조관빈(趙觀彬)이 차운했다.

---

1 金昌翕, 〈夜登練光亭次趙定而韻〉, 『三淵集』 卷8.

| | |
|---|---|
| 천년 묵은 낙랑의 승경에 | 樂浪千年勝 |
| 삼연옹이 하룻밤 노닐었네 | 淵翁一夜遊 |
| 술자리 없단 말 듣지 못했고 | 未聞無酒席 |
| 시 짓던 누각 보기 어렵네 | 難見有詩樓 |
| 맑은 달은 예나 지금이나 있고 | 淸月古今在 |
| 긴 강은 시종일관 흐르네 | 長江終始流 |
| 예전 다스리던 일 생각하니 | 棠陰懷舊事 |
| 저녁 바람 부는 배에서 눈물 흘리네2 | 雙淚夕風舟 |

근래에 보국(輔國) 민영휘(閔永諱)의 외성(外城) 구삼원(九三院) 시는 이렇다.

| | |
|---|---|
| 이 땅에 아직도 은나라 해와 달 남아 있으니 | 此地尙留殷日月 |
| 누군들 노나라 『춘추』를 읽지 않으랴 | 何人不讀魯春秋 |

판서 홍종응(洪鍾應)의 삼등현(三登縣) 황학루(黃鶴樓) 시는 이렇다.

| | |
|---|---|
| 천년 전 흰 구름은 예전 그대로 있는데 | 千載白雲依舊在 |
| 고운 풀은 얼마나 오래 사람을 시름겹게 했나 | 幾時芳草使人愁】 |

---

2 趙觀彬, 〈浮碧樓次三淵韻〉, 『梅軒集』 卷7.

# 19

# 이색과 김창흡의 시

내가 『소화시평(小華詩評)』을 읽으니,

"목은(牧隱) 이색(李穡)의 부벽루(浮碧樓) 시는 음률이 조화롭고 타고
난 재주가 남달리 뛰어나니 배워서 도달할 수 있는 경지가 아니다."

했다. 요사이 삼연(三淵) 김창흡(金昌翕)의 시에 '칼춤을 춘다'와 '술잔을
돌린다'는 말이 있는데,[1] 풍골이 예스럽고 굳세며 격조가 혼후하고 웅
건하니 목은 이후의 유일한 사람이다.

---

1 삼연의……있는데 : 본서 보록 18칙 참조.

# 20

# 김유의 부벽루 시

나의 스승 검재(儉齋) 문경공(文敬公) 김유(金楺)가 평안도 관찰사로 있을 때 중양절이 되자 부벽루에 올라 한 연을 얻었다.

| | |
|---|---|
| 강산은 쓸쓸한데 가을 소리 멀고 | 江山搖落秋聲逈 |
| 누각은 가파르니 패기가 드높구나 | 樓閣崢嶸伯氣高 |

내게 화답하게 하고는 칭찬하기도 하고 가르치기도 했다. 지금은 이미 지난 일이 되어 버렸으니 읽을 때마다 양담(羊曇)이 서주(西州) 성문을 지나지 않았던 애통함[1]을 견딜 수 없다.

---

1 양담(羊曇)이……애통함 : 양담은 진(晉)나라 사안(謝安)의 외조카로 각별한 총애를 받았다. 사안이 죽자 양담은 사안의 무덤이 있는 서문을 차마 지나지 못했다.

# 21

# 윤봉조, 강박, 오광운, 윤광찬의 제영시

대제학 윤봉조(尹鳳朝)가 성천(成川) 강선루(降仙樓)에 쓴 시는 이렇다.

| | |
|---|---|
| 흥을 어쩌지 못해 백사장 너머 배 타고 가니 | 無奈興何沙外棹 |
| 어찌 꿈속의 신선과 이별하리오[1] | 那能別去夢中仙 |

승지 강박(姜樸)의 함종(咸從) 능허각(凌虛閣) 시는 이렇다.

| | |
|---|---|
| 우주에 백 년 동안 누각 우뚝한데 | 宇宙百年樓兀兀 |
| 서남쪽 한 기운 바다가 아득하네[2] | 西南一氣海茫茫 |

학사 오광운(吳光運)의 은산(殷山) 담담정(澹澹亭) 시는 이렇다.

| | |
|---|---|
| 한 쌍의 학은 무슨 생각으로 누런 송아지 마주하나 | 雙鶴何意對黃犢 |
| 한 그루 나무에서 때로 흰 안개 피어나네 | 獨樹有時生白煙 |

학사 윤광찬(尹光燦)의 의주(義州) 통군정(統軍亭) 시는 이렇다.

---

1 尹鳳朝, 〈客舘被灾余到官後新刱留仙觀十二欄未成降仙樓而遞歸留詩以別〉, 『圃巖集』 卷1.

2 姜樸, 〈登朝宗樓有感〉, 『菊圃集』 卷4.

미인의 칼은 허공의 눈을 부수고            半空雪碎佳人劍

대장의 깃발은 천리의 바람에 나부끼네        千里風飄大將旗


모두 얻기 어려운 것이다. 볼 만한 글로는 목은(牧隱) 이색(李穡)의 〈풍월루기(風月樓記)〉, 춘정(春亭) 변계량(卞季良)의 〈기자묘비문(箕子廟碑文)〉, 봉래(蓬萊) 양사언(楊士彦)의 〈열운정기(閱雲亭記),〉 간이(簡易) 최립(崔岦)의 〈영허당기(盈虛堂記)〉, 월사(月沙) 이정귀(李廷龜)의 〈숭인전비문(崇仁殿碑文)〉 및 우옹(尤翁) 송시열(宋時烈)의 〈충무사기(忠武祠記)〉 등 겨우 몇 편뿐이다. 대략 목은은 웅장하고 통창하며 춘정은 전아하고 아름다우며 봉래는 속세를 초탈하고 간이는 예스럽고 굳세다. 우옹은 기발하고 월사는 조금 속되다. 비록 그렇지만 옛사람이 하지 않던 것이지만 지금 하지 않을 수 없는 것이니, 이것이 월사가 훌륭한 까닭이다.

# 22

# 임숙영의 〈통군정서〉

소암(疎菴) 임숙영(任叔英)의 〈통군정서(統軍亭序)〉와 〈연광정서(練光亭序)〉는 천년 뒤에 전해질 뛰어난 글이다. 그러나 〈연광정서〉가 〈통군정서〉만 못하다. 전편은 논할 것 없고, 그가 지은,

"어지러이 다듬이질하니 변방의 소리가 만 가구의 가을을 재촉하고,

빨간 불과 파란 안개 들판의 모습이 천 채의 집에 저녁에 들어오네."

라는 구절을 자안(子安)[1] 이후로 다시 얻을 수 있겠는가.

---

[1] 자안(子安) : 당(唐)나라 왕발(王勃)의 자이다. 〈등왕각서(滕王閣序)〉로 유명하며 변려문에 뛰어나다.

# 23

# 제영에서 뽑을 만한 연구

고금의 제영(題詠) 중에 뽑을 만한 연구(聯句)는 이렇다.


김황원(金黃元)

긴 성 한편에는 넘실거리는 물 　　　　　　　　　　　長城一面溶溶水

너른 벌판 동쪽은 점점이 산이라네[1] 　　　　　　　　大野東頭點點山


곽여(郭輿)

고요한 밤 배는 거울 같은 물에 가로놓였고 　　　　　夜靜船橫淸鏡裏

달 밝은 누각은 그림 병풍처럼 서 있네[2] 　　　　　　月明樓倚畵屛中


김인존(金仁存)

화창한 햇빛은 주렴 사이로 들어오고 　　　　　　　　淸和日色篩簾幕

흩어진 향 연기는 음악에 떠 다니네[3] 　　　　　　　　旖旎香煙泛管絃


김극기(金克己)

들판 기운은 구름 빌어 첩첩 절벽을 묻고 　　　　　　野氣僑雲埋疊壁

---

1 『新增東國輿地勝覽』卷51, 平安道 平壤府.

2 『新增東國輿地勝覽』卷51, 平安道 平壤府.

강물 소리는 비를 의지해 여울에서 소리치네[4]　　　　江聲憑雨吼回灘

조간(趙簡)

달을 뚫는 돛대 소리 침상에 이어지고　　　　穿月棹聲連榻上

허공에 걸린 등불 그림자는 푸른 물결 사이에 있네[5]　　　　掛空燈影碧波間

이혼(李混)

먼 하늘에 가는 새는 어디로 가려는가　　　　長天去鳥欲何向

너른 벌판에 동풍은 쉬지 않고 부네[6]　　　　大野東風吹不休

홍간(洪侃)

때때로 골짜기에 내리는 비가 우박 되어 날리고　　　　時時峽雨飛成雹

해마다 강의 뗏목이 누운 채 꽃을 피우네[7]　　　　歲歲江槎臥放花

이첨(李簷)

구름은 변방 하늘에서 피어나 아득히 가고　　　　雲起塞天歸澔渺

꽃은 봄 물결 따라 바다로 들어가네[8]　　　　花隨春浪入蒼茫

3 『新增東國輿地勝覽』卷51, 平安道 平壤府.

4 『新增東國輿地勝覽』卷51, 平安道 平壤府.

5 趙簡, 〈次永明樓韻〉, 『東文選』卷14.

6 李混, 〈西京永明寺〉, 『東文選』卷14.

7 洪侃, 〈次韻李蒙庵西京懷古〉, 『洪崖遺稿』.

8 李詹, 〈次周雲章韻題義順館樓〉, 『雙梅堂先生篋藏集』卷2.

## 김시습(金時習)

문물은 천년 동안 전해졌는데 의관은 사라지고　　千年文物衣冠盡

산하는 만고에 그대로인데 성곽은 아니라네　　萬古山河城郭非


## 최숙정(崔淑精)

널리 사대[9]를 머금어 원기를 포괄하고　　弘含四大包元氣

삼광[10]을 나란히 당겨 머리에 닿았네[11]　　平挹三光接上頭


## 고경명(高敬命)

하늘 밖 매화는 옥피리처럼 날고　　天外梅花飛玉笛

달 옆의 연잎은 신선의 배처럼 아득하네[12]　　月邊蓮葉杳仙舟


## 최립

땅의 거령[13]이 도끼질한 흔적 전혀 없고　　地靈斧鑿了無跡

하늘 음악 생황과 피리 소리 들리는 듯하네[14]　　天樂笙簫如有聲


## 차천로(車天輅)

하늘에 비 기운 있어 붉은 해 숨고　　雨氣垂天紅日隱

---

9　사대(四大) : 불교에서 세상을 구성하는 원소인 지(地), 수(水), 화(火), 풍(風)이다.

10　삼광(三光) : 일(日), 월(月), 성(星)을 말한다.

11　崔淑精,〈次百祥樓韻〉,『逍遙齋集』卷1.

12　高敬命,〈百祥樓次韻〉,『霽峯集』卷4.

13　거령(巨靈) : 화산(華山)을 갈랐다고 하는 황하의 신이다.

14　崔岦,〈次題牡丹峯韻〉,『簡易集』卷8.

산 모습이 난간에 들어오니 흰 구름 피어나네[15]　　山光入檻白雲生


이안눌(李安訥)

백년 세월에 사람은 개미 같고　　宇宙百年人似蟻

만리 산하에 나라는 부평초 같네[16]　　山河萬里國如萍


이식(李植)

달이 뜨려 하니 뜬구름 사라지고　　孤輪欲上浮雲滅

평원은 끝이 없어 먼 산 나지막하네[17]　　平楚無垠遠嶽低


차운로(車雲輅)

높이 솟은 다리에는 어가가 버려졌고　　雲橋歷落抛金輦

안개 짙은 동굴에는 말방울 소리 끊어졌네　　霧窟鎖沈斷玉珂


조경(趙絅)

십 리 호수 물결 끝없이 펼쳐지고　　十里湖波窮目力

만 집의 등불이 걷은 주렴 비추네[18]　　萬家燈火在簾鉤


김상헌(金尙憲)

온 숲에 안개와 비로 가을 길이 어둑한데　　烟雨萬林秋逕暗

---

15　車天輅, 〈練光亭〉, 『五山集』 續集 卷2.

16　李安訥, 〈登統軍亭〉, 『東岳集』 卷2.

17　李植, 〈練光亭翫月用先祖容齋公韻〉, 『澤堂集』 卷3.

18　趙絅, 〈練光亭〉, 『龍洲遺稿』 卷3.

풍랑 이는 먼 포구에 저녁 배가 돌아오네[19]  風波極浦暮帆歸


권해(權瑎)

햇빛 따뜻한 평야는 기자의 나라  日暖莘蕪箕子國

봄 깊은 큰 나무는 을지문덕의 집  春深喬木乙支家


조정만(趙正萬)

숲에 언뜻 바람 부니 학은 쌍쌍이 춤추고  林風乍起鶴雙舞

산에 해가 지려하니 승려 혼자 돌아가네  山日欲沈僧獨歸


오언시는 이색(李穡)

성은 비었는데 달은 한 조각  城空月一片

돌을 늙었는데 구름은 천년 묵었네[20]  石老雲千秋


조위(曺偉)

해가 지니 강물이 흔들리고  日落江光動

안개 사라지니 바다가 어둡네[21]  烟消海氣昏


유성룡(柳成龍)

해는 청주와 제주 경계로 지고  日落靑齊界

---

19 金尙憲, 〈次書狀金去非遊永明寺韻〉, 『淸陰集』 卷9

20 李穡, 〈浮碧樓〉, 『牧隱詩藁』 卷2.

21 曺偉, 〈義州統軍亭〉, 『梅溪集』 卷1.

구름은 말갈의 산을 가로지르네22　　　　　　　　　　雲橫靺鞨山


## 이정귀(李廷龜)

들쭉날쭉한 외로운 절의 나무　　　　　　　　　　　　參差孤寺樹

짙고 옅은 외딴 마을의 꽃23　　　　　　　　　　　　　濃淡別村花


## 유근(柳根)

적벽에는 소식의 달이 뜨고　　　　　　　　　　　　　赤壁蘇仙月

청산에는 사조의 누각 있네24　　　　　　　　　　　　靑山謝眺樓


## 이명한(李明漢)

바다 안개 같은 구름은 벼루에서 피어나고　　　　　　海氣雲生硯

조수 소리 내는 비는 난간에 들어오네25　　　　　　　潮聲雨入欄


## 오준(吳竣)

강을 건너니 물새와 친하고　　　　　　　　　　　　　杯渡親沙鳥

뗏목 가로질러 두우성을 묻네26　　　　　　　　　　　槎橫問斗牛

---

22　李睟光, 『芝峯類說』 卷9.

23　李廷龜, 〈次監軍沿途所作韻〉, 『月沙集』 卷12.

24　柳根, 〈敬次湖上飮走筆韻〉, 『西坰集』 卷4. 소식은 달밤에 적벽에서 뱃놀이하며 〈적벽부(赤壁
　　賦)〉를 지었고, 사조는 선성 태수로 있으면서 누각을 지어 즐겼다.

25　李明漢, 〈次李祕書石湖亭韻〉, 『白洲集』 卷6.

26　吳竣, 〈次平壤庶尹〉, 『竹南堂稿』 卷3.

정두경(鄭斗卿)

| | |
|---|---|
| 해외에는 주나라 곡식 없고 | 海外無周粟 |
| 하늘에는 낙서가 있네27 | 天中有洛書 |

권해

| | |
|---|---|
| 성 너머를 보니 물줄기 가늘고 | 隔城看水細 |
| 들판을 둘러싸니 하늘이 넓네 | 環野得天長 |

김창흡(金昌翕)

| | |
|---|---|
| 칼춤을 추니 어룡이 고요하고 | 劍舞魚龍靜 |
| 술잔을 돌리니 은하수 흐르네28 | 杯行星漢流 |

우리 평안도는 천고에 뛰어나며 문단에 적치를 세웠으니 유독 중국과 관계가 없겠는가. 압록강은 중국과 오랑캐가 교차하는 곳으로, 황하(黃河), 장강(長江)과 함께 천하의 3대 큰 강이다. 명 태조(明太祖)가 율시를 지었다.

| | |
|---|---|
| 맑은 압록강은 옛적 봉한 나라의 경계 | 鴨綠江淸界古封 |
| 무력과 속임수 없어지고 평화를 즐기네 | 强無詐息樂時雍 |
| 도망자를 받지 않아 천년 국운 이어지고 | 逋逃不納千年祚 |
| 예의를 모두 닦에 백세의 공업 세웠네 | 禮義咸修百世功 |

---

27 鄭斗卿, 〈箕子祠〉, 『東溟集』 卷3.
28 金昌翕, 〈夜登練光亭次趙定而韻〉, 『三淵集』 卷8.

| 한나라가 정벌한 일 역사에 실려 | 漢伐可稽明載冊 |
| 요동 정벌 남은 자취 살펴보고 알겠네 | 遼征須考照遺蹤 |
| 고요한 마음으로 한복판에 나아가니 | 情懷造到天心處 |
| 강에는 물결 없고 수졸은 싸움 않네29 | 水勢無波戍不攻 |

엄주(弇州) 왕세정(王世貞)이 이른바 "(태조는) 장편시와 단편시를 붓만 잡으면 완성하니 위 무제(魏武帝)가 지은 악부(樂府)의 풍격이 있다." 라는 말에서 볼 수 있다.

---

29 明 太祖, 〈鴨綠江〉, 『陽村集』.

# 24

# 명나라 조사들의 시

근래에 『황화집(皇華集)』이 있으니 모두 명나라 사신의 시이다. 상서(尙書) 예겸(倪謙), 좨주(祭酒) 진감(陳鑑), 급사(給事) 장녕(張寧), 태복(太僕) 김식(金湜), 낭중(郞中) 조가(祚嘉), 상서 동월(董越), 급사 왕창(王敞), 좨주 공용경(龔用卿), 학사(學士) 화찰(華察), 급사 장승헌(張承憲), 태사(太史) 당고(唐皐), 급사 사도(史道), 각로(閣老) 허국(許國), 급사 위시량(魏時亮), 태사 주지번(朱之蕃), 급사 양유년(梁有年), 각로 강왈광(姜曰廣), 급사 왕몽윤(王夢尹), 행인(行人) 웅화(熊化), 학사 유홍훈(劉鴻訓) 등은 모두 한 시대에 가려뽑은 인물이다. 그러나 흥상(興象)은 당시(唐詩)이지만 이취(理趣)는 송시(宋詩)만 못하니, 명나라 사람이었을 뿐이다.

# 25

# 축맹헌의 백상루 시

태복(太僕) 축맹헌(祝孟獻)의 백상루(百祥樓) 시는 이렇다.

| | |
|---|---|
| 수나라 군대 두 번 쳐들어온 것 어찌 헛일이리오 | 隋兵再擧豈成虛 |
| 이 땅은 거의 수레바퀴 자국의 물고기 신세였네 | 此地幾爲涸轍魚 |
| 시 당나라 이적과 설인귀[1]를 보지 못했는가 | 不見當時唐李薛 |
| 깃발을 휘두르며 곧장 부여성으로 들어갔네[2] | 直麾旌節到扶餘 |

이는 문충공(文忠公) 조준(趙浚)이 지은 시의 뜻이 지나치게 자랑했기 때문에 놀린 것이다. 『지봉유설(芝峯類說)』에 말했다.

"수양제(隋煬帝)가 요동을 정벌하다가 나라가 망하게 되었으니, 두 번 쳐들어왔다는 말은 거짓이다."

내가 우리나라 역사를 살펴보니, 두 번 징병하여 고구려를 정벌했는데, 백 갈래 길로 함께 나아가며 밤낮으로 쉬지 않으니, 고구려 역시 피폐해져 항복하겠다고 빌었다고 했다. 축맹헌이 어찌 잘못 안 것이겠는가. 이수광이 몰랐던 것이다.

---

1 이적(李勣)과 설인귀(薛仁貴) : 고구려와 백제를 멸망시킨 당나라의 장수이다.

2 李睟光, 『芝峯類說』 卷13.

# 26

# 허국의 망월정 시

해악(海嶽) 허국(許國)의 망월정(望月亭) 시는 이렇다.

| | |
|---|---|
| 고요한 정자는 달 기다리기 알맞고 | 幽亭宜待月 |
| 잔치 자리에서 그저 바람만 맞네 | 宴座但迎風 |
| 강의 비는 저녁이라 더욱 급하고 | 江雨暮偏急 |
| 숲의 서리는 가을이라 남아 있네 | 林霜秋未空 |
| 안개 덮인 숲에는 수많은 돛단배 | 亂帆烟樹裏 |
| 구름 덮인 물에는 층층 봉우리 | 疊嶂水雲中 |
| 어찌하면 환한 경치 바라보며 | 安得開晴望 |
| 길이 맑은 술잔 함께 하리오[1] | 淸罇夜永同 |

참으로 가정(嘉靖) 연간의 고수이다. 훗날 천계(天啓) 연간 조사(詔使) 유홍훈(劉鴻訓)의 연광정(練光亭) 시는 이렇다.

| | |
|---|---|
| 해악의 바람과 구름은 꿈속에 똑같으니 | 海岳風雲夢裏同 |
| 흐르는 반딧불 따라 밝은 달을 넘고 싶네 | 欲學流螢度明月 |

허국은 이처럼 경모를 받았다.

---

1 許國, 〈望月亭〉, 『皇華集』卷17.

# 27

# 조사들의 부벽루 시

조사(詔使) 주지번(朱之蕃)이 왔을 때 서경(西坰) 유근(柳根)이 원접사가되고 허균(許筠)이 종사관이 되었다. 조사가 말했다.

"오는 길에 있는 객관의 벽에 어찌하여 귀국의 시가 없는가?"

허균이 말했다.

"조사가 지나는 곳은 감히 누추한 시로 귀하신 눈을 더럽힐 수 없어 으레 제거합니다."

주지번이 말했다.

"나라는 비록 중국과 오랑캐로 나뉘지만 시에 어찌 안팎의 구별이 있겠는가? 게다가 천하가 한 집안이 되었으니 사해가 형제이다. 내가 그대와 함께 태어나 천자의 신하가 되었는데, 어찌 중국에서 태어났다고 자랑하겠는가?"

아! 우리나라는 공손하고 명나라는 차별 없이 보았으니 둘다 잘 했다고 하겠다. 주지번이 연광정(練光亭)에서 강을 거슬러 올라가 부벽루(浮碧樓)에 이르자 감탄했다.

"이곳은 작은 금릉(金陵)이다."

또 말했다.

"작은 나라에 있기에 작다고 한 것이지 실제로는 금릉보다 낫다."

내가 우선 중국 사신이 지은 여러 시를 거론하여 증명하겠다. 예컨대,

강물은 서울과 시골 따라 달라지지 않는데              江水不隨鄕國異
소리는 양자강과 똑같이 졸졸 흐르네[1]              聲同楊子共淙淙


이는 주지번의 시구이다.


큰 강물은 여러 산을 물리치며 넘치려 하고         大江欲衍辟群山
덕암은 문득 낙성만[2]이 되었네                   德巖旋作落星灣


이는 유홍훈(劉鴻訓)의 시구이니, 이것이 이른바 '작은 금릉'이다.


괴상한 바위는 비뚤비뚤 지주를 받치고            怪石槎枒撑砥柱
신령한 근원은 멀리 은하수와 이어졌네[3]          靈源迢遞接銀河


이는 진가유(陳嘉猷)의 시구이다.


누대 앞에 쌓아놓은 풍월이 가득한데              貯得樓頭風月滿
성곽은 예주궁[4]이 아닌가 의심했네[5]            城闉疑是蘂珠宮


이는 양유년(梁有年)의 시구이다.

---

1 朱之蕃, 〈平壤十六景〉, 大同江, 『皇華集』卷41.
2 낙성만(落星灣) : 주자가 방문한 낙성암(落星菴)를 말한다. 물이 굽이진 곳에 있었으므로 이
  렇게 불렸다.
3 祁順, 〈重過大同江〉, 『皇華集』卷6

밤이 오자 횃불 들어 편액을 밝히니　　　　　　　　夜來擧火明額字

이 정자가 마치 별자리에 있는 듯하네　　　　　　　　此亭恍疑斗牛間


이는 유홍훈의 시구이다. 어찌 금릉보다 나을 뿐이겠는가.

---

4　예주궁(蘂珠宮) : 신선이 산다는 궁궐이다.

5　梁有年,〈平壤十六景〉, 風月樓,『皇華集』卷41.

# 28

# 조사들의 명구(1)

조사(詔使) 웅화(熊化)의 〈남포에 노닐며〉 시는 이렇다.

| | |
|---|---|
| 오간 사람은 지난 자취 되었는데 | 來往成陳迹 |
| 강산에서 절로 좋은 유람하네 | 江山自勝遊 |
| 흥망성쇠에 감개가 많고 | 盛衰多感慨 |
| 예와 지금은 한 번 부침 겪을 뿐 | 今古一沈浮 |
| 깊은 물은 바다 끝까지 통하고 | 積水通鰲極 |
| 깨끗한 구름은 신기루를 만드네 | 晴雲結蜃樓 |
| 이렇게 바람과 달 좋은 때 왔으니 | 趁玆風月好 |
| 그저 취할 뿐 너무 시름할 것 없네[1] | 但醉莫深愁 |

붓 가는대로 휘둘렀는데 잘 묘사한 듯하다. 원접사(遠接使) 유근(柳根)이 즉석에서 화답해 바쳤다.

| | |
|---|---|
| 옛 수도 천년 묵은 땅 | 故國千年地 |
| 술 마시며 반나절 유람했네 | 淸罇半日遊 |
| 비가 그치니 구름은 흩어지고 | 雨晴雲葉散 |

---

1 熊化, 〈同柳西坰湖上飮走筆題〉, 『皇華集』卷43.

| | |
|---|---|
| 바람 거세니 물결이 치네 | 風急浪花浮 |
| 적벽에는 소식의 달이 뜨고 | 赤壁蘇仙月 |
| 청산에는 사조의 누각 있네 | 青山謝眺樓 |
| 강남과 완연히 비슷하니 | 江南宛相似 |
| 타향이라 시름하지 마시오2 | 莫作異鄉愁 |

조사가 읽다가 경련(頸聯)에 이르자 자기도 모르게 무릎을 치며 말했다.

"말뜻이 자연스럽게 이루어져 한 글자도 억지로 쓴 곳이 없다. 성당시(盛唐詩)와 비교해도 많이 양보할 것 없다. 오늘 내 무릎을 꿇을 만하다."

작은 나라의 적은 군사로 중국과 대적한 사람이 어찌 을지문덕 한 사람 뿐이겠는가. 명나라가 우리를 대우한 것 또한 지극하다. 설정총(薛庭寵)의 〈유평양기(遊平壤記)〉에,

"마침내 기자를 알현했다."

"다시 단군과 동명왕을 알현했다."

라고 했다. 알현은 아랫사람이 윗사람을 뵙는 것이다. 왕몽윤(王夢尹)의 시에,

| | |
|---|---|
| 지난 왕조의 일을 묻지 말라3 | 莫問前朝事 |
| 왕자와 패자는 천년 전에 사라졌네4 | 王伯千秋盡 |

---

2 柳根, 〈次韻〉, 『皇華集』卷43.
3 王夢尹, 〈平壤故城〉, 『皇華集』卷44.
4 王夢尹, 〈平壤故城〉, 『皇華集』卷44.

했는데, 전조(前朝)자를 높이 쓰고 왕백(王伯)자를 크게 썼다.


유홍훈(劉鴻訓)

묻노라 정호⁵는 어느 곳인가 爲問鼎湖何處是

강가에 오래된 석굴만 남았네 空留石窟老江鄉


강왈광(姜曰廣)

기린은 한번 가서 언제 오는가 麒麟一去何時返

연광정에 날아가는 용 볼 수 없는 가을이라네⁶ 練光望斷飛龍秋


이는 동명왕을 황제(黃帝)에 견준 것이다. 기자에게는 더욱 공경을 다
했다.


동월(董越)

높은 풍도는 삼대를 능가한다 말하고 高風謾說凌三代

가르침 남아 아직도 팔조를 지킨다 하네⁷ 遺敎猶聞守八條


진감(陳鑑)

말은 천년토록 전해져 홍범에 남아 있고 言垂千載存洪範

사람은 삼한에 와서 옛 사당 알현하네⁸ 人到三韓謁舊祠

---

5  정호(鼎湖) : 황제(黃帝)가 세상을 떠난 곳이다. 여기서는 동명왕이 죽은 곳을 말한다.

6  姜曰廣, 〈平壤弔古戲效李長吉體〉, 『皇華集』 卷44.

7  董越, 〈平壤城謁箕子廟〉, 『皇華集』 卷7.

8  陳嘉猷, 〈謁箕子廟〉, 『皇華集』 卷3.

왕학(王鶴)

중국에 도통을 전수해주고          中原道統推傳授

외딴 곳 백성 풍속 덕택에 엄숙해졌네[9]     絶域民風賴肅雍


장승헌(張承憲)

황제 조정의 법도를 하늘에 세우니       聖朝皇極中天建

바닷가 나라의 문물은 땅에 두루 펼쳐지네[10]   海國文物遍地舒


절구보다 뛰어난 율시는 이렇다.


장녕(張寧)의 〈대동강(大同江)〉

외딴 성 평양에서 새벽에 길을 떠나니      平壤孤城發曉裝

풍악 울리는 놀잇배가 봄볕에 반짝이네      畫船簫鼓麗春陽

섬 옆에 구름 걷히니 청산이 나타나고      鳥邊雲盡靑山出

나루에 조수 들어오니 바다는 넓네       渡口潮通碧海長

황제의 은혜가 천지에 똑같아 기쁘니      已喜皇恩同天地

이 몸이 타향에 있는 줄도 모르겠네       不知身世在他鄉

맑은 술동이를 자주 권하지 마시오       淸樽且莫頻相勸

봄바람에 말 타고 가야할 길 아득하다네[11]   四牡東風路渺茫

---

9  王鶴, 〈過箕子廟〉, 『皇華集』卷17.

10  張承憲, 〈謁箕子廟〉, 『皇華集』卷16.

11  張寧, 〈渡大同江〉, 『皇華集』卷5.

### 김식(金湜)의 시

| | |
|---|---|
| 높은 물결은 집채 만하고 비는 주먹 만한데 | 浪高如屋雨如拳 |
| 강가에 정박한 놀잇배에 사람이 있네 | 人在江頭泊畵船 |
| 지척의 누대는 날아도 오를 수 없고 | 咫尺樓臺飛不上 |
| 늘상 시와 술로 어울리기 익숙하네 | 尋常詩酒慣相牽 |
| 나그네 길 삼천 리를 제쳐두고 | 便拚客路三千里 |
| 덧없는 인생 오백 년 세어보네 | 筭作浮生五百年 |
| 어찌하면 어룡이 일제히 뛰어올라 | 安得魚龍齊起躍 |
| 구름과 안개 걷히고 맑은 하늘 볼까12 | 掃開雲霧看靑天 |

### 진감(陳鑑)의 〈부벽루(浮碧樓)〉

| | |
|---|---|
| 훈훈한 바람 불어 저물녘 누각에 기대니 | 薰風徙倚夕陽樓 |
| 강물이 산을 적셔 푸른 빛으로 흐르네 | 水浸嵐光帶翠流 |
| 초목은 모두 천지의 은택을 받았고 | 草木都含天地澤 |
| 강산에는 고금의 시름이 다하지 않네 | 江山不盡古今愁 |
| 마음은 상국에 매여 꿈에서도 수고로운데 | 心懸上國勞淸夢 |
| 몸은 타향에 있으면서 장대한 유람 말하네 | 身在他鄉說壯遊 |
| 내일 아침 돌아보면 지난 자취 되리니 | 回首明朝便陳跡 |
| 사신 수레 거듭 멈추어도 아깝지 않네13 | 雲輧無惜重淹留 |

### 왕창(王敞)의 〈백상루(百祥樓)〉

| | |
|---|---|
| 강가의 구름과 나무 그림자 모두 유유자적한데 | 江雲樹影共悠悠 |

---

12 金湜, 〈大同江舟中阻風雨〉, 『皇華集』 卷4.

만리 경치가 눈을 크게 뜨게 만드네 萬里風煙豁壯眸

대궐은 먼 하늘 북극성에 이어지고 紫禁遠連天北極

저물녘 한가로이 성곽 서쪽 누각에 기대네 夕陽閑倚郭西樓

아득한 약수는 현포와 통하고[14] 微茫弱水通玄圃

지척의 부상은 봉주와 떨어졌네[15] 咫尺扶桑隔鳳洲

나는 세상 끝에서 승경을 다 보려 하니 我欲天涯窮勝槪

한 잔 술에 고금의 시름 전부 사라지네[16] 一杯消盡古今愁


기순(祈順)의 〈만경루(萬景樓)〉

층층 난간에 기대어 황성을 바라보니 層欄徙倚望皇畿

푸른 산빛 날아와 나그네 옷에 붙네 山翠飛來點客衣

수없이 우는 꾀꼬리 소리 꽃 너머 느릿느릿하고 百囀黃鶯花外緩

수많은 인가의 봄 나무는 빗속에 희미하네 萬家春樹雨中微

나뭇꾼이 강을 건너니 시골 노래 바람결에 들리고 風傳野曲樵人渡

제비가 돌아오니 대들보에서 떨어지는 진흙 향기롭네 梁墜泥香鷰子歸

본디 임금과 어버이 항상 생각했으니 自是君親常在念

한 조각 고향 생각 구름 따라 일어나네[17] 鄕心一片逐雲飛

---

13 陳鑑,〈登平壤浮碧樓〉,『皇華集』卷2.

14 아득한……통하고 : 약수는 인간 세상과 신선 세상을 가르는 강이고, 현포는 곤륜산에 꼭대기로 신선이 사는 곳이다.

15 지척의……떨어졌네 : 부상은 동쪽 끝을 말하고, 봉주는 장안(長安)을 뜻하는데 여기서는 북경을 말한다.

16 王敞,〈登百祥樓〉,『皇華集』卷7.

17 陳嘉猷,〈和陳內翰萬景樓詩韻〉,『皇華集』卷3.

웅화(熊化)의 〈청화관(淸華館)〉

역참의 한가로운 일과는 시 짓기 뿐      郵亭閒課只詩篇

향로 연기 앞에 앉으니 마음이 서글프네      坐對爐烟意悄然

가랑비 내리는 오경에 나그네 머무는 곳      細雨五更留客處

훈훈한 바람 부는 침상에서 노곤한 날이라네      薰風一榻困人天

저물녘 어버이 생각에 흰초를 그리워하고      思親日暮憐萱草

봄에 돌아가며 이별 아쉬워 두견을 원망하네      惜別春歸怨杜鵑

홀로 높은 누대에 올라 황성을 바라보니      獨上高臺望京國

구름 덮인 짙푸른 숲이 온 산에 이어졌네[18]      蒼蒼雲樹萬山連


단련(單聯)은 다음과 같다.


주탁(周倬)

덩굴은 오래되어 바위를 휘감았고      薜荔年深緣石角

가마우지는 고요한 낮 여울 앞에 올라오네      鸕鷀晝靜上灘頭


예겸(倪謙)

높은 기둥은 구름까지 솟아 별을 딸 만하고      飛棟入雲星可摘

빈 창문은 물가에 가까워 달이 먼저 오네      虛窓近水月先來


장녕(張寧)

풍운과 산골짜기 들쭉날쭉 보이고      風雲丘壑高低見

---

18 熊化, 〈初夏微雨留平壤書懷〉, 『皇華集』 卷43.
19 張寧, 〈和陳先生登萬景樓二首〉, 『皇華集』 卷3.

수풀과 인가가 원근에 또렷하네[19]          草樹人家遠近分

**진가유(陳嘉猷)**

부여의 지맥은 강가에서 끊기고          扶餘地脈臨江盡

요서의 산빛은 강 너머에 짙네[20]          遼左山光隔岸多

**장성(張珹)**

신기루는 건물과 나란하고          蜃氣可能齊棟宇

달빛은 쉬이 창가에 닿네[21]          蟾光容易到簾櫳

**당고(唐皐)**

얼음이 기둥을 띄워 은빛 바다 자욱하고          氷光浮棟迷銀海

해가 산을 비추어 자색 안개 피어나네[22]          日色映山生紫煙

**동월(董越)**

먼 봉우리 수려하게 솟아 낭관의 붓 같고          遠峯秀聳郎官筆

끊어진 벼랑 비스듬하여 직녀의 북 같네[23]          斷岸斜穿織女梭

**공용경(龔用卿)**

끝없는 갈대가 성곽에 가득하고          極目蒹葭滿城郭

---

20 陳嘉猷, 〈義順館中酌別偶成寫似判書朴相公博一粲耳〉, 『皇華集』卷3.

21 張珹, 〈登安州百祥樓〉, 『皇華集』卷4..

22 唐皐, 〈奉次史右使韻〉, 『皇華集』卷10.

23 董越, 〈登浮碧樓〉, 『皇華集』卷7.

24 龔用卿, 〈登快哉亭〉, 『皇華集』卷11.

은자의 연기는 숲 옆에서 피어오르네[24]　　　　　可人煙火傍林丘

오언시는 다음과 같다.


### 동월

나무는 푸른 하늘에 떠 있고　　　　　　　　　樹色浮空翠

하늘은 쪽빛 바다를 흔드네[25]　　　　　　　　天光動蔚藍


### 공용경(龔用卿)

뜬구름은 숲과 이어지고　　　　　　　　　　　浮雲連樹色

태양은 강을 흔드네[26]　　　　　　　　　　　旭日動江光


### 허국(許國)

강의 비는 저녁이라 더욱 급하고　　　　　　　江雨暮偏急

숲의 서리는 가을이라 남아 있네[27]　　　　　林霜秋未空


### 왕학(王鶴)

두 섬은 안개에 덮이고　　　　　　　　　　　嵐光雙島嶼

만 채의 집에는 밥 짓는 연기[28]　　　　　　　煙火萬人家

25　董越, 〈重宿嘉平館〉, 『皇華集』卷8.
26　龔用卿, 〈登浮碧樓偶題〉, 『皇華集』卷13.
27　許國, 〈望月亭〉, 『皇華集』卷17.
28　龔王鶴, 〈次日早登快哉亭〉, 『皇華集』卷17.

# 조사들의 명구(2)

웅화(熊化)

| | |
|---|---|
| 깊은 물은 바다 끝까지 통하고 | 積水通鰲極 |
| 깨끗한 구름은 신기루를 만드네[1] | 晴雲結蜃樓 |

왕몽윤(王夢尹)

| | |
|---|---|
| 왕자와 패자는 천년 전에 사라지고 | 王伯千秋盡 |
| 하늘과 땅 사이에 기러기 한 마리[2] | 乾坤一雁孤 |

이러한 시구는 장경(長慶) 연간에 두기 충분하고 정원(貞元, 785~805) 연간에 넣어도 부족하지 않다. 절구는 다음과 같다.

당고(唐皐)의 〈금수산(錦繡山)〉

| | |
|---|---|
| 베와 비단도 충분히 귀한데 | 布帛已足貴 |
| 비단에 무늬를 놓았네 | 文彩歸錦繡 |
| 봄이라 동풍이 산뜻하게 부는데 | 東風作春妍 |
| 환한 대낮에 교외로 가네[3] | 郊行亦明晝 |

---

1 熊化, 〈同柳西坰湖上飮走筆題〉, 『皇華集』 卷43.
2 王夢尹, 〈平壤故城〉, 『皇華集』 卷44.

## 사도(史道)

| 산 바위에 오색빛 짙고 | 山石多五色 |
|---|---|
| 꽃과 나무가 또 울창하네 | 花木更交加 |
| 나무꾼은 구름 뚫고 가서 | 樵子穿雲去 |
| 또렷이 채색 노을로 들어가네[4] | 分明入彩霞 |

## 공용경(龔用卿)의 〈망월정(望月亭)〉

| 정자가 산모퉁이에 있는데 | 亭子傍山隈 |
|---|---|
| 구름이 밤마다 걷히네 | 雲光夜夜開 |
| 높은 처마는 물과 가깝지 않으나 | 層簷非近水 |
| 밝은 달이 뜨기 때문이라네[5] | 爲有月明來 |

## 위시량(魏時亮)

| 올 때는 달이 보이지 않더니 | 來時月不見 |
|---|---|
| 가는 길에 달이 천천히 뜨네 | 去路月生遲 |
| 홀로 읊조리고픈 마음 있어 | 獨有吟弄意 |
| 또렷한 마음 항상 안다네[6] | 惺惺常自知 |

## 화찰(華察)의 〈부벽루(浮碧樓)〉

| 찬 강에 푸른 하늘 비치니 | 寒江落空碧 |

3 唐臯, 〈平壤勝蹟〉, 錦繡山, 『皇華集』 卷10.

4 史道, 〈平壤勝蹟〉, 錦繡山, 『皇華集』 卷10.

5 龔用卿, 〈先月亭〉, 『皇華集』 卷10.

6 魏時亮, 〈先月亭〉, 『皇華集』 卷17.

| 곤명지7의 물과 같구나 | 應是昆明水 |
| 높은 누각에서 맑은 물 굽어보니 | 高樓俯淸流 |
| 하늘빛 속에 구름 그림자8 | 雲影天光裏 |

장승헌(張承憲)

| 푸르른 만 겹의 산 | 菁蔥萬疊山 |
| 수정 같은 한 줄기 물 | 玻璃一片水 |
| 물 그림자에 산 모습 일렁이며 | 水影樣山光 |
| 전부 층층 누각 안으로 들어오네9 | 盡入層樓裏 |

주지번(朱之蕃)의 〈풍월루(風月樓)〉

| 못가의 누대는 푸른 물결에 잠겼는데 | 池上樓臺蘸綠波 |
| 바닷바람이 밝은 달을 불어 보내네 | 海風吹送月明多 |
| 이처럼 맑은 밤기운이 좋아서 | 爲憐夜氣淸如許 |
| 장미를 심지 않고 연꽃을 심네10 | 不種薔薇種芰荷 |

양유년(梁有年)

| 연꽃 향기 몰래 보내니 바람은 힘이 많고 | 荷香暗遞風多力 |
| 술잔을 환히 재촉하니 달에게 공이 있네 | 酒盞明催月有功 |
| 누대 앞에 바람과 달을 가득 채우니 | 貯得樓頭風月滿 |

---

7 곤명지(昆明池) : 한나라 때 장안에 있던 못이다.
8 華察, 〈次雲岡韻爲二十詠〉, 浮碧樓, 『皇華集』卷15.
9 張承憲, 〈平壤勝蹟舊二十一詠……仍次雲岡韻〉, 浮碧樓, 『皇華集』卷16.
10 朱之蕃, 〈平壤十六景〉, 風月樓, 『皇華集』卷41.

내가 자세히 논한 적이 있다. 녹봉(鹿峯, 사도)은 우뚝하지만 당공(唐公, 당고)이 그 뿔을 꺾었고, 장(張, 장승헌)은 당당하지만 홍산(鴻山, 화찰)이 그 발톱을 뽑았다. 위(魏, 위시량)가 공(龔, 공용경)을 보면 바다를 바라보는 듯하고, 양(梁, 양유년)이 주(朱, 주지번)를 보면 다른 세상 같다.

---

11 梁有年,〈平壤十六景〉, 風月樓,『皇華集』卷41.

# 칠옹냉설

❋

## 상

# 굳세고 올바름

## 1

수박자(守朴子) 김태좌(金台佐)는 풍도가 바르고 준엄하여 악을 원수처럼 미워했다. 그 문하에 행실이 더러운 사람이 있으면 멀리하고 만나려 하지 않았다.

## 2

합강(合江) 박대덕(朴大德)이 그의 스승 지산(芝山) 조호익(曺好益)의 상에 가서 제문을 읽고 곡하면서 제물로 홍로주(紅露酒)와 복숭아를 올렸다. 문생들이 깜짝 놀라며 미친 짓이라 하자[1] 박대덕이 눈을 부라리며 말했다.

"노선생께서는 본디 천지의 기운이었거늘 사특한 귀신으로 섬기려

하는가?

## 3

서정(西亭) 전벽(田闢)이 평양 도사(平安都事)로 있다가 병자호란이 일어났다. 관찰사가 근왕병(勤王兵)을 이끌고 동쪽으로 가면서 뒷일을 모두 서정에게 맡겼다. 한참 뒤 난리가 평정되자 적에게 귀순한 교위 (校尉) 한 사람을 잡아다 군법에 회부했다. 어떤 이가 말했다.

---

1 미친 짓이라 하자 : 홍로주는 독한 술로 제사에 쓰지 않고, 복숭아 역시 제사에 쓰지 않는 과
  일이다.

"지난 일은 심하게 다스릴 것 없습니다."

서정이 꿋꿋하게 말했다.

"무사는 국가에서 뽑아 급한 때에 쓰려고 준비한 것이다. 시절이 평
화로울 때는 은택을 도둑질하다가 세상이 어지럽다고 임금을 버린
다면, 그를 장차 어디다 쓰겠는가? 죽여라."

4

상사(上舍) 박위(朴蔿)가 어느 여름날 교외를 가는데 갑자기 천둥소리
가 나면서 검은 물체가 소매 속으로 숨어들었다. 그러나 박위는 움직
이지 않았다.

또 한 번은 도사(都事)에게 가서 여러 사람과 글 짓고 술 마시다가
밤이 되어 성을 나왔는데, 작은 다리 옆에 귀신 하나가 길을 막고 있
었다. 데리고 간 종놈은 급히 말다래 아래로 숨었는데, 박위는 귀신을
꾸짖었다.

"저 놈은 어찌하여 비키지 않는가?"

그러자 귀신이 길을 비켰다.

5

목천(木川) 김삼준(金三俊)은 정주(定州)의 토호(土豪)인데 한 마디 말로
옥사를 판결할 수 있었다. 역관 정명수(鄭命壽)의 동성(同姓) 조카가 정
주의 오백(伍伯)²이었는데, 정명수는 그를 귀하게 만들고자 정주 목사
더러 향안(鄕案)³에 넣어달라고 부탁했다. 목사가 노인들을 불러 상의
하자 모두 말했다.

"이는 김삼준 한 사람에게 달려 있습니다. 비록 그렇지만 그 사람은 의롭지 않은 일로 뜻을 꺾을 수 없습니다."

얼마 후 김삼준이 왔는데 과연 허락하지 않았다. 그러자 정명수에게 알렸다.

"김삼준이라는 자가 홀로 고집을 피우니 공께서 한번 노여움을 보여주십시오."

정명수가 명령을 전하여 김삼준을 부르니, 김삼준이 집안사람들을 불러놓고 영결했다.

"나는 반드시 돌아오지 못할 것이다."

마침내 정명수에게 갔더니 정명수가 말했다.

"그대가 향안을 주관한다고 하는데 내게 조카가 있으니 자네에게 누를 끼치려 하네."

김삼준이 항의했다.

"이 자는 천한 사람이니 향안을 더럽힐 수 없습니다. 또 공이 조정에 가면 재상이라도 될 수 있겠지만 이 일은 안 됩니다."

명수가 노려보더니 말했다.

"향안과 네 머리 중에 어느 것이 중요하냐?"

김삼준이 말했다.

"저는 이곳에 올 때 이미 내 몸은 도외시했습니다."

정명수가 김삼준을 내보내며 말했다.

"조선에서 이 사람만이 감히 나에게 대항했으니 역시 기이한 선비이다."

---

2 오백(伍伯) : 군사 5인을 거느리는 우두머리이다.

3 향안(鄕案) : 해당 지역사회의 지배계층인 사족의 명단이다.

# 꼿꼿하고 꼳음

## 1

장령 이겸(李謙)은 정덕(正德) 기묘년(1519, 중종14)에 간신 남곤(南袞)이
선한 이들을 모함하자 신료들의 앞장을 서서 대궐에 엎드려 호소하여
사림에 적치(赤幟)를 세웠다. 비록 성사되지 않았으나 역시 훌륭한 사
람이라 할 만하다.

## 2

문신기(文愼幾) 선생은 용천(龍川)에 살았다. 선조가 의주에 머무를 때
특별히 별과(別科)를 시행하여 변방의 민심을 위로했다. 문신기는 스
스로 이 지방에서 가장 뛰어난 사람이라 여겼으나 합격하지 못하자
상소를 올려 시험관이 공정하게 선발하지 않았다고 비난했는데, 정승
윤두수(尹斗壽)를 공격하는 말이 많았다. 선조가 노하여 말했다.

"어린 선비가 감히 조정의 대신을 욕보이는가?"

속히 참수하라고 명했으나 문신기는 그래도 항변하며 굽히지 않았
다. 윤두수는 그의 재주와 기개를 아까워하여 특별히 시험하자고 청
하고 운을 내었다. 문신기는 즉시 시를 짓는데 말이 매우 빼어나고 아
름다워 주위 사람들이 모두 신통하게 여겼다. 선조도 노기를 거두고
칭찬했다.

"문신기는 강직한 선비이다. 특별히 너에게 관직을 내리겠다."

그리고는 그 과거를 파방(罷榜)했다.

3

소현세자(昭顯世子)가 심양에서 돌아오면서 오랑캐의 기이한 물건을
많이 가져와서는 지나는 길에 전령을 보내 역참으로 실어 나르게 했
는데, 금교역(金郊驛)의 아전이 말을 준비하지 않아 형벌을 받게 되었
다. 기산(箕山) 허관(許灌)이 당시 찰방이었는데, 곧바로 들어가 큰소
리로 말했다.

"저하는 조선에 물건이 없다고 여기십니까? 길 가는 데 필요한 모든
물건은 신이 담당하게 하셨는데, 저 오랑캐의 물건을 사양하지 않으
시고 어찌 피폐한 역을 번거롭게 하십니까? 신은 역리(驛吏)이니 형
벌을 받겠습니다."

동궁이 무안해하며 말했다.

"허관은 참으로 독한 사람이다."


4

양무공(襄武公) 정봉수(鄭鳳壽)는 광해군 때 선전관이 되었다. 마침 폐
모론(廢母論)이 일어나자 정봉수가 항의했다.

"국가의 대사는 무신이 알 바가 아니다. 그러나 예전에 들으니 『춘
추』에는 아들이 어미를 원수로 삼는 법이 없다고 했다."

마침내 흉인들의 모함을 받고 쫓겨났다.


5

【중종조에 원접사가 모함하는 말을 아뢰어 40년 동안 온 도가 정거(停擧)를
받았다.】숙종 계유년(1693), 조정 관원 이정(李禎)이 성천 부사(成川府使)

로 향시(鄕試)의 시험관이 되었는데, 여러 선비가 자신을 준엄하게 비난하자 원한을 품고 우리 평안도의 풍속이 금수나 오랑캐 같다며 정거(停擧)했다. 괴헌(槐軒) 노경래(盧警來)가 손에 침을 뱉으며 말했다.

"나는 늙은 물여우 같은 자에게 당하지는 않겠다."

즉시 상소하여 이정이 매우 간사하고 교활하며 무도하게 주상을 속였다고 비난했다. 성상이 비답을 내려 이정을 특별히 간관(諫官)에서 파직하고 유배하기까지 했다. 근래 참봉 이만추(李萬秋)가 여필희(呂必禧)를 탄핵한 일과 같다.【한 도가 세 번 정거를 받았다. 영조조에 어사 여필희가 안렴을 불명확하게 했으므로 비방이 자자했는데, 그가 조정에 돌아와 서계(書啓)를 올려 모함하니 온 도가 정거를 받고 오랑캐와 금수 취급을 받았다. 별제 길인화(吉仁和)가 소두(疏頭)가 되었다.】

# 절개를 지킴

## 1

석실산인(石室山人) 조견(趙狷)의 본명은 윤(胤)이며, 문충공(文忠公) 조
준(趙浚)의 아우이다. 고려에 벼슬하여 전서(典書)를 지냈는데, 문충공
도 그의 뜻을 꺾지 못했다. 재차 경상도 관찰사를 지냈는데, 얼마 후
고려가 망했으나 조선에서 벼슬하려 하지 않고, 이름을 견(狷), 자를
종견(從犬)으로 고쳤다. 나라가 망했는데 죽지 못했으니 개와 같고, 또
개는 주인을 그리워하기 때문이었다. 태조는 그가 살던 청계산(淸溪
山)에 행차하여 석실(石室)을 쌓아 주었는데, 조견은 그곳에서 살려고
하지 않았다.

## 2

숭정 무인년(1638, 인조16), 상장군(上將軍) 이시영(李時英)이 면주(綿州)
전투에 나가면서 서정(西亭) 전벽(田闢)과 기산(箕山) 허관(許灌)을 추천
했지만 모두 병을 핑계로 나가지 않았다. 역관 정명수가 나라에 넌지
시 말하여 용서할 수 없는 죄라고 하니, 모두 감옥에 갇혔다가 남쪽으
로 유배되었다. 도성 사람이 가득 모여 보면서 말했다.

"명나라를 위해 순절하려는 사람들이다."

3년 뒤에 또 수군(水軍)을 보내 오랑캐의 입을 막으려 했는데, 기산
이 또 추천을 받았다. 그러나 죽기로 맹세하고 시를 지었는데,

| 중원의 어른들을 무슨 낯으로 보리오 | 中原父老何顔見 |
|---|---|
| 도독과 감군이 이 길로 왔다네 | 都督監軍此路來 |

라는 구절이 있었다. 원수(元帥) 임경업(林慶業)이 그를 종사관에서 해직하며 말했다.

"이 사람은 천하의 의로운 선비이니 우리들은 부끄러워 죽겠다."

## 3

포의(布衣) 차예량(車禮亮)과 용사(勇士) 최효일(崔孝逸)은 모두 청북 지방에 살았다. 정묘년(1627) 오랑캐가 쳐들어온 뒤 각자 청나라를 황제로 삼기 부끄럽다는 마음을 품었다. 차예량이 몰래 최효일을 보내 바닷길로 가서 명나라의 소식을 정탐하게 했다. 그러나 오랑캐가 알아채는 바람에 차예량의 집안은 풍비박산 나고, 최효일의 친족도 참혹한 화를 당했다. 조정에서 듣고 장하고 의롭게 여겨 모두 포상했다.

## 4

병자년(1636) 난리 때 영유현(永柔縣) 사람 김우석(金禹錫)은 자모산성(慈母山城)으로 들어갔다가 남한산성이 함락되었다는 소식을 듣고 강개한 마음으로 성문에 절구 한 수를 썼다.

| 나는 대명 천자의 백성이니 | 我是大明天子民 |
|---|---|
| 임진년 봄의 황은을 아직 기억하네 | 皇恩尙記黑蛇春 |
| 오늘 성 안은 무슨 시대인가 | 城中今日知何世 |

오랑캐 군주가 찾아내어 죽이려 했다. 김우석의 아들 김응원(金應
元)은 그때 열 살이었는데, 아비를 안고 울면서 대신 죽기를 청했다.
오랑캐가 의롭게 여겨 둘 다 풀려났다.


5

일인(逸人) 함희태(咸希泰)는 안릉(安陵) 사람이다. 그의 조부 함응수(咸
應秀)는 정묘년(1627)에 순국했다. 함희태는 이야기할 때마다 반드시
줄줄 눈물을 흘리며 말했다.

“내가 비록 제 양공(齊襄公)[1]에게는 미치지 못하지만 노중련(魯仲連)
이 되지 못하겠는가.”

그의 호는 일월처사(日月處士)인데 명(明)나라를 뜻하는 말이다. 오
랑캐를 토벌하는 격문을 의작한 적이 있는데, 수천 자나 이어졌다. 읽
으면 나약한 사람이 의지를 갖게 만든다.

---

1 제 양공(齊襄公) : 9대조의 복수를 위해 기(紀)나라를 멸망시킨 인물이다.

# 충성을 다함

## 1

고려 말에 하늘과 사람이 조선에 귀의했는데, 문충공(文忠公) 조준(趙浚)이 실로 으뜸가는 개국 공신이었다. 강원도 관찰사로 있을 때 예하 고을을 순행하다가 정선군(旌善郡)에 와서 시를 지었다.

| | |
|---|---|
| 동해를 깨끗이 씻어내는 날 있으리니 | 滌蕩東溟知有日 |
| 사는 백성들아 눈을 씻고 맑아지길 기다려라[1] | 居民洗眼待澄淸 |

사직과 백성의 중임을 자부함이 이와 같았다.

## 2

희양공(僖襄公) 장사길(張思吉)은 부친 장려(張儷) 때부터 대를 이어 의주(義州)의 토호였다. 강경하여 부역을 하지 않은 지 오래였는데, 태조의 모습을 보고 자기도 모르게 무릎을 꿇으며 말했다.

"나는 오늘에야 주인이 생겼다."

마침내 나라를 세우는 일을 도왔으니, 그 공로가 문충공 조준 못지 않다.

---

1 趙浚, 〈次旌善客舍韻〉, 『松堂集』卷2.

3

부원수 김경서(金景瑞)는 세상 사람들이 만 명을 대적할 만하다 했다. 명나라 장수 제독 이여송(李如松)이 바닷가를 바라보다가 장성(將星)이 나오는 것을 보고,

"저곳에 진정한 장수가 있다."

했는데, 과연 황강(黃岡)에서 부원수가 태어났다. 관직에 올라 방어사가 되었는데, 하루는 밤중에 왜군의 진지에 들어가 그 장수의 목을 베어 나왔다. 크고 작은 전투를 백여 번 치르고 마침내 왜적을 소탕하는 공로를 세웠다.


4

부원수 김경서가 6년 동안 오랑캐 땅에 있으면서 한번 나라에 보답할 기회를 노리다가 비밀 상소를 써서 심하에서 패전한 이유와 적국의 형세, 군사의 장단점을 적고 오랑캐 사람 아랑개(阿郞介)를 매수하여 북병영(北兵營)으로 전달하여 성상에게 올렸다. 그러나 끝내 강홍립(姜弘立)에게 발각되어 부하 정예병 300명과 같은 날 죽었다.【임진왜란에 일본 관백(關白) 평수길(平秀吉)의 선봉장 사야가야(沙也可也)는 왜군 3천 명을 거느리고 별장 김경서의 휘하로 귀순하여 여러 번 공을 세웠다. 그러므로 선조 대왕이 사야가야에게 김해 김씨(金海金氏)의 성과 택(澤)이라는 이름, 모하당(慕夏堂)이라는 호를 하사했다. 자손들이 용강에 산다고 한다.】


5

임진왜란이 일어나자 선조는 의주로 피난했다. 이춘란(李春蘭)이라는

부자가 궁중의 주방에서 사용할 쌀 3백 섬과 군량으로 사용할 쌀 3천
섬을 실어보내고, 싣고 가는 소와 말은 모두 자기가 내었다. 특별히
칭찬을 받고 갑자기 공조 시랑(工曹侍郎)에 발탁되었다. 어떤 대신이
벼슬이 아깝다고 하자, 성상이 의연한 낯빛으로 말했다.

"한 되나 한 말의 쌀로 송도(松都)를 구한 이가 있었느냐?"

## 6

선조가 평안도로 피난하다가 정주(定州)의 험한 산길을 지나게 되었
다. 조현술(趙玄術)이라는 사람이 산골짜기에서 나무를 하다가 갑자기
어가를 만났다. 처음에는 임금인 줄 모르고 그저 '귀한 사람이 무슨 일
로 이곳에 왔는가.'라고 생각하며 말고삐를 잡고 십여 리를 가서 평탄
한 길이 나오자 멈추었다. 성상이 칭찬하며 말했다.

"나는 너의 임금이다. 적병을 피해 이곳에 왔는데, 시골 사람이 길을
안내하느라 고생했다."

그리고는 고을 수령을 불러 어가를 맞이하지 않은 죄를 물어 죽이
고, 특별히 조현술에게 벼슬을 상으로 주었다.

## 7

회헌(晦軒) 양덕록(楊德祿)은 포의(布衣)의 신분이었으나 나라를 다스
리는 중대한 계책을 토론했다. 임진왜란이 일어나자 의병 3백 명을 모
아 적개군(敵愾軍)이라 하고 여러 고을에 격문을 보내자 소식을 들은
사람들이 다투어 왔다. 한참 뒤 명나라 군대의 양식이 떨어지자 또 의
곡(義穀) 3천 석을 모아 구제했다. 적이 물러난 뒤 참봉에 제수되었으

나 굳이 사양하며 말했다.

"감히 벼슬을 바라겠습니까?"

8

동고(桐皐) 황응성(黃應聖)이 보령 현감(保寧縣監)으로 있다가 역적 이몽학(李夢鶴)의 난리를 만났는데, 기이한 계책을 많이 내어 큰 공을 세웠다. 역적이 평정되자 홍주(洪州) 홍가신(洪可臣)이 빼앗아 자기의 공으로 삼았으나 황응성은 항상 침묵하며 불평하지 않았다.【공로는『선조보감(宣祖寶鑑)』에 실려 있다.】

9

삼화(三和) 최응수(崔應水)는 역적 이괄(李适)이 평정된 뒤 조정에서 각자 공로를 말하라고 명을 내렸으나 자신의 공이 작다고 여겨 머뭇거리며 감히 말하지 못했다. 한풍(漢豐) 김태흘(金泰屹)이 그를 위해 추천한 덕택에 출세했다. 당시 속담에 "친구에게 힘입어 공신이 되었다."라고 했다.

# 부모에게 효도함

## 1

직전(直殿) 어변갑(魚變甲)은 평소 성품이 지극하여 관직에 있을 때조차 하루도 어버이를 생각하지 않은 적이 없었다. 훗날 갑자기 고향으로 돌아가 어버이를 봉양하겠다고 하고 시를 지었다.

| | |
|---|---|
| 병으로 하직하고 조용한 집으로 돌아오니 | 謝病歸來一室幽 |
| 오래된 연못가에 가을 나무 황량하네 | 荒凉秋樹古池頭 |
| 내가 어찌 공명을 피하는 사람이랴 | 若余豈避功名者 |
| 그저 어머니 때문에 멀리 가지 않을 뿐 | 只爲慈親不遠遊 |

## 2

비류(沸流 성천)에 김지현(金智賢)이라는 사람이 있었는데 어버이를 지극히 효성스럽게 섬겼다. 맛있는 음식을 바칠 수가 없어 걱정하다가 집 앞에 못을 파고 물고기를 길러 날마다 반찬으로 바쳤다. 오랜 뒤에 가뭄으로 못이 마르자, 그의 아들이 못을 메워 논으로 만들자고 하면서 그래도 어버이를 봉양할 수 있다고 했다. 김지현이 슬퍼하며 말했다.

"너는 어찌하여 이런 말을 하느냐?"

즉시 못에 가서 울면서 기도했다. 얼마 지나지 않아 예전처럼 물이 모이고 고기가 넘쳤다.

또 어머니가 꿩고기를 좋아했기에 기일마다 꿩고기를 올렸다. 훗날 장마가 여러 날 이어지자 김지현은 꿩을 잡을 수 없어 통탄했다. 그러자 꿩이 날아와 뜰에 앉았기에 사람을 시켜 제수로 바치게 했다. 아, 이 또한 기이한 일이다.


3

김지현은 효행으로 이름났을 뿐만 아니라 충성스럽고 의로운 사람이기도 했다. 명종이 한창 나이 때 전후로 국상(國喪)이 네 차례 있었는데, 김지현은 모두 베옷을 입고 3년 동안 초하루와 보름마다 전(奠)을 올리고 곡하며 말했다.

"우리 부모가 태평성대에 살다 죽은 것은 모두 우리 임금이 내린 은혜이다. 내가 어찌 우리 임금의 상을 치르면서 우리 부모의 상을 치르는 것만 못하게 하겠는가."

그의 아내도 김지현을 따라 국상의 상복을 입었다. 조정에서 그의 행실을 가상히 여겨 충효로 정려를 내렸다.


4

조현술(趙賢述)은 지극한 마음이 있었으나 가난하여 어버이를 제대로 봉양하지 못했다. 어느 날 저녁, 먼 마을에서 말쌀을 얻어 돌아오다가 마산(馬山) 아래에 왔다. 마침 날이 캄캄했는데, 두 노인이 길가에 앉아 있다가 기쁘게 맞이하며 말했다.

"그대의 집은 어디이며 어찌하여 급하게 가는가?"

조현술이 이유를 말하고 집으로 돌아가 봉양할 일이 참으로 급하다고 사양했다. 두 노인이 붙잡으며 말했다.

"여기에 큰 보물이 있으니 그대가 가져간다면 곡식을 빌리는 것보다 낫지 않겠는가?"

조현술은 감히 그럴 수 없다고 사양했다. 두 노인이 말했다.

"그대는 우리를 속물로 보는가? 우리는 상제(上帝)의 명을 받고 그대에게 보물이 있는 곳을 가르쳐 주는 것이다."

그리고는 즉시 조현술을 붙잡고 깊은 곳으로 가서 은항아리 두 개를 파내더니, 2천 냥만 떼어 주며 말했다.

"상제의 명은 처음에 이만큼에 불과했네."

조현술이 놀라고 두려워하며,

"이것이 어찌 가난한 집에 마땅한 것이겠습니까. 만약 집에 가져가서 쓴다면 관청의 빚과 민간의 질투를 면하기 어려울 것입니다. 직접 상제의 명을 듣지 않으면 안 됩니다."

하고는 다른 곳으로 가 버렸다. 두 노인이 말했다.

"쯧쯧, 고집스러운 사람이군."

그러더니 홀연 보이지 않았다. 훗날 어떤 사람이 욕심을 내었으나 결국 헤메기만 하고 항아리는 찾지 못했다.


5

김득진(金得振)은 부원수 김경서(金景瑞)의 아들이다. 부원수가 심양(瀋陽)에서 죽자 김득진은 하루도 북쪽을 향해 앉지 않았다. 그러다가 철산 부사(鐵山府使)가 되었는데, 마침 청나라 사신이 오게 되어 호행대장(護行大將)으로 차임되었다. 효성령(曉星嶺)에 도착하여 분개한 나머지 밥을 먹지 않다가 피를 토하고 죽었다.


6

진흥군(晉興君) 김양언(金良彦)은 자기 아버지 김덕수(金德秀)가 심하(深河) 전투에서 죽자 오랑캐와 같은 하늘을 이지 않겠다고 맹세했다. 큰 글씨로 '복수(復讐)' 두 글자를 써서 차고 다니며 전쟁에서 아비를 잃은 자손 5백 명을 모집하여 복수군(復讐軍)이라 이름 지었다. 도원수 장만(張晚)이 임금에게 아뢰어 복수장(復讐將)으로 삼고, 압록강에 얼음이 얼 때마다 함께 강변을 순찰하며 변란에 대비했다. 마침 이괄(李适)이 반란을 일으키자 척후장(斥堠將)이 되겠다고 자청하여 먼저 성에 올라 적을 섬멸했다. 책훈되어 광화수(光化守)에 제수되자,

  "나는 차마 복수의 이름을 팔아 벼슬로 바꿀 수 없다."

하고는 세 번 글을 올려 사직했다. 그런 다음 마침내 이전처럼 수자리로 돌아갔다. 정묘년(1627) 봄, 안주성(安州城)에 들어가 지키다가 끝내 절도사 남이흥(南以興)과 함께 순절했다.


7

석포(石浦) 전내적(田乃績)은 부친과 조부까지 3대가 증자(曾子)와 민자건(閔子騫)처럼 효성스러웠다. 한 번은 모친이 병에 걸려 생선을 먹고 싶어 하자 강에 그물을 던졌다. 마침 여름 장마 때문에 잡을 수가 없었는데, 갑자기 자라 한 마리가 큰 물고기 세 마리를 몰아 육지로 나왔다. 사람들은 효성에 감응한 것이라 했다. 그리하여 온 집안이 감화되어 그의 남자종은 병든 부친을 위해 손가락을 잘랐고, 그의 여종도 병

자년(1636) 난리 때 절개를 지켰다.


8

이지함(李之諴), 이지성(李之誠) 형제는 아버지가 무오년(1618, 광해군10) 전쟁 때 오랑캐 땅에 들어가 생사를 알 수 없었다. 두 사람은 아버지가 집을 떠난 날을 제삿날로 삼아 죽을 때까지 상복을 입고 고기를 먹지 않았다.


9

정홍익(鄭弘翼)은 대대로 철산(鐵山)에 살았다. 아버지가 고을에서 벼슬하다가 부사 심동상(沈東祥)에게 매를 맞아 죽었다. 정홍익이 원한을 품고 있다가 심동상이 고을을 떠나 경계를 나가자 숨어 있다가 총을 쏘았다. 맞추지는 못했으나 심동상은 놀라서 말에서 떨어졌다. 정홍익은 심동상이 이미 죽었다고 여기고 스스로 나아가 포박을 받고 곧장 관찰사에게 압송되었다. 관찰사 이주진(李周鎭)은 심동상이 죽지는 않았으나 죽은 것과 같다고 하며 마침내 사형으로 논죄했다. 정홍익의 어머니와 아내는 모두 과부가 되어 서로 부축하여 대궐에 가서 신문고를 치려 했지만 원수의 집에서 막아서 들어가지 못했다. 마침 어머니는 병들어 죽고, 아내도 자살하려 했지만 아직 시신을 거두지 못했으므로 억지로 참았다. 이 이야기를 들은 사람들이 위문하며 눈물을 흘렸다.

# 형제와 우애함

1

상사(上舍) 노경래(盧警來)와 도사(都事) 노성래(盧省來)는 우애가 매우 좋아 늙어서도 분가하지 않았다. 도사는 생계가 조금 어려울 때면 상사의 물건을 제 물건처럼 찾아 썼다. 한 번은 친한 사람이 한양에서 찾아와 말했다.

"사위에게 비단 두 필이 필요해서 평안도 수령에게 부탁하려 하오."

도사가 말했다.

"이곳 말고 어디로 가려고 하시오."

그리고는 날마다 술상을 차리고 풍악을 연주하여 손님을 즐겁게 했다. 손님은 이유를 알 수가 없어 돌아가려 했다. 이때 상사의 아내가 방금 비단을 다 짰는데, 도사가 비단 짜는 곳에 오더니 비단을 잘라 가버렸다. 형수가 상사에게 말했다.

"도련님이 제 비단을 가져갔어요."

상사가 태연히 말했다.

"여러 말 마시오. 아우가 알까 두렵소."

# 친척과 화목함

## 1

삭주(朔州)의 선비 최진첨(崔震瞻)은 5대가 한 집에 살았는데, 온 가족이 적어도 수십 명이었고, 최진첨은 소목(昭穆)의 차례가 두 번째였다. 그러므로 아침저녁으로 사당에 알현한 뒤 어른에게 가서 잘 먹고 잘 잤는지 여쭌 뒤 청사(廳事)에 나와 앉아 집안사람들의 절을 받았다. 절을 마치면 각자 자기 일을 했다. 밥을 먹을 때는 북을 쳐서 모이게 하고, 다 먹으면 예전처럼 일을 했다. 도회시(都會試)와 향시(鄕試)가 열릴 때면 글에 능한 사람 십여 명이 함께 한 편을 짓고 연장자 한 사람이 사용하게 하니, 방(榜)이 나올 때마다 합격하지 않은 적이 없고, 성균관에 오른 사람도 있어 선비들이 부러워했다.

순찰사 조현명(趙顯命) 정승이 예하 고을을 수행하다가 특별히 찾아갔는데, 글을 지어 장공예(張公藝)[1]에 비기기까지 했다. 이어서 판서 조상경(趙尙絅)이 이조를 맡았을 때 천거하여 재차 자리를 옮겨 경릉직장(敬陵直長)을 지냈다.

## 2

김진건(金振健)은 곽산(郭山)의 관노(官奴)이다. 오복친(五服親)[2]이 함께 살았는데 가문의 법도를 잘 지켰다. 온 집안사람 백여 명이 각자 자기

---

1 장공예(張公藝) : 당나라 사람으로 9대가 한 마을에 살았다는 것으로 유명하다.
2 오복친(五服親) : 8촌 내의 모든 친척을 말한다.

밭에서 농사를 짓다가 가을이 되면 종가로 보내어 창고에 보관했다. 일이 있으면 반드시 종손에게 알린 다음에 뜻대로 했다. 명절 때마다 종친이 모두 모였는데 남녀가 질서정연했다. 지금 성상(영조)이 듣고 가상히 여겨 직접 '백자당(百子堂)' 세 글자를 쓰고 정려를 내렸다.

# 청렴결백함

### 1

문간공(文簡公) 이승소(李承召)는 성종조에 예조 판서가 되었는데 청렴하고 강직하기로 이름났다. 성상이 내시를 시켜 그의 집을 엿보게 했는데, 오직 초가집 몇 칸뿐이고, 사당도 만들지 않았다. 성상이 힐문하니 이렇게 대답했다.

"신의 집은 평양에 있는데 큰형이 제사를 지냅니다. 신은 객지에서 벼슬하니 무릎을 넣을 곳만 있으면 충분합니다."

이때 병조 판서도 입시했는데, 성상이 이승소에게 눈짓하며 아는 사이인지 물었더니, 즉시 모르겠다고 대답했다. 병조 판서가 부끄러워하며 말했다.

"모르는 것이 아니라 신이 집안을 경영하여 자손을 위한 계책으로 삼았기 때문입니다."

### 2

서정(西亭) 전벽(田闢)은 일곱 고을을 차례로 맡았는데, 가는 곳마다 청렴하다는 명성이 있었다. 처음에 보령 현감(保寧縣監)을 지냈는데 고을 사람들이 서로 자랑하며 말했다.

"우리 원님은 시도 옥 같고 얼굴도 옥 같고 마음도 옥 같다."

이로 인해 삼옥태수(三玉太守)라고 불렀다.

3

화암(和菴) 장세량(張世良)이 횡성 현감(橫城縣監)이 되었는데 정사가 물처럼 깨끗했다. 조정에서 아전과 백성의 청에 따라 특별히 임기를 3년 연장했으며 품계를 올리고 비단을 하사했다. 벼슬에서 물러나자 몸에 지니고 있던 모든 물건을 버리고 떠났는데, 집에 돌아온 다음날 "이 집과 땔나무, 쌀이면 충분하다." 했다.

# 남다른 행실

## 1

합강(合江) 박대덕(朴大德)은 그의 스승 지산(芝山) 조호익(曺好益)의 상을 당하자 묘소에 여막을 짓고 삼년 동안 아침저녁으로 전배했으며 이유 없이 골짜기를 나가지 않았다. 남쪽 지방 사람들이 박거묘동(朴居墓洞)이라고 불렀다.

## 2

합강 박대덕이 대동법 때문에 군수를 거슬러 칙사의 말을 기르는 일을 맡았다. 합강은 다른 사람에게 시키지 않고 손수 꼴과 콩을 나르며 입으로는 『춘추』를 읽었다. 칙사가 몹시 기특하게 여겨 불러다 앉히고 말했다.

"훗날 제사를 받을 사람은 그대가 아니고 누구이겠는가."

## 3

정안(靜安) 한우신(韓禹臣)의 아버지는 본디 안정(安定)의 역졸이었다. 정안이 예닐곱 살 때 따라서 역참에 갔는데, 마침 사신이 그의 용모와 행동을 기특하게 여겨 불러서 이야기를 나누고는 차려놓은 음식을 주었으나, 정안은 땅에 엎드려 감히 먹지 않았다. 사신이 이유를 묻자,

"할머니가 계십니다."

했다. 사신이 더욱 기특하게 여겨 다른 역졸을 시켜 갖다주게 했다.

집에 도착하자 곧바로 할머니에게 가서 무릎을 꿇고 바쳤다. 할머니가 물었다.

"너도 먹었느냐?"

정안이 대답했다.

"할머니가 계신데 제가 어찌 감히 먹겠습니까?"

그리고는 할머니가 다 먹기를 기다렸다가 물러났다. 역졸이 돌아와 그 일을 아뢰자 사신이 감탄하며 말했다.

"나는 이미 그가 보통 사람이 아니라는 것을 알고 있었다."


4

정안 한우신이 어릴 적 들판에 갔다가 농부 한 사람을 만났는데 소와 수간(獸姦)하고 있었다. 정안은 즉시 땅에 엎드려 차마 보지 못했다. 농부가 몹시 부끄러워 힘껏 일으켰으나 끝내 움직이지 않았다. 돌아와서는 마침내 비밀로 했다. 죽음을 앞두고 아들들에게 이 이야기를 들려주면서 말했다.

"내가 보려고 하지 않았던 것은 한번 그의 이름을 알게 되면 죽을 때까지 잊지 못할 것이기 때문이다. 그러므로 지금까지 참고 있었던 것이다."


5

월저(月渚) 황윤후(黃胤後)는 평생 기생집에 가지 않았다. 어떤 순찰사가 그를 흔들어 보려고 몰래 기생들에게 꾀를 주었다. 잠시 후 모시던 여자가 술을 따를 차례가 되었는데 그의 손을 살짝 잡았다. 황윤후는

정색하고 엄숙히 서더니 그 적삼을 잘라 던져버렸다. 순찰사가 이 때
문에 마음으로 복종하게 되었다.


6

집암(執菴) 황순승(黃順承)은 행실이 독실한 군자이다. 제사가 있을 때
마다 반드시 재계하고 굽은 나무로 대변 보는 곳까지 깨끗이 긁어냈
다. 세상 사람들이 비웃으며 '황생의 제사지내는 갈고리'라고 했다.


7

집암 황순승이 당숙 한 사람과 함께 성묘를 가다가 와현(臥峴)에 도착
했다. 묘소와 20리 떨어진 곳인데 즉시 말에서 내리더니 눈 속을 걷기
시작했다. 당숙이 왜 그러냐고 묻자,

"선산이 보입니다."

했다. 당숙도 어쩔 수 없이 내려서 걸으며 온갖 고생을 했다. 훗날 이
일을 이야기할 때마다 말했다.

"쯧쯧, 순승과는 다시 같이 안 간다."


8

집암 황순승이 밤길을 가다가 도적떼를 만나 타고 있던 말을 빼앗겼
다. 걸어서 몇 걸음 가다가 돌아가 가지고 있던 채찍을 주면서 말했다.

"말이 지치면 채찍질을 해야 갈 것이오."

도둑들이 놀라며 말했다.

"혹시 황고집이 아니오?"

"그렇소."

그러자 도둑들이 말을 놓아주고 가면서 말했다.

"어진 사람이 타던 말이다."

황순승이 평소 행실이 있어 고을 사람들이 고집이라 지목했고, 도둑도 그렇게 말한 것이다.


9

집암 황순승이 전생서의 일을 하면서 희생은 종묘 제사에 쓰는 것이니 공경하지 않을 수 없다고 여겼다. 따로 판자로 우리를 만들어 돼지들을 그곳에 살게 하고, 날마다 노비들을 시켜 발을 닦아주고 분뇨를 실어 나르게 했으며, 자신은 조복을 입고 감독했다.

# 장수의 자질

## 1

양무공(襄武公) 정봉수(鄭鳳壽)는 나이 14세에 아이들과 모여 놀면서 스스로 대장이 되어 진법을 썼다. 하루는,

"아무 곳에 백성을 해치는 큰 뱀이 있으니 함께 죽일 만하다. 너희들
은 내일 각자 무기를 가지고 와라. 기한에 늦으면 죽이겠다."

라고 약속했다. 어떤 아이가 기한에 늦었는데, 나무 아래에 묶어놓고 도끼로 베었다. 마침내 나아가 뱀을 쏘았더니 뱀이 죽었다. 기다려도 아이가 돌아오지 않자 아이의 아버지는 한을 품고 보복하려고 급히 정봉수를 잡아 관가에 데려갔다. 수령이 보고는 놀라고 기이하게 여겨 말했다.

"비록 네 아들 백 명을 죽였더라도 정씨 집 아이 하나를 대신할 수
있겠느냐?"

## 2

양무공 정봉수가 정묘년(1627) 난리 때 용골산성(龍骨山城)에 들어가 의병을 일으켜 성을 지킬 계책을 마련했는데, 군수가 시기하여 방해했다. 정봉수가 말했다.

"아, 큰일을 그르치겠구나."

즉시 장막으로 들어가 군수의 머리를 베고 나와서 아전과 사졸들을 호령하여 그 성을 보전했다.

3

기산(箕山) 허관(許灌)이 연서역 찰방(延曙驛察訪)이 되었는데 마침 오랑캐가 쳐들어와 어가를 모시고 남한산성에 들어왔다. 오랑캐가 성 아래에 박두하여 한쪽 모서리가 대포를 맞고 무너졌다. 한겨울이라 추위가 심했는데, 허관이 비변사에 청하여 대나무를 세워 목책을 만들고 그 위에 물을 부으니, 하룻밤 사이에 얼음이 되었다.

포위당한 가운데 마초가 떨어졌으나 온 조정이 마련할 방법이 없었다. 정승 지천(遲川) 최명길(崔鳴吉)이 허관을 불러 계책을 물으니, 허관이 즉시 대답했다.

"제게 기병 500기를 빌려주십시오."

즉시 500기를 주자 성문을 열고 곧장 오랑캐의 진으로 쳐들어갔다. 오랑캐 군주가 진문을 열어 그들이 가고 싶은 곳으로 가게 했다. 저녁 무렵이 되자 허관은 마초를 잔뜩 마련하여 돌아왔다. 최명길이 허관의 재주는 크게 쓰일 만하다고 누차 칭찬했다.


4

당악(唐岳) 사람 최덕문(崔德雯)은 글을 잘 지었으며 지략이 풍부했다. 천계(天啓) 계해년(1623)에 역적 이괄(李适)에게 끌려갔는데, 역심을 막을 수 없다는 것을 헤아리고 거짓으로 세 가지 계책을 만든 다음에 수백 기를 데리고 원수의 군대로 귀순했으나 결국 어이없이 죽음을 당했다. 그러나 이괄 역시 패망했으니, 본디 최덕문이 술책을 부렸기 때문이었다.

5

무신년(1728) 이인좌(李麟佐)의 난이 일어나자 장수들이 다투어 피난민을 죽여 적의 수급으로 채웠는데, 오직 계원장(繼援將) 의주(義州) 사람 박동추(朴東樞)만 일부러 말을 멈추고 뒤에 있으면서 한 번도 나아가지 않으면서 말했다.

"나는 차마 보통 사람의 목숨으로 부귀를 노릴 수 없다."

# 식견과 도량

## 1

중추(中樞) 전장복(全長福)은 비록 배우지 않았으나 성품이 지혜로워 일마다 잘 이해했다. 두 아들을 두었는데 함께 공부시키고 아침마다 공부한 것을 외우게 하고 들었다. 큰아들이 외우지 못하는 경우가 많아 묵묵히 깊이 생각하고 있었는데, 작은아들이 불쌍히 여겨 거듭 "월월(越越)"이라 했다. 전장복이 꾸짖었다.

"너는 형에게 그냥 넘어가라고 가르쳐주는 것이냐?"

어떤 이가 물었다.

"어떻게 월이 그냥 넘어가는 것인 줄 알았는가?"

전장복이 말했다.

"칙사가 동쪽으로 와서 압록강을 건너는 것을 월강(越江)이라 하지 않는가?"

## 2

어떤 무인이 구리 종을 주조하는 일을 맡았는데, 구리 열에 두셋은 그의 손에 들어갔다. 전장복이 평소 다른 사람에게 이를 이야기했지만 무인은 듣고도 인정하지 않았다. 전장복이 말했다.

"만약 종의 무게를 재면 어떻겠소?"

무인이 믿지 않고 말했다.

"종의 무게는 눈금저울로 잴 수 있는 것이 아니오."

전장복이 말했다.

"지금 가로목과 세로목을 대들보와 기둥처럼 세우고, 왼쪽에 종을 매달고 오른쪽에 돌을 쌓아 무게가 같게 만든 다음에 그 돌의 무게를 재면, 종이 천근만근이라도 이를 벗어나지 않을 것이오."

무인이 사과하며 말했다.

"제가 참으로 죄를 지었습니다."

# 빼어난 풍채

## 1

토관(土官) 주인보(朱仁輔)라는 사람이 있었는데, 분위기가 고상하고 당당하여 마치 신선의 기상이 있는 듯했다. 하루는 순찰사에게 조회하려고 도포를 입고 홀을 들고서 문 밖의 청사(廳舍)에 있었다. 마침 안변 부사(安邊府使)가 왔다가 그를 보고는 큰 고을 수령의 체모도 잊고 허리 숙여 절했다. 사람들이 그의 실수를 놀리자 안변 부사가 무안해하며 말했다.

"나는 나의 예를 행했을 뿐이다."

## 2

정안(靜安) 한우신(韓禹臣)이 성균관 사예가 되었다. 전례에 따르면 사예가 자리에 오르면 유생들이 모두 뜰에서 읍을 하게 되어 있었다. 생원들이 다투어 나서며 말했다.

"누가 한우신을 위해서 뜰에서 읍을 하겠느냐?"

그런데 한우신을 만나니 위엄 있고 엄숙하여 자기도 모르게 머리가 땅에 닿았다. 나와서는 서로 탓하며 말했다.

"내가 그런 것이 아니다. 나는 다른 사람을 따라서 절했을 뿐이다."

## 3

중국의 술사 양씨(梁氏)가 박엽(朴燁)에게 대우를 받지 못하여 구걸하며 이리저리 돌아다니다 송태사(松泰寺)에 와서 돈암(遯菴) 선우협(鮮于浹)을 만났다. 마침 관상을 보는데, 선우협은 글 읽기를 멈추지 않았다. 며칠 동안 그 주위를 맴돌다가 절의 승려들에게 주의를 주었다.

"이 사람은 장차 제사를 받을 사람이니 너희들은 잘 보거라."


4

강후열(康後說) 공은 용모가 위엄 있고 엄숙하여 고을 사람들이 보면 신처럼 여겼다. 한 번은 이충백(李忠伯)에게 백금 백 냥을 빌리고서 기한이 지나도록 갚지 않았다. 이충백이 누차 재촉했지만 강후열은 상관하지 않았다. 하루는 이충백이 일찌감치 창을 들고 큰소리로 욕했다.

"내가 강후열을 만나면 반드시 찌르겠다."

마침내 강후열의 집에 가서 몇 마디 말을 나누다가 몰래 차고 있던 칼을 뽑아 강후열을 겨누었다. 강후열이 갑자기 이후백을 돌아보자 이후백은 자기도 모르게 손을 떨며 즉시 머리를 조아리고 꿇어앉아 말했다.

"좋은 칼이 있어 감히 당신에게 바치고자 합니다."

끝내 돈 이야기는 하지 못했다.


5

산인(山人) 이경업(李景業)의 별장은 관불리(觀佛里)에 있었다. 하루는 갈건을 쓰고 누런 소를 타고 가다가 안변 부사(安邊府使)를 만났는데, 소에서 내리지 않았다. 안변 부사가 사람을 시켜 누구인지 묻게 하니, 산인이 채찍을 휘두르며 돌아보지도 않고 가면서 말했다.

"나는 관불산인(觀佛山人) 이경업 선생이다."

안변 부사가 바라보고는 진정한 은자라 여겼다.

## 6

안일개(安一介)는 선배 중에 풍류가 뛰어나 온 지방의 으뜸이었다. 기생들이 날마다 그의 집에 모이느라 교방이 텅 비었다. 간혹 다투고 질투하면 욕하며 말했다.

"너는 안랑(安郞)의 집이 어딘 줄 아느냐?"

## 7

상사(上舍) 노경래(盧警來)는 근세의 풍류 있는 사람의 우두머리이다. 늘 부러진 꽃무늬 허리띠를 찼는데, 친구 장씨(張氏)가 부러워하며 일부러 자기 꽃무늬 허리띠를 부러뜨리고 거리를 돌아다녔다. 갑자기 어떤 사람이 뒤에서 그의 뺨을 때렸다. 장씨가 돌아보고 미처 말을 꺼내기도 전에 그 사람이 웃으며 말했다.

"나는 당신이 노면진(盧勉進)[1]인 줄 알았소."

장씨가 몹시 기뻐하며 말했다.

"자세히 보았소. 나를 다시 때려주시오."

---

1 노면진(盧勉進) : 노경래를 말한다. 그의 자가 면진이다.

# 벼슬한 자취

1

서정(西亭) 전벽(田闢)은 만년에 고을 수령 자리를 청해 영월 군수(寧越郡守)로 부임했다. 영월의 풍속은 예로부터 거칠었는데, 서정은 고을의 자제 중에 가르칠 만한 사람을 관청 건물에 들어오게 하고 엄격한 진사를 스승으로 삼았다. 서정은 때때로 조절할 뿐이었다. 한 달이 지나자 유학이 널리 시행되어 곳곳에서 글 읽는 소리가 들렸다.

2

정선(鄭宣)이라는 사람이 있었는데 역관(譯官) 정명수(鄭命壽)의 조카였다. 정명수 덕택에 곽산(郭山)과 순안(順安) 두 고을의 수령을 지냈는데, 가는 곳마다 잘 다스린다는 명성이 있었다. 정명수가 패망하자 그의 친척들은 모두 죽음을 당했는데, 정선만 두 고을의 백성들이 관찰사에게 그의 치적을 아뢰며 죽음을 면해달라고 청한 덕택에 마침내 화를 면했다.

# 조짐을 알다

1

서산대사(西山大師) 휴정(休靜)은 우리나라의 육조대사(六祖大師)[1]이다. 기축년(1589, 선조22)에 역모로 옥사가 일어나자【선조 기축년의 종계변무(宗系辨誣)이다.】이름난 승려라는 이유로 체포되었는데, 선조가 특별히 풀어주라고 명했다. 그리고는 어필로 묵죽(墨竹)을 그리고 시를 짓게 하니, 즉시 응제했다.

| | |
|---|---|
| 소상강의 대나무 한 가지 | 瀟湘一枝竹 |
| 성군의 붓끝에서 생겼네 | 聖主筆頭生 |
| 산승이 향 사르는 곳에 | 山僧香熱處 |
| 잎마다 가을바람 소리 | 葉葉帶秋聲 |

선조가 말했다.
"아랫 구는 무슨 뜻인가?"
휴정이 대답했다.
"몇년 뒤에 가을 달 아래 계실 것입니다."
임진왜란이 일어나자 어가가 의주(義州)에 머물렀는데, 마침 8월 15일 밤 통군정(統軍亭)에 올랐다가 숲 속에서 들려오는 경쇠소리를

---

1 육조대사(六祖大師) : 선종(禪宗)의 법통을 계승한 당(唐)나라 승려 혜능(慧能)이다.

듣고 괴이하게 여겼다. 내시가 다가와 말했다.

"산사의 승려가 예불하는 것입니다."

선조가 깜짝 놀라며 그제서야 묵죽에 쓴 시의 뜻을 깨달았다.


2

국헌(菊軒) 황징(黃澄)은 『주역(周易)』과 『홍범(洪範)』에 밝았다. 만력(萬
曆) 기미년(1619, 광해군11)에 조도사(調度使) 윤수겸(尹受謙)이 집으로 찾
아와 선생이라 하면서 학업을 전수받고자 했다. 며칠 뒤 다시 막료를
보내어 전했다.

"마침 바쁜 일이 있으니 찾아오시지 않겠습니까?"

황징이 혀를 차면서 말했다.

"어찌하여 나를 소나 말로 취급하는가?"

곧장 활시위를 당겨 이마를 겨누자 막료가 깜짝 놀라 뒤돌아보지
않고 달아났다. 얼마 후 윤수겸은 과연 역모를 일으켰다가 패망했다.


3

합강(合江) 박대덕(朴大德)은 열 살에 지산(芝山) 조호익(曺好益)을 모시
고 성재동(成齋洞)으로 들어갔다. 마침 노래하는 사람이 멀리서 오고
있었는데, 소리가 몹시 깨끗했다. 지산이 물었다.

"이 노래가 어떠냐?"

박대덕이 대답했다.

"맑기는 하지만 실하지 않으니 아마도 병든 사람일 것입니다."

노래하는 사람을 보았더니 과연 중풍을 앓는 사람이었다.

## 4

박엽(朴燁)이 반란을 일으킬 바음을 먹고 전장복(全長福)을 심복으로
삼으려 했다. 그러나 전장복은 그를 멀리하며 죽이려 했으나 또 차마
하지 못하고 몇 번이나 망설였다. 박엽은 평소 주사위 놀이를 잘 했는
데, 전장복의 솜씨도 뛰어났기에 서로 이기고 지는 사이였다. 그러나
전장복은 그가 예측할 수 없는 사람이라는 것을 알고, 몰래 주사위의
사방에 여섯 개의 구멍을 뚫고[2] 항상 차고 다녔다. 하루는 박엽이 대
동강 배 위에서 전장복에게 말했다.

"네가 이기면 내가 큰 상을 주겠지만 이기지 못하면 죽을 것이다."

전장복은 형세가 몹시 위급해지자 꿇어앉아 아뢰었다.

"이 주사위는 손에 익숙하지 않으니, 평소 쓰던 것으로 했으면 합니
다."

박엽은 아무 것도 모르고 허락했다. 전장복이 한번 던지자 바로 여
섯이 나왔는데, 즉시 강에 던져 버렸다. 박엽은 비록 의심하고 화를
냈지만 이미 끝난 일이라 어쩔 수가 없었다.


## 5

역관(譯官) 정명수(鄭命壽)가 기세등등할 때 그의 친척은 모두 관직을
얻었다. 전장복은 순영의 막료로 있다가 가산 군수(嘉山郡守)에 추천되
었는데, 감영 문에서 자리를 깔고 눈물을 흘리며 말했다.

"저는 여항 사람입니다. 어찌 감히 벼슬을 차지하겠습니까. 반드시

---

2 주사위……뚫고 : 주사위를 던져 어느 쪽이 나와도 6이 나오게 만들었다는 말이다.

죽게 될 것이니, 다른 뜻은 없습니다."

마침내 그 일이 중지되었다. 얼마 후 역관 정명수는 패망했고, 전장복은 홀로 연좌되지 않았다.【정명수는 본디 자산(慈山) 월탄(月灘) 사람이다. 어릴 적 사람을 죽이고 중국으로 망명했는데, 장성하자 청나라가 역관으로 삼았다. 인조, 효종 때 수시로 나라를 출입하며 폐단을 일으켰다.】

# 깊은 학문

## 1

송정(松亭) 김반(金泮)은 경학으로 성균관 대사성이 되었는데, 후학을 인도할 적에 게으른 기색이 전혀 없이 30년을 하루처럼 지냈다. 김구(金鉤), 김말(金末) 두 어른과 특히 앞을 다투어 마침내 삼김(三金)으로 지목받았다.

## 2

정안(靜安) 한우신(韓禹臣)은 〈우서(虞書)〉를 읽다가 '공공이 겉으로는 공손하다.〔共工象恭滔天〕'에 이르자 이렇게 말했다.

"도천(滔天)은 첨부(諂夫)가 되어야 한다."[1]

아, 부처가 이른바 '투철한 깨달음'이라는 것이 아니겠는가.

## 3

돈암(遯庵) 선우협(鮮于浹)은 약관의 나이에 수박자(守朴子) 김태좌(金台佐)에게 『상서(尚書)』를 배웠는데, 기삼백(期三百)[2]에 대해서는 수박자도 이해하지 못하는 것이 있었다. 돈암이 한달 남짓 문을 걸어 잠그고 힘써 해석하자 얼음이 풀리듯 했다. 수박자가 그를 위해 여러 번 자리

---

1 도천(滔天)은……한다 : 『서전(書傳)』을 집필한 채침(蔡沈)은 '도천'을 연문(衍文)으로 보았다. 한우신의 설을 따르면 이 구절은 '공공이 겉으로는 공손하나 아첨하는 자이다.'로 풀이할 수 있다.

를 양보했다. 돈암 선생이 이렇게 말했다.

"어린아이가 말을 하게 된 것처럼 나는 글을 배워서 불을 붙이는 효과를 이루었다."


4

최천흥(崔天興)이라는 사람이 있었는데 호는 이은(吏隱)이다. 민간에서 우뚝이 일어나 조용히 오묘한 도를 깨달아 그림 하나, 글 한 편이 모두 스스로 터득한 데서 나왔다. 그가 말했다.

"내가 수십 번 글을 외며 따라가고 거슬러 올라가는데, 한 달쯤 지나자 갑자기 어두운 방에서 흰 기운이 생겨났다. 이로 인해 깨달았다."

식자들이 도필(刀筆)의 소강절(邵康節)[3]이요, 이굴(理窟)의 상홍양(桑弘羊)[4]이라 지목했다.

---

2 기삼백(期三百) : 『상서』〈요전(堯典)〉에 나오는 구절로 역법(曆法)에 관한 난해한 내용이다.

3 도필(刀筆)의 소강절(邵康節) : 도필은 문서를 다루는 아전을 말하며, 소강절은 송(宋)나라 학자 소옹(邵雍)이다.

4 이굴(理窟)의 상홍양(桑弘羊) : 이굴은 이학(理學), 즉 성리학을 말한다. 상홍양은 한(漢)나라 사람으로 소금과 철, 술의 전매로 국가 재정을 풍족하게 만든 사람이다.

# 뛰어난 문장

1

송정(松亭) 선생 김반(金泮)이 왕명에 따라 명나라로 들어가자 어룡(魚龍)을 그린 족자에 시를 써 달라는 사람이 있었다. 송정은 즉시 시를 지었다.

| | |
|---|---|
| 누가 가벼운 비단 위에 | 誰畵輕綃幅 |
| 바람과 파도에 안개 자욱한 그림 그렸나 | 風濤雲霧濛 |
| 비단 같은 비늘이 푸른 바다에 번득이고 | 錦鱗飜碧海 |
| 신령한 물건은 푸른 하늘로 오르네 | 神物上靑空 |
| 잠겼다가 나타날 적에 형체는 다르지만 | 潛見形雖異 |
| 뛰어오르려는 뜻은 한결같다네 | 飛騰志則同 |
| 만약 짧은 꼬리를 태우면 | 若爲燒短尾 |
| 하늘로 올라가 용이 되리라[1] | 攀附在天龍 |

중국 사람이 매우 칭찬하며 그를 '짧은 꼬리를 태운 선생[燒短尾先生]'이라 했다.

---

1 만약……되리라 : 물고기가 용문(龍門)을 지나갈 때 우레가 그 꼬리를 태워야 용으로 변한다는 전설이 있다.

## 2

직학 김학기(金學起)는 아버지에게 미움을 받았다. 아우들은 모두 쌀밥을 먹는데 김학기만 조밥을 먹었으며 다른 아들 사이에 끼지 못했다. 한 늙은 노비가 항상 그를 도왔는데, 마침내 부벽루 별시에 급제했다. 방(榜)이 나오자 아버지가 늙은 노비를 시켜 아들 중에 누가 급제했는지 알아오라고 하니, 노비가 돌아와 알렸다.

"조밥이 급제했습니다."

## 3

모재(慕齋) 김안국(金安國)은 중종조(中宗朝)에 대제학이 되었다. 일본 승려 붕중을 대접한 적이 있는데, 붕중이 초승달 시를 지으라 하며 일부러 벽운(僻韻)을 부르자 즉시 대답했다.

| | |
|---|---|
| 신령한 구슬 부서지자 용과 물고기 싸우고 | 神珠缺碎鬪龍魚 |
| 은두꺼비 베어 죽여 반이나 먹었네 | 剔殺銀蟾半蝕蛆 |
| 망서[2]가 다급하여 수레를 잘못 몰아 | 顚倒望舒仍失御 |
| 축 잃고 바퀴 부러져 수레 꼴을 못 갖추네[3] | 軸亡輪折不成輿 |

붕중이 한참동안 혀를 내둘렀다.

---

2 망서(望舒) : 달을 수레처럼 모는 신이다.
3 金安國, 〈與兒輩夜坐口號半月絶句韻險兒輩覺窘索余賦之〉, 『慕齋集』.

4

정안(靜安) 한우신(韓禹臣)의 〈벽사롱부(碧紗籠賦)〉와 형산(荊山) 변환(卞瓛)의 〈과증산시(過甑山詩)〉는 모두 중국 사신의 칭찬을 받았다. 사신이 향을 피우고 손을 씻은 뒤에 읽고서 한우신의 부는 도(道)가 있는 사람의 글이고, 변환의 시 역시 당나라 사람의 말투라고 했다.


5

갈파(葛坡) 이진(李進)은 어떤 사람이 그를 이백(李白)에 비유하자 이렇게 말했다.

"내 시가 만약 이백을 만나면 채찍을 잡아야겠지만,4 〈백마편(白馬篇)〉5 따위라면 나도 넉넉히 상대할 만하다."

한 번은 시를 지었다.


| 칠월 초삼일 | 七月初三日 |
| --- | --- |
| 금년도 이미 가을이네 | 今年亦已秋 |


정승 월사(月沙) 이정귀(李廷龜)가 보고서 자기도 모르게 무릎을 치며 기뻐하며 말했다.

"참으로 기린을 잡을 만한 재주다."


---

4 채찍을 잡아야겠지만 : 상대방을 인정하고 굴복하겠다는 뜻이다.

5 백마편(白馬篇) : 이백이 지은 오언고시이다.

6

월저(月渚) 황윤후(黃胤後)의 〈회몽초부(懷夢草賦)〉는 한양의 종이를 귀하게 만들었다. 인조(仁祖) 역시 항상 벽에 걸어두었는데, 훗날 벼슬하여 성상을 가까이서 모시게 되자 성상이 맞이하며 웃으면서 말했다.

"회몽초가 왔느냐?"


7

기산(箕山) 허관(許灌)은 학사(學士) 수양(首陽) 유도삼(柳道三), 함경도 사람 시랑(侍郞) 이지온(李之馧)과 함께 방외삼걸(方外三傑)로 지목되었다. 우암(尤庵 송시열) 선생이 그의 부(賦)를 읽고 말했다.

"탁영(濯纓) 김일손(金馹孫)보다 뛰어난 사람이다."


8

근세의 뛰어난 인물로 모두 기산(箕山) 허관(許灌)과 이촌(梨村) 김여욱(金汝旭)을 꼽는다. 그러나 이촌이 스스로 적절한 평가를 내린 적이 있다.

"학포(學圃) 허관은 형세는 널찍하지만 미처 꾸미지 못한 천 칸의 넓은 집과 같다. 나는 모든 구조를 갖추고 팔작지붕을 얹은 세 칸의 집과 같다."

사람들은 이것을 두 사람의 품격으로 정했다.


9

찰방 윤영(尹瑛)은 평소 책을 읽을 적에 몹시 법도가 있었다. 매달 보름 이전에는 『사기(史記)』 등을 읽는데 시간이 부족할 지경이었으며,

보름 이후에는 노름을 하는데 역시 시간이 부족할 지경이었다. 어떤
사람이 그 이유를 묻자 이렇게 대답했다.

"사마천(司馬遷)이 아니면 바탕을 세울 수 없고, 노름이 아니면 기력
을 키울 수 없다."

## 10

사문(斯文) 변지익(卞之益)은 자가 숙겸(叔謙)이다. 그러므로 자칭 변숙
(卞叔)이라 했는데 바로 형산(荊山) 변환(卞瓛)의 막내아들이다. 문장이
지극히 높고 예스러워 진(秦)나라, 한(漢)나라 사람과 똑같았다. 기사
년(1629. 인조7) 은과(恩科)를 치를 때 동료들에게 몹시 시기를 받았다.
기산(箕山) 허관(許灌)이 장원을 차지하여 쫓아내자 변지익이 흘끗 보
고는 비웃으며 말했다.

"그래도 말은 되는군."

## 11

서천(西泉) 김호익(金虎翼)이 호남의 찰방을 지낼 적에【전주(全州) 삼례
찰방(參禮察訪)을 지낼 때이다.】관찰사를 따라가 사직단에 제사를 지내
고 절구 한 수를 지었다.

| | |
|---|---|
| 봄가을 두 신에게 제사지내는 일 | 春秋祭二神 |
| 때때로 다른 사람 시키기도 하네 | 時或使他人 |
| 사또께서 직접 제사를 지내시니 | 相國身親莅 |
| 사직을 위하는 신하인 줄 알겠네 | 方知社稷臣 |

관찰사가 정말 재주있다고 칭찬했다.


## 12

문산(文山) 허절(許晢)은 하늘이 내린 재주를 지닌 데다 옛것을 회복할 능력이 있어 직접 황무지를 개척하여 한 지방 문인의 으뜸이 되었다. 한 편의 글이 나올 때마다 다리도 없이 사방으로 퍼져 오척동자(五尺童子)라도 목을 빼고 서쪽을 바라보지 않는 사람이 없었다. 한 번은 남쪽 지방 선비 조중정(趙重鼎)이 한양에서 문산과 같은 마을에 사람을 만났는데, 즉시 절구 한 수를 읊어 주었다.


허절은 글에 능한 사람　　　　　　　　　　許晢能文者

평생 만나보길 바랬지　　　　　　　　　　平生願見之

모란봉의 아름다운 달 아래　　　　　　　　牧丹峰好月

언제쯤 시를 논할 수 있을까　　　　　　　　何日與論詩


문산도 훗날 듣고는 매우 통쾌하게 여겼다.


## 13

화은(和隱) 이시항(李時恒)은 청천강 북쪽에서 왔는데, 우리 평양의 학자 중에 그보다 나은 사람이 없었다. 대제학 이덕수(李德壽)가 그의 글을 칭찬하여 평이하고 온건하여 실로 일상생활에 쓰는 물건처럼 세상에 쓰기에 적절하다 했다. 정승 조태억(趙泰億) 같은 사람은 이렇게 말했다.

"이 늙은이가 한 수 물러야겠군."

14

원외(員外) 강간(康偘)은 정안(靜安) 한우신(韓禹臣) 선생의 미생(彌甥)이다.【미생은 외손이다. 영조 병오년(1726) 진사시에 합격하고 문과에 급제했다.6】 글을 지으면 기이한 기운과 신묘한 경지가 많았다. 〈태극변(太極辨)〉, 〈인귀론(人鬼論)〉 등의 글은 정승 정우량(鄭羽良)이 "인간의 음식을 먹는 사람의 말이 아니다."라고 비평했다. 어떤 이가 정우량에게 물었다.

"우리나라의 문사 중에서 중국의 과거에 급제할 만한 사람이 있겠습니까?"

정우량이 대뜸 대답했다.

"온 나라를 통틀어 오직 강간 한 사람뿐이다."

---

6 영조⋯⋯급제했다 : 강간은 1726년 생원시에 합격하고 1733년 문과에 급제했다.

# 총명하고 민첩함

## 1

사부(士部) 강의봉(康儀鳳)은 총명하기가 다른 사람들보다 뛰어났다. 철산 통판(鐵山通判)을 지낼 적에 마침 중국 사신이 백운(百韻)이나 되는 장편 배율을 지어 원접사에게 화답을 요구했는데, 잠시 보여주고는 거두어 가니 원접사 이하 모든 사람들이 모두 기억하지 못했다. 이때 강의봉은 마침 역참에 나와 있다가 병풍 뒤에서 한번 엿보았을 뿐이었다. 누군가 원접사에게 아뢰어 그에게 외게 했더니 한 글자도 빠뜨리지 않았다. 원접사 이하 모든 사람들이 감탄해 마지않았다.

## 2

변숙(卞叔)은 형산(荊山) 변환(卞瓛)의 사랑을 받았다. 한 번은 아버지의 지시를 받아 과거공부를 하게 되었는데, 『상서(尙書)』한 질을 가지고 절에 가서 읽더니 열흘도 못 되어 돌아왔다. 형산이 중도에 그만두었다고 꾸짖자 이렇게 대답했다.

"이미 익혔습니다."

형산이 책에서 뽑아 시험해보았더니 줄줄 외웠으며, 집주(輯註)까지 한 글자도 틀리지 않았다. 형산이 혀를 내두르며 말했다.

"네가 무엇 하러 급제하기를 구하겠느냐. 급제가 반드시 너를 구할 것이다."

또 중국 사람이 배 한 척에 책을 싣고 청천강에 와서 정박하고는 팔려고 했다. 변숙이 따로 찾아가 한번 훑어보더니 전부 외우는데 마치 익숙히 읽은 것 같았다. 중국 사람이 깜짝 놀라 배에 실린 책을 전부 주었다.

## 3

수재(秀才) 하홍(河弘)은 맹자 이래 가장 뛰어난 인재다. 한 번은 일 때문에 평양에 왔다가 창고를 관리하는 아전 집에 묵었다. 책상에 문서가 가득하기에 하홍이 잠깐 한번 엿보았는데, 얼마 후 갑자기 불에 타버렸다. 하홍은 아전이 걱정하는 모습을 보고는 곧 종이와 붓을 찾더니 남김없이 썼다. 아전이 깜짝 놀라 탄복하며 묵는 동안 특별히 우대했다.

## 4

삼천(三遷) 홍익중(洪益重)은 평소 기억력이 뛰어나 책을 훑어보기만 해도 다시 읽을 필요가 없었다. 젊어서 향교(鄕校)에 가서 공부했는데, 마침 여양(驪陽) 민유중(閔維重) 공이 교생들에게 강경(講經)을 권면하며 통과하지 못하는 자는 회초리를 쳤다. 교생들은 모두 밤늦게까지 잠들지 않고 글을 외웠다. 홍익중은 술에 취해 누워 때때로 가만히 듣기만 했다. 막상 강경을 하자 교생들은 대부분 통과하지 못했으나 홍익중만 상을 받았다.

# 칠옹냉설

❋

## 하

# 자유롭게 행동함

## 1

정승 구봉서(具鳳瑞)는 변숙(卞叔)이 속되지 않은 사람이라는 말을 듣고서 예하 고을을 순행하는 기회에 특별히 찾아가 보았다. 마침 변숙은 모친상을 치르고 있었는데, 학창의(鶴氅衣)를 입고서 거문고를 타면서 원망하고 사모하는 소리를 내고 있었다. 구봉서가 그의 손을 잡고 눈물을 흘리며 말했다.

"그러지 말게. 명교(名敎 유교)에는 엄격한 법이 있네."

## 2

중시(重試) 김협봉(金鋏鋒)이 굶주리고 있었는데, 그의 집 밖은 모두 다른 사람의 땅으로, 곡식이 한창 익어가고 있었다. 김협봉은 어느 날 이른 아침에 마음대로 곡식을 베었다. 곡식 주인이 와서 따지자 눈을 부라리며 말했다.

"나는 백이(伯夷)가 아니거늘 어찌 주속(周粟)[1]을 먹지 않겠는가?"

## 3

괴헌(槐軒) 노경래(盧警來)는 어려서 아버지를 잃고 효도를 하지 않았

---

1 주속(周粟) : 본디 주나라 곡식이라는 뜻으로 백이가 은나라에 대한 절개를 지키며 주나라 곡식을 먹지 않다가 굶어죽은 고사를 인용한 것이다. '주위에 있는 곡식'이라고 풀이하는 것도 가능하므로 이중적인 의미로 사용한 듯하다.

다. 한 번은 어머니의 명으로 사흘치 양식을 가지고 산사로 갔다. 그러나 애당초 책을 펼치지도 않고, 오직 날마다 장가(長歌)와 단가(短歌)만 익히고, 노래를 다 익히자 돌아왔다. 어머니가 그동안 무슨 공부를 했는지 물으니,

"노래뿐이지요."

했다. 어머니가 시험해보고 기뻐하며 말했다.

"노래는 이만하면 충분하다."

그리고는 또 양식을 주어 책을 읽게 했더니, 밤낮으로 부지런히 하는 것이 노래를 익힐 때보다 더했다.

4

판교(判校) 홍경선(洪慶先)은 집이 가난했으나 책읽기를 좋아하여 15, 6세 때부터 이미 과거시험장에 이름이 알려졌다. 한 번은 도회(都會)[2]에 응시하려는데 신고 갈 버선이 없었다. 어머니가 푸른 베 이불을 잘라 버선을 만들어주니, 홍경선이 기뻐하며 신었다. 이를 본 사람들이 다투어 비웃었지만 홍경선은 부끄러워하지 않았다. 이때 양양(陽壤 삼등(三登))의 호족(豪族) 황씨는 부유한 사람으로서 딸이 있었는데, 홍경선의 집안에서 먼저 혼인할 뜻을 비추었으나 허락하지 않았다. 그러다가 홍경선이 1등으로 급제하는 것을 보고 말했다.

"좋은 사위를 구하려 했는데, 지난번 파란 버선 신은 아이로구나"

마침내 딸을 시집보냈다.

---

2 도회(都會): 관찰사가 주최하는 과거시험이다.

# 우스운 이야기

## 1

용산(龍山) 한극창(韓克昌)이 살았을 당시 관찰사가 그를 아끼고 칭찬하며 자주 불러 시를 읊었다. 어느 날 용모가 추한 손님 둘을 만났는데, 얼굴이 얽은 사람은 성씨(成氏)였고 코주부인 사람은 원씨(元氏)였다. 한극창이 자리에 나아가자마자 명에 따라 시를 지었다.

| | |
|---|---|
| 청화관 안에서 봄추위 즐기는데 | 淸華館裏賞春寒 |
| 두 손님 모습이 모두 단정치 않네 | 二客形容總不端 |
| 성씨의 얽은 얼굴은 어망처럼 촘촘하고 | 成子縛顔魚網密 |
| 원군의 붉은 코는 여지(荔芰)처럼 빨갛구나 | 元君朱鼻荔芰丹 |
| 길가의 아이들은 다투어 웃으며 놀리고 | 路傍兒輩爭騰笑 |
| 휘장 아래 미인은 합방하기 부끄러워하네 | 帳下佳人愧合歡 |
| 수치를 참는 것이 남자의 일이니 | 忍恥忍羞男子事 |
| 오늘 평안도 지나가길 싫어하지 말게 | 莫嫌今日過平安 |

## 2

사문(斯文) 김덕량(金德良)이 혼자 벼슬하며 객지에서 산 지 여러 해가 되었다. 한 번은 어떤 전임 이조 판서를 찾아갔는데, 그의 매제 양씨(楊氏)가 이조 판서가 외출한 틈을 타서 먹을 훔쳐 품에 넣었다. 이조 판서가 돌아와 먹이 어디 있는지 물으니, 김덕량은 없어진 먹이 필시 양씨에게 갔을 것이니 양씨에게 물어보라 했다. 재상이 캐물으니 과연 그가 자수했다. 총재는 김덕량이 재주 있다고 여겼는데, 칭찬이 점차 널리 퍼져 벼슬길이 활짝 열렸다.

3

국헌(菊軒) 황징(黃澄)이 성균관에 있을 때, 한양에 사는 어느 유생이 물었다.

"그대의 집에서 최정보(崔正甫)의 집이 얼마나 먼가?"

황징이 말했다.

"그대 집에서 이연송(李連松)의 집까지 거리와 같다네."

두 역적이 모두 강상(綱常)의 죄를 지었기 때문에 이렇게 말한 것이다.

4

어떤 환관이 국헌 황징을 조롱했다.

"평양 풍속은 큰 방을 만들어 남녀가 섞여 산다는데, 만약 여럿이 있다가 아들을 낳으면 어떻게 하는가?"

국헌이 말했다.

"예. 불알을 잘라서 환관으로 만들 뿐입니다."

환관은 할 말이 없어 몹시 부끄러워했다.

5

당악(唐岳)에 재주 있는 사람 둘이 있는데 최언호(崔彦虎)와 윤지한(尹之翰)이다. 젊은 시절부터 친하게 지내며 서로 앞을 다투었고, 또 농담을 잘했다. 윤지한이 먼저 읊었다.

| | |
|---|---|
| 작산 아래에 새가 있으니 | 有佳雀山下 |
| 항상 어미에게 보답할 마음 품었네 | 常懷反哺心 |
| 누가 알았으랴 신야의 노인이 | 誰知莘野老 |
| 증삼 같은 새를 낳을 줄[1] | 生此鳥中參 |

최언호가 대답했다.

| | |
|---|---|
| 긴 꼬리 달린 소 | 有丑拖長尾 |
| 털 붉고 뿔 둥그네 | 毛騂角且周 |
| 산천의 신령이 버리지 않더라도 | 山川雖不捨 |
| 나는 얼룩소 되기 부끄럽네[2] | 愧我作犁牛 |

## 6

부원수 김경서(金景瑞)가 길주 목사(吉州牧使)가 되어 성곽을 수리하는데, 몸소 흙과 돌을 지고 일꾼들의 앞장을 섰고, 때때로 대열을 두루 걸어 다녔다. 일꾼들이 서로 말했다.

---

1 누가……줄 : 신야의 노인은 신야에서 농사를 짓다가 은(殷)나라의 재상이 된 이윤(伊尹)을 말하며, 증삼 같은 새는 백거이(白居易)가 〈자오야제(慈烏夜啼)〉에서 까마귀를 효성스러운 증삼에 비유한 말을 인용한 것이다. 여기서는 최언호의 출신이 미천하나 효성스럽다는 뜻인 듯하다.

2 긴……부끄럽네 : 공자의 제자 중궁(仲弓)은 출신이 미천했으나 덕행이 뛰어났다. 공자는 이를 비유하여 "얼룩소의 새끼라도 털이 붉고 뿔이 반듯하면 쓰지 않으려 한들 산천의 신령이 버리겠는가." 했다. 이 말을 인용하여 윤지한의 출신이 미천하다는 점을 놀린 것으로 보인다.

"게으름 피우지 말게. 김 기총(金旗總) 올까 무섭네."

부원수가 이미 그 뒤에 와서 웃으며 말했다.

"김 기총 왔다."

7

갈파(葛坡) 이진(李進)은 개구멍3이라는 비난을 받았고, 동시기 상사(上舍) 최일유(崔一唯)는 애꾸 호랑이4라는 말을 들었다. 최일유가 지은 시에 이런 구절이 있었다.

| | |
|---|---|
| 선생의 시력은 수염 뽑고 촛불 깎을 만한데5 | 先生眼力堪撚剪 |
| 학사의 풍류는 베틀북 맞기를 면치 못하네6 | 學士風流未免梭 |

8

서천(西泉) 김호익(金虎翼)은 병자년(1636)에 오랑캐가 우리나라로 쳐들어와 안주(安州)까지 육박하자 다른 사람들은 모두 도망쳤는데, 갑작스레 시구를 지었다.

| | |
|---|---|
| 말발굽 소리 뚜벅뚜벅 울리는데 사람 발자취 길구나 | 馬蹄團團人跡長 |

---

3 개구멍 : 술을 많이 마시는 사람을 비유하는 말이다.

4 애꾸 호랑이 : 잔인한 사람을 비유하는 말이다.

5 수염……만한데 : 수염을 뽑는 것은 시를 짓기 위해 고민한다는 말이고, 촛불을 깎는다는 것은 시간을 정해놓고 시를 짓는 각촉부시(刻燭賦詩)를 말한다. 여기서는 시를 잘 짓는다는 뜻인 듯하다.

6 베틀북……못하네 : 진(晉)나라 사곤(謝鯤)은 행실이 문란하여 이웃의 부인을 유혹하다가 부인이 던진 베틀북을 맞고 이가 부러졌다.

도망가던 사람들이 다투어 꾸짖었다.

"지금이 어느 때인데 문장이나 짓고 있소?"

9

기산(箕山) 허관(許灌)은 나이 열두세 살에 이미 향교(鄕校)의 교생(校生)이 되었는데, 재주가 이미 완성되었다. 한 번은 여름날 국을 마시는데 파리가 모여들었다. 기산이 『맹자』의 구절을 외웠다.

"수(叟)는 천리를 멀다 않고 오셨으니, 역시 나의 국(國)을 이롭게 함이 있겠습니까?[7]

10

첨지중추부사 이충백(李忠伯)은 사람들이 범처럼 두려워했다. 오직 산인(山人) 이경업(李景業)만은 그를 놀이감으로 삼았기에 분개하고 있었다. 하루는 새벽에 산인이 집으로 들어오자 이충백이 그의 배를 깔고 앉아 친구 국충(國忠)을 부르며 칼을 가져오라며 말했다.

"오늘 이 애송이를 죽이고야 말겠다."

산인이 태연히 말했다.

"국충, 칼을 가져오지 말게. 나와 자네 주인 중에 누가 죽을지 모르네."

이충백이 웃으며 일어났다.

---

7 수(叟)는……있겠습니까 : 『맹자』 첫 머리에 나오는 구절로 본디 수(叟)는 노인(맹자)을 뜻하고 국(國)은 나라를 뜻한다. 그러나 여기서 '수'는 파리를 뜻하는 '쉬'로, '국'은 물을 붓고 간을 맞춘 음식의 뜻으로 쓴 듯하다.

11

산인(山人) 이경업의 집은 자주 끼니가 끊겼으나 넉넉한 것처럼 여겼다. 어느 날 저녁, 의기양양하게 집으로 들어오더니 집사람에게 빈 그릇을 가지고 오라고 했다. 그리고는 숟가락을 들어 입에 대면서 말했다.

"성대한 식사는 본디 빠뜨릴 수 없으니, 빈 숟가락이라도 출입해야 한다."


12

비류(沸流) 땅의 뛰어난 인물인 윤신철(尹莘喆)이 양양(陽壤)【강동(江東)의 옛이름이다.】에 더부살이하며 고을의 아전 노릇을 했다. 그는 농담을 좋아하여 기회만 있으면 입을 열었기에, 사또 나만갑(羅萬甲)의 귀여움을 받았다. 나만갑이 밖에 나갔다가 올챙이를 보고서 윤신철에게 눈짓하며 장난으로 말했다.

"이것은 윤(尹)자 같군."

"윤자가 아니라 갑(甲)자입니다."

나만갑이 또 길가의 오래된 무덤을 가리키며,

"그대는 왜 벌초하지 않는가?"

하니, 이렇게 대답했다.

"사또께서는 저를 묘지기로 삼을 작정이십니까?"


13

비류(沸流) 땅에 오진길(吳振吉)이라는 사람이 있었는데, 그 역시 기이한 선비였다. 서울에 갔다가 정승 원두표(元斗杓)를 만났는데, 원두표가 물었다.

"그대 사는 지방에 사또를 꾸짖는 봉우리가 있다고 들었는데, 정말 그러한가?"

오진길이 대답했다.

"사또를 꾸짖는 봉우리 아래에 또 선정비가 있습니다."

# 오만하고 방자함

## 1

주서(注書) 홍승범(洪承範), 서하(西河) 방희범(方希範), 당악(唐岳) 최언호(崔彦虎)는 모두 빼어난 재주를 자랑했다. 간이(簡易) 최립(崔岦) 등 여러 공들이 '평안도의 세 마리 범'이라고 지목했다. 홍승범은 겨우 십여 세에 시 한 연(聯)을 지었다.

산대에는 참새가 살고        山臺棲鳥鵲

원접사는 자식을 기르네       遠接長兒孫

소세양(蘇世讓)이 빈접사(儐接使)가 되어 여색에 빠졌기 때문에 지은 것이다. 소세양은 몹시 원한을 품고 떠났다. 우리 평안도 사람들이 청요직에 금고되는 화의 시작으로, 이때부터 길이 막히게 되었다.

## 2

박엽(朴燁)이 연광정(練光亭)에 올랐는데, 어떤 선비가 말을 타고 장림(長林)을 지나다가 아전과 병사들에게 둘러싸여 뜰 아래로 끌려왔다. 그가 즉시 항의했다.

"속담에 '강 하나가 천 리다.'라고 했는데, 상공께서는 어찌하여 천 리 밖에 있는 사람을 금지하는 것입니까?"

## 3

숭정(崇禎) 연간에 중국인 정선갑(鄭先甲)이라는 사람이 있었는데, 철옹성(鐵甕城)에 와서 살면서 석수장이 노릇을 하며 먹고 살았다. 이때 수신(帥臣) 이빈(李贇)이 묏자리를 쓸 일이 있었는데, 글자를 새길 때 정선갑이 보고 비웃으며 말했다.

"내가 발로 써도 이것보다 낫겠다."

이빈이 몹시 성내며 죽이려고 하면서 말했다.

"네가 글을 잘 쓰느냐?"

시험해보니 과연 글을 잘 썼다. 이빈은 그가 중국의 진사였다는 말을 듣고 더욱 불쌍히 여겨 귀한 손님으로 삼았다.

## 4

독우(督郵) 윤영(尹瑛)이 벼슬하여 서울에 있을 때의 일이다. 재상의 아들과 바둑을 두었는데, 그와 다투다가 바둑판을 엎고 꾸짖었다.

"개자식아! 너는 네 아비에게 의지하여 재상이 될 것이냐? 내 상자속에는 팽택(彭澤)의 부(賦) 한 편[1]이 있다."

윤영의 벼슬길은 이로부터 막히게 되었다.

## 5

상사(上舍) 홍선(洪僎)은 사부(詞賦)로 문과에 급제했다. 마침 매부 평사(評事) 이급(李級)도 명경과(明經科)로 회시(會試)를 치르러 갔는데, 오

---

1 팽택(彭澤)의 부(賦) 한 편 : 도연명(陶淵明)의 〈귀거래사(歸去來辭)〉를 말한다. 벼슬을 그만두고 돌아가겠다는 뜻이다.

래도록 좋은 소식이 없었다. 누이가 걱정되어 홍선을 찾아가니, 홍선이 차갑게 말했다.

"홍선이 진사되었다는 말만 듣고, 이급이 급제했다는 말은 듣지 못했다."

얼마 후 이급이 합격했다는 소식이 들려오자 홍선의 얼굴이 흙빛이 되었다.


6

예산(禮山) 김의엽(金義燁)이 기유년(1669, 현종10) 은과(恩科)를 앞두고 있었는데, 누가 급제할 것인지 물은 사람이 있었다. 김의엽이 새끼손가락부터 하나씩 굽히며 말했다.

"김계지(金啓址), 변사달(邊四達), 양현망(楊顯望)……"

오직 엄지손가락만 치켜들고 있었다. 물은 사람이 괴이하게 여기자 천천히 말했다.

"이 늙은이도 양보할 수 없소."

방(榜)이 나왔는데, 양현망이 장원이고 자기는 그 다음이었다. 그러자 성내며 말했다.

"어떤 어린놈이 이렇게 컸는가!"


7

원외(員外) 양만영(楊萬榮)의 부인 강씨(姜氏)는 월당(月塘) 강석기(姜碩期) 정승의 증손녀였다. 아름다웠으나 자식이 없었는데, 어느 날 밤 용이 나오는 기이한 꿈을 꾸었다. 마침 춘당대(春塘臺)에서 과거를 연다는 소식을 듣게 되었다. 부인은 자식을 가지려 했으나 원외는 장원급제를 하려고 부인의 옷을 훔쳐 입었는데, 한 번에 급제했다. 장원 이하가 모두 갈옷을 벗고 옷을 하사받게 되었는데, 오직 원외만 부인옷을 입고 나왔다. 임금이 힐문하기에 사실대로 대답하여 웃음거리를 제공하니, 한바탕 크게 웃었다.

8

판교(判校) 홍경선(洪慶先)이 고을 수령을 만나게 되었다. 인사가 끝나자 갑자기 수령의 벼루를 집어 들어 문성 첨사(文城僉使)를 치더니 꾸짖었다.

  "내가 어찌 너를 만나러 왔겠느냐? 너처럼 보잘 것 없는 관원이 나의 절을 받을 수 있겠느냐?"

  수령이 깜짝 놀라 문성 첨사를 끌고 나가게 했다. 문성 첨사는 낭패를 보고 물러갔다.

9

상인(上人) 양열(良悅)이라는 사람이 있었는데, 한 번은 지팡이를 짚고 수양(首陽 해주(海州)) 관아의 황해도 관찰사 의장(儀仗) 앞을 지나갔다. 잡아다 죄를 다스리려 하니, 양열의 공초(供招)에,

  "가슴 속에는 팔만대장경을 나열했고, 등 뒤에는 시서 백여 가를 쌓았습니다. 포부를 말하는데 그밖의 것을 볼 겨를이 있겠습니까."

했다. 평안도 관찰사는 그가 시승(詩僧)임을 알아보고 운을 불렀더니 즉시 시를 읊었다.

문왕(文王)은 유리(羑里), 중니(仲尼)는 광(匡)에서[2]　　　文王羑里仲尼匡

가의(賈誼)는 장사(長沙), 굴자(屈子)는 상수(湘水)에서[3]　　賈誼長沙屈子湘

예로부터 성현들은 모두 이러했으니　　　　　　　　　自古聖賢皆若是

오늘 수양(首陽)에서 무엇하러 상심하리오　　　　　　首陽今日亦何傷

황해도 관찰사가 무릎을 치며 낭선상인(浪仙上人)[4]이라고 했다.


10

국헌(菊軒) 황징(黃澄)이 성균관에 유학할 적에 재주를 깊이 숨기고 있
었다. 게다가 눈이 작고 수염이 덥수룩하여 백호(白湖) 임제(林悌)가 업
신여기며 항상 털보라고 불렀다. 하루는 반제(泮製)에서 〈대부송부(大
夫松賦)〉를 지었는데 황징이 장원을 차지했다. 백호가 놀라서 땀을 흘
리며 말했다.

"털보가 나를 속였구나."


11

국헌(菊軒) 황징이 성균관에서 돌아오다가 마침 황해도 관찰사가 황주
(黃州)에서 선비를 모아 도시(都試)를 치르는 것을 보게 되었다. 국헌도

---

2 문왕(文王)은……광(匡)에서 : 주(周)나라 문왕은 주왕(紂王)에 의해 유리에 감금된 적이 있
　고, 공자는 송(宋)나라 광 땅에서 악인으로 오인받아 포위된 적이 있다.

3 가의(賈誼)는……상수(湘水)에서 : 한나라 가의는 장사왕의 태부로 좌천된 적이 있고, 굴원
　은 직언하다 쫓겨나 상수를 방황했다.

4 낭선상인(浪仙上人) : 당나라 시인 가도(賈島)를 말한다. 한때 승려였으므로 이렇게 말한 것
　이다.

억지로 시험장에 들어갔는데, 행색을 살피더니 쫓아내려고 했다. 국헌은 부제(賦題)가 '알묘(揠苗)'인 것을 보고는 일부러 배우지 않은 사람인 척하며 '알(揠)'을 '언(偃)'으로 읽고는,

"이 뜻이 무엇이오?"

하니, 시험장에 있던 사람들이 큰소리로 웃으며 그가 황징이라는 것을 알지 못했다. 방(榜)이 나오자 장원을 차지한 사람은 황징이었다. 시험장에 있던 사람들이 다시 깜짝 놀랐다.


12

적벽(赤壁) 계운식(桂雲植)은 사부(詞賦)에 능숙하여 글을 팔아 먹고 살았다. 과거시험장에 들어갈 때마다 따르는 사람이 털모자의 털처럼 많았다. 계운식은 생각이 다하자 소식(蘇軾)의 〈적벽부(赤壁賦)〉를 써서 사람들의 입을 막았다. 계적벽(桂赤壁)이라는 별명이 여기서 생겼다.


13

평양 감영의 아전 오광례(吳光禮)라는 사람이 박엽(朴燁)의 요리사가 되었다. 하루는 불고기를 올리는데 불에 탄 곳이 있었다. 박엽이 말했다.

"어찌하여 멀리서 굽지 않았느냐?"

하니, 이튿날에는 날것으로 올렸다. 박엽이 몹시 화를 내자 오광례가 땅에 엎드려 말했다.

"어제 그렇게 말씀하셨기에 잠깐 연광정(練光亭)에 올라가 대성산(大聖山)의 불을 바라보며 구웠습니다."

## 14

전례에 따르면 사신(使臣)이 평양에 들어오거든 감영에서 하리(下吏)를 뽑아 그 동정을 살피게 했는데, 이를 '의리(儀吏)'라 했다. 박엽이 평안도 관찰사로 있을 때 아전들이 교활한 오광례(吳光禮)를 미워하여 그가 이 일로 죄를 얻기를 바라며 일부러 이 일을 맡겼다. 오광례는 의관을 정제하고 감영에 들어가더니 뒷짐을 지고 천천히 걸어다녔다. 박엽이 물었다.

"너는 무엇 하는 놈이냐?"

오광례가 대답했다.

"소인은 의리입니다. 그러므로 의식을 연습하려는 것입니다."

박엽은 바보라고 여겨 쫓아냈다.


## 15

오광례(吳光禮)는 집이 가난했으나 술 마시기를 매우 좋아하여 그의 아내가 좋아하지 않았다. 간혹 모르는 사람이 문을 지나가면 오광례는 그를 불러들여 앉히고는 곧바로 먼저 부엌에 들어가 부탁했다.

"귀한 손님이 왔으니 술을 사오게."

아내가 애써 그 말을 따라 술을 올리면 오광례는 먼저 스스로 술을 따르고, 마치 손님에게 권할 것 같이 하더니 이어서 두 번째 잔을 마시고 이어서 세 번째 잔을 마시고 말했다.

"술 다 마셨소."

나그네가 옷을 털고 나가며 꾸짖고 욕하여 마지않으니, 아내가 이유를 물었다. 오광례가 말했다.

"말도 마시오. 이 손님은 한잔 마시더니 몹시 취했소."

## 16

오광례(吳光禮)가 서울 사람 아무개에게 농막을 팔았는데, 그 문서에,

"동쪽은 장림(長林), 서남쪽은 이암(狸巖), 북쪽은 주암(酒巖)이다."

했다. 서울 사람이 그것을 가지고 맞춰보니 바로 대동강이었다.

## 17

숙종 때 무인(武人) 박진영(朴振英)이라는 사람이 있었다. 벼슬하여 궁궐에 있었는데, 만족하지 못하고 답답해 했다. 내전(內殿)에 불이 나자 호위하는 무사들이 함께 버티고 있었는데, 박진영은 홀로 궁궐 담 밖에서 왔다갔다하며 소리쳤다.

"박진영이 없었더라면 어떻게 이 불을 끌 수 있었으랴?"

성상이 듣고는 박진영이 정말로 불을 끈 줄 알고 특별히 변장(邊將)에 제수했다.

# 의롭고 호탕함

## 1

전장복(全長福)은 평소 역관 정명수(鄭命壽)에게 후대를 받았는데, 기산(箕山) 허관(許灌)이 그 죄를 탄핵하여 죽을 곳으로 몰아넣고자 했다. 전장복은 훗날 기산이 세상을 떠났다는 말을 듣고 탄식했다.

"평안도가 텅 비어 사람이 없구나. 이전에 그분이 나를 죽이려 했는데, 그분이 아니라면 또 누가 나를 죽이려 하겠는가?"

그리고는 그를 위해 조문하고 제사지냈으며 부조를 후하게 했다.

## 2

전장복(全長福)이 수만 꿰미의 돈에 값하는 물건을 가지고 가도(椵島)에 가서 팔려고 했는데, 어떤 사람이 와서 보더니 저도 모르게 탄식하며 눈물을 흘렸다. 전장복이 이유를 묻자 그가 말했다.

"저는 촉(蜀) 지방의 상인인데 파산하여 동쪽으로 왔습니다. 눈에 보이는 광경이 절로 그렇게 되지 않을 수 없군요."

전장복이 말했다.

"이것으로 그대의 생업을 다시 할 수 있겠는가?"

"어찌 못하겠습니까마는 또 어찌 감히 바라겠습니까?"

전장복이 즉시 물건을 거두어 그에게 주며 말했다.

"내년에 다시 만납시다."

그 사람이 사례하고 또 문서를 작성하도록 청하니, 전장복이 웃으며 말했다.

"그대는 촉 지방 사람이고 나는 조선 사람입니다. 만일 그대가 오지
않는다 해서 내가 문서를 가지고 찾아갈 수 있겠습니까?"

그 사람이 감동하고 기뻐하면서 이튿날 배를 타고 떠났다. 약속한
날이 되자 과연 돌아왔는데, 그 이익이 열 배나 백 배에 그치지 않았다.

3

의주(義州)에 임의남(任義男)이라는 사람이 있었는데, 인조조(仁祖朝)
팔장사(八壯士)의 한 사람이다. 병자년(1636) 남한산성이 함락된 뒤, 세
자를 호위하여 심양(瀋陽)에 들어갔다. 이때 청음(淸陰) 선생 김상헌(金
尙憲)도 잡혀서 북쪽에 와 있었다. 오랑캐 임금이 기름솥을 마련해놓
고 꾸짖었다.

"너희 나라를 위해 죽을 수 있는 사람은 여기에 들어가라."

그러자 청음이 옷을 벗고 뛰어들었다. 임의남이 즉시 앞으로 나아
가 안고 나왔는데, 오랑캐 임금이 의롭게 여겨 마침내 풀려났다.

4

임의남은 만년에 더욱 의리를 좋아하여 항상 전장복을 어르신이라고
불렀다. 마침 오랑캐가 쳐들어오자 소매를 떨치며 말했다.

"내가 남쪽으로 가지 않으면 전씨 어르신은 반드시 죽을 것이다."

그리고는 하루에 오백 리를 달려 평양에 도착하여 그를 찾아 마침
내 난리를 벗어났다. 임의남은 평양에서 제법 재산을 모았는데, 늙어
죽을 때가 되자 전씨의 자제들을 찾아 모두 넘겨주고는 노새 한 마리

를 타고 훌쩍 북쪽으로 돌아갔다.


5

근래에 정순웅(鄭順雄)이란 사람이 있는데 평양의 큰 협객이다. 한 번은 황주(黃州)의 흑교(黑橋)에서 큰 상인 수십 명이 꽃가마와 길을 다투다가 다리 아래로 밀어 떨어뜨렸는데, 뒤에 와서 보고는 꾸짖었다.

"어떤 나쁜 놈들이 이렇게 무례하냐?"

즉시 뛰어들어 맨손으로 때리니, 사람들이 모두 쓰러져 일어나지 못했다. 그 다음에 꽃가마를 메고 더러운 물에서 나왔다. 물어보니 상원(祥原) 선비 집의 딸이었다. 그 부부가 눈물을 흘리며 정순웅을 붙잡고 함께 집으로 가서 소를 잡고 술을 빚어 손님으로 대접했다. 딸은 술을 따르며 오라비와 누이의 예를 행하고, 다시 여종 한 명을 주며 말했다.

"데리고 가서 오라버님의 심부름이라도 시키세요."

# 탐욕스럽고 인색함

1

우문박(禹文博)은 양암(陽巖)의 부자이다. 그러나 성품이 인색하여 자기 생활이 몹시 검소했으며 며느리들은 모두 쌀겨를 먹었다. 하루는 며느리의 친정에서 초대를 받았는데, 음식을 많이 차려 대접하는 것이었다. 그런데 막상 밥뚜껑을 열어보니 쌀겨였다. 우문박은 부끄러워하며 돌아왔다. 며느리들은 그제서야 도정한 곡식을 먹을 수 있게 되었다.

# 서툴고 소박함

## 1

사문(斯文) 김덕량(金德良)이 영변부사(寧邊府使)를 지낼 적에, 하루는 요리사가 소를 잡고서 양(䑋 소의 밥통)을 훔쳤다. 김덕량이 묻기를,

"이것은 어찌 양이 없느냐?"

하니, 요리사가 속였다.

"검은 소는 본디 양이 없습니다."

훗날 백악산(白岳山)의 제관(祭官)으로 뽑혔는데, 또 어떤 사람에게 속아 제사를 지내고도 축문(祝文)을 읽지 않아 마침내 의금부에 끌려 갔다. 그의 공사(供辭)에,

"이미 검은 소가 양이 없다고 믿었으니, 어찌 백악산에 축문이 있는 줄 알았으리오?"

라고 했다.

## 2

태천(泰川) 김여욱(金汝旭)의 이웃 사람이 말을 잃어버리고는 김여욱에 게 와서 자기 말인줄 알고 가져갔으나 김여욱은 결백을 밝히지 못했 다. 훗날 말을 잃어버린 사람이 다시 찾아서 급히 김여욱에게 돌려주 고, 또 음식을 차려 김여욱을 초대했다. 김여욱은 이상하게 여기지 않 고 역시 취하도록 마시고 배불리 먹을 뿐이었다.

3

화은(和隱) 이시항(李時恒)이 영원군수(寧遠郡守)를 지낼 적에 어쩌다 소송하는 백성이 있으면 그때마다 포서(鋪叙)는 어떻게 하는지, 회제(回題)는 어떻게 하는지 물어보았다.


4

장원(壯元) 이양(李瀁)은 논에 둑을 쌓는 일을 했는데, 바깥쪽에서부터 쌓으니 둑이 곧바로 터져버렸다. 그리하여 방수론(防水論)을 짓게 하니, 곧장 안쪽에서부터 지었다.【또는 근원을 막아 물줄기를 끊었다고 한다.】

# 용 감히 불러냄

## 1

교리(校理) 김적복(金積福)은 바다와 같은 기상이 높이 올라간 용보다 더한 사람이었다. 늙기 전에 병을 핑계대고 고향으로 돌아와 우뚝이 만물을 벗어나 언덕이나 골짜기에서 술을 마시기도 하고 시를 읊기도 하면서 바람과 꽃, 눈이나 달을 즐겼다. 그러므로 사람들이 '술마시는 신선〔飮仙〕'이라 하고, 사는 마을을 용덕리(龍德里)라고 했으니, 한 지방의 숨은 선비 중에 으뜸이었다.

## 2

청산(靑山) 이응허(李應虛)는 조정에서 벼슬하다가 문득 고향으로 돌아가고픈 생각이 들어 벼슬을 버리고 돌아가 청운산(靑雲山) 속에 은거하며 승려 한두 명을 데리고 산수를 유람하며 유유자적했다. 수박자(守朴子) 김태좌(金台佐)는 그의 벗이었는데, 격문을 지어 불러내려 했으나 끝내 나오게 하지 못했다.

# 곤란을 당함

1

좌랑 홍기제(洪旣濟)는 기묘년(1699, 숙종25) 별시(別試) 때 봉미관(封彌官)[1]이 되었는데, 어떤 권세 있는 집안 자제가 농간을 부렸다. 홍기제가 처음에는 붙잡으려 했지만 그의 협박을 받고 뜻을 굽혔다. 얼마 후 옥사가 일어나 홍기제는 마침내 금고되었다.

---

1 봉미관(封彌官) : 과거시험 답안지의 응시자 인적사항을 관리하는 관원이다.

# 학문이 모자람

## 1

김협봉(金鋏鋒)은 힘이 세고 활을 잘 쏘았으나 글을 잘하지 못했다. 무경(武經) 가운데 『오자병법(吳子兵法)』 한 책만 가지고 있었고, 『오자병법』에서도 '오기(吳起)가 위문후(魏文侯)를 만나다'라는 한 구절을 읽었을 뿐이었다. 그가 중시(重試)에 응시했을 때, 강관(講官)이 그가 원하는 대로 『오자병법』을 뽑아들었는데, 강할 부분을 보니 익히지 못한 부분이었다. 그러자 손을 뻗어 책을 빼앗고는 첫 장을 펴서 첫 글을 읽고 말했다.

"병법가의 문자는 칼을 자르듯 해야 한다."

강관이 자기도 모르게 웃음을 터뜨렸다.

## 2

호민(豪民) 김여인(金麗仁)이라는 이가 있었는데, 변장(邊將)으로 입신하여 품계가 높아졌으나 글자를 알지 못했다. 한 번은 친구와 정(丁)자를 써서 지는 사람이 술과 고기를 사기로 약속했다. 김여인이 붓을 잡더니 먼저 가로로 한 획을 긋고, 이어서 세로로 한 획을 그었다. 마무리는 모두 삐침에 달려 있었는데, 김여인이 일부러 붓을 멈추고 한참 동안 생각하다가 갑자기 큰 소리를 지르며 오른쪽으로 치켜 올렸다. 자리에 있던 사람들이 모두 배를 잡고 웃었다.

3

장사(壯士) 문수원(文壽遠)은 무예로 부귀를 얻었고, 두 차례 변방 수령을 지냈다. 어떤 재상이 그의 선조가 누군지 물으니, 문수원은 곧바로 입에서 나오는 대로 문충공(文忠公)의 자손이라고 대답했다. 재상은 그를 곤란하게 만들고 싶어서,

"그대가 말하는 문충공은 누구인가?"

하니, 문수원은 그제서야 말이 막혔다.


4

우리 평양에 평생토록 그 이름을 말하기 싫은 자가 있는데, 글짓는 재주는 있으나 전고에 익숙하지 못했다. 그는 항상 관우장비(關羽張飛)를 한 사람으로 알고 있었다. 한 번은 과거시험장에 들어가 시를 짓다가 관우의 고사를 쓰게 되었다. 그러자 다른 사람에게 말했다.

"관우장비가 만약 두 사람이라면 딱 맞게 쓸 수 있지 않겠는가?"

# 포상을 받음

## 1

직학(直學) 김학기(金學起)는 글씨로 온나라를 뒤흔들었다. 한 번은 성종(成宗)이 동개[箭筒]를 주며 시구를 쓰라고 명했다. 그리하여,

| | |
|---|---|
| 강물 가까운 누대에 먼저 달이 비치고 | 近水樓臺先得月 |
| 해를 향한 꽃나무에 일찍 봄이 오네 | 向陽花木易爲春 |

라는 구절을 써서 올리니, 성종이 웃으며 특별히 초옥(貂玉)[1]을 하사했다. 비록 시기하는 자가 저지했으나 이 또한 특별한 지우라고 하겠다.

## 2

합강(合江) 박대덕(朴大德)은 임진왜란 때 선조(宣祖)에게 몹시 칭찬을 받았는데, 선조가 어필로 '관서부자(關西夫子)' 네 글자를 써서 하사했다.

## 3

월저(月渚) 황윤후(黃胤後)는 재주와 학문으로 시강원(侍講院)에 선발되

---

1 초옥(貂玉) : 초선관(貂蟬冠)과 옥관자(玉貫子)로 고관의 복식이다.

었는데, 오랫동안 모시고 공부한 공로가 있었다. 하루는 내전(內殿)에서 주렴 밖으로 불러다 비단 도포 한 벌을 하사하며 말했다.

"그대가 나의 아들을 매우 열심히 가르친다고 들었으므로 상을 내린다."

그리고는 그 옷을 입고 인사하라 명하니, 동료들이 모두 감동하여 눈물을 흘렸다.

# 좋은 징조

## 1

옹진(甕津) 변사달(邊四達)이 일찍이 꿈을 꾸었는데, 어떤 사나이가 말했다.

"그대의 이름은 좋지 않네. '주재(酒載)'로 바꾸는 것이 어떠한가?"

변사달은 그 뜻을 깨닫지 못했다. 얼마 뒤 을유년(1645, 인조23) 향시(鄉試)에 합격하고 정유년(1657, 효종8) 사마시에 합격하고, 기유년(1669, 현종10) 문과에 오르자 그제서야 '주재'의 뜻을 깨달았다.[1]

## 2

선생 이제한(李齊漢)은 숙종 임술년(1682, 숙종8)에 진사가 되었다. 그가 처음 과거에 합격할 적에 거위 머리에 연꽃이 피는 꿈을 꾸었는데, 을미일(乙未日)에 복시(覆試)를 치르게 되자 이렇게 말했다.

"나는 반드시 과거에 합격할 것이다."

얼마 뒤 과연 그렇게 되었다. '을(乙)'은 새[鳥]의 모습이고, 거위[鵝]에서 새[鳥]를 빼면 '아(我)'자가 되기 때문이다.

## 3

김성유(金聖猷)의 본명은 성휘(聖徽)이며, 정축년(1757, 영조33) 정시(庭

---

1 주재의 뜻을 깨달았다 : 합격한 해의 간지에 모두 유(酉)가 있으므로 주(酒)와 통하기 때문이다.

試)에 장원급제했다. 전날밤 꿈을 꾸었는데, 월궁(月宮)으로 들어가 계수나무 꼭대기에 '김성유(金聖猷)'라고 이름을 썼다. 그리하여 휘(徽)를 유(猷)로 바꾸었더니 마침내 장원급제했다.

# 신성하고 기이함

### 1

수박자(守朴子) 김태좌(金台佐)는 그의 기일에 반드시 신마(神馬)를 채찍질하고 덮개 달린 수레를 타고서 '영공(令公)이 오신다.'라고 소리치면서 온다.

### 2

부원수 김경서(金景瑞)가 타던 말은 마령(馬嶺)의 동굴에서 얻은 것이다. 요동(遼東)의 오랑캐 땅에서 순절할 때 팔뚝을 찔러 혈서를 쓰고 말갈기에 매어 집에 전하게 했다. 집안사람들이 의주에서 초혼(招魂)하자 병마의 시끄러운 소리가 이어지는 듯했다. 청사(廳事)에 도착할 때쯤에는 "대야에 물을 담아오라." 하는 소리가 들렸다. 물결이 일어나기에 잠시 후 수건을 올렸더니, 수건도 젖어들었다.

### 3

근세에 정승 이세재(李世載)가 바닷가를 따라 순행하다가 김 부원수(김경서)의 옛집에 들어가 그의 칼을 어루만지고 그의 사당을 배알했다. 처음에는 예를 올리는 마음이 그다지 엄숙하지 않았는데, 갑자기 사당에서 회오리바람이 불더니 문짝 하나를 공중으로 날렸다. 바람이 그치자 다시 내려왔는데 조금도 부서지지 않았다. 이세재가 두려워하며 기이하게 여겼다.

## 4

서산 정공(西山靜公 휴정(休靜))이 묘향산 내원사(內院寺)에 있을 때 한참 동안 선정(禪定)에 들었다가 갑자기 피식 웃음을 터뜨렸다. 제자가 그 이유를 물으니,

　"사냥꾼 두 사람이 지금 골짜기 입구에 있는데, 노루고기를 먹다가 맛이 있기에 '서산 장로께 드렸으면 한다.'라고 했다."

했다. 제자가 듣기를 마치자마자 곧장 산을 내려갔더니 사냥꾼이 떠나려다가 서로를 돌아보며 깜짝 놀랐다. 캐물어보니 과연 그러했다. 그래서 그 남은 고기를 구해다 바쳤더니, 정공이 그것을 씹고는 곧장 뜰 구석에 뱉었는데 모두 살아 있는 노루떼가 되어 깡충깡충 뛰어 가 버렸다. 나중에 사명대사가 일본으로 사신 가게 되었는데, 정공이 그를 위하여 화액(火厄)을 풀어주었다.

## 5

희천군(熙川郡)의 백성들이 가뭄을 당해 근심하다가 정공(靜公 휴정)을 찾아 뵙고 비를 내려달라고 했다. 정공이 손수 부적 한 통을 쓰더니, 목소리 큰 사람에게 주어 아무 산의 꼭대기에 올라가 동해용왕(東海龍王)을 세 번 외치면 응답이 있을 것이라 하고는 부적을 주었다. 희천 사람들이 이상하게 여기면서도 따라했더니 잠시 후 큰 비가 즉시 내렸다.

## 6

박릉군(博陵郡)에 이광통(李廣通)이라는 백성이 있었는데, 집이 가난하

여 품팔이를 했으나 덕을 닦기를 좋아하여 그만두지 않았다. 한 번은 군수가 새로 부임한 지 이레만에 갑자기 병에 걸려 죽었다. 먼저 죽은 그의 친구가 이미 저승에 있었는데, 창고 하나를 가리키며 말했다.

"이것은 그대 고을의 백성 이광통의 돈 2천 3백 꿰미인데, 염라대왕이 나더러 맡아두었다가 광통이 오기를 기다리라 했네. 만약 그대가 열흘 기한으로 빌려가서 수명을 담당한 자에게 바친다면 살아날 수 있을 것이네. 그러나 살아나고도 그 기한을 어긴다면 다시 죽을 것이네."

군수가 그 말을 따르자 즉시 소생했다. 급히 이광통을 찾아내었으나 부임한 지 얼마 안 되어 갚을 돈이 없었다. 관찰사가 듣고는 대신 광통에게 돈을 보내주었다. 이광통은 감히 받지 못하겠다며 사양했지만 군수가 억지로 주면서 말했다.

"네가 받지 않으면 나는 끝내 죽을 것이다."

이광통은 어쩔 수 없이 받았다. 그는 서원을 세우고 다리를 놓았으며 남는 돈으로 약간의 의전(義田)을 사서 병들고 가난한 자를 도와주었다. 고을 사람들이 고맙게 여겨 지금까지도 해마다 제사를 지낸다.


7

사예(司藝) 홍내범(洪乃範)이 젊었을 적에 병을 앓다가 저승에 갔는데, 저승의 관리는 다름아닌 죽은 스승 정자(正字) 홍승범(洪承範)이었다. 정자가 수명을 적은 책을 훑어보더니,

"그대는 잘못 왔네. 몇 년만 지나면 크게 귀해질 것이네."
하고는 그의 과거, 관직 및 수명을 하나하나 짚어주고 말했다.

"이 자리는 훗날 자네 차지가 될 것이네. 다만 내가 버리지 못하는 것은 아무 곳에 있는 해진 붉은 도포와 용연석(龍硯石)[1]이라네. 돌아가거든 집사람에게 말해 부쳐주게."

따로 흰 개 한 마리를 시켜 앞서 인도하며 가게 했는데, 검은 물을 건너다가 넘어져 물속에 빠졌다. 깜짝 놀라 깨어났더니 그의 집안사람이 말했다.

"죽은 지 이레가 지났습니다."

사예의 병도 즉시 나았다. 급히 정자의 집에 가서 과연 두 가지 물건을 찾아내어 글을 지어 고했다. 사예의 모든 앞 일은 마치 부절을 맞추듯 정확했다고 한다.


8

돈암선생(遯庵先生) 선우협(鮮于浹)이 13세에 기자전(箕子殿)의 재실(齋室)에서 책을 읽다가 낮잠을 잤는데, 꿈에 기자(箕子) 같은 사람이 나타나 시를 주며 말했다.

"너희 감사가 현폭현(玄輻峴)[2] 교사장(校射場)에 있을 터이니, 이 시를 써서 바쳐라."

시는 다음과 같았다.


| | |
|---|---|
| 태곳적 제비의 후손[3]이 | 上古玄鳦孫 |
| 좋지 않은 때에 태어났네 | 生而生不辰 |

---

1 용연석(龍硯石) : 벼루의 일종이다.

2 현폭현(玄輻峴) : 현복현(玄福峴)이라고도 한다. 평양성 안에 있다.

| | |
|---|---|
| 주나라의 불이 일어나 쇠가 녹으니4 | 金銷周火起 |
| 큰 발자취에 해와 달이 새롭네5 | 巨跡日月新 |
| 이곳에 와서 무지한 이들 가르치니 | 來斯敎狐黨 |
| 누가 진인(眞人)이 되었는가 | 何人作眞人 |
| 옛적 신농씨가 없었더라면 | 昔微神農氏 |
| 소와 양을 어떻게 길들였으랴 | 牛羊何可馴 |
| 세상이 말세라 사람들도 지각 없어 | 世荒人無識 |
| 은혜도 잊고 덕도 저버리는구나 | 恩忘已德負 |
| 부서진 성 밖의 한 자 무덤은 | 尺墳殘城外 |
| 외로운 사당의 스산한 창문을 마주했네 | 孤祠對寒牖 |
| 지금 기러기 떼 날아가는 모습 보노라니 | 今對群雁行 |
| 중니 이후로 얼마나 세월이 흘렀나6 | 何數仲尼後 |

관찰사가 보고는 기이하게 여겨 즉시 기자묘를 수리할 것을 청했다. 기자묘가 황폐해진 지 오래되었던 것이다.

# 9

변숙(卞叔)은 나이가 찼는데도 혼인하지 않았다. 사람들이 장가가라

---

3 제비의 후손 : 은(殷)나라의 시조를 말한다.
4 주나라의……녹으니 : 주나라가 일어나 은나라가 망했다는 뜻이다. 주나라는 오행(五行)에서 화(火)에 해당하고 은나라는 금(金)에 해당한다.
5 큰……새롭네 : 주나라 시조 후직(后稷)의 모친 강원(姜嫄)이 거인의 발자국을 밟고 잉태하여 후직을 낳았다는 전설을 인용한 것으로, 주나라가 한창 홍성하는 중이라는 말이다.
6 『遜菴全書』「年譜」.

고 권하면 이렇게 말했다.

"나는 스물 여덟에 죽을 것이니, 차마 남의 딸을 과부로 만들 수 있 겠는가."

기약한 해에 죽었는데, 죽던 날 관절에서 우드득 소리를 내며 말했다.

"나는 지금 환골탈태(換骨奪胎)하는 것이다."

잠시 후 신선의 음악이 하늘에 진동하고 기이한 향기가 방에 가득 했다. 사람들은 시해(尸解)[7]하여 간 것이라고 여겼다.

## 10

강후열(康後說)이 과거를 보러 가다가 개성에 묵었다. 여관 주인에게 는 딸이 있었는데, 그를 엿보고는 좋아하게 되어 다른 사람에게는 시 집가지 않겠다고 맹세했다. 여관 주인이 딸을 데리고 강후열을 만나 게 하니, 강후열이 응낙하는 척 하면서 말했다.

"알겠소."

마침내 은비녀를 신표로 삼아 헤어졌다. 한양에 도착했으나 뜻을 이루지 못하고 돌아갔는데, 다른 길로 갔다. 딸은 기일이 지나도록 강 후열이 돌아오지 않는 것을 보고 목을 매어 죽었다. 강후열은 돌아와 광법사(廣法寺)에서 독서했다. 한 번은 나와서 개울가에 왔는데, 까투 리가 날아와 앉는데 잡을 수 있을 것 같았다. 그리하여 까투리를 쫓아 산에 올라갔는데, 홀연 까투리는 보이지 않고 창백한 여자가 비녀를 땅에 던지더니 갑자기 앞으로 와서 그의 뺨을 때리며,

---

7 시해(尸解) : 육신을 남기고 신선이 된 것을 말한다.

"마음을 저버린 놈아! 네가 쇠 절구공이를 갈아 바늘을 만든다 하더라도[8] 결코 합격하지 못할 것이다."

하고는 마침내 사라져 보이지 않았다.


## 11

기유년(1669, 현종10) 은과(恩科)를 치르게 되자, 평양의 선비들은 모두들 응시하려 생각했다. 옹진(瓮津) 변사달(邊四達)은 재주로 이름났기에 여제(厲祭)의 제관(祭官)으로 뽑혔는데, 제사지내는 날이 마침 시험 보는 날과 같은 날이었다. 변옹진은 깨끗이 목욕재계하고는 첫닭이 울자 제사를 지냈다. 제사를 마치자 즉시 신을 신고 서쪽을 향해 달렸는데, 마치 온갖 귀신이 앞에서 인도하는 듯하여 해가 뜨기 전에 안주(安州)에 도착했다. 일단 시험장에 들어왔으니, 용문(龍門)에 한번 뛰어오르는 것[9]을 누가 막을 수 있었으랴?

【축문을 관청에서 지어 보냈는데, 축문을 고하다보니 빠진 문자가 있었으므로 변사달이 읽으면서 난산(難産)으로 죽은 자에 관한 내용을 넣고 제사를 지냈다. 제사를 마치자 신을 신고 달렸는데, 마치 온갖 귀신이 앞에서 인도하는 듯하여 해가 뜨기 전에 안주 시험장에 도착하여 용문에 올랐다. 지극한 정성이 닿아 신명이 도운 것이었다.】


---

8 쇠……하더라도 : 당나라 시인 이백이 공부를 그만두려다가 쇠 절굿공이를 갈아 바늘을 만들려는 노파를 보고 마음을 고쳐먹었다는 일화에서 나온 말로, 부단한 노력을 뜻한다.
9 용문(龍門)에……것 : 급제를 비유한 말이다.

## 12

신축년(1721, 경종1)의 큰 옥사에 원한을 품고 죽은 자들 중에는 혼령이 다른 사람에게 빙의한 경우가 많았다. 안릉(安陵)의 어떤 남자 무당은 김성항(金聖恒)이 자기에게 내렸다고 말했다. 하루는 화은(和隱) 이시항(李時恒)을 찾아갔는데, 화은이 다음과 같은 시를 주었다.

| | |
|---|---|
| 한양의 명문가는 모두 황폐해졌는데 | 洛城喬木盡荒凉 |
| 사람 없는 옛집에 그저 석양만 지네 | 故宅無人但夕陽 |
| 뒤집어진 동이에도 햇빛이 돌아온다 하니 | 聞道覆盆回白日 |
| 타향에서 이리저리 떠돌 필요 없으리라 | 不須飄泊在他鄉 |

무당이 곧장 차운했다.

| | |
|---|---|
| 동대문을 돌아보니 집안이 쓸쓸하여 | 回首東華産業凉 |
| 가련하게도 무당에게 혼백을 의탁했네 | 可憐魂魄托巫陽 |
| 아득한 어느 곳에서 집을 찾을까 | 蒼茫何處尋家室 |
| 검푸른 단풍숲이 고향이라네 | 青黑楓林是故鄉 |

# 여러 가지 재주

## 1

장령(掌令) 이겸(李謙)은 앞일을 잘 헤아렸다. 그에게 딸이 하나 있었는데 당시 남편을 잃었다. 이때 상사(上舍) 김길복(金吉福)이 아들 김우경(金禹卿)과 혼인시키자고 청했다. 이겸이 명을 헤아려보니 요절하겠지만 귀한 아들을 둘 운명이었다. 그래서 탄식하기를,

"원통한 집안의 운수를 피할 수 없겠구나."

하고는 마침내 우경을 사위로 맞았는데, 겨우 나이 서른 하나에 죽었다. 그의 아들이 바로 김덕량(金德良)이다.

## 2

국헌(菊軒) 황징(黃澄)은 수학에 뛰어났다. 한 번은 손에 든 지팡이로 먼 산의 높이와 너비가 각각 몇 길쯤 되는지 계산했더니 듣던 사람이 깜짝 놀랐다. 황국헌이 말했다.

"이 또한 쉬운 일이지요."

그리고는 콩이 가득 담긴 작은 항아리를 가져와 바깥에서 계산하고 말했다.

"콩이 모두 몇 알이오."

세어보니 그의 말이 정확히 맞았다.

3

성 거사(成居士)가 비결(秘訣)을 짓고 굳게 봉하여 외조부 오씨(吳氏)에게 맡기며 말했다.

"훗날 업으로 삼는 사람이 있을 것입니다."

거사가 죽은 뒤 간혹 열어보는 사람이 있었는데, 번번이 병에 걸렸다. 마지막으로 같은 마을에 사는 조태벽(趙泰璧)이라는 이가 술과 고기를 가져와 오씨에게 선물로 주며 달라고 했더니, 오씨가 사양하며 말했다.

"열어보고 싶지 않은 것은 아니지만 열기만 하면 괴이한 일이 생기니 어찌하겠는가?"

조태벽은 낙심하여 물러났다.


4

성 거사(成居士)라는 이가 있었는데, 정주(定州)에 사는 장씨(張氏)의 아들로【이름은 두성(斗成)이다. 젊은 나이에 성균관에 입학했는데 나중에 세상의 이치를 깨닫고 스스로 성 거사라 일컬었다.】특히 풍수지리의 묘리에 정통하여 열 길 땅속까지 꿰뚫어 보았다. 뒤에 어떤 사람이 여색을 가까이하게 했더니 그 절반이 줄어들었다.


5

상사(上舍) 조후빈(曹後彬)에게는 비밀스러운 방술이 있어 귀신을 부릴 수 있었다. 어느 날 저녁에는 개성(開城)에 가서 일을 보고 돌아왔는데, 날이 밝기도 전이었다.

6

무인(武人) 김관(金寬)은 천문서(天文書)를 공부했다. 한 번은 판서 권상유(權尚游)가 전라도 순무사로 있을 때 갑자기 말했다.

"아무 날 큰불이 날 것이니, 미리 물을 받아 대비하십시오."

판서가 그 말을 따랐는데, 그날이 되자 과연 큰불이 났다.

또 판서 윤지인(尹趾仁)이 평안도 관찰사가 되었는데, 가뭄이 들어 기우제를 지내려 했으나 효험이 없을까 두려워 보좌관에게 물었다.

"이곳에 천문을 아는 자가 있느냐?"

모두들 김관이 있다고 대답하기에 그날 밤 몰래 김관을 불러다가 언제 비가 올지 물었다. 김관이 아무 날 비가 올 것이라고 대답했다. 윤지인이 그날 기우제를 지냈더니 기우제가 끝나자마자 비가 내렸다. 윤지인은 처음에 그 일을 먼저 알리지 않으려 했지만 이미 사람들이 떠들썩하게 전했다.


7

근세에 함경도 사람 조사종(趙士宗)이 떠돌다가 순천(順天) 지방으로 왔다. 한겨울에 자식을 데리고 다니며 구걸하다가 어떤 동굴 입구에 와서 햇볕을 쬐며 앉아 있었다. 갑자기 동굴에서 나오는 거센 바람을 맞아 둑 아래로 떨어졌다가 땅 위로 노출된 유골 하나를 보았다. 옆에 신기한 쇠침 두 개가 있기에 그것을 가지고 집으로 돌아왔다. 그대로 이레 동안 앓느라 일어나지 못했는데, 갑자기 꿈에 이인(異人)이 나타나 말했다.

"저는 의원입니다. 그대가 제힘으로 먹고 살지 못하는 것을 불쌍히 여겨 침 두 개를 주는 것이니, 얻는 것이 있으면 저를 잊지 마십시오."

깨어나보니 병이 나았다. 그대로 밖에 나왔다가 눈병을 앓는 상인을 만났는데, 침을 시험해보니 즉시 효험이 있었다. 돈 수십 꿰미를 얻자 다시 유골이 있는 곳으로 와서 높고 양지바른 곳에 묻고 제사를 지내주었다. 그 사람이 다시 꿈에 나타나 사례하고 말했다.

"의술은 십년을 넘기지 못할 것입니다."

이때부터 스스로 재주를 팔기도 하고 부탁을 받기도 했는데, 번번이 기이하게 적중하여 제법 땅을 차지하고 재산이 날로 넉넉해졌다. 한참 뒤에 덕천(德川) 사람 정(丁) 아무개의 초대를 받아 그의 병을 치료하고 물건을 얻어 돌아오는데, 강을 건너다 넘어져 가지고 있던 침을 잃어버렸다. 그 뒤로 의술이 점차 쇠퇴했는데, 처음 침을 얻었을 때로부터 과연 십 년이 지났다.

# 기생과 풍류

## 1

천계(天啓) 연간에 유색(柳穡)이 평안도 관찰사가 되었다. 백설향(白雪香)이라는 기생이 있었는데 악부(樂府)에 능숙했다. 마침 관찰사가 병에 걸려 눈에 황벽나무 껍질을 붙이고 있었는데, 백설향이 이백(李白)의 〈궁사(宮詞)〉를 노래하면서 자기 마음대로 몇 글자를 바꾸었다.

| | |
|---|---|
| 사또는 황금빛 새싹이요 | 使道黃金嫩 |
| 소인은 흰 눈의 향기라오[1] | 小人白雪香 |

관찰사가 이 때문에 한참 동안 무릎을 쳤다.

## 2

비류(沸流 성천)의 기생 무산선(巫山仙)은 거문고를 잘 타서 마치 다른 사람과 묻고 답하는 것 같았다. 선잠을 잘 때도 음절을 틀리지 않았다. 만년에는 더욱 조물주의 솜씨를 빼앗아 곡하며 울고 슬퍼 탄식하는 소리를 내었는데, 숙야(叔夜)의 〈광릉산(廣陵散)〉[2]과 같은 뜻이 있었다.

---

1 사또는……향기라오 : 이백의 〈궁중행락사(宮中行樂詞)〉에 나오는 "버드나무는 황금빛 새싹이요, 배꽃은 흰 눈의 향기라네.〔柳色黃金嫩, 梨花白雲香〕"라는 구절을 바꾼 것이다.

3

평양에 어떤 기생이 있었는데, 그 이름은 잊었다. 늘상 고을 원님에게
사랑을 받았는데 헤어질 때마다 강에 뛰어들려 했다. 강가의 어떤 노
파가 손으로 잡아 건지려 하는 사람을 힐끗 보더니 웃으며 말했다.

"그 여자 도와주지 마시오. 그 여자 여기서 죽으려고 한 지 오래요."


4

세상에서 물산이 많은 것을 말할 때는 평양(平壤)의 파리, 용강(龍岡)의
장의(掌議), 안주(安州)의 모기, 상원(祥原)의 재장(齋長), 의주(義州)의
박쥐, 수안(遂安)의 좌수(座首)를 일컫는다. 평양의 기생 이매(二梅)는
일찍이 이렇게 말했다.

"인생이 얼마나 된다고 한갓 구속이나 받겠는가?"

그와 하룻밤의 기쁨을 나눈 자가 거의 삼천 명이나 되었으니, 그 또
한 많다고 하겠다.

---

2 숙야(叔夜)의 광릉산(廣陵散) : 숙야는 동진(東晉) 사람 혜강(嵇康)으로 거문고에 뛰어났다.
  그가 죽음을 앞두고 〈광릉산〉을 연주하며 이 곡조가 끊어지게 되었다고 안타까워했다.

# 부록

## 1

선조(宣祖)가 의주(義州)에 머무를 때, 목어(目魚)를 맛보고 맛있다고 하면서, "은어(銀魚)라고 하라." 했다. 돌아온 뒤에는 다시 본래의 이름을 얻었기에 '도루묵'이라는 이름이 붙었다. 그 전에 중국 사신 동월(董越)이 우리나라에 왔다가 깍두기〔菁醢鰕〕를 맛보고 어머니를 그리워했다. 그래서 나라 사람들이 그것을 '감동(感董)'[1]이라고 불렀다.

## 2

충정공(忠貞公) 허종(許琮)이 평안도 관찰사가 되어 북쪽 오랑캐를 막게 되었는데, 키가 12척 2촌(366cm)이나 되었다. 중국 사신 동월(董越)이 보고 깜짝 놀라며 말했다. "하늘 위는 모르겠지만, 하늘 아래에는 그 짝이 없다."

## 3

판서 정응두(丁應斗)는 염파(廉頗)와 같은 도량이 있었다. 평양 감영의 전례에 따르면, 새로 부임한 관찰사에게는 음식을 매우 성대하게 차려 올리는데, 여름철에는 파리가 먹을 죽 한 사발을 따로 차려 두었다. 정응두가 그것을 한입에 다 마셔버리자 감영 사람들이 모두 웃었다.[2]

---

1 감동(感董) : 동월을 감동시켰다는 뜻인데, 깍두기를 '감동젓'이라고 한다.

4

우리 평양의 생사당(生祠堂)은 완평부원군(完平府院君) 정승 이원익(李元翼)부터 시작되었다. 그 다음으로는 영해(瀛海) 김기종(金起宗), 판서 민성징(閔聖徵) 등 몇 사람뿐이다. 한 번은 현우굉(玄宇宏)이 직장(直長)을 지낼 때, 선비들과 함께 이원익의 소상(塑像) 앞에 나아가 두 번 절하고, 김기종에게는 한 번 절하더니, 민성징에게는 절하지 않고 그 소상의 코를 치면서 말했다.

"말장수가 이곳에도 있구나!"

민성징이 말에 벽(癖)이 있었기에 마치 장사꾼처럼 타던 말을 자주 바꾸었기 때문이다.


5

능라도(綾羅島)는 본디 성천(成川) 땅이었는데 대동강으로 떠내려왔다. 그래서 성천 사람들이 해마다 토지세를 징수했는데, 박엽(朴燁)이 성천 부사가 되었을 때에도 그렇게 했다. 그가 평안도관찰사가 되고 나서는, "너희들이 파서 가지고 가라."라고 하니, 성천 사람들이 계면쩍어 가 버렸다.【영락(永樂, 1403~1424) 연간에 7일 동안 비가 쏟아지자 두등탄도(豆等灘島)가 떠내려가 평양 대동강 가운데 멈추었으니, 지금 이른바 능라도이다. 봉수대를 설치한 것을 살펴보면 성천 서쪽 5리 땅을 두등탄도라고 하는데, 속명은 월래도(月來島)이다.】

---

2 이 일화는 『다산시문집(茶山詩文集)』 권17 〈가승유사(家乘遺事)〉에도 실려 있다. 여름에는 파리가 많으므로 창문 앞에 죽동이를 놓아 파리가 모여들게 하는데, 정옹두는 흉년으로 백성이 굶주리는데 파리 때문에 죽을 차려서는 안 된다고 하면서 그 죽을 먹었다.

## 6

박엽은 6년 동안 평안도 관찰사를 지냈는데, 몰래 다른 뜻을 품고 있었다. 가도(椵島)에 양씨(梁氏) 성을 가진 이가 관상을 잘 본다는 말을 듣고는 예물을 후하게 주고 불렀다. 그가 감영에 도착하자 박엽은 일부러 위세를 부리며 만나보았다. 양씨는 마루에 올라가 절도 하지 않고 한참 동안 자세히 보더니, 종이와 붓을 찾아 '함부로 사람을 죽이지 말라. 칼이 목에 있다.〔莫浪殺劍在頸〕' 여섯 글자를 썼다. 박엽이 몹시 화를 내며 끌어내게 했다. 오래지 않아 박엽은 처형당했다. 죽기 하루 전날 저녁, 박엽이 달빛을 받으며 법수교(法首橋)에 갔다가 절구 한 수를 지었다.

| | |
|---|---|
| 한때의 평양 감사 | 一代關西伯 |
| 천 년의 법수교 | 千年法首橋 |
| 그저 오늘밤 달이 | 秖應今夜月 |
| 끝내 가련한 밤이라네 | 終作可憐宵 |

그의 식견이 이와 같았다.


## 7

박엽(朴燁)에게는 귀신 첩이 있었는데 항상 길흉을 알려주었다. 한 번은 "천 사람을 살리면 왕이 될 것이다." 했는데, 박엽이 죽이라는 말로 잘못 알아듣고는 엄한 형벌을 써서 함부로 사람을 죽였다. 사람을 죽이려 할 적에는 반드시 왼쪽 귀를 문질렀는데, 아전과 백성들은 그것을 보고서 그 사람이 죽을지 살지 판단했다.


# 8

박엽은 평소 간첩을 두고 오랑캐의 실정을 탐지했다. 하루는 부하 군
졸에게 소주와 밀과, 육포를 전해 주며 말했다.

"북쪽 담장 밖에 갈옷을 입고 쥐가죽 목도리를 두르고 해진 삿갓을
쓴 사나이가 있을 것이니 이것을 주거라."

그 말대로 가보니 과연 그런 사람이 있었다. 그 사람이 누가 보냈는
지 묻기에 "관찰사가 보낸 것이다"라고 대답했다. 그 사람은 주자마자
나는 듯이 가버렸다. 그는 바로 홍태시(洪太始 청 태종)였다.


# 9

정승 구봉서(具鳳瑞)가 예하 고을을 순행했는데, 가는 곳마다 문서가
구름처럼 쌓여 있었다. 한번 훑어보고는 모두 보관해두게 한 뒤, 송사
한 사람들을 감영에 와서 기다리게 하고는 판결을 들려주었다. 아전
세 사람이 부르는 대로 받아적는데, 조금도 빠뜨린 것이 없었다. 그렇
게 하나하나 판결하고는 가버렸다.


# 10

정승 구봉서(具鳳瑞)가 한창 일을 보고 있는데, 어떤 젊은이가 훌쩍 오
더니 통성명을 했다. 구봉서가 술자리를 차려주자 젊은이가 사양했다.

"제게 정승님을 위해 올릴 술잔이 없겠습니까."

그러더니 소매에서 술 한 병을 꺼내 스스로 따라 올렸다. 그것을 보

니 핏빛이기에 구봉서가 받고는 몹시 싫어했다. 소년은 그 술잔을 달라고 해서 한 입에 마셔버리고 곧 읍을 하더니 어디론가 사라졌다. 구봉서는 자기도 모르게 망연자실하여 탄식했다. 어떤 사람들은 젊은이가 도회도사(刀回道士)였다고 말한다.

## 11

장군 임경업(林慶業)이 의주 부윤(義州府尹)이 되었는데, 갑자기 병부(兵符)를 잃어버렸으나 무어라 할지 몰랐다. 나중에 오랑캐 쪽에서 보내오자 그제서야 깨달았다. 보복할 방법을 생각하다가 마침내 오랑캐 군주가 쓰는 붉은 투구를 가져왔다가 이튿날 돌려주니, 오랑캐 군주가 놀라 굴복하여 부하들에게 덤비지 말라고 주의를 주었다.

## 12

사문(斯文) 손필대(孫必大)가 서하(西河 황해도 풍천)의 수령이 되었다가 정묘년(1627) 설날을 맞았다. 고을 사람들에게 새해 인사를 하는데, 갑자기 회오리바람이 서북쪽에서 일어나더니 먼지와 모래가 하늘에 자욱했다. 손필대가 이마를 찌푸리며 말했다.

"오랑캐의 노린내 나는 기운이 오는구나."

즉시 인수(印綬)를 버리고 떠났다. 얼마 되지 않아 오랑캐가 침략했다.

## 13

국구(國舅) 여양부원군(驪陽府院君) 정승 민유중(閔維重)은 문사를 우대하여 비단으로 상을 내린 적이 많았는데, 모두 가난한 집에 없는 것이었다. 이 때문에 귀신의 미움을 받아 도리어 가산을 탕진했다.

14

관찰사 임의백(任義伯)이 장도(粧刀)와 은잔(銀盞)을 잃어버리자 관대를 갖춰 입고 향을 피워 그 화복을 점쳤다. 이 소문이 한양에까지 퍼졌다. 훗날 임의백을 대신하여 관찰사가 된 사람이 사은숙배했는데, 조정의 벼슬아치 한 사람이 시를 지어 전송했다.

| | |
|---|---:|
| 은잔은 깊이 숨겨두고 | 銀盞藏宜密 |
| 장도는 단단히 차게나 | 粧刀佩亦堅 |
| 향 피우고 관대 입고 빌기를 | 焚香冠帶祝 |
| 계방(季方)<sup>3</sup>처럼 하지 말지어다 | 無若季方然 |

임의백은 이에 연좌되어 금고당했다.

15

정승 권해(權瑎)는 재주를 믿고 남을 업신여겼다. 평양의 선비들이 지은 시부(詩賦)【관찰사로 있을 때의 순제(旬製)<sup>4</sup> 따위이다.】를 보았는데 대부분 마음에 들지 않자 곧바로 등급을 매기며 '말똥', '소똥', '돼지똥', '개똥'이라고 했고, 그중에 조금 나은 것은 '사람똥'이라고 했다. 이들이 모두 사마시에 급제하자 감영에 와서는 뵙기를 청하며 이렇게 소리쳐 전하도록 했다.

---

3 계방(季方) : 임의백의 자(字)이다.

"말똥이 들어갑니다. 소똥이 들어갑니다. 돼지똥이 들어갑니다. 개 똥이 들어갑니다."

권해가 몹시 부끄러워했다.


16

이광한(李光漢)⁵은 처음에 장사꾼으로 평안도에 왔다. 숙천(肅川)에 도 착하여 아전에게 욕을 먹고 탄식했다.

"내가 어떻게 하면 숙천 부사가 될 수 있을까?"

아전이 꾸짖었다.

"네가 숙천 부사가 되면 나는 정승이 되겠다."

오랜 뒤에 이광한이 마침내 숙천 부사가 되었다. 아전이 도망가 자 그의 처자를 인질로 삼고 아전을 불러들였다. 그가 오자 이렇게 말했다.

"너는 어찌하여 정승이 되지 못했느냐?"

그리고는 계속 예전처럼 일을 보게 하되, 단지 일을 더 시켜 고생하 게 했다.


17

관찰사 이세재(李世載)는 식사를 할 때 한 가지 음식을 다 먹고서야 다 른 음식을 찾았다. 요리사가 처음에는 식성을 알지 못하고 닭죽을 올

---

4 순제(旬製) : 열흘마다 유생에게 짓게 하는 글이다.
5 이광한(李光漢) : 1640~1689. 허견(許堅)의 역모를 고변하여 보사공신(保社功臣)에 책록되 었으나 기사환국으로 남인이 집권하자 처형당했다.

렸는데, 안에 뼈와 힘줄을 넣고 위에 고기를 얹어놓았다. 이세재는 뼈와 힘줄까지 다 먹도록 한 마디도 하지 않았다.


## 18

정승 최석항(崔錫恒)은 우스울 정도로 용모가 추했다. 평안도 관찰사가 되었을 때 어떤 기생이 자기도 모르게 웃음을 터뜨렸다. 좌우의 사람들이 죄를 다스리려고 했는데, 최석항이 갑자기 말했다.

"어찌 나의 용모를 보고서 웃지 않는 자가 있겠느냐?"

사람들이 진공(晉公)[6]의 도량이 있다고 말했다.


## 19

평양 부윤 한 사람이 전혀 잘 다스리지 못하자, 어 지평(魚持平)이라는 사람이 때려서 쫓아냈다. 아전과 백성들이 기뻐하며 나무 하나를 세우고는 '어 지평 선정비(魚持平善政碑)'라고 썼다.


## 20

청류벽(淸流壁)[7]의 마애비(磨崖碑)[8]는 이광한이 시작한 것이다. 이광한이 망하자 비석도 부서졌다. 요사이 아첨하는 풍조가 생겨나 거의 글씨를 새길 틈이 없을 지경이 되었다. 식자들은 이를 가리켜 선생안(先生案)[9]이라고 한다.

---

6 진공(晉公) : 당(唐)나라 정승 배도(裴度)를 말한다.
7 청류벽(淸流壁) : 평양 모란대 아래의 절벽이다.
8 마애비(磨崖碑) : 바위에 새긴 비석으로, 주로 수령의 선정비(善政碑) 따위이다.
9 선생안(先生案) : 역대 수령 등의 명단이다.

서경시화·칠웅녕실

✳

원문

## 일러두기

1. 이하의 원문은 『(수정증보) 한국시화총편』 제11권(태학사, 1996)에 수록된 필사본 『서경시화』를 교감하고 표점한 것이다.
2. 저본과 인용 문헌의 원문이 상이한 경우, 저본의 오류가 명백한 경우를 제외하고 저본을 따랐으며, 차이는 교감주로 밝혔다.
3. 교감주는 원문에 각주로 부기하고, 원주는【 】표기하였다.
4. 표점은 마침표(.), 쉼표(,), 모점(′), 큰따옴표(" "), 작은따옴표(' '), 물음표(?), 느낌표(!), 쌍점(:) 등 여덟 개의 부호를 사용하였다. 고유명사는 편의상 별도로 표기하지 않았다.
5. 원문의 대화 및 인용 부분은 1차 인용을 큰따옴표(" "), 2차 인용을 작은따옴표(' ')로 표기하였다.
6. 이 밖의 표점 교감 사항은 한국고전번역원의 표점 교감 지침을 따랐다.

# 西京詩話序

## 1

乃夜郎王, 不知漢大, 爲千古笑端. 我東方一夜郎王國耳, 遵浿濱而處者, 又卽其一偏. 然古有嗜蔬食樂曲肱, 則雖評詩之道亦類也. 今人驟聞我箕城有國工大匠, 卒莫有信之者, 獨不思麥秀一歌, 出父師口乎? 歷數百年間, 顒向文辭, 作者代出, 固未嘗見采於太史手, 而寥寥數篇, 顧不足蔽一方, 嘉靖以降, 則吳ㆍ楚之乎三百也. 余爲之愴然以慨, 肅然以恐, 乃泛藝海, 括詞林, 遡千劫, 窮百里, 譬之御者之詭遇也. 自父師而下, 得以其詩鳴者若而家若而篇, 悉揚挖之, 鍊金於沙礫, 索粒於糠粃, 實未嘗有心焉. 始屬藁, 罵者群起攻之曰: "若一豎子, 安敢當藝苑老成哉?" 嗟夫! 余信汰矣, 不足論往哲矣, 豈顧言李若天子, 杜若史矣乎? 千載而下, 評者亦不一二數, 則余而月旦諸公也者, 秪足供藝苑一笑. 且吳ㆍ楚我矣, 淫俗不采, 絃歌不登, 雖龐儒覇學, 亦不以膏腹自珍, 殘螢斷蠹, 散落草莽, 後雖有太史氏過而欲采, 其道何繇? 然則是書也成, 吾非爲自鬻計, 抑庶幾不與吳ㆍ楚同律.

戊申孟夏日, 盆城金漸叙.

## 2

余故揚挖於古今諸獻家, 曰西京詩話者, 然僅及一箕而止, 卽自責曰: "文章公器, 何邑之獨無, 又安以不廣示人也?" 乃掇取其耳目所及者, 輒書之箕. 屬有婦服, 輟幾半載, 則益無憀不得平其懷, 思有以卒業. 間走書風各邑郡, 顧不以時, 則復爲邀亞使錫福, 牒而徵之, 關西一域之號名能文章家, 擧無一二脫者, 摠之爲若干卷, 凡續入者十之四, 刪乙十之六. 夫以關西一域之窮且僻焉, 而欲一一收之於斷簡者, 非有太史氏遊歷則亦妄矣. 然而使滄海無遺珍之歎, 焉可得也? 然而余之心, 每懼其或見逸也, 焦精神, 白鬒髮, 有不得則不措也. 故客有見勞者曰: "子爲諸公地, 其孰曰不忠?" 余瞿然曰: "魏定公云, 勿使臣爲忠, 吾豈敢樂此?"

癸丑仲春初吉再書.

# 西京詩話 卷一

## 1

檀君之世, 若夏若殷, 弁韓之世, 若杞若宋, 噫! 文獻孰爲徵乎? 麥秀十八字, 乃詩歌開
山祖, 而異時黃河一頌, 亦神化者然耳. 句麗七百寥寥哉濶乎, 迨於勝國, 旣學旣院,
有若乙支公文德, 始爲高氏立幟, 有若鄭司諫知常, 一洗宇宙而空之. 降臻叔季詩否
極, 我鮮龍興, 才傑坌出, 靡不挾錦囊期百代, 而居然一小劫之後, 低昂無力, 光焰盡
落, 總總不若爲二君之靈者也.

## 2

乙支文德爲東方文學之祖. 當煬帝征遼也, 以詩與隋將于仲文曰: "神策究天文, 妙算
窮地理, 戰勝功旣高, 知足願云止." 按三國史, 稱其資沈鷙有智數, 兼解屬文. 然則天
縱文武, 籠罩一世, 詎敢衰運人物, 令管、樂輩遇之, 亦當屈膝.

## 3

鄭司諫知常, 千秋絶藝, 非學可到. 方其未第時, 就佛宇肄業, 嘗月夜有若詠詩於岸上
者曰: "僧看疑有寺, 鶴過[1]恨無松" 因忽不見, 以爲鬼物所告. 後入庭試院, 主司以夏
雲多奇峰爲題. 鄭卽用爲頷聯, 主司極稱譽語, 遂致之魁級. 與唐錢起"江上數峰靑"
酷相類.

## 4

鄭司諫與金文烈富軾, 齊聲號爲勁敵, 常同遊禪寺, 鄭有詩, "琳宮梵語罷, 天色淨琉
璃"之句, 富軾喜之, 乞而不與, 乃搆而殺之, 蓋富軾不足道, 鄭亦自取禍矣. 噫! 何代
無薛玄卿?

## 5

趙文克公延壽嘗官學入中國, 而冢相仁規其父也. 文克從燕邸奉寄一絶云: "一門三
虎符, 千萬古應無, 不識誰陰德, 高堂有白髮." 亦自奕奕有風骨.

---

1 過: 『東國李相國集』에는 "見".

**6**

趙文忠公浚, 當勝國之季, 出按關東, 行部屬邑, 有句云: "滌蕩東溟知[2]有日, 居民洗眼待澄淸." 大爲知識者見賞, 屬我太祖威德日隆, 趙倡鼎革之謀, 功在太室, 竟協詩讖.

**7**

李文簡公承召, 英陵丁卯再擢科, 皆第一, 驟拔至禮判, 凡朝廷大典, 多出其手, 蔚然爲一代宗匠. 或曰: "李卽延安産也." 而獨不自云: "家在平壤." 及所賦大同江詩, "欲向漁磯尋舊隱"者, 不亦證乎? 如杜工部或隴或蜀, 亦何常居之有?

**8**

嘉靖中稱才子者, 無過於韓龍山克昌、金玉溪殷瑞. 然龍山自是林下之儔, 玉溪居然狹斜少年. 其詩, "晚築龍山下, 無心管白雲. 遠聲灘下石, 寒色雪中村. 洞月閒窺戶, 林風自動門. 人歸一犬吠, 松火隔籬昏." 此龍山卜居也. "碧玉浮江日夜凝, 淺深無計入長繩. 漁翁捲網空呵手, 鱸膾何能薦季鷹." 此玉溪咏氷也. 要之語有天機, 有人巧, 則二公優劣可見.

**9**

洪注書承範, 文詞挺發, 識者目爲活虎, 嘗髫歲時得一句云: "山臺棲鳥雀, 遠接長兒孫." 蓋爲儐相蘇世讓流連聲色而發也. 吁! 吾西枳棘之禍, 何報之酷也?

**10**

康愚巖儀鳳, 神敏在之, 特負氣, 不多讀書耳. 嘗與黃菊軒澄及鄭玄二姓者爲四老, 戲有一絶云: "四皓高名不足垂, 漢廷虛被子房欺. 豈如共醉三盃酒, 都忘人間有是非." 亦却有味.

**11**

李松塢仁祥、金湖西溟翰、盧南坡大敏, 俱以風流俊雅, 爲西土之巨擘, 而黃菊軒澄, 特用詞賦有聲, 爲林白湖悌所推服. 及白湖爲吾箕省幕客, 一夕拉數公者, 翫月浮碧樓, 酬唱甚富, 名觴詠錄. 今摘其五言律各一聯, 林白湖云: "落月掛高堞, 寒潮鳴遠洲." 菊軒云: "汀樹月將[3]落, 漁村火獨明." 松塢云: "雲鎖前朝寺, 天高故國樓." 湖西

---

2 知: 『東文選』에는 "當".

3 將: 『浮碧樓觴詠錄』에는 "欲".

云: "寒潮分斷嶼, 高閣瞰長洲." 南坡云: "碧樽山未暮, 紅燭夜能⁴明." 夏山曹仁友所謂"同遊韻士摠仙儔"者, 蓋亦致其艷慕之意也.

## 12

朴扇菴蕘, 少有俊聲, 屬朴燁按箕臬時, 勅吏拉去, 遽出一經句曰: "何草不黃." 扇菴卽對以"厥土惟白". 其警敏如此, 又回文一首爲天使朱之蕃歎服, 遺以珊瑚鞭、鸚鵡盃賞之. 扇菴謫吉州, 有梁園之癖, 值天雪得一聯云: "妬鮮爭點鷗, 嘲黑亂侵鴉." 可見其使事之工也. 至結語, "側身空佇立, 鄕國杳天涯." 亦自楚楚.

## 13

許箕山灝與柳學士道三、李侍郎之薀, 相伯仲, 時稱方外三傑, 其意不可一世, 又好自標榜, 嘗在海西幕【黃州判官營行時】, 亦不爲長官詘, 每府中有文事, 輒大言, 獨許灝解文得, 海伯亟欲窘之, 不可, 迺約遊首陽山, 預擬"登首陽山憶伯夷"一句, 密致其婿, 令卽對, 而婿故不卽對, 爲若搆思者, 箕山心知其軋己也, 卽口號: "登首陽山憶伯夷, 也應箕子與東歸, 當時積淚翻成海, 流向人間雪是非" 海伯竟不能, 樂罷. 箕山豈獨詞雄之? 政風節勝耳. 屬於椵島之役, 爲一律紀事云: "已恨星槎海不開, 更看旋斾滿江隈. 中原父老何顏見, 都督監軍此路來. 兵甲六千同日發, 壬庚四十九年回, 今行不是平遼役, 底事牙門曉角催." 讀之令人有踏東海之意.

## 14

田西亭䎘, 天才高明, 英英獨照, 使人愛而思之, 弱冠由太學釋葛, 顧欲然不居也, 從唱臚後歸, 卽鍵戶繹古事, 五年而後得卒業, 蓋彬彬稱文學之士也, 有斯文君子爲贈之言者, 大約以漆雕氏爲比, 見崔簡易稀年錄. 西亭嘗爲逆獄所扼, 身幾危, 賴朴忠翼公柬亮力救得免, 猶竄謫嶺海且一紀矣, 其詩如"空謫悲秋淚, 蟲聲似楚歌, 楓林暗嶺海, 風雨阻關河, 庭綠團紅露, 江澄散晚霞, 孤臣西望淚, 寒色接長沙" 噫! 窮則窮矣, 然山川之勝與精神有相發者.

## 15

黃月渚胤後, 宏材奧學, 籠蓋一世, 嘗以文學接對華使程龍, 酬唱詩云: "個儻當朝傑,

---

4 能 : 『浮碧樓觴詠錄』에는 "甚".

5 眞 : 저본에는 "其". 『皇華集』에 근거하여 수정.

6 聲 : 저본에는 "威". 『皇華集』에 근거하여 수정.

承綸出海隅, 詩書古名將, 家世卽眞[5]儒, 帝德方柔遠, 天聲[6]已壓胡, 應知幹事日, 勳業振皇都" 極爲華使所賞, 卽蒙畵蘭之報, 旣復入春坊, 積有侍學之勞, 一日內殿召至簾下, 賜錦袍一領賞之, 可謂不世之遇矣.

李葛坡進, 萬曆以後最巨擘, 或有李白比之者, 乃曰: "吾詩若遇李白, 則當執鞭, 白馬才子之屬, 吾亦裕爲之耳." 李月沙廷龜主文日, 得葛坡"七月初三日, 今年亦已秋"句, 不覺擊節曰: "眞搏麒麟手也." 自是每赴試, 輒見賞, 顧欲老之場屋, 冀以大成, 亦輒抑而不取, 以故白首歷落, 僅得擢第一以死, 其自挽曰: "滄海不留舟去迹, 碧霄難見鶴歸痕" 可以涕淚千古.

鮮于邅奄浹, 千年絶學, 而吾太師卽其鼻祖也, 嘗晝夢, 若有太師贈詩者, 其句如"尺墳殘城外, 孤祠對寒牖." 李月沙以爲謂神語, 或乃以五言疑之, 余惟聖人也靈, 在古則古, 在今則今, 卽詩獨不能作今語耶? 月沙識鑒, 亦自有理.

金梨村汝旭, 少有詩奕之有致, 黃月渚試而奇之, 託以衣鉢, 久之擢進士入學, 同舍莫與也, 屬上元踏月, 學中虛無人, 金惟塊然一榻, 卽几上吟一聯云: "有月人同賞, 無錢我獨醒." 同舍歸見之, 吟亦不置, 卽執手曰: "不知君才若是." 廣法寺卽近城名藍也, 梨村五十後始一至, 贈寺僧詩云: "徒聞廣法稱名寺, 每恨尋眞不早圖, 五十七年今始到, 老禪嗔我俗人無" 頃歲李丈東說入洛赴三角山寺, 時洛中諸彦爲文學會, 李先唱云: "曾聞三角知名寺, 每恨尋眞不早圖, 三十年來今始到, 居僧嗔我俗人無" 諸彦皆閣筆, 蓋不知其詩從梨村出也.

# 19

近代光欲咸推金、許, 不易上下, 然梨村固自篤論矣, 云: "許學圃如廣廈千間, 其勢翼翼, 特少粧點之功, 吾則八雀三間, 輪奐畢備." 人以定二公之優劣.

箕山畏友, 又有吳逸士峻望及桂赤壁雲植、金禮山義燁, 而吳實張藝苑一幟, 特以酒德不自振耳. 是時永明寺巡牒特釀熟, 一夕四人偕往盜飮, 作聯句題瓮上云: "晋代疎狂畢吏部, 風流千載屬吾儕, 瓮間盜飮無人縛, 大醉還山月欲低" 詰朝寺僧覺而告巡伯, 巡伯

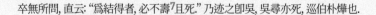

卒無所問, 直云: "爲結得者, 必不壽[7]且死." 乃迹之卽吳, 吳尋亦死, 巡伯朴燁也.

## 21

楊員外萬榮, 顯望子也. 肅宗丙寅, 由春塘試爲國子博士, 己巳以後, 自劾歸田里, 居然一任放少年也. 晚依其婦翁姜後望湖甸, 屬有金斯文時傑曁弟時保往遊淸風洞, 道遇姜, 姜屬楊與二金詩, 楊先成云: "倦遊湖海客, 文雅兄弟間, 去向淸風洞, 來從白月山." 卽二金別業, 二金知不敵也, 乃引身去, 姜拊楊背曰: "甥乎甥乎, 爲吾生色."

## 22

洪三遷益重, 生甚不讀書, 而詩亦楚楚, 若充其量, 故不易才. 嘗與道安邂逅廣法寺, 極意應酬, 奇思層疊, 安爲之汗背者數矣. 久之, 洪以事入洛, 從諸彦謁關王廟. 洪唱一聯云: "身騎赤免流星馬, 手握靑龍偃月刀." 諸彦愕然曰: "竟無易君." 遂閣筆.

## 23

許文山晳, 才旣天授, 能復古, 手闢草昧, 爲一坊詞人之冠, 要其所措, 有奇有正, 有開有闔, 如太牢之於味, 黃鐘之於律, 鼎彝之于器也. 每一篇出, 不脛而走四極, 卽五尺之童, 無不引領西望. 近張生大經以公車入洛, 邂逅一南士時名者, 其人聞知, 與文山卽口授一絶云: "許晳能文者, 平生願見之. 牧丹峰好月, 何日與論詩." 文山亦聞之, 便以爲快.

## 24

荷谷許葑春遊浮碧樓詩, 古今絶唱, 文山亦極意步其韻, 洪八座萬朝爲巡伯, 嘗勒文山續撰邑誌, 選此詩. 文山固謝不敢, 洪謂: "君詩殆勝荷谷." 卒命之, 夫豊山之於文山, 伯樂之顧驥騏乎!

## 25

李淡然子萬祐汝吉, 才秀於文山, 而不能如太, 然雋語奇氣, 層見疊出, 如"鍊鍊曾成盾, 金石與不爭. 一鳴驚天地, 萬古長靑靑", 又"幽閒蘭有契, 淸爽月相得. 廓然無所碍, 惟見秋空碧", 又"向來二三月, 紅綠間東風. 乾坤一室內, 造物丹靑翁"等作, 文山忽忽汗浹背. 嘗對客自呼許某可殺, 客不解其意, 文山乃謂曰: "某束髮攻詩, 不得李汝吉一語, 是尙可以活乎?" 客乃大笑. 余嘗見汝吉, 自言與文山忘年交, 常相遊往今可與語者, 殆欲哽咽泪然, 則斷絃折鍔, 奚古今異哉?

---

7 壽 : 저본에는 "讐". 문맥에 근거하여 수정.

**26**

李和隱時恒, 始來自淸之北, 吾箕之學者, 莫能與之抗, 然亦白首偃蹇, 不甚達也. 久之, 謁選得魚川驛丞, 會趙相泰億儐北使境上閒, 登統軍亭, 得山字韻, 屬坐客各步之. 李卽應曰: "鶴野昔時皆我地, 馬岑何歲忽胡山." 趙大激賞謂: "老子當輸一局矣." 又久之, 李以使事北上行, 且爲文酌金學起墓, 以其嘗爲質正聘上國, 故古今夢寐所發, 多與眞合. 和隱嘗夢得一絶云: "問爾金剛佛, 于今安在哉, 師云萬千嶽, 立立皆如來." 迨北上抵永寧寺, 所見卽夢所見也, 而有律師靈一者, 乞和隱詩, 遂以此絶書與師大稱謝, 吁! 亦奇事.

**27**

田松江錫至詩尙奇絶詭, 不作俗人口氣, 以故跅弛終其身, 其燈火一絶云: "炎運時將歇, 誰復重器傾. 五丈淸油裏, 嗚呼去孔明." 亦雋永有味.

**28**

自文山一出, 詩道幾於古轍矣, 其高足之徒, 無出東郭許佖彥伯者, 天才婉秀, 其詩以古雅爲主, 絶無一點俗氣. 常語唐後無詩, 且唐亦足學, 必欲出六朝而上之. 文山每讀一編, 未嘗不擊節稱善也. 惜乎! 未五十而死, 且死口呼一聯云: "槐寒江海夢, 詩減漢唐聲." 余謂彥伯雅士不俗, 居然林下風, 持是造物柄者經紀之耳. 詩能窮人, 不其然乎?

**29**

文山以詩自鳴, 雄視千古, 若落落不可跂者, 至遇物則不肯挾其有, 卽後生一善, 必獎披陶鎔, 卒獲成立, 故四方秀乂, 挾笑坌集, 戶屨恒滿. 余十六七歲時, 持所業爲贄, 文山爲之擊節者數矣, 顧惓惓焉, 古作者之是勉. 自是之後, 每逢人, 輒媚媚, 余之稍有聲藝苑閒, 皆文山力也. 歲辛丑, 余僥倖成進士, 詣太學, 謁先聖. 文山適以公車入洛, 得侯之, 文山懽然甚樂也, 後一歲而遂疾卒矣. 余以詩悼之, 其結句云: "峩洋欲奏知誰聽, 笙鶴泠泠碧落寬." 殆是實錄.

**30**

人樂有賢父兄也, 聖賢所云, 夫豈欺我? 我仲父氏少治博士業, 不幸遭家難, 竟不克立第, 於書無所不窺, 誘扤後進若不及. 余常從之, 受大學、論語, 幸而不中道而廢, 至于今日者, 父力也. 嘗有一絶見示曰: "漸也長詩筆, 父兮知不知. 生平下敎意, 渠實不忘之." 每一讀之, 未嘗不滴淚也.

31

李耳鳴齋仁采善實, 少負精敏, 生支干與余同, 入國庠, 蓋又同榜也, 而余妄欲慕古文不成, 善實刻意進取, 卒占龍榜頭, 其得失何如也? 然善實之意不自足, 每余一篇出, 輒爲之嘖嘖, 殆所謂人之有技, 若己有之歟!

32

近日詞場, 自文山外, 一方觚墨之士, 特爲彬蔚, 余所獲師友者, 吾箕則李騎省時恒, 中和則林司藝益彬, 德川則許上舍徽, 義州則金員外楚直, 殷山則康員外侃, 或以詩顯, 或以賦稱. 惟林、李二丈, 最爲知己, 夫以放翁見托者, 庶幾騎省之衣鉢也, 而若司藝則許箕山以上人, 余固不敢當也. 雖然, 視世之褊忮遇物者, 亦幸矣, 余嘗有偶興一絶云: "西京不愧漢兼唐, 千古詩仙骨亦香. 風月本來無定主, 豈應全屬鄭知常" 於戲! 往者不可見, 來者不可期而已.

33

迺西之邑, 殆於半百, 而乃獨有箕者, 冀北之士夫也乎, 則人才駿發, 固爲一道最, 而然孔門群哲, 不皆魯國, 雲臺將相, 或非南陽, 信乎! 洪勻賦予, 無所不公也. 大抵國初聞人, 率由箕產, 萬曆以降, 列邑崛起, 卽荒江急峽之間, 亦能解脫兜鍪, 浸漫淫墳典, 俾百年韜鈴之屬, 一洗而驟空之也. 嗚呼! 聖明西被之化, 不亦驗乎?

34

李葛坡進, 間語人曰: "屬者無光文星見於西北, 不出百年, 列邑必多登科者." 自頃以還, 所謂龍榜者, 皆從明經得. 又近嶺南老儒, 嘗夢逐文星, 止於關西, 以故西土特蔚, 多爲輦上諸公所推服, 噫! 豈顧長樂漸入佳境乎?

35

按高麗史曰: "崔凝土山人, 通五經, 善屬文." "玄德秀延州人, 幼聰悟, 讀書通大義, 善屬文." "趙文拔麟山鎭人, 幼聰敏, 讀書輒記, 文詞淸警." 余疑此三子, 當亦一代之文士, 而惜時代旣逖, 隻句不可得見, 故今略記其灼然者, 斷自本朝作始.

36

金松亭泮, 江西人, 嘗奉使入皇朝, 有求魚龍簇者, 卽應聲而就, 其落句云: "若爲燒短尾, 攀附在天龍." 華人遂有燒短尾先生之目, 其稱華國如此.

**37**

魚直殿變甲, 咸從人, 將赴殿試, 太學士鄭以吾偶夢得詩云: "三級風雷魚變甲, 一春烟景馬稀聲. 雖[8]云對偶元相敵, 那[9]及龍門上客名." 魚果擢壯元, 吁! 亦異哉.

**38**

魚直殿故是國初巨擘, 特掩于孝耳. 嘗謁歸第有詩云: "謝病歸來一室幽, 荒凉草樹古池頭. 若余豈避功名者, 只爲慈親不遠遊." 千古忘親徇祿者, 可以愧死.

**39**

魚直殿之後, 奕世文獻, 獨文貞公世謙者, 實是主盟. 其爲吏部也, 嘗值月山大君【月山卽德宗子】, 自內擎出銀瓮三事, 腰兩面皆金縷御製, 以賜大君者也. 香醪皆滿, 大君屬在座者, 奉賡引觴之, 又繼內使宣旨, 令諸宰屬和, 文貞卽應製云: "外耀千金字, 中藏萬世[10]春. 奎章纔漏洩, 酬酌已醺人." 其長篇句多不錄.

**40**

金慕齋安國、弟思齋正國, 龍岡人, 俱以道學文章高一世, 而慕齋實張藝苑之赤幟, 嘗與日本釋弸中交, 爲之屈膝者數矣. 夫以禿筆之力, 拔狡倭若催山, 眞所謂勝戰朝廷者.

**41**

金校理鼎、金上舍弼聖, 先後出於犬牙之地, 爲人豪擧, 亦相略等如. 校理句云: "醒時却悔醉時情, 醉後渾忘醒後盟." 上舍云: "三盃濁酒天生味, 四海淸名分受譏." 亦可謂異世同調矣.

**42**

崔東峰德重, 中和人, 與從弟德雯, 有雙璧之目, 世傳海鴨山生二崔, 草木盡枯, 爲詞林奇事, 東峰嘗鴨綠江詩云: "白頭山下發源時, 天意寧敎有兩岐. 若到海門猶未合, 世間無物不參差." 識者謂殆有所感而發云.

---

8 雖: 저본에는 "誰". 『稗官雜記』에 근거하여 수정.

9 那: 저본에는 "也". 『稗官雜記』에 근거하여 수정.

10 世: 『知退堂集』에는 "歲".

**43**

韓靜安禹臣, 順安人, 圃隱鄭文忠公嘗逆睹而得之者, 生嗜性理若芻豢, 有易簀一絶
云: "志學古人行不篤, 聲名事業竟昏昏. 一遭歸盡安吾命, 只恨年來道未聞." 其求道
篤及不慽慽於死生之分如此.

**44**

卞荊山璘【自號三一山人, 少年進士】, 安州人, 詩律警, 筆法亦高, 寔吾西之逸少也,
幼從西山法師靜公, 法名雙翼, 旋卽反本, 卒大闡. 安人擢黃甲, 蓋自卞始, 然亦以前
疵削其榜, 卞乃喟然嘆, 世之不吾與也. 惟放意文酒以爲樂, 後病卒, 副元帥鄭忠信爲
挽詩曰: "人間永絶黃金榜, 天上重開白玉樓." 可謂實錄.

**45**

卞荊山其老蘇之流乎, 厥有之隨、之益, 之益字卞叔謙, 故自稱卞叔, 好爲詭異之行, 不
娶無育, 年二十八死. 卞叔高才博學, 志不滿千古, 顧獨慕四傑, 恒服習以爲繩尺, 自
宋以下弗論也. 更以聰明强識極有名, 一日値華人舟致古今異書, 臨欲售直, 卞叔特
造之, 一涉而盡便記誦若熟玩者, 華人大駭, 傾舟與之. 嘗以乂字爲題, 作治國經邦書,
詣闕以進, 仁廟手批嘉之, 當時士大夫無不欲得卞叔出其門者, 余謂卞叔誠吾西傑出
者也, 每讀其詩, 益信維嶽降神之語.

**46**

當卞叔時, 列邑彬彬多才子, 如退翁尹瑛、西泉金虎翼、松塢安獻民, 其善鳴者也, 而
卞叔每論文, 恥獨稱金某, 猶半視狗, 然金與尹、安二公, 皆欻嵌歷落, 僅得一驛耳. 金
嘗有句云"百年三樂小, 千里一官卑", 不若尹"世路羊腸坂, 人情鴇嶺山", 又不若安
"無衣無食又無兒, 使我三無主者誰", 所謂一節深於一節.

**47**

靑霞鄭斗平, 祥原人, 少刻苦爲業, 自四子六經及古文章家, 口喃喃若夢中語, 於搆文
詞, 以理爲主, 若菽粟布帛. 嘗失其子若孫, 繼又喪門人楊時晉, 則以詩哭之云: "兒死
孫亡痛若何, 謂無餘淚更滂沱. 如今哭子如泉涌, 始識吾生淚亦多." 乃知名下固無虛
士.

**48**

林睡隱益彬, 中和人, 擢本道別科第一, 爲國子司藝, 輦上相目以關西文衡云. 嘗爲逐

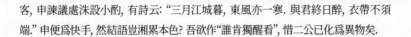

客, 申諫議處洙設小酌, 有詩云: "三月江城暮, 東風亦一寒. 與君終日醉, 衣帶不須端." 申便爲快手, 然結語豈湘累本色? 吾欲作"誰肯獨醒看", 惜二公已化爲異物矣.

## 49

與睡隱同里, 稱巨擘者, 如守齋李萬秋, 乃洱南北有兩月景, 月山則閔光普, 月谷則金鼎輔, 一日邂逅鼎坐, 辯論風生, 一座爲之寂然, 然三人皆不以詩自命, 獨閔差有意焉, 而第不免荒落之譏矣, 間於洱江酒所, 分韻賦詩, 閔得未字曰: "地勢聳坎癸, 天形坼午未." 絶似堪輿家語, 又統軍亭詩曰: "四海中天下, 朝鮮一葉舟." 亦是優孟葬馬手段.

## 50

許徽子美德川人, 好爲子長之遊, 或南或北, 所居輒得舍觀也. 方其在德也, 有月近亭一絶, 膾炙人口, 於箕則云: "淸如七里將多月, 幽過仙源但少花." 又: "軒開大野俄盈席, 簾捲群山忽滿家." 如此語亦不可多得.

## 51

康侃侃如, 殷山人, 結髮攻文辭, 多奇氣神境, 而爲人本疏雋, 自位置溯宋而上, 獨東坡以爲我老友也. 鄭相國羽良, 雅有藻鑑, 人或諷之: "自牧隱至今寥闊矣, 亦遂有中國闖黃甲者乎?" 鄭相遽答曰: "惟康侃侃如." 故爲鄭相作鶴南晚隱序中, 多宛曲處, 眞所謂一獻百拜者.

## 52

淸北之地, 蓋二百年荒矣, 金壯元遇辰出而破之, 一文苑之赤幟也, 如吳希曾、李謙之屬, 其陳涉之啓漢高乎! 李昭番、金錫來之倫, 其光武之續舊服乎! 迨至近日, 北風益競, 乃若桂德海、金得弼輩, 以鷹揚之姿, 並轡齊驅, 殆欲駕一方而軼一域. 繞朝不云乎? "子無謂秦無人也."

## 53

文斯文愼幾, 龍川人, 當穆陵駐蹕灣上, 特設別科, 以慰邊情, 愼幾自以一方巨擘, 恥不得與, 卽抗疏斥春官之不公, 語頗侵尹相斗壽, 致上震怒, 立命斬之. 尹相特請試才, 乃命韻, 得康字, 近臣皆爲幾危, 幾卽信口唱云: "六歌朗咏思丞相, 一旅中興仰少康." 上覽而霽威, 特與一命, 此是一代君臣相遇, 令幾當日得第, 復豈能過?

**54**

癡巖金絃中, 有延州【寧邊古號】以來人才之冠冕. 雲巖金南旭, 本亦鐵山豪士, 特有躁進聲, 其所得如: "君何先達我何遲, 秋菊春蘭各有時. 莫詫當年先折桂, 廣寒惟有最高枝." 癡巖詩也. "尺蠖元來屈亦伸, 丈夫何必老儒巾. 功成塞外淸塵後, 當作封侯萬里人." 此雲巖詩也, 皆人所膾炙也. 三世抱玉, 或白首戍邊, 少陵有云: "文章憎命達." 信然哉!

**55**

鄭上舍先甲, 中朝士族, 羈旅鐵瓮, 業攻石而食其力, 帥臣有愛而憐之者, 白以爲首驛, 晚一飽終, 亦快快. 今所傳遺什, 僅數首, 其去國懷鄉之感, 盎浮紙墨間, 令千載隕淚.

**56**

劉尙麒者, 驛官也, 而旅泊於吾箕以後, 甞用使事, 隨藥泉南相九萬, 南相九萬北上城吟, "長城北築始皇力"之句, 久未有屬, 尙麒在旁曰: "渤海東流夏后功." 南相頗以爲汰而未有易之.

**57**

萬曆以後, 吾西忠義之士, 如通州【宣川】車禮亮、鴨綠【義州】崔孝逸、安興【安州】張希範、永淸【永柔】金禹錫、新安【順安】金永祿, 吾箕【平壤】金峻德、金志雄輩, 或以韋布自躍, 或以靺鞨屈起, 其不平之鳴, 往往洩於翰墨, 咸足激發人意, 吾姑撮其事及語句, 臚列於後.
車禮亮、崔孝逸, 自丁卯北警之後, 皆義不帝秦, 禮亮密送孝逸爲探皇朝消息, 禮亮詩曰: "北漢雲愈[11]黑, 南天日尙明. 神州何[12]事業, 付與[13]一舟行." 孝逸次曰: "壯氣[14]連天直,[15] 精誠貫日明. 男兒數[16]掬淚, 不獨爲君[17]行." 禮亮爲虜所得, 闔門毒手, 孝逸旣入燕都, 身殉紅閣. 張希範與鄭襄武公鳳壽倡義抗虜, 綽有樹立, 其詩如: "忠

---

11 愈: 『耳溪集』에는 "猶".

12 何: 『耳溪集』에는 "大".

13 付與: 『耳溪集』에는 "都付".

14 氣: 『西堂私載』에는 "志".

15 直: 『西堂私載』에는 "鬱".

16 數: 『西堂私載』에는 "一".

17 君: 『西堂私載』에는 "今".

孝傳家法, 功名過耳風." 其不伐蓋如此. 金禹錫於丙子之變, 捲入慈母城, 猝聞南漢媾戎, 卽慷慨書一絶于城門, 有"寧踏東溟恥帝秦"之句, 虜索得欲殺之, 賴稚子應元號泣請代, 獲兩釋. 金永祿嘗遇華人李水部者, 題其扇面而去, "牧禦無長策, 乾坤入虜場, 山河餘古國, 文物散荒凉" 水部持入椵島, 毛都督見爲起敬, 送紙札購詩云. 金峻德有勞於丁卯之役, 感激時事, 譏賦一律, 末云: "所憂惟社稷, 初不覓封侯." 金志雄寔八壯士之一, 嘗扈二聖入瀋中, 有奉和一聯云: "萬里危憂忠轉篤, 百年羞恥恨方新." 此皆忠憤激烈, 欷歔欲絶, 至今生色. 又有永淸【永柔】金璽、陽襄【江東】黃大鵬者, 皆壬辰義兵將也. 璽方大駕駐永淸, 得侍光海君, 應令賦圓月有詩云, "盈虧幾萬年, 爾獨知古今"之句, 特蒙賞, 拔得一毫而去. 大鵬嘗以私幹踰嶺至尙州, 適見牧使泛倡樂遊樂洛東江, 不知是日之爲國忌也. 大鵬卽爲詩曰: "洛東江上仙舟泛, 長笛高歌落遠風. 客子停驂聞不樂, 蒼梧山色暮雲中." 字字劍戟, 宜其尙牧之愧屈也.

## 58

吾西釋子亡出淸虛堂休靜者, 乃安陵士族也. 爲詩超逸不俗, 極有穎悟, 於萬曆己丑逆獄起, 以名僧被逮, 穆廟特爲命放釋, 迫日寇之變, 募義僧將之, 天將李如松以詩贈之, 足當蘇長公玉帶, 嘗登香爐峰一絶云: "萬國都城爲蟻垤, 千家豪傑若醯[18]鷄. 一窓明月淸虛枕, 無限松風韻不齊." 每一讀之, 便欲曹溪汗下矣.

## 59

傳淸靈軌者, 永淸彦機, 吾箕道安、沸流、秋鵬、鶴山、法宗爲一代韻釋, 各有集行也, 余讀之, 俱不稱也. 今以渠家法喩, 若機若宗, 直墮外道, 安小乘, 惟鵬時時入寂, 其句如"能消白帝千年業, 以雪靑山六里羞", 又"獨向倻山尋海印, 遙看落日過雲峰", 又"臥聞川語飜疑雨, 醉對山顔錯認屛", 又"芳草馬嘶三月暮, 落花禽語萬山春" 亦是七言上乘.

## 60

良悅, 狂僧也, 始來自洛之表, 多住首陽, 或沸流, 不寺居不釋姓. 嘗往來鄭靑霞之所, 鄭奇其才, 常與爲方外之交, 鄭一日欲傲以僻韻, 卽應曰: "麻粕猶甘豈厭糟, 世間名利退如螫. 身邊白衲眞吾分, 洗濯淸泉不用鏖." 鄭爲之吐舌.

---

18 醯 : 저본에는 "籃". 『西厓集』에 근거하여 수정.

**61**

魚叔權稗官雜記曰: "東方女子之詩, 三國則無聞焉, 高麗五百年, 只有龍城倡于咄、彭原倡19動人紅解賦詩"云. 彭原卽安州別號也, 第不知朝鮮世已有霍里麗玉也. 近如吾邑金氏, 卽吾宗姓人, 雲山李一枝, 乃和隱庶妹也, 皆未三十而夭. 嗚呼! 詩能窮人, 自古豈特士哉?

**62**

自古神童於時命未必達, 達者政不必了耳. 獨鄭知常三歲口詠白鷗詩云: "喧喧白鷗鳥, 頭曲仰天歌. 白毛浮綠水, 紅掌踏清波." 卞之益七歲對天使賦浮鴨云: "何人投彩筆, 乙字寫江波." 一龍孫一謫仙, 殆非煙火食所及也. 下此, 朴蕘九歲咏云: "月作都元帥, 星爲百萬兵. 使風行號令, 一掃陣雲平." 李時恒十二歲贈妓云: "白紵明如雪, 靑娥手裡巾. 年年南浦別, 拭淚送情人." 許灌十三赴北所魁其榜, 楊萬榮十四魁都會試, 李弘廉十二制策擢春秋試. 然鄭所患在識字, 卒召凶鋒, 卞四七之際, 玉樓告成, 餘皆不免化兒戲劇, 良可悼痛.

**63**

吾西文章立言著說者, 古今以來, 戞乎難哉, 卽間有之, 不過數卷而止. 其刊而行之世, 亦僅十餘家耳. 今若不能揭出, 則恐久而遂失之也, 姑列其目于左.

**64**

趙浚松堂集四卷、魚變甲潛窩集一卷、魚世謙咸從集卌卷、金安國慕齋集八卷、金正國思齋集二卷、李承召三灘集七卷、鮮于浹遯菴集五卷、李時恒和隱集十二卷、李仁采朱學入門八卷、釋休靜淸虛集七卷、道安月渚集二卷、彥機鞭羊集三卷、秋鵬雪巖集三卷.

**65**

楊晦軒德祿所撰平誌, 以續梧陰尹相作者, 特以尹總以成之耳. 凡有關于箕事者, 賴此足徵, 然不知勝國時已有鄭知常西京雜絶矣. 近世稱博學饒著述者, 蓋無如閔光普, 其所撰周易演義, 與遯菴相表裏, 鴨綠集亦倣卞叔朝鮮乘而爲之者也. 他若黃澄之說易, 崔德雯之談兵, 皆所謂有用之才. 然黃能識尹受謙反相, 崔强就逆适, 竟致橫死, 乃知知兵不若知易.

---

**66**

金溟翰、田闓、黃胤後、李進、許灌、金汝旭、卞之益、許晳諸公, 各有集若干冊, 率廖
落弊簏中, 或已爲壑舟, 則終焉泯然而已.

**67**

今考諸人詩, 雜出於東文選諸書者, 乙支文德、趙仁規各一首, 釋休靜三首, 魚變甲四
首, 魚世謙十首, 鄭知常十三首, 趙浚十二首, 金安國十一首, 李承召五十五首, 及皇華
集所載黃胤後一首, 亦邇時之罕覯者.

**68**

諸人言行可見者, 考東史及海東名臣錄, 乙支文德、崔凝、玄德秀、趙文拔、趙仁規、
金泮、魚變甲、魚孝瞻、魚世謙、金安國、金正國及近世金良彥各有傳. 趙延壽見仁規
傳下, 金敬直見倫傳下. 鄭知常、李蔭、李進修雖不立傳, 名蹟灼灼, 至若趙浚, 乃開國
元佐, 吳思忠、趙璞次之, 他日國乘當各立傳, 李承召亦宜於文苑傳求之矣.

**69**

勝國以來, 名公喆輔, 其得諡者, 吾箕得七趙一李焉, 曰貞肅仁規、莊敏瑞、忠肅璉、
文克延壽、文靖德裕、文忠浚、平簡狷、文簡李承召也. 於咸從得三魚焉, 曰文孝孝
瞻、文貞世謙、襄肅世恭也. 於龍岡得二金焉, 曰文敬安國、文穆正國也. 就中若延壽
若世謙若安國, 各以俊才, 迭主文柄, 爲一時快事.【義州二張, 僖襄思吉、莊襄哲, 龍
岡金襄毅景瑞, 鐵山襄武鄭鳳壽】

**70**

世目文章爲小技, 不知書之于技又其小者耳. 然少陵獨云: "筆落驚風雨, 詩成泣鬼
神." 及若所謂"詩爲有聲畫, 畫爲無聲詩"者, 譬之人有四體, 闕一不可, 吾故撦而錄
之, 供好事一大噱.

**71**

金直提學學起, 在世祖朝書法爲一代冠冕. 上出箭筒, 命寫詩句, 乃書"近水樓臺先得
月, 向陽花木易爲春"之句. 上覽而異之, 特命加資, 遭衆還寢, 可謂奇遇耳.

**72**

洪注書承範, 爲一代文中虎, 兼長書法, 爲金南窓玄成所服, 至謂"求諸古人, 亦鮮其匹."

**73**

卞荊山璥, 於文事無所不精好, 尤工書翰右軍法. 嘗隨奉使權枯朝上國, 上國之人聞有筆聲, 造請, 時時滿戶屨矣, 有尙書者極賞之曰: "上舍筆精墨妙, 雖逸少再生, 必退三舍." 我國墨譜家亦多藏弄以爲寶, 子之益若孫莊亦俱善書, 而益尤瑰珚爲一家法.

**74**

曹上舍樂眞亭興宗, 爲詩有奇氣, 筆法特工, 草隷俱絶, 一時樓觀局額, 多出其手. 其子世傑亦善畫, 世謂: "曹氏三絶, 父得其二, 子得其一."

**75**

楊上舍懿元, 書學鍾、王, 骨氣遒勁, 蔚爲墨池渠帥. 嘗於仁賢書院有所題尋院錄, 會吳竹南浚踵至閱之, 及題名, 至爲手顫, 其見憚如此.

**76**

洪上舍僎, 書法參晉、蜀, 尤工夫大字, 但肉勝骨耳. 嘗有大同門三字勒石, 或云是菊軒康遇聖書.

**77**

金泰州汝旭書, 從趙吳興證道. 來目之初, 若不甚者, 臨之久, 乃稍有味, 竟不能踰其矩也.

**78**

黃上舍洞隱戴堯, 月渚之子, 文不如月渚, 而筆過之. 華人一見目爲孝筆, 後竟以孝加旋贈. 今有洞隱書法. 其他金溟翰、朴蕎、安一介、李英白書, 亦俱有聲, 而吾不及見之.【英白名筆進士】

**79**

曹中樞世傑, 別號淇洲, 以繪事妙一世. 爲人澹泊, 無外慕, 居常憒憒若不慧者, 至臨紙盤礴, 劃然心開. 尤工水墨山水, 肅廟嘗勅畫局都城, 曹爲第一, 錫賚特厚. 後奉使者赴燕, 購一名畫, 乃曹手也. 同時又有宋昌燁者, 亦以畫名, 世稱曹、宋.

**80**

金振汝德翼、崔萬厦廣甫, 亦俱文獻家子. 德翼從淇洲習畫山水人物花鳥, 尤工態度,微勝溟洲, 而腕力不如, 滄浪洪世泰詩所謂"傳神學自溟洲者"[20]也. 廣甫亦與德翼同業, 不諳文事, 多帶俗氣, 不甚爲世所重.

# 西京詩話 卷二

**1**

殷之亡也, 武王封箕子于朝鮮而不臣也. 後朝周, 過故殷墟, 傷宮室毀壞, 生禾黍. 欲哭不可, 欲泣爲近婦人, 作詩名曰麥秀歌. 高句麗琉璃王有二姬, 曰禾姬、雉姬, 爭寵相妬. 後王田於箕山, 雉姬爲禾姬所詬亡去, 王聞親自追之, 雉姬不肯返. 王息樹下, 見黃鳥飛集, 感之作歌曰黃鳥歌. 朝鮮津卒霍里子高, 晨起刺船, 有狂夫被髮携壺, 亂流而渡,[21] 語其妻麗玉, 麗玉傷之, 乃引箜篌, 寫其聲曰箜篌引, 然則我國歌詩之道, 大抵出此. 嗚呼! 亦厚幸矣.

**2**

吾西四言可入三百篇者, 若麥秀, 其辭則風雅也, 其意則黍離也. 黃鳥觸物依人, 其怨情之生乎. 箜篌直寫悲慨, 其哀情之發乎. 邁菴之首陽也, 卞叔之遼萬也, 抑亦其次矣.

**3**

洪範一篇, 係箕子所親述, 不獨萬世道統而已. 就揀其精言秀語, 靡不雅頌, 其猶在麥秀上矣.

**4**

凡厥庶民, 無有淫朋, 人無有比德, 惟皇作極.……不協于極, 不罹于咎, 皇則受之.[22]……無虐煢獨, 而畏高明.……凡厥正人, 旣富方穀.……無偏無陂, 遵王之義, 無有作好, 遵王之道, 無有作惡, 遵王之路. 無偏無黨, 王道蕩蕩, 無黨無偏, 王道平平, 無反無側, 王道正直. 會其有極, 歸其有極.……是彛是訓, 于帝其訓. 凡厥庶民, 極

---

20 者: 『柳下集』에는 "翁".

21 渡: 저본에는 "渡其妻". "其妻" 2자를 연문으로 보아 삭제.

22 皇則受之: 저본에는 없음. 『서경』〈홍범〉에 근거하여 보충.

之敷言, 是訓是行, 以近天子之光.……强弗友剛克, 變柔克柔,[23] 沈潛剛克, 高明柔克.……惟辟作福, 惟辟作威, 惟辟玉食.……謀及乃心, 謀及卿士, 謀及庶人, 謀及卜筮.……五者來[24]備, 各以其叙, 庶草蕃蕪.……王省惟歲, 卿士惟月, 師尹惟日.……俊民用章, 家用平康, 俊民用微, 家用不寧.……庶民惟星, 星有好風, 星有好雨. 日月之行, 有冬有夏, 月之從星, 則以風雨.


## 5

魚文貞鬼物銘, 雖不純大雅, 而要之去風人僅隔一塵. 楊德祿古鏡銘, 李進甲乙帳銘、芻虞贊等亦其流亞也. 金台佐守朴子、卞之益南山君二傳中語, 或協韻或成句, 殊有三百篇遺意者, 今皆湊集於後.


## 6

所謂鬼物銘, 冠銘曰: "歷夏商周, 殊名異規. 居人之上, 高而不危. 煥而外飾, 須愼內持. 德或罔愆, 結纓何辭." 佩銘曰: "鏘乎藥兮, 腰焉繫之. 律兮呂兮, 步焉制之. 賢兮士兮, 心焉契之." 履銘曰: "惟義之蹈, 趨康莊兮. 惟爾之視, 將考祥兮." 筲銘曰: "衣裳在腹, 出納有時. 爲君子守, 爲君子儀." 匱銘曰﹕"虛而受之, 盈而出之. 時其開闔, 又重密之." 印銘曰: "累累若若, 籀篆鐵索. 信章昭焯, 君子攸託." 琴銘曰: "琴德愔愔, 式昭其音. 舜文已遠, 誰契于心. 嗟呼孔門, 濟濟青衿. 絃歌雅操, 天機妙深. 我有三尺, 寶重雙金. 用制邪淫, 蕩滌古今. 辭以銘之, 以寫欽欽." 劍銘曰: "歐[25]冶騁妙, 莫耶[26]先覺. 越砥斂鋒, 鵝膏淬鍔. 捕龍古獄, 斬蛇大澤. 三尺騰精, 百妖喪魄. 怒揮三軍, 威作一握. 佩則爲公, 拔之無敵. 嗟彼鉛鈋, 傲茲鷄肋. 烏知開匣, 有此截玉. 凡百志士, 服之無斁."


## 7

所謂古鏡銘曰: "外圓內明, 形天象日. 西周紀年, 東方頌德. 明入地中, 用晦其明. 明不可息, 箕子之貞. 三千載隱, 一朝而出. 唯文與畫, 不磨不涅. 龍盤五瑞, 人祝萬齡. 豈惟仁壽, 乃驗銷兵. 人賴此物, 始知東王. 於闡幽微, 不顯其光."

---

23 柔 : 저본에는 없음. 『서경』〈홍범〉에 근거하여 보충.

24 來 : 저본에는 "未". 『서경』〈홍범〉에 근거하여 수정.

25 歐 : 저본에는 "陶". 『東文選』에 근거하여 수정.

26 耶 : 저본에는 "邪". 『東文選』에 근거하여 수정.

**8**

所謂甲乙帳銘曰: "於呼爾帳, 爾甲爾乙. 甲之乙之, 特天秩之. 帳乎帳乎, 誰主張之. 張之障之, 珠乎翠乎. 疇爾絡之, 於爾帳惟作皇極, 皇之不極, 帳非余幪. 天幹之秩, 爾何穆穆. 於爾帳惟穆穆若."

**9**

所謂芻虞贊曰: "吁嗟芻虞, 何性之仁. 世稱角瑞, 伯仲乎麟. 入草不折, 長我蓬葭. 飢將焉食, 有茁其芽. 睠彼崇幪, 趾莫之加. 逝長百獸, 反與犯猶. 生不虛來, 茲亦於周. 有應鵲巢, 振振是述. 孰爲來哉, 吁嗟騶虞. 和氣之鍾, 有若是夫. 錦衣狐裘, 洵直且好. 金玉會弁, 貂蟬在顛."

**10**

守朴子傳云: "刷氣洩魄, 嚇欷服臆. 夌戶而入, 閉門而泣. 孰爲來哉, 孰爲去哉. 咨汝二子, 誰衣誰食. 胡不是思, 自令病爲. 婉孌好比, 莫不如意. 窮日爲夜, 畢歲爲春. 自非石人, 誰能不悲. 我旣輸情, 彼寧越視. 我如臨歧, 以別我哀."

**11**

卜晚翠[27]華妠賦云: "太白峨峨, 雨之雲之. 亭津洛之, 有流有潕. 維山維水, 實生二女, 世無與侶. 朱脣豊髮, 直眉脩額. 遺視綿邈, 蜿蜿的的. 玉之貞兮, 有玄有蒼. 月之光兮. 有虧有盈. 巧笑倩兮, 抑若揚兮. 衆女此儷兮. 苟逞優倡. 苟逞優倡, 貌用益喪. 噫爾華妠兮, 洵有望兮. 瑳兮瑳兮, 如或被之匪. 服伊華兮, 華妠之故也."

**12**

金月谷歸去來辭云: "爰有美人, 戒我狂奔. 導夫先路, 揖之入門. 比缶有盈, 實坎之尊. 登山以杖, 涉水而船." 亦皆國風之微旨也.

**13**

平壤續志所載古鏡, 有"東王公西周會年益壽民宜子孫吾陽陰眞自有道"二十字, 說者以西周會年爲孟津會年, 獨月沙李公讀以吾字起頭而曰: "周字土蝕, 當作囯, 國字之古也. 會字當作曶, 增字之古也. 眞字當作竟, 鏡字之古也." 且以其隸書, 故謂非箕子

27 卜晚翠: 저본에는 抹去하고 "南山君傳"을 附記했지만 이어지는 내용은 〈南山君傳〉이 아니므로 抹去하지 않았다.

時書也. 而卒乃曰: "東王卽指東明王也." 余意抑恐未然. 周疑作母, 卽西王母也. 按列仙傳, 有木公者, 亦號東王公, 與西王母共理二氣云云. 卽陽陰及益壽等語, 可易覩也. 大曁漢世遊[28]仙詩, 且郊祀鐃歌諸作, 凡結語率以延齡益壽爲言, 豈鐃卽其逸詩而樂浪之世得以東出否也. 而談者特以東王字, 遂認作太師或朱蒙, 雖謂得詞客三昧, 吾不敢信也. 筌筏引, 芝峯類說曰: "此詞載於古樂府, 我國無傳者可惜"云. 原夫樂府之體, 創自漢武, 則所謂麗玉者, 必衛滿以後人, 而惜文獻不足徵焉. 第此曲作於外藩, 何緣得入中國? 豈以朝鮮氏都於漢而一方風謠得爲太史所采故與? 令麗玉出孔子世, 當亦不知吳、楚刪矣. 又曰: "我國歌詞, 雜以方言, 故不得與中國樂府比並." 信哉! 如吾邑李進之江村別曲、唐岳尹鶴之訓導歌、沸流尹瑛之巫女歌、鐵瓮金絃中之花柳詞, 五尺童子靡不解唱, 亦膾得口角焉已. 若乃烏山金景瑞之大鵬一闋, 可與勅勒崢嶸唱之, 以爲千古一快, 幾欲如貫休之撞鍾矣.


**14**

千里不同風, 百里不同俗, 信哉乎! 昔人言之也. 我箕城自太師設敎之後, 文物烜爀, 幾于中國. 雖中更衛、高二氏之世, 然習俗之蓋不替也. 當時君相好文卽間之, 而第不克數見矣. 今輒據史籍, 撮其俗尙, 次及君臣之業, 以見其槩云.


**15**

語國風俗, 今有五代史曰: "俗知文字."

隋史曰: "好尙經術, 愛樂文史, 遊學於京都者, 往來繼路, 或亡沒不歸, 非先哲之遺風, 孰能致於斯也."

唐書曰: "人喜學, 至窮里廝家, 亦相務勉, 衢側悉搆局堂,[29] 子弟未婚者, 曹處誦經習射."

平壤志曰: "勝國以來, 文敎不替, 蓋有學堂書院, 以專養士."


**16**

語人主則東國通鑑曰: "高句麗小獸林王立太學, 敎育子弟." 又曰: "高麗太祖幸西京, 創學院, 命秀才廷鶚爲書學博士, 聚六部生徒以敎育之." 又曰: "成宗於西京, 開置修書院, 命諸生抄書史藏之." 申高靈叔舟曰: "光廟登覽遐想, 高撫千古, 屬物興懷, 發之於詩, 恢化撫世, 追從先聖之意, 藹然於詩外. 天葩焜煌, 照暎江上, 垂輝萬世, 直

---

28 遊 : 저본에는 "類". 문맥에 근거하여 수정.

29 局堂 : 저본에는 "堂局". 『新唐書』에 근거하여 수정.

與箕疇並美. 其不爲西土之人千一之幸歟.”
安竹溪琛曰: “中宗命於平壤府, 設都會養士, 其聖上右文興化, 何其至哉?”

**17**

語人臣, 徐四佳居正曰: “乙支文德, 鳴於高句麗.”
尤菴先生曰: “西土之文獻, 其無徵久矣, 而乙支公能肇開詞源, 卓然爲衆作之首.”
李益齋齊賢曰: “鄭司諫知常, 喜莊老, 爲文飄飄有煙霞之氣像.”
徐四佳曰: “鄭諫議詩, 語韻淸華, 句格豪逸, 深得晚唐法, 尤長於拗體, 出口驚人, 膾炙當世, 可以一世空群矣.” 又曰: “趙文忠公浚, 相業經綸, 若不經意於詩, 爲詩橫放傑出, 有大人君子氣.”
金潛谷堉曰: “魚文孝公孝瞻, 爲文章, 詳切委曲, 辭意俱到, 尤長于疏議.”
成備齋侃曰: “李陽城承召, 詩文俱美, 如巧匠雕鑴, 自無斧鑿之痕.”
許筠曰: “李三灘艶體中稍嘗一臠.” 又曰: “魚文貞公在宣陵朝主文柄, 其詩不多見, 獨雜詩稍可.”
權遂菴尙夏曰: “黃月渚能以詞翰學識名世, 又詩詞雄淡.”
李和隱時恒曰: “卞之益高古簡雅, 絕異世俗文字, 筆亦佶屈, 有一家法.”
李雲菴德壽曰: “李和隱士常, 於文於詩, 於詞賦於騈儷, 技之所向, 無不如精能, 不爲叫呶激詭之辭, 而務平穩典實, 如菽粟布帛適於世用.
李梧川宗城曰: “李和隱爲文操筆立成, 辭氣沛然. 詩亦妙鍊有致, 尤工騈儷.”

**18**

語方外則李月沙廷龜曰: “休靜詩文, 言言皆活, 句句飛動, 有如古劍出匣, 霜氣飄然, 往往酷似開元大曆, 渠家惠休、道林不論也.”
李澤堂植曰: “淸虛之詩, 宜着玄契, 不拘聲律, 不雜排比, 而意趣迢邁, 機鋒迅利, 要於豎佛枯槌上得之, 非若貫休、廣宣輩, 朝吟暮唶, 以與騷人墨客較推敲而已也.”
閔昌道曰: “彌天釋之文, 以渠家雜花布爲機杼, 內敎外典, 羅列錯綜, 不拘拘於體裁, 爲詞詩, 又用功最, 頗有本色語, 假採其翹秀, 混之古卷中, 則權文公風聲層峰之喩, 不專於靈澈. 且使滄浪子而置評也, 豈不屬之於臨濟宗派也哉?”

**19**

總論則李和隱曰: “文章南浦一絕, 壓倒元和, 魚龍小簇, 感動中華, 金直提學大策, 李葛坡諸體, 黃月渚精華, 田西亭節制, 許箕山矯崛, 金梨村流麗, 楊江亭、盧槐軒之疏, 黃菊軒、金義燁之詞, 踵武前輩, 馳騖一時, 許點也遒健, 李淡然爾雅, 自作別格, 人皆膾炙.”

**20**

卞晚翠之益曰: "爲文者, 不在極骨, 乃在理致." 又曰: "淡平中有文采." 又曰: "微妙玄通, 使人讀之, 可思而不可言." 又曰: "無中生有, 妙奪天工," 余謂此數言者, 初雖爲己而發, 亦是後學繩尺.

**21**

吾西文章, 更千百歲, 莫雄於乙支公, 莫豪於鄭司諫, 一爲鼻祖, 一爲正宗, 議論安敢到也? 國初哲匠, 趙相國爲黃閣之冠, 金松亭爲國子之英, 魚直殿源出歐陽氏, 能以淡雅自勝, 若乃起伏則蔑矣. 魚文貞、李文簡公或遒健立幟, 或以工緻主盟, 而李之才實勝之. 總而言之曰館閣體, 金慕齋兄弟, 俱出六經, 而文之以二蘇, 雖才遜於眉山, 而要其詩議, 略相似矣. 弘、正以後, 作者弗競, 惟韓龍山最號當家, 惜傳者寂寂耳.

池松亭、金勉軒二君子, 有力頗自位置, 大抵皆一時射雕手. 啓、禎之際, 淑氣所會, 田西亭、黃月渚、許箕山、金梨村諸公, 復起而振之, 西亭源委六經, 精當有法. 月渚詩[30]法節簡, 澹泊可喜. 箕山出太史氏, 兼取少陵, 而志不帥氣, 大言闊步. 梨村出歐、蘇諸子, 少窘氣力, 而徹頭徹尾, 口無擇言. 葛坡李退之以客卿入關, 咄咄逼人而奪其位, 被堅執銳, 筆撻一世. 復有密城三卞, 皆出六朝, 而晚翠復益以四傑之繩墨, 若直眉山有雪堂耳. 同時羽翼如金大勇、安四賢, 皆偏雄長者, 若論其至, 則肅、寧其優乎! 楊玄虛天嚴忒高, 以婉孌爲主. 鄭青霞雖非本色, 特有弘膽可取. 許文山出馬史、韓、柳氏, 根委有餘, 風格絶出, 全務自立, 而不知聲律稍乖. 李淡然、許彦伯, 亦是流派, 李窮玄鉤妙, 類得於色相之外, 許憚智畢力, 步趨漢、唐, 惜恨弱耳. 李和隱資旣映發, 識亦優餘, 第以結撰爲工, 而神采不流動. 若乃金峻德之差强弁鞉, 釋休靜之偏覇法印, 亦空谷之足音者.

**22**

五七言律在勝國, 若司諫吾無間焉矣. 國朝以來作者毋慮數十家, 亦皆有偏什, 大率影響唐宋, 雅深誦法, 然高下淺深, 似有可議, 今摘合作之句, 彙集於此.

**23**

五言如鄭知常: "聲催山竹裂,[31] 血染野花紅."[32] 金安國: "凍雀依深薄, 驕鼯上敗墻."

---

30 詩 : 저본에는 "誦". 문맥에 근거하여 수정.

31 裂 : 『眞逸遺稿』에는 "折".

32 紅 : 『眞逸遺稿』에는 "深".

李仁祥: "雲鎖前朝寺, 天高故國樓." 金溟翰: "寒潮分斷嶼, 高閣瞰長洲." 卞璻: "舊日龍灣尹, 新秋馬上人." 田闓: "海能容逝水, 山不讓歸雲." 李進: "極浦迷寒雨, 長空落暮禽." 許瀞: "三山沈接陸, 滄海飜成池." 金汝旭: "三春關外客, 獨夜海西州." 洪益重: "夜狵聞雨吠, 秋犢踏雲歸." 許晢: "草意排殘雪, 花心感惠風." 李時恒: "萬國通夷夏, 群流合渭涇." 許佖: "菴淸晨一磬, 峽邃暝千蟬." 秋鵬: "坐久天花落, 行稀徑草生." 或古雅, 或幽妙, 或精工, 或典麗, 或雄贍, 或奇壯, 各自所長, 咸極其妙.

**24**

七言如鄭知常: "綠楊閉戶八九屋, 明月捲簾三四[33]人." 李承召: "萬古陰湫藏怪物, 百年殘壘鎖荒煙." 金安國: "尊前白雪歌春暮, 簾外靑山聽鳥啼." 田闓: "秋風吹鬢客衣冷, 落月窺窓仙夢淸." 許瀞: "三五夜看新月近, 一千里憶美人遙." 金虎翼: "靑雲有路人爭上, 白髮無私我獨多." 卞之益: "鼓角聲掀千里浪, 旌旗影拂九州烟." 金弼聖: "起看薊北三更月, 坐送江南萬里船." 許晢: "十月江山雙屐齒, 一陽時節大刀頭." 李萬祐: "簾短秋多曉山色, 窓虛夜足遠潮聲." 康騥: "黃鷄入筯秋膏濕, 白麪登盤野味長." 許佖: "千家行樂屠蘇盞, 萬古流光逆旅天." 許徽: "淸如七里將多月, 幽過仙源但少花." 康侃: "衝岸迅溪窺獨鶴, 滿天飛雨戲神龍." 休靜: "帶月癯仙千丈檜, 隔林淸瑟一聲灘." 秋鵬: "能消[34]白帝千年業, 以雪靑山六里羞." 各自種種風致.

**25**

起句五言可入律者, 鄭知常: "庭前一葉落, 床下百蟲悲." 李承召: "遠水兼天淨, 長風特地催." 金安國: "芬華花綻雨, 淪落葉雕霜." 康儀鳳: "入雲樵路細, 緣澗柳花飛." 田闓: "對客嫌言俗, 看書喜眼明." 李進: "雪落偏驚客, 天寒正憶家." 曺興宗: "北去人千里, 南來月一鉤." 金汝旭: "曠野連天闊, 長洲繞郭流." 休靜: "古今爲逆旅, 天地亦邯鄲." 道安: "湖海孤雲出, 乾坤獨鳥飛." 秋鵬: "九天辭鳳闕, 一病臥蝸廬." 七言如田闓: "烏啼城上晨光出, 人語舟中潮欲生." 金汝旭: "才名京洛無雙士, 家世簪纓不乏賢." 結句如田闓: "君親俱得罪, 天地獨無情." 鄭斗平: "莫恨童童山且禿, 還嫌趯趯兔之罝."

**26**

起句五言可摘者, 如金安國: "鳳闕千官[35]靜, 宸居迥九天." 卞璻: "前星方正位, 日月

---

33 四: 『東文選』에는 "兩".

34 消: 『雪巖雜著』에는 "燒".

繞黃塵.” 田關: “日出雲歸盡, 於天亦有光.” 李進: “七月初三日, 今年亦已秋.” 金汝旭: “我家平壤府, 門對大同江.” 李萬祐: “晚放東城曲, 白雲新霽秋.” 七言如趙浚[36]: “嶽色江聲共寂寥, 朱門何處夜吹簫.” 金安國: “捲雨長風力不休, 夜深吹[37]月上山頭.” 許灌: “秋鷹一點羽毛鮮, 飛過滄溟更有天.” 金汝旭: “暮雪連江潮打城, 寒山半入野雲平.” 鄭斗平: “休言九萬里天長, 直欲乘風訴帝傍.” 李萬祐: “長空杳杳碧無痕, 帝召詩魂返紫薇.”

## 27

結句五言如鄭知常: “琳宮梵語罷, 天色淨琉璃.” 金安國: “秋風吹素鬢, 獨立白蘋洲.” 康儀鳳: “天闕如能補, 江湖影不孤.” 鄭斗平: “獨抱和生璞, 空爲大國憂.” 田錫至: “禮法先生宅, 長安萬世傳.” 七言如康儀鳳: “一杯直待桑田改, 夜獵何須灞上行.” 田關: “獨立新羅天地外, 三千世界一毫塵.” 許灌: “悲歌慷慨眞吾性, 自是西京近趙燕.” 金汝旭: “高歌唱斷暮天碧, 萬里長風歸雁孤.” 許晢: “不然將御冷風去, 逈與長空寡鶴鳴.”

## 28

諸公句語, 多與古人相犯. 鄭知常: “僧看疑有寺, 鶴過[38]恨無松.” 卽李洞“鶴歸遙認刹, 僧步不離雲”也. 韓克昌: “遠聲灘下石, 寒色雪中村.” 卽李頎“秋聲萬戶竹, 寒色五陵松”也. 黃澄: “汀樹月將落, 漁村火獨明.” 卽杜子美“野徑雲俱黑, 江船火獨明”也. 康儀鳳: “地理藏眞界, 天文暎少微.” 卽許仲晦“地理南溟闊, 天文北極高”也. “病覺相如渴, 心慚子夏瘝.” 卽錢起“不識相如渴, 徒吟子美詩”也. 卞瓓: “甲觀千秋節, 西風八月時.” 卽杜牧之“歌吹千秋節, 樓臺八月涼”也. 田關: “雖窮何可哭, 將老且宜吟.” 卽杜子美“途窮那免哭, 身老不禁愁”也. “莫以新知樂, 能忘舊學溫.” 卽王摩詰“莫以今時寵, 能忘舊日恩”也. “門開滄海闊, 簾捲碧山長.” 卽柳子厚“泉歸滄海近, 樹入楚山長”也. “三千年變海, 九萬里浮雲.” 卽杜牧之“一千年際會, 三萬里農桑”也. “金塔風煙古, 雲橋水石秋.” 卽釋靈澈“楚俗風煙古, 汀洲水木涼”也. 黃胤後: “殷武調元日, 周文養老年.” 卽張說“漢武橫汾日, 周王宴鎬年”也. 李進: “柳搖春後絮, 梅着臘前花.” 卽虞世南“柳[39]開霜後翠, 梅動雪前香”也. “草綠愁平仲, 花殘怨子規.” 卽沈

---

35 官 : 저본에는 “門”. 『慕齋集』에 근거하여 수정.

36 趙浚 : 저본에는 없음. 『東文選』에 근거하여 보충.

37 吹 : 저본에는 “明”. 『慕齋集』에 근거하여 수정.

38 過 : 『東國李相國集』에는 “見”.

39 柳 : 『唐詩品彙』에는 “竹”.

全期"芳春[40]平仲綠, 淸夜子規啼"也. "寒鍾山北寺, 遠火水西村." 卽岑參"近鍾淸野寺, 遠火點江村"也. "一年身作客, 千里夢還家." 卽張謂"還家萬里夢, 爲客五更愁"也. "萬事雙蓬鬢, 孤蹤一葛衣." 卽杜子美"身世雙蓬鬢, 乾坤一草亭"也. 曺興宗: "烟雨空江暮, 風霜落木秋." 卽杜審言"雨雪關山暗, 風霜草木稀"也. "白雲閒自去, 明月任誰家." 卽李白"白雲還自散, 明月落誰家"也. "農桑村村急, 漁歌處處聞." 卽杜子美"農夫村村醉, 兒童處處歸"也. 許渾: "故國靑山在, 繁華浿水流." 卽荊叔"漢國山河在, 秦陵草樹深"也. "仙亭臨浿水, 秋色落秦山." 卽王摩詰"荒城臨古渡, 落日滿秋山"也. 金汝旭: "金闕開黃道, 鑾輿下紫宸." 卽杜子美"閶闔開黃道, 衣冠拜紫宸"也. "日落金方圓, 天淸玉塞空." 卽戴叔倫"天高吳塞闊, 日落楚山空"也. "萬木秋風後, 孤城落照間." 卽馬戴"萬木秋霖[41]後, 孤山夕照餘"也. "相逢新白髮, 共對舊靑山." 卽于武陵"羞將新白髮, 却到舊靑山"也. 許佖: "閭井氷生石, 官池霜折荷." 卽皇甫曾"野渡[42]氷生岸, 寒川燒[43]隔林"也. 康侃: "雨餘叢竹冷, 霜近獨楓明." 卽朱慶餘"雨餘槐穗重, 霜近藥苗衰"也. 七言如鄭知常: "風送客帆雲片片, 露濕宮瓦玉鱗鱗." 卽"光搖碧瓦鱗鱗玉, 影落茅簷寸寸金"也. 趙浚: "月明淮水霜初落, 秋盡江都柳未凋." 卽岑參"花迎劍佩星初落, 柳拂旌旗露未乾"也. 李承召: "雙鳳遙瞻扶玉輦, 九韶還訝下[44]瑤臺." 卽王禹玉"雙鳳雲[45]中扶輦下, 六鰲海上駕山[46]來". 金安國: "萬里玉關傳露布, 九霄金闕絢雲旗"也. 田闓: "千里旅遊秋欲暮, 百年人世病常多." 卽杜子美"萬里悲秋常作客, 百年多病獨登臺"也. 李進: "窓含列峀千里翠, 門納長溪一面淸." 卽杜子美"窓含西嶺千秋雪, 門泊東吳萬里船"也. "氣作山河猶鎭國, 身爲厲鬼欲殲夷." 卽趙元鎭"身騎箕尾歸天上, 氣作山河壯本朝"也. 許渾: "北來楡塞猶聞鼓, 南望桃源又闕船." 卽杜子美"南渡桂水闕舟楫, 北歸秦川多鼓鼙"也. 金汝旭: "千里暮江秋色遠, 萬家寒葉雨聲多." 卽趙孟頫"千里湖山秋色遠,[47] 萬家煙花夕陽多". 鄭斗平: "二儀昏黑天將雨, 三伏炎蒸日欲曛." 卽杜子美"二儀淸濁還高下, 三伏炎蒸定有無"也. 洪益重: "登臨二水橫分地, 嘯嗷千山欲暮秋." 卽陳去非"登臨吳蜀橫分地, 徙倚湖山欲暮時", 皆極宏贍藻麗, 不易上下, 今以時代一槩欲束高閣, 亦稍怨矣.

---

40 春 : 저본에는 "草". 『唐詩品彙』에 근거하여 수정.

41 霖 : 저본에는 "林". 『唐詩品彙』에 근거하여 수정.

42 渡 : 저본에는 "水". 『唐詩品彙』에 근거하여 수정.

43 川燒 : 저본에는 "泉繞". 『唐詩品彙』에 근거하여 수정.

44 下 : 저본에는 "上". 『三灘集』에 근거하여 수정.

45 雲 : 저본에는 "雨". 『瀛奎律髓』에 근거하여 수정.

46 山 : 『瀛奎律髓』에는 "峰."

47 遠 : 『元詩選』에는 "淨".

## 29

截七爲五者, 田圃: "桃花紅勝錦, 流水碧於藍." 卽杜子美"不分桃花紅勝錦, 生憎柳絮白於綿". 李進: "白髮雖欺我, 黃花不負秋." 卽陳無忌"九日淸鱒欺白髮, 十年爲客負黃花"也. 金汝旭: "城闕黃塵[48]裏, 關河白髮前." 卽杜子美"時危兵甲黃塵[49]裏, 日短江湖白髮前"也. 金虎翼: "三千銀世界, 十二玉樓臺." 卽"三千世界銀成色, 十二樓臺玉作層."

## 30

補五爲七者, 如田圃: "明月天涯虫弔夜, 靑山江山葉飛時." 卽劉長卿"明月天涯夜, 靑山江山秋"也. 洪益重: "登臨落日心猶壯, 駕御泠風骨欲仙." 卽杜子美"落日心猶壯, 秋風病欲蘇"也.

## 31

短律用事之善者, 如金安國: "遙山水墨郭熙手, 近浦淡粧西子容." 田圃: "脩竹遠思王逸少, 碧山難對謝玄暉." 金汝旭: "已驚白髮潘常侍, 更愛淸詩趙倚樓." 許晳: "伯起將升堂下得, 子雲惟寂道中遊." 用人名者也. 金安國: "天墀北面辭龍袞, 日域東來儼鳳儀." 許灝: "風力打驚蝴蝶夢, 琴心解作鳳凰聲." 許晳: "漣城枳棘孤棲鳳, 箕國荊榛獨角麟." 李時恒: "城似渴龍奔海水, 樓疑飛鳳舞雲霄." 康儀鳳: "渭濱不顧周王獵, 商顏還慚漢闕朝." 田圃: "自憐杜曲歌茅屋, 終愧桃源夢玉堂." 許灝: "五步澠池羞趙瑟, 三更關塞怨胡笳." 許晳: "洞仙雪路懸靑坂, 蔥秀氷泉咽龍頭." 用地理者. 許灝: "癡欲囚星留酒伴, 狂似泛月間天津." 金虎翼: "析[50]木祥雲迎赤鳥, 扶桑瑞日照黃裳." 用天文[51]者也. 金安國: "玉京西隔天連海, 銀闕東升桂映[52]樓." 李進: "山河天地皆成位, 日月星辰各有官." 天地互用者也. 李承召: "仙李殘孫無遠計, 猪龍獅子肆猖狂." 許灝: "可憐漢女留靑塚, 太息燕烏欲白頭." 人物互用者也. 世謂用事種種魔說, 吾所不解.

---

48 塵 : 저본에는 "雀". 문맥에 근거하여 수정.

49 塵 : 저본에는 "雀". 『瀛奎律髓』에 근거하여 수정.

50 析 : 저본에는 "坼". 문맥에 근거하여 수정.

51 文 : 저본에는 "門". 문맥에 근거하여 수정.

52 映 : 저본에는 "影". 『慕齋集』에 근거하여 수정.

**32**

王弇州有云: "吾夫子文而不詩." 噫, 太師氏獨何人哉, 洪範乃理窟之淵源, 麥秀卽詞場之鼻祖也, 衛滿一亡虜也, 而箕準待以博士, 則豈滿也亦此間文士耶. 句麗金革世界, 凡人主好文者, 獸林之設國庠也, 崇留之慕北學, 人臣則乙巴素之經國, 王山岳之協律, 李文眞之修史, 乙支文德之屬文, 要之皆昏衢之揭燭, 空谷之聞蛩.

**33**

泉男生、男建兄弟, 世知鬩墻, 而不知其嫺于詩禮也, 按三國史, 男生爲中裏位頭大兄, 凡辭令皆主之, 唐書亦稱其純厚有禮, 男建方李勣東下也, 使元萬頃檄之云: "不知守鴨綠之險." 男建曰: "謹聞命矣." 卽移兵守之, 然則蘇文諸子皆識字, 雖然, 一能言之鸚鵡而已.

**34**

勝國時西土占魁科選者, 若鄭司諫知常、趙郎中文拔, 嵬乎卓乎, 不可及已. 金摯、赫連挺兩箇豪偉, 接武藝苑, 趙瑞、趙珝棠棣聯榜, 繼掌文柄, 他如玄德秀、李周憲、趙仁規輩, 皆由他道進者, 彼桑楡鐵硯, 不亦隘乎?

**35**

鄭司諫之死, 爲千古藝苑訟端, 如李學士仁老所云: "出入省闈, 謇謇有古爭臣風." 引而不發而已, 不如李文康石亨所云: "金富軾擅斷國史, 削自己之姦邪, 墨知常之事." 直幾可以成獄矣." 又不如朴錦陽瀰所云: "文筆高峰劉盡平, 千秋留得妬賢聲, 長堤南浦才情語, 直到天荒不昧名." 一筆決斷, 罪人斯得, 可謂二十八字麟經.

**36**

吾箕人稱金直學學起典文衡, 文衡者本此先墓誌中出鼓一世之聾瞽而爲之云耳, 殊不知平壤志所稱執義或直學者爲可信也, 故和隱李公嘗以藝文直學題其墓矣, 余間遊學漢中, 得所謂文衡錄者, 則果無有矣. 嗚呼, 若和老者, 可謂良史. 尤翁所撰金松亭墓碣曰: "先生出處意義, 師承淵源, 世則遠, 有所不敢知者矣." 又曰: "野史云: 金東峰時習, 詣先生受語孟詩書春秋. 然則先生之所受, 雖不足詳, 而其所授則實我東之吳伯泰也." 按輿地勝覽, 先生乃陽村權近門人也. 夫以尤翁之博洽也, 曾無一言及陽村者, 至東峰則力引稗家以證之, 要之有微意在.

**37**

許眉叟穆云: "關西近多儒學之士, 安定韓禹臣、沸流朴大德、樂浪鮮于浹其人, 而鮮于氏最著名云, 如韓之命世也, 圃隱先生期之, 百年之後, 鮮于之血食也, 中朝術士之識量, 童習之時, 亦足稱其眼耳.

**38**

嗚呼, 千古而有人傑也, 孰地靈不由乎哉? 若申、甫自嶽降, 轍、軾悴草木, 經傳所載, 固灼灼矣, 我箕山河甲天下, 魁奇卓榮, 不常之士, 皆自此出, 故間有父子奕世, 兄弟並駕, 至累五六葉者, 代不乏人, 而大約若唐之三珠樹, 宋之木假山者, 則亦非易易, 不知西土文獻之傳, 惡乎屬, 姑擧其一二最著, 謾記於後.

**39**

父子登科者, 羅軸、羅春雨、尹云貴、尹晦、宋敬持、宋殷商、朴亨良、朴漢忠、李謙、李文虞、金成卿、金台佐、黃應聖、黃胤後、李愈、李時樟、楊顯望、楊萬榮、安健之、安晟、李慶昌、李道瞻、金壽億、金國恒、洪允濟、洪益恕、梁禹甸、梁正澤、李斗運、李允白, 安正仁、安權衡. 三人者李承伯子葆、蔭, 魚孝瞻子世謙、世恭.

**40**

兄弟則趙浚、趙狷, 金安國、金正國, 金允溫、金允和, 田鬮、田鬮, 盧尚賢、盧尚義, 金錫來、金晉來, 金鳴夏、金鳴殷, 金克之、金器之, 方萬規、方聖規, 尹泰基、尹亨基, 李允沆、李允恒, 白仁煥、白義煥, 安正仁、安正宅. 總而言之, 未有如李好霖、賀霖、壯霖、待霖、遇霖五兄弟之盛也.

**41**

祖孫則李承伯、李好霖, 金學起、金德良, 黃應聖、黃戴仁, 高進問、高承憲, 洪敬、洪旣濟, 李慶昌、李日瑞, 尹訓甲、尹泰基, 安健之、安正仁, 呂渭良、呂榮祖, 趙昌來、趙夢麟. 若其他三世以科顯者, 李遇霖、子熙貴、子漢謙, 魚變甲、子孝瞻、子世謙, 趙壽達、子昌興、子景澤.

**42**

國初文士之最達者, 無如趙浚、趙璞、吳思忠三君子, 不知宰相又有金敬直、李承伯、玄琇, 八座則李葆、李蔭、李原冲、楊百枝、羅春雨、韓安海、徐彥貴, 京尹則李瀚、田用德、盧奕奇、尹云貴也. 嗚呼! 達則達矣, 然百世之後, 無一稱者, 微二三君子, 吾西其寂寂矣. 其接武者, 則李進修、許承祐、鄭台用、金泮、魚變甲、魚孝瞻、李承召、朴亨良、金學起、魚世謙、魚世恭、金安國、金正國、李謙、李文虞諸公, 皆宰相若卿士, 非臺閣則侍從. 大抵祖宗之世, 西土多違, 宣陵以後, 違者寢微. 迄于中廟, 廢錮特甚, 如近世康參判昱、黃承旨胤後、李右尹愈、趙右尹昌來、申知事受采, 而外復有李慶昌若孫日瑞、安晟若姪正仁, 特僅占一臺窠, 呀! 亦可恨已.

**43**
其出外職, 牧使則潘瑨、朴漢忠、李漢謙、金成卿、金台佐、金器之、李日瑞之屬, 府使則趙府隅、黃應聖、盧尙義、李時檁、田皥民、張世良、楊顯望、金錫之、洪禹績、尹訓甲、安健之、金潤海、呂渭良、林益彬之屬, 都事則田闢、許灌、盧尙質、呂榮祖、李致彥、金聖猷之屬, 評事則金積福、鄭仁源、李級之屬. 他如俗言所謂縣監典籍者, 率皆瑨不備錄.

**44**
唐制, 凡登科者, 壯元而下, 有榜眼、探花等目. 吾西則魚變甲、李承召、金正國、金聖猷爲壯元, 金泮、金安國、趙府隅、李進爲榜眼, 鄭仁源爲探花, 及近鄭東說亦爲壯元. 而要之, 明經碌碌, 不足稱也. 才難, 不其然乎? 甚矣, 貫三場之難也.【貫三無講經】 三百年得十一人焉, 曰金統、李謙、金安國、金正國、洪承範、崔汝漢、康昱、黃胤後、李愈、許灌、洪旣濟, 就中若安國則又皆重試者也. 至於初試會試殿試重試俱魁者, 僅李承召一人而已.【外城之人貫三場庶爲半, 一道獻鄉】

**45**
以吾西界中國也, 歷代綏撫特厚. 其在勝國, 每科所取鄉試三人, 必於本道得之云耳. 鮮興六七十載, 寥落甚矣. 然天誘我光陵, 親臨浮碧樓, 發策試士, 得二十二人, 而吾邑殆四之一, 可謂蔚矣. 若乃萬曆壬辰, 天啓丁卯, 崇禎己巳三榜, 大抵皆吾邑人, 皆直赴殿試, 所謂發一鶚於百鷙之中者也. 殆於丙子, 特設別試, 不幸而中虜罷, 以故癸未再試之擧, 降及顯肅以迄當宁, 凡五榜, 所取者輒增其額, 而吾邑或與或不與, 大略吾邑爲一道獻鄉, 龍占籍多者, 幾於金榜矣. 挽近以還, 日益不競, 丁酉一榜, 無論已, 若乙亥若戊申, 似未免沙礫之愧也.

**46**
凡年少登科者, 趙夢廉十八, 趙慶普十九, 白光澤、趙赫俱二十, 李級、洪禹績、白相佑、趙慶煥俱二十一, 金遇辰、盧尙義、李震葉、白鴻擧、盧玄鶴、金重玉俱二十二,田闓、韓識、金運乘、朴聖楷、趙鼎耈、金鳳瑞、李養吾俱二十三, 李承召、康儀鳳、田皥民、趙弘璧、呂榮祖俱二十四, 金積福、魚孝瞻、魚世謙、金正國、盧尚賢、承以道、安世甲、高命說、尹亨基、趙夢麟俱二十五. 惟魚氏父子及李承召最達, 金正國次之, 金積福臥褥十餘年而官不達, 田闓拘連逆獄, 幾陷不測, 金遇辰早擢龍榜, 便以良貝, 金鳳瑞唱臚後, 卽爲報羅使, 李級、金運乘、白鴻擧、尹亨基之徒, 僅四十上下而夭, 其或有夭且無後者, 抑又慘矣. 古人以早年登第爲不幸者, 夫豈無以?

**47**

杜詩云: "人生七十古來稀." 然則七十登科者, 尤稀之稀者也. 近世曹三省七十一, 高承憲七十, 俱以明經得第, 較之宋陳敏修, 特相伯仲, 皆大奇事也. 若當宁所得申受采, 加太公五歲, 而或長銀臺, 或正度支, 所謂老大徒傷悲者, 獨何與久矣?

**48**

吾西文運之不幸也, 作俑者金富軾乎! 用殉者蘇世讓乎! 嗟夫! 富軾殺一勝己, 而若世讓者, 抑何忍也? 蓋自國初迄成廟, 大則台鼎, 小則館閣, 蔚爲縉紳之羽儀, 則孰謂西土之士有不得埒上國乎? 直以一句語, 唐突老蛻, 貽毒一道, 是亦造物棄除之數也. 自是取後, 志士扼腕, 詞林喪色, 重以龍蛇中島寇縫掖者幾半, 而故上下百餘年前輩名章秀句, 蕩然如宮塵劫灰之不可迹, 則安之未學者之善藏以否也? 此又世讓之故耶也?


# 西京詩話 卷三


**1**

箕子洪範, 本屬聖經, 吾不敢容議矣. 麥秀歌是千古懷古之祖, 一遂爲五言. 人知乙支公五言絶祖, 而不知其權輿于麥秀也.


**2**

詩至鄭司諫唐風大備, 姑足以言詩耳. 第箕子語之, 自然不假作也, 乙支作而不工也, 司諫極工矣. 吾故曰: "盛中之宗, 衰中之鼻." 此雖人力, 亦是天地間陰陽剝復之妙. 鄭知常絶句, 如: "紫陌東風細雨過, 輕塵不動柳絲斜. 綠窓朱戶笙歌咽, 盡是梨園弟子家." 又：“雨歇長堤草色多, 送君南浦動悲歌. 大同江水何時盡, 別淚年年添綠波.” 皆吾東傑作, 而談者不無軒輊. 大抵西都, 瀏亮宏麗, 光景爛熳, 可謂二十八字畵廚也. 南浦覺有十分氣色, 別淚添波, 雖亦本之老杜, 不失爲千古情語之祖, 而畢齋風雅不收, 私所未解.

## 3

江淹別賦, “春草碧色, 春水綠波. 送君南浦, 傷如之何.” 鄭司諫南浦詩, 特取而占化矣. 平壤釋此二字,[53] 又十分費力. 劉夢得“紫陌紅塵拂面來”, 在唐絶中不得多, 鄭司諫“紫陌東風細雨過”本此. 然艶而不弱, 富而能麗, 眞七言之極致. 藍靑茜絳, 詎不信然?

## 4

拗體, 律之變化, 猶莊, 列之于老, 羅什之于佛. 非材力宏贍風氣逸宕者, 鮮不烏音夷語. 如鄭司諫: “綠楊閉戶八九屋, 明月捲簾三兩人.” “上磨星斗屋三角, 半出虛空樓一間.” “地應碧落不多遠, 僧與白雲相對閑.” 何嘗不極其致? 詩有或增或削, 總自成語者, 譬如梓人用木度長絜短, 以無失繩墨之妙而已. 唐人知其貢擧詩: “梧桐葉落滿庭陰, 鎖閉朱門試院深. 曾是昔年辛苦地, 不將今日負初心.” 當時無名者, 削爲五言識之. 世傳鄭司諫省試云: “三丁燭盡天將曉, 八角詩成桂已香. 落月滿庭人擾擾, 不知誰是壯元郎.”【明庵碑文中, 貞肅公明庵金仁鏡入場呈試卷后作此詩云, 鄭詩未詳.】 本金文烈五言絶, 止增八字, 精彩頓倍, 然亦韋承貽試罷詩中語也. “楊柳千絲綠, 桃花萬點紅.” 舊傳金富軾平西賊後所得, 鄭司諫憑空慢罵, 就將絲絲點點四字見屬. 嗚呼! 司諫死矣, 九原之下, 猶欲立幟, 彼富軾更能作少女姹花否?

## 5

趙相國詩, 氣格崢嶸, 筆力浩闊, 大抵類其人. 如安州懷古詩: “薩水湯湯漾碧虛, 隋兵百萬化爲魚. 至今留得漁樵語, 未滿征夫一笑餘.” 千載以下, 足張高氏赤幟, 彼楊廣者, 幸以得免耳. 芝峯類說謂爲太過, 抑何憒憒之甚? 趙相國故有蒼勁, 亦有不成語者. 如夜泊金陵詩: “天下莫强仁可結, 鍾山隱隱月朦朧.” 題赤登渡則: “採蕨[54]出師誰[55]得計, 赤登樓下水如天.” 要之一氣直驅, 不細點檢故也.

---

53 字 : 저본에는 “子”. 문맥에 근거하여 수정.

54 採蕨 : 저본에는 “采杞”. 『東文選』에 근거하여 수정.

55 誰 : 저본에는 “雖”. 『東文選』에 근거하여 수정.

**6**

魚潛窩題壁詩二首, 一曰: "風雨兄弟話, 晨昏父母顏." 一曰: "若余豈避功名者, 只爲慈親不遠遊." 有跬步不忘孝之意. 若乃臨禪一律, 孝諸夢寐, 風木之感殊自藹然, 卽令伯陳情, 不得高價獨擅耳.

**7**

魚文貞、李文簡俱是當代第一手. 第魚主氣格, 所謂百戰健兒悍而慄也. 李尙味熊掌, 所謂三日新婦鮮而麗也. 大槪力勝者雅之鎭密, 情多者亦難道上, 此二公所以不同.

**8**

文章一小技耳, 本不爲相業輕重, 而顧是有籍是以見志者. 如趙文忠: "我願平生奮長策, 致主三代欲挽回." 魚文貞: "願傾此水作膏澤, 霑濡億兆皆安處"等句, 要之俱有黃閣氣像.

**9**

李文簡美人圖: "閒來相與鬪圍碁, 却被春嬌下子遲. 手托香腮無限意, 桃花枝上囀鶯兒." 風流蘊藉, 寫景入畵, 則眞置奩中, 亦恐難別.

**10**

金慕齋談理之儁, 然於詩有略得黃、陳意者. 摘句如: "錦屛春繞嶂, 淸筑夜鳴流." 又: "空碧天吞海, 輕黃雨熟梅." 又: "耕春鞭觳觫, 喧晝聽間關." 又: "凍雀依深薄, 驕鼯上敗墻." 又: "朔風吹雪急, 寒日出雲遲." 又: "發育春爲澤, 敷施帝與功." 又: "萬世[56]神都壯, 三垣法象臨." 又: "三山橫薄暮, 一雁叫高[57]秋." 又: "萬古靑山色, 三生檀[58]越烟." 又: "百年强過半, 萬事只宜休." 又: "得失看新局, 行莊憶弊廬." 又: "天墀北面辭龍袞, 日域東來儼鳳儀." 又: "萬事[59]只看醒醉夢, 何人苦問古今天." 又: "樽前白雪歌春暮, 簾外靑山聽鳥啼." 又: "萬里關山唧使命, 九天城闕覬皇靈." 又: "三島笙簫迎玉節, 十洲鸞鶴導雲車." 又: "一榻不知淸夜盡, 百盃頗[60]覺好詩生." 又: "玉京

---

56  世 : 저본에는 "里". 『慕齋集』에 근거하여 수정.

57  高 : 저본에는 "南". 『慕齋集』에 근거하여 수정.

58  檀 : 저본에는 "核". 『慕齋集』에 근거하여 수정.

59  事 : 저본에는 "里". 『慕齋集』에 근거하여 수정.

60  頗 : 저본에는 "驚". 『慕齋集』에 근거하여 수정.

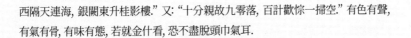

西隔天連海, 銀闕東升桂影樓." 又: "十分親故九零落, 百計歡惊一掃空." 有色有聲, 有氣有骨, 有味有態, 若就金什看, 恐不盡脫頭巾氣耳.

## 11

韓龍山高情逸韻, 殆與和靖[61]並驅. 其詩如卜居一律, 頗自蕭散, 直上洌洌乎松風之夢也. 然讀之便知非玉榭金埒人語. 古今詠昭君多矣, 非託其艷色, 卽咎在畫工者, 此則措大常語, 未若金湖西: "豈欲當時忤畫手, 年年買賦已無金." 不襲陳言, 獨挈心印, 能破千古一大障子. 後鄭靑霞續之云: "借問當時長信恨, 何如此日寒天悲." 亦可謂能怨矣. 但從介甫諸人, 一變至此. 萬曆以後學唐者, 吾得二人曰李葛坡, 格渾而調健, 曰田西亭, 約束[62]入法來, 第不免種種拘牽耳. 唐人稱樂天廣大敎化主, 李益淸奇雅正主, 余謂二公差可擬之.

## 12

西亭絶句, 極有色香流動處. 如依仙詞: "仙樓十二海山三, 安得靑鸞萬里驂. 怊悵一春春夢覺, 相思人在碧城南." 直是天仙口語. 詠虎詩: "陰壑風生月欲灰, 目光雙挾紫金盃. 曉來踏雪當蹊路, 不放遊人賞早梅." 押韻愈險, 措辭愈奇, 足見此老爐錘之妙.

## 13

賈島詩曰: "三月正當三十日, 風光別我苦吟新. 共君今夜不須睡, 未到曉鍾猶是春." 西亭則: "三月三旬日, 天涯別恨新. 可憐江海客, 長作送春人." 同一惜春詩也, 而西亭情事較他百倍, 下首所謂"借問籬外人, 春歸向何處", 卽景亦非, 卽事亦苦, 却自有多少意味在.

## 14

杜牧之: "華堂今日綺筵開, 誰遣分司御使來. 忽發狂言驚滿座, 兩行紅粉一時回." 西亭則: "荊扉今日爲君開, 誰意梨園弟子來. 欲發狂言言可畏, 隔花臨水暫徘徊." 全用作此, 然杜語以豪勝, 田則稍內顧, 要其人品相當然爾. 西亭五言律, 淸峭簡整, 要之有古意在, 原其功力深至, 大抵從憂患中來.

---

61 靖: 저본에는 "精". 문맥에 근거하여 수정.

62 束: 저본에는 "東". 문맥에 근거하여 수정.

**15**

李和隱謂司諫後不易得, 非溢味也, 第加二字, 則遂成千里矣.

**16**

西亭哭鰲城詩中二聯: "遭時何讓智, 憂國竟難愚." 工而密. "遼郭杳歸鶴, 湘潭空握瑜." 直而婉. 若起得結得尤光明俊偉, 大是白沙實錄, 當時學士大夫極推之有以也.

**17**

西亭詩本自雅正, 雜以優體, 如"得齊賢亦可, 敢望聖之清." "焉知何日死, 休恨不辰生." "於吾粥亦足, 哀此民之生." "不識采薇蕨, 焉知懷石沙." "誰知天地客, 何異古今人" 之類, 所謂善戲謔兮者也.

**18**

呂洞賓詩云: "黃鶴樓前吹笛時, 白蘋紅蓼滿江湄. 衷情欲訴無人會, 只有清風明月知." 李葛坡和云: "鄂州城外月明時, 遠樹蒼蒼湘水湄. 長笛一聲黃鶴舞, 此間惟有白雲知." 有字法有句法, 運筆極壯麗, 靜神極飛動, 直欲掩呂而出其上. 故近趙悟齋先生謂元韻殆不及, 極得極得.

**19**

葛坡短律可摘者, 如: "他鄉爲客久, 故國送人多." 又: "夏葛坡山北, 秋砧漢水西." 又: "日月孤城照, 煙塵萬里塞." 又: "山河數掬淚, 風雨一孤舟." 又: "極浦迷寒雨, 長空落暮禽." 又: "濁醪時勸客, 藥物可扶吾." 又: "萬事雙蓬鬢, 孤蹤一葛衣." 又: "山河天地皆成位, 日月星辰各有官." 又: "氣作山河猶鎭國, 身爲厲鬼欲殲夷." 又: "滄海不留舟去跡, 碧霄難見鶴歸痕." 又: "千里照心雙白鬢, 一天隨日獨丹誠." 何等骨格, 何等風神!

**20**

吾西樂府小詩莫睹, 惟葛坡: "安陵落日送將歸, 安陵道上行塵飛." 捷才情縹緲, "獨步不及道上塵, 何由得上君車輪." 雖王健望夫石, 可頡頏也.

**21**

黃月渚雖不以詩自鳴, 亦自閑澹平整, 近唐人. 如夜觀山火詩: "却識畵工無着處, 遍山花木已成灰." 能就實境, 却寫實理. 且意在護惜天工, 殊不易得也.

## 22

近世詞藻之妙, 無若卞氏父子. 荊山之朗暢, 八溪之古澹, 晚翠之幽奇, 總之不作煙火語耳. 七言絕如荊山: "高牙大旆出邊城, 簫鼓喧喧動地鳴. 日暮羌兒馳白馬, 浚稽山下陣雲橫." 晚翠: "蕊珠宮裏絳河濱, 繡縠衣裳照眼新. 三十六峰天欲暝, 會將飛雨灑行人." 五言律如八溪: "誰謂二三月, 苦離千萬里." 晚翠: "朱風驅碧雲, 白雨下玄顏." 有十分色澤, 有十分風氣. 荊山律詩如春宵樂一首, 清新綺縟, 使人讀之, 口中香氣, 是拗體中絕品者, 謂鄭司諫以後, 獨此作眞足壓卷, 誠然哉.

## 23

近世人物, 達則月渚爲冠, 窮則荊山稱首. 第其聲價, 固難以輕也. 當輓月渚詩曰: "三場白戰知無敵, 半壁靑天賴不荒." 荊山輓曰: "人間永絕黃金榜, 天上重開白屋樓." 其爲一代尸祝, 大略相類, 然卞之身後覺有光矣.

## 24

卞八溪有所思一篇, 極高妙極古淸極楚, 殊有六朝餘響, 只是結得無丈夫氣.

## 25

卞晚翠遼有菖詩國風之胎也, 華妠賦神女之骨也, 南山君傳左氏之髓也. 若總其大體, 則非仙則佛, 卽鬼是神, 於戲! 如晚翠者, 何處得來?

## 26

卞叔遼有菖詩, 無一句作風雅以後, 亦無字不出風雅以前. 每讀之, 如與商周間人掀眉抵掌論列上下, 眞有手舞足蹈樂不自支者也.

## 27

華妠賦有得其國風之體者, 有肖其六朝之象者: "玉之貞兮有玄, 有蒼月之光兮有虧有盈." 此等句類國風. "朱脣豐髮, 直眉脩額, 白日西■, 夕回風入." 此四句類於六國.

## 28

許箕山詩格逸宕, 絕似李白, 但一句一語, 不纏繞酒色上, 直說出滿肚憂愛之意, 此則尤謫仙所未有者也. 如自許則曰: "胸蟠萬里山河壯, 頭戴三光日月明." 感遇則曰: "江山不老客搔首, 天地無情人倚樓." 戀闕則曰: "三五夜觀新月近, 一千里憶美人遙." 憫俗則曰: "苦心滿腹何由嘔, 老眼看人亦不開." 嬪戎則曰: "五步灑池羞趙瑟, 三更關塞怨胡笳." 痛亂華則曰: "登臨城郭看雲物, 虛擲乾坤八月棋." 悲北流則曰: "可憐漢女留青塚, 太息燕鳥欲白頭." 喜歸邸則曰: "萬里路今回鶴馭, 百年運又見河淸." 刺時宰則曰: "楚兢三都皆晉恥, 鯀治洪水獨堯憂." 疾佞臣則曰: "古人已恨留孤墳, 寶劍如何老尙方." 譏犯順則曰: "中原父老何顏見, 都督監軍此路來." 憤梗路則曰: "四海一家同日月, 三韓千里異山川." 矜名節則曰: "首陽山下可埋骨, 鄕里兒前羞折腰." 歎行路則曰"淸風已去山應恥, 吾道安歸海欲浮"等句, 皆忠憤慷慨, 歔欷欲絶, 往往能感動激發人意.

**29**

箕山一腔熱血, 隨感輒發, 不獨於己分上見之, 如送都事落句云: "無寧贈君一言行, 手補西北春天缺." 余嘗謂此老詩有心法有句法, 不偏爲一邊說. 大抵以少陵心借靑蓮口, 毋論詩格, 卽其人極難得.

**30**

箕山題許亭詩厪四十字耳, 氣呑一代, 目無千古, 殆與許亭爭高. 如"三山沈接陸[63], 滄海破城池"一句, 憤出許多感慨, 不知此老胸中藏幾雲夢也.

**31**

金梨村詩, 精純蘊藉, 血脈貫通, 不務爲驚天動地之語, 而目之溫然可愛, 穆然可敬, 要其組織有餘, 神氣不足耳. 秋夜一絶云: "碧落無雲露氣淸, 簟紋如水早凉生. 夜來無夢不歸去, 明月大同江上城." 所謂嘗臠知鼎. 梨村次李義山 絶云, 無一句不襲前人口語. "寥落靑山古渚宮, 楚鄕秋色老江楓." 本王建"寥落古行宮"、李白"秋色老梧桐"語. "襄王神女今安在, 空指行雲行雨中." 本李白襄陽歌、劉長卿銅雀臺語, 去集句何遠?

**32**

唐人詩云: "有月曾同賞, 無秋不共悲." 梨村則曰: "有月人同賞, 無錢我獨醒." 非不佳致, 特骨力有不稱者耳.

**33**

箕山蕩思八荒, 遊神萬古, 而氣質不純, 故有大拍[64]頭胡叫喚之病. 梨村百鍊成字, 千

---

63 陸 : 저본에는 "海". 본서 권2 23칙에 근거하여 수정.

鍊成句,[65] 而才具未閎, 故有厭厭若就泉下之意, 惟葛坡殆庶幾哉.

## 34

宋人咏雪詩曰: "三千世界銀成色, 十二樓臺玉作層." 葛坡絶句云: "三千銀世界, 十二玉樓臺." 金西泉亦嘗有是句. 蓋此非警語, 而二公欲奪若此何也? 直所謂下劣詩魔入其肺腑者者.

## 35

"乾坤有意生男子, 日月無情老丈夫." 是西泉最得意語, 然特老措大板對耳. 不若"靑雲有路人爭上, 白髮無私我獨多"爲得也.

## 36

楊員外之夙慧, 鄭廣文之晩成, 可謂兩至矣. 大約員外婉嫕爲貴, 廣文以眞率見推, 然各有能有不能焉. 楊之失也, 流於微之, 鄭雖得之, 亦不能樂天矣.

## 37

楊員外宮詞得宮體, 步虛詞得步虛體, 要之有格有調, 然是長慶以後言. 古樂府: "客從遠方來, 遺我雙鯉魚. 呼童烹鯉魚, 中有尺素書." 鄭廣文江南曲全出此.

## 38

王籍詩: "蟬噪林愈靜, 鳥啼山更幽." 鬧中有閒意. 廣文則云: "歌鶯語燕來相訪, 草屋如今不寂寥." 靜中有動意. 王仲初田家留客詩, 有"新婦廚中炊欲熟"等語, 欲足見唐一代忠厚氣象. 鄭廣文詩云: "日暮蒼山道, 呼兒問主人. 暗聞廚下語, 凶歲客何頻." 卽無論其詩, 古今人心, 更天壤矣.

## 39

許文山出於晩季, 能知古人可法, 今人不可學, 故其詩機軸一大變. 蓋其才力旣優, 格調復備, 雖王伯不免變並用, 而宮商亦自相諧, 其光燁然, 氣聲鏗然, 使讀者咀嚼有餘味. 第創撰之內, 斧鑿時露, 陶冶之中, 苦窳相半, 譬荀楊氏容有小疵, 未妨大醇.

---

64 拍 : 저본에는 "柏". 『晦庵集』에 근거하여 수정.

65 句 : 저본에는 "口". 문맥에 근거하여 수정.

**40**

文山絶句: "月落草頭白, 海風晨欲霜." 自云: "此句有神助." "前宵一雨滴, 五月暮天餘." 抑又此矣.

**41**

文山雁詩: "聞道單于窮射獵, 漠中無地養新雛." 姚揆詩, "聞道楚人贈[66]繳細, 平坡淺[67]草盡藏機"之句, 文山未必祖袭, 蓋偶同耳.

**42**

文山於程式, 自當爲廣大敎化主. 第近體則是小乘人, 託法未曾透得.

**43**

李淡然詩, 冲虚廣漠, 如有神助. 如記夢云: "老君去後青牛在, 流落人間問幾霜. 偶然騎得層雲壁, 半空天地爲虛堂." 殆釋氏所謂觀空入寂者近之. 王摩詰: "人閒桂花落, 夜靜春山空. 月出驚山鳥, 時鳴春澗中." 李淡然: "庭空月欲斜, 夜靜山人家. 寡鶴忽清唳, 池邊霜氣加." 得其語勢, 然氣像不同. 文山極推淡然"白雲新霽秋", 謂"唐惟孟浩然可到此地", 卽浩然亦未易爲也. 吾爲易其說曰: "孟浩然微雲淡河漢, 吾箕惟淡然可與入比, 特才力遠不及." 淡然攻孟浩然建德江詩曰: "江淸月近人, 詩巧語無理. 不知水中天, 亦自九萬里." 余謂飜案法極好, 愈巧愈理, 不知得三昧者畢竟是誰.

**44**

小華詩評歷擧古今因文悟道者, 而權石洲湖亭詩終之曰: "極似悟道者之語." 如淡然則曰: "青天萬里自靑靑, 空在空中滅復生. 下土人生雲下視, 只言天且有陰晴." 夫因文悟道者, 寧獨一石洲者也?

**45**

文山嘗稱許彦伯詩如老法師白衲金策, 步步穿雲. 悠然有出世想. 其詩如"燒香夜深處, 石川流不息"等句, 讀之便知文山眞篤論者.

---

66 贈: 『傳家集』에는 "繒".

67 坡淺: 『傳家集』에는 "沙短".

**46**

許彦伯五言絕, 時時入古, 如: "江上刈禾女, 頭戴白葛巾. 雙犬暮不去, 田中吠行人." 直乏漢魏間語. "山曉夢初驚, 霜天透屋清. 林外墜殘月, 前村鷄卽鳴." 自是六朝餘韻. "漠漠烟沈渚, 依依獨去舟. 逈空山隱約, 古渡水寒流." 亦不失儲、孟本色, 讀之轍令人自失.

**47**

古今守歲, 咸推高達夫"故鄉今夜思千里, 霜[68]鬢明朝又一年"之句. 頃歲文山共諸彦賦除夕詩一聯云: "河影欲傾金母海, 斗杓回指艮岑天." 彦伯云: "千家行樂屬蘇盞, 萬古流光逆旅天." 毋論文山退舍, 恐渤海亦當斂衽. 淡然絕句如: "幽閒蘭有契, 清爽月相得. 廓然無所礙, 惟見秋空碧." 彦伯: "燒香夜深後, 起應叩門客. 客去還掩門, 蕭然月一屋." 可入禪, 讀之身世色相俱泯, 視彼婆娑世界, 謹隔一舍. 李和隱於各體無所不備, 而亦無深造其極者, 所謂其體而微. 許文山之於詩, 獨得玄指, 所謂伯夷之清者也.

**48**

詩固小技, 然窮人則大矣. 如浩然"不才明主棄", 聖兪之"鮎魚上竹竿", 爲古今窮士嚆矢. 嘗讀梨村詩云: "道屈時難遇, 才疏世莫容." 卽鹿門故廢之迹也. 西泉云: "百年三樂少, 千里一官卑." 卽宣城蹭蹬之狀也. 箕山云: "識字方憂國, 爲官轉破家." 其長公之憂患乎! 八溪云: "經邦信有術, 賦命乃懸天." 其子安之時運乎! 西亭云: "一年居不席, 三月食無魚." 浪仙之瘦, 今復睹矣. 東郭云: "裏身無尺帛, 言志有高歌." 東坡之寒, 蔑以加矣. 至於松塢則: "無衣無食又無兒, 使我三無主者誰. 若抱添丁爲一有, 二無何恨受寒飢." 千古幾箇窮字, 奄而有之, 可謂一字一淚矣.

**49**

短律之作, 不難中二聯矣, 唯起結爲難矣. 有起得太高, 結得太低者. 如司諫"庭前一葉落", 田西亭"日出雲歸盡"之類, 可謂幾成蛇足矣. 亦有結得雖好, 起得反劣者, 如金松亭"誰畫輕綃幅", 韓龍山"人歸一犬吠", 可謂不遠之復者也. 大抵天地間圓滿者少, 缺者多, 何況詩哉?

**50**

吾西程式之詩, 古則靡得而聞已. 萬曆以後, 盛有佳作, 如李仁祥半仙戲、金溟翰望夫石、卞瓛視刀環、池達海無面渡江、朴蕎放馬華山陽、金汝旭華山遇毛女、吳峻望棄

---

68 霜: 『唐音』에는 "秋".

馬吳江馬垂涕、許哲臟神夢訴羊蹴蔬, 皆全篇矯麗, 儘入可穀. 第律之風雅, 則所謂仲尼之徒無道桓文之事者也.

## 51

賦則黃澄大夫松、韓禹臣碧紗籠、黃胤後懷夢草、許灌撞破玉斗、金義燁三世不遇、卞之益樂者心之動、楊萬榮梅花怨屈平、李龔惠州不在天之類, 亦近世不易得者.【李仁采朝天石, 英廟丙寅恩科, 御批點二句, 魁擢壯元.】論文章, 骨氣爲上, 華藻次之, 如沈大觀齋義記夢文, 目崔孤雲爲天子, 鄭司諫爲太學士, 可謂的矣. 若乃乙支公之置諸相者, 不亦屈乎? 譬如劉宋文帝能致元嘉三十年之治, 畢竟爲佛狸所櫟, 令二公並驅, 則登城發歎, 豈獨宋主哉?

## 52

乙支公出於高氏, 其河圖之龍馬乎! 鄭司諫鳴於勝國, 其朝陽之孤鳳乎! 下此諸子, 以擬豊玉則不足矣, 較之荒穀則有餘矣.

## 53

詩家如用兵, 有騎有步, 有旗鼓有劍戟, 有坐作擊刺之節, 有進退離合之勢, 總而言之, 自恃戎馬, 百里一蹶者, 松堂也; 見可則進, 不可則退者, 潛窩也; 部陣井井, 天子不得馳入者, 三灘也; 雪夜七十里, 直馳入蔡者, 咸從也; 登壇設筴, 動合機宜者, 慕齋也; 智不及力, 守不可戰者, 思齋也; 旌旆節斧, 精彩一新者, 龍山也; 士精馬健, 遇敵能戰者, 荊山也; 彭城短兵, 屢困高帝者, 湖西也; 將卒交戒, 紀律分明者, 西亭也; 日行止三十里, 不爲肉薄者, 扇巖也; 鳴金擊鼓, 變觀出沒者, 葛坡也; 長槍大劍, 壯往直出者, 箕山也; 深溝高壘, 不費一簇者, 梨村也; 受上將之令, 而去扼一面者, 西泉也; 六丁六甲, 不循兵法者, 晚翠也; 徒多讀書, 鮮能出奇者, 靑霞也; 奇才劍客, 投石超距[67]者, 玄虛也; 使智與力, 一奇一正者, 文山也; 士衆雖寡, 以神力指使者, 淡然也; 輕兵數千, 不爲敵覷者, 和隱也; 登樓彈琴, 敵亦可退者, 東郭也.

## 54

王弇州作巵言, 首錄敖陶孫歷代詩評, 而附以己所爲月旦名賢也者, 若大若小, 或深或淺, 皆若目睹. 余於吾西諸名家, 亦欲效嚬者, 蓋亦不量其力耳. 乙支公, 如天馬逐景, 神龍踏雲; 鄭司諫, 如明皇入月宮, 霓裳羽衣, 要非人間所聞; 趙松堂, 如岳武穆以

69 距: 저본에는 "矩". 문맥에 근거하여 수정.

背嵬八百, 直擣虜營, 猶有餘氣; 金松亭, 如流泉激石, 閑淨可愛; 魚潛窩, 如雪水烹茶, 故自淸致; 李三灘, 如貴家女雖不盛粧, 而居然自愛, 又如陶太尉, 竹頭木屑, 綜理微密; 魚文貞, 如長安市人, 雖復鏡樂, 眉宇間有風塵氣, 又如薛萬徹將兵, 非大勝則大敗. 金慕齋, 如法佛士强作苦語, 不解俯仰, 又如寒陵一片石, 足慰寂寞, 可獨不可獨; 金思齋, 如初學射人, 發矢雖多, 中的則少; 韓龍山, 如孤鶴唳空, 自是風塵表物; 黃菊軒, 如里社會, 一魚一菜, 終乏珍味; 金湖西, 如梨園老妓, 敎人歌舞, 而元非太常樂; 康愚巖, 如孤禪說法, 得一二言詮, 似欲參高座; 池松亭, 如奇巖絶壑, 楓竹蕭瑟, 只是一覽而已; 崔東峰, 如錦顧影, 頗自矜惜; 卞荊山, 如泊橋風雪, 寒梅一樹, 向人欲語; 朴扇巖, 如小村籬落, 疏花嫣然, 但欠洛陽姚魏之盛; 田西亭, 如淸廟朱絃, 一唱三歎, 又如一區佳山水, 烟嵐紫翠, 令人接應不暇; 黃月渚, 如新婦初見舅姑, 滿面嬌態; 李葛坡, 如綴六花陣, 有奇正, 而終不失行伍, 又如滕王閣水天霞鶩, 無非絶境; 尹退翁, 如夢中飯甑, 亦自一飽; 卞八溪, 如秋高水落, 徹見底裏; 卞晚翠, 如廣樂中鸞笙一曲, 聽者忘疲, 又如崑山采玉, 時見精彩, 但不堪作淸廟器; 金西泉, 如石田茅屋, 粗求佳致, 不免豪貴所笑; 安松塢, 如隨駕隱士, 但識終南有佳趣; 曹樂眞, 如近山花卉, 種種麤俗, 不堪雅致; 許箕山, 如千仞飛瀑, 橫放隨意, 而少停畜, 又如李都尉五千兵, 皆楚荊勇士, 奇才劍客, 然時露伉浪本色; 金梨村, 如隋苑彩花, 綽約可愛, 又如新搆小屋, 雖亦輪奐, 不過容膝; 金九龍, 如入江南魚市, 臭腐新奇, 往往相集; 鄭靑霞, 如新設藥局, 材料非乏, 而對證殊少; 楊玄虛, 如靑樓兒女, 倚門自笑, 又如流鶯百囀, 婉轉淸音, 終日柳陰而已; 洪三遷, 如孤舟獨釣, 不耐風雪; 許文山, 如馬韓長尾鷄, 令人耀目, 奈非禹貢中物, 又如靑山欲暝, 好處在黃昏時節; 李淡然, 如白雲自出, 籠罩一壑, 做成虛空世界; 李和隱, 如羅浮山下美人, 一場奇歡, 終非眞境; 林睡隱, 如五陵少年, 鞍馬輕快, 無奈麤豪何; 許彦伯, 如白鷺獨立, 心境自閑, 又如伯牙鼓琴, 山水泠然; 許子美, 如浮雲落絮, 雖有色香, 而無根蔕; 康侃如, 如達摩面壁, 透得性子, 終歸空寂; 桂元涉, 如河朔少年, 奮髯箕踞, 使人縮氣; 金賢佐, 如健吏舞文, 手勢便利; 黃汝修, 如王右丞畫, 滄洲飜空作浪, 有足以移人也.

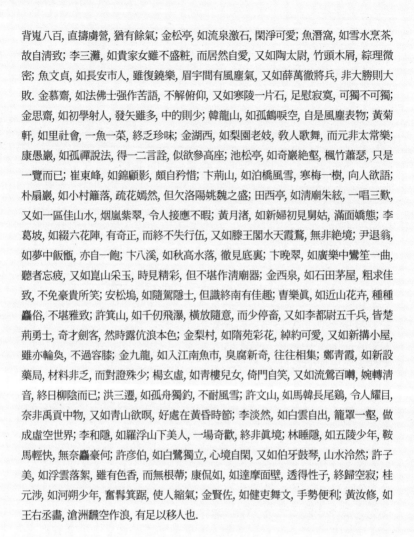


# 西京詩話 補錄


**1**

高麗諸王率好西巡, 蓋懼祖訓之或墜也. 其製如"北斗七星三四點", 世傳牧丹峯得此句, 然不知爲何主也.【有一生進對曰: "南山萬壽十千秋."】 乃洎中葉, 則有睿廟一君而已. 其題九梯宮一律曰: "路險東明闕, 停車解駕牛. 荒城橫絶巘, 飛閣枕寒流. 藻殿常開戶, 珠簾不下鉤. 勝遊眞可惜, 後約更高秋." 殊有唐味. 忠肅王題安州百祥樓詩: "淸川江上百祥樓, 萬景森羅不易收. 草遠長堤靑一面, 天低列岫碧千頭. 錦屛影裏飛孤鶩, 玉鏡光中點小舟. 未信人間仙境在, 密城今日見瀛洲." 李芝峯睟光摘其一聯, 以爲佳句. 然故不如洪于海萬宗所云天葩[70]萎弱之爲得也. 我太祖大王題西京影殿詩: "薄相胡爲在此中, 深思此理古人風. 朝鮮始祖雖稱號, 德乏前賢愧不窮." 近肅宗奏次云: "龍袞煌煌玉殿中, 八方咸仰至仁風. 靈長運祚徵金尺, 萬歲千年永不窮." 夫聖祖之執謙與明陵之追慕, 旣作之, 又述之, 可見聖學之篤. 光廟登浮碧樓詩: "湯湯江水何窮盡, 渺漠冥冥無天地. 堂堂洪業云何肇, 有其源者皆如是.[71] 叨握瑤圖平禍亂, 豈余全賴用衆智. 騁目千山成一界, 古今英豪無二致. 治戎省方求民瘼, 八敎焉能獨專美." 讀之赫然有卓出百王, 凌駕千古之氣. 壬辰倭亂, 穆廟幸龍灣一律云: "國事蒼黃日, 誰能李郭忠. 去邪存大計, 恢復仗諸公. 慟哭關山月, 傷心鴨綠風. 朝臣今日後,[72] 寧復更西東." 令百載後聞之, 猶爲拭淚, 況其時執勒者乎?

## 2

金學士黃元登浮碧樓, 見古今題詠, 不滿其意, 旋焚其板, 終日憑欄苦吟, 只得"長城一面溶溶水, 大野東頭點點山"之句, 意涸痛哭而去. 徐四佳居正以爲: "此句老儒常談, 何痛哭自苦如是?" 是時光廟西幸, 巡伯曹孝門求樂詞於四佳, 四佳自以才屈, 但李平章之氏"大同江水琉璃碧, 長樂宮花錦繡紅. 玉輦一遊非好事, 太平風月與民同"一絶示之而已. 余謂李平章遠不及黃元, 四佳猶向推之. 金昌城就求浮碧樓詩, 則黃元此句, 未必爲四佳塞命資耳, 不爾覓句痛哭, 且不暇矣.

## 3

李牧隱穡題浮碧樓詩: "昨過永明寺, 暫登浮碧樓. 城空月一片, 石老雲千秋. 麟馬去不返, 天孫何處遊. 長嘯倚風磴, 山靑江自流." 景泰初, 天使倪侍講謙登浮碧樓, 讀此詩歎曰: "獨不得與此人同時也." 頃歲許海岳國從衆讀得此詩, 吟諷良久曰: "汝國安有此詩乎?" 朱太史之蕃則曰: "日日得如此詩, 吾輩可息肩矣." 余謂牧老晚節蹭蹬, 有文章不直錢之歎, 今九原可作, 則當亦愧其輕發矣.

---

70 葩: 저본에는 "苑". 『小華詩評』에 근거하여 수정.

71 渺漠冥冥無天地……有其源者皆如是: 『列聖御製』에는 "有其源者皆如是. 堂堂洪業云何肇, 渺漠冥冥無天地."

72 後: 저본에는 "淚". 『再造藩邦志』에 근거하여 수정.

**4**

芝峯類說稱浮碧樓、練光亭、百祥樓、統軍亭, 皆西關名勝云云. 只若李穡之"城空月一片", 黃元之"長城一面溶溶水", 忠肅王之"草遠長堤靑一面", 柳成龍之"日落靑齊界"之等句, 乃謂其題詠之最佳者. 然以余所見, 忠肅王淺稚不足稱也, 西厓亦非得無語, 黃元老儒, 已經古人評擊, 惟牧老是唐人妙境.

**5**

鄭司諫南浦詩, 千古絶唱, 後來作者莫能得其髣髴, 姑摘其格律近唐者, 如金節齋宗瑞云: "送客江頭別恨多, 管絃淒斷不成歌. 天敎風伯阻旋旆, 一夕大同生晚波." 李廣城克堪云: "江上雪消江水多, 夜來聞唱竹枝歌. 與君一別思何盡, 千里春心送碧波." 崔孤竹慶昌云: "水岸悠悠楊柳多, 小船遙唱采蓮歌. 紅衣落盡秋風起, 日暮芳洲生白波." 徐益云: "南湖士女採蓮多, 曉日明粧相應歌. 不到盈裳不回棹, 有時遙渚阻風波." 李達云: "蓮葉參差蓮子多, 蓮花相間女娘歌. 來時約伴橫塘口, 辛苦移舟逆上波." 李月沙廷龜云: "芳草萋萋[73]雨後多, 夕陽洲畔采菱歌. 佳人十幅綃裙綠, 染出南浦春水波." 余謂金、李二公, 格律渾融, 欲逼開元. 孤竹以下, 音調瀏亮, 絶似元和, 亦時代使然耳.

**6**

詔使張公瑾箕子廟詩曰: "白首有封逢聖武, 黃泉無面[74]見成湯." 南秋江孝溫從而反之曰"武王不憎受, 成湯豈怒周. 二家革命間, 聖人無怨尤. 狡童逞驕淫, 不我聽嘉猷. 家亡道不亡,[75] 爲周陳九疇"云云. 此詩雖涉議論, 亦大爲聖師灑恥, 可謂詞家桓文也.

**7**

兩鄭題箕子廟詩: "吾祛能令右, 公車孰使東. 道行夷不陋, 仁遠國還空. 何者非天意, 無然怨狡童. 千秋禮遺廟, 髣髴聽陳洪." 此愚伏詩也. "亳社歸玄鳥, 河舟見白魚. 還將八條敎, 來作九夷居. 海外無周粟, 天中有洛書. 古宮今已沒, 禾黍似殷墟." 此東溟詩也, 今以周粟洛書二句, 置之盛唐, 差無愧色. 愚伏則雖理趣有可觀, 要其所造, 有不妥帖, 極牽强者, 以是墮宋人窠臼耳.

---

73 萋萋 : 저본에는 "淒淒". 『月沙集』에 근거하여 수정.

74 面 : 저본에는 "目". 『皇華集』에 근거하여 수정.

75 家亡道不亡 : 저본에는 "家家道不忘". 『秋江集』에 근거하여 수정.

**8**

金時習東峰託迹瓶鉢, 西游至廣法寺, 愛洞中泉石, 住錫者有年矣. 其友金永儒作小尹, 朴哲孫作通判, 二人携酒餉東峯. 東峯作詩謝之, 末有云: "太守勿促駕, 更宿烟霞裏. 月明霜滿天, 晨鐘聞亦喜." 居然賓王以上. 他如檀[76]君、箕子、屋土、墳衍四歌, 佚宕悱惻, 有湘東遺韻, 浿江曲結句: "世間歡樂與悲傷, 都是南柯夢一場." 亦無限慷慨, 大同江記商婦語, 託物比興, 如: "君心陌上蓬, 飄飄無定趣. 妾心如柳絲, 糾結常戀慕. 婉戀兒女心, 本守靡他誓." 全露自家本色.

**9**

韓斯文卷奉使到浿上, 妓有勝小蠻者, 色藝俱絶. 州官爲韓荐枕, 而韓老醜, 蠻意惡之, 爲之背燈, 旋卽逃去. 韓作詩下句云: "縱然未遂鴛鴦夢, 却勝高唐夢裏看." 後兪八座絳按箕桌時, 嘗宴風月樓, 有遊山客姓朴題一句進之. 八座謂爲有氣亟招之入, 刻限則賦詩, 至末句, 呼韻字. 時名妓玉井蓮者在座, 朴問知其名, 輒成句云: "使君政化同春氣, 玉井蓮花臘月開." 八座大激賞, 仍以與之. 余每覽韓之詩, 未嘗不失笑, 徐而誦朴之詩, 則神氣爲稍舒矣, 眞所謂風流不墜, 政在斯人者.

**10**

沈相國守慶有所眷於箕桌, 及其死, 有詩曰: "男兒一死終難免, 願作嬋娟洞裏魂." 嬋娟洞者, 乃箕妓之宮人斜也. 沈後按湖西, 學館權應仁客淸州, 作歌曰: "人生適意無南北, 莫作嬋娟洞裏魂." 亦是楊子雲反離騷遺意.

**11**

坡潭尹繼先嬋娟洞詩曰: "佳期何處又黃昏, 荊棘蕭蕭擁墓門. 恨入碧苔纏玉骨, 夢來朱閣對金罇. 花殘夜雨香無跡, 露濕春燕淚有痕. 誰識洛陽遊俠客, 半山斜日弔芳魂." 權石洲韠亦有詩一絶曰: "年年春色到荒墳, 花似新粧葉似裙. 無限芳魂飛不散,[77] 秪今爲雨更爲雲." 余按小華詩評, 尹詩不及石洲云者, 蓋以石洲優入化境, 坡潭詩特輕俊耳.

**12**

百祥樓自忠肅御製後, 古今和者特衆, 如高霽峯敬命詩曰: "醉蹋梯飈十二樓, 晴川芳

---

76 檀 : 저본에는 "相". 『梅月堂集』에 근거하여 수정.

77 散 : 저본에는 "斷". 『石洲集』에 근거하여 수정.

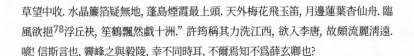

草望中收. 水晶簾箔疑無地, 蓬島煙霞最上頭. 天外梅花飛玉笛, 月邊蓮葉杳仙舟. 臨風欲挹[78]浮丘袂, 笙鶴飄然戲十洲." 許筠稱其力洗江西, 欲入李唐, 故頗流麗淸遠. 噫! 信斯言也, 霽峰之與毅陵, 幸不同時耳, 不爾焉知不爲薛玄卿也?

**13**

崔簡易豈寓居吾箕者歷十載, 所述西都錄中, 大略可見. 萬曆辛丑, 李月沙廷龜爲華使顧天俊賓接, 李芝峯晬光、朴南郭東說、李東岳安訥、洪鶴谷瑞鳳、金南窓玄成、車五山天輅、權石洲韠, 各用使事至, 有簡易堂酬唱詩. 月沙一聯云: "千秋筆下傳秦漢, 百鳥喧中見鳳凰." 於戲! 如簡易者, 何處得來?

**14**

壬辰兵火, 樓觀殆盡, 積十六七載, 而練光亭初葺. 屬有詔使聲息, 儐接一行登亭遊焉. 儐相柳西坰根適有疾未與, 爲一律寄之. 其屬趙竹陰希逸、車五山天輅相次醉復, 西坰吟繹再三, 未定優劣, 崔簡易從寓中亦參其會. 簡易最後至, 有"一年春動消江雪, 千里恩來慰國憂"之句, 西坰拍手曰: "此老倔强猶昔, 眞所謂末至居右者."

**15**

鄭東溟斗卿奉使至義州, 與府尹李莞會飮統軍亭. 適見毛都督軍兵過去, 卽爲一律曰: "統軍亭前江作池, 統軍亭下角聲悲. 使君五馬靑絲絡,[79] 都督千夫赤羽旗. 塞垣兒童盡胡語, 遼東山川非昔時. 自是單于事遊[80]獵, 城頭夜火不煩疑." 洪于海稱其氣格遒健, 髣髴老杜. 余謂東溟諸作, 多從謫仙來, 若此篇, 用私法故云耳. 要其沈鬱頓挫之中, 該得飄揚踔越, 如于海眞驪黃觀馬者耳.

**16**

朴燁按箕臬前後六載, 嘗乘月到法首橋, 忽得一聯云: "一代關西伯, 千年法首橋. 秖應今夜月, 終作可憐宵." 詞意悱惻, 若不異自挽者, 尋卽伏法, 乃成其讖.

**17**

洪花浦翼漢, 以斥和事出補箕尹, 値虜騎充斥, 從間道入保山城, 有詩云: "月黑關河

---

78 挹 : 저본에는 "揖". 『霽峯集』에 근거하여 수정.

79 絡 : 저본에는 "勒". 『東溟集』에 근거하여 수정.

80 遊 : 『東溟集』에는 "田".

路, 荒村虎欲行. 翹心思國士, 扶義募鄕兵. 默究皇天意, 艱虞獨夜情. 數聲何處笛, 吹恨滿江城." 其忠憤激烈, 欲抗日月而上之, 百載之下, 令聞者髮植如竹矣.

**18**

趙悟齋正萬箕尹時, 金三淵昌翕西遊過之, 同登浮碧樓: "雪嶽幽棲客, 關河又薄遊. 隨身有淸月, 卜夜在高樓. 劍舞魚龍靜, 盃行星漢流. 鷄鳴相顧起, 留興木蘭舟." 悟齋云: "腰連中靜字, 擬作動如何?" 三淵了不可否, 第矯首仰天而已.【趙曉軒觀彬次曰: "樂浪[81]千年勝, 淵翁一夜遊. 未聞無酒席, 難見有詩樓. 淸月古今在, 長江終始流. 棠陰懷舊[82]事, 雙淚夕風舟." 近年閔輔國永諱[83]外城九三院詩: "此地尙留殷日月, 何人不讀魯春秋." 洪尙書鍾應三登黃鶴樓詩: "千載白雲依舊在, 幾時芳草使人愁."】

**19**

余讀小華詩評云: "牧老浮碧樓一律, 宮商自諧, 天分絶倫, 非學可到." 近三淵詩, 有劍舞盃行之語, 風骨古健, 格力渾雄, 牧老之後一人而已.

**20**

吾師儉齋金文敬公按箕臬, 嘗至重陽日, 登浮碧樓, 得一聯云: "江山搖落秋聲逈, 樓閣崢嶸伯氣高." 屬余賡和, 亦奬亦誨, 今已影事矣. 每一讀之, 不勝羊曇西州之痛.

**21**

尹太學鳳朝題成川降仙樓詩: "無奈興何[84]沙外棹, 那能別去夢中仙." 姜承旨樸[85]咸從凌虛閣詩: "宇宙百年[86]樓兀兀, 西南一氣海茫茫." 吳學士光運殷山澹澹亭詩: "雙鶴何意對黃犢, 獨樹有時生白煙." 尹學士光燦義州統軍亭詩: "半空雪碎佳人劍, 千里風飄大將旗." 皆難得者. 文可觀者, 李牧隱風月樓記、卞春亭箕子廟碑文、楊蓬萊閱雲亭記、崔簡易盈虛堂記、李月沙崇仁殿碑文及宋尤翁忠武祠記等, 僅數篇而已. 大約牧隱之雄暢, 春亭之典麗, 蓬萊之迢邁, 簡易之古健, 尤翁之奇拔, 月沙之其稍俗矣. 雖然, 古人所不爲, 今所不得不爲, 此所以爲月沙也.

---

81 樂浪: 『悔軒集』에는 "箕壤".

82 舊: 『悔軒集』에는 "昔".

83 永諱: "泳徽"의 잘못인 듯하나 미상.

84 興何: 저본에는 "景來". 『圃巖集』에 근거하여 수정.

85 樸: 저본에는 "璞". 일반적인 용례에 근거하여 수정.

86 年: 저본에는 "祥". 『菊圃集』에 근거하여 수정.

**22**

任疎菴叔英統軍亭、練光亭二序, 千年絶調. 然練光不如統軍, 卽無論全篇, 已就彼所云"調砧亂杵, 邊聲催萬戶之秋, 朱火靑烟, 野色入千家之夕[87]", 子安以後重可得乎?

**23**

古今題詠中, 聯句可摘者, 如金黃元: "長城一面溶溶水, 大野東頭點點山." 郭輿: "夜靜船橫淸鏡裏, 月明樓倚畫屛中." 金仁存: "淸和日色篩簾幕, 旖旎香煙泛管絃." 金克己: "野氣[88]倚雲埋疊壁, 江聲憑雨吼回灘." 趙簡[89]: "穿月棹聲連榻上, 掛[90]空燈影碧波間." 李混: "長天去鳥欲何向, 大野東風吹不休." 洪侃: "時時峽雨飛成雹, 歲歲江槎卧放花." 李簪: "雲起塞[91]天歸澹沲, 花隨春浪入蒼茫." 金時習: "千年文物衣冠盡, 萬古山河城郭非." 崔淑精: "弘含四大包元氣, 平把三光接上頭." 高敬命: "天外梅花飛玉笛, 月邊蓮葉杳仙舟." 崔岦: "地靈斧鑿了無跡, 天樂笙簫如有聲." 車天輅: "雨氣垂天紅日隱, 山光入檻白雲生." 李安訥: "宇宙百年人似蟻, 山河萬里國如萍." 李植: "孤輪欲上浮雲滅, 平楚無垠遠嶽低." 車雲輅: "雲橋歷落抛金輦, 霧窟鎖沈斷玉珂." 趙絅: "十里湖波窮目力, 萬家燈火在簾鉤." 金尙憲: "烟雨萬林秋逕暗, 風波極浦暮帆歸." 權諰: "日暖莘蕪箕子國, 春深喬木乙支家." 趙正萬: "林風乍起鶴雙舞, 山日欲沈僧獨歸." 五言如李穡: "城空月一片, 石老雲千秋." 曺偉: "日落江光動, 烟消海氣昏." 柳成龍: "日落靑齊界, 雲橫靺鞨山." 李廷龜: "參差孤寺樹, 濃淡別村花." 柳根: "赤壁蘇仙月, 靑山謝眺樓." 李明漢: "海氣雲生硯,[92] 潮聲雨入欄." 吳竣[93]: "杯渡親沙鳥, 槎橫問斗牛." 鄭斗卿: "海外無周粟, 天中有洛書." 權諰: "隔城看水細, 環野得天長." 金昌翕: "劍舞魚龍靜, 杯行星漢流." 吾西千古之勝, 立幟藝苑, 卽中朝獨不相涉耶? 乃若鴨綠江, 卽夷夏之交也, 而與黃河、長江爲天下三巨浸. 明太祖嘗有一律云: "鴨綠江淸界古封, 强無詐息樂時雍. 逋逃不納千年祚, 禮義咸修百世功. 漢伐可稽明載冊, 遼征須考照遺蹤. 情懷造到天心處, 水勢無波戍不攻." 彝州所謂長歌短篇, 操筆輒韻, 有魏武樂府風者, 卽此可見.

---

87 夕 : 저본에는 "安". 『소암집』에 근거하여 수정.

88 氣 : 저본에는 "色". 『新增東國輿地勝覽』에 근거하여 수정.

89 趙簡 : 저본에는 "崔簡易". 『東文選』에 근거하여 수정.

90 掛 : 저본에는 "揚". 『東文選』에 근거하여 수정.

91 塞 : 저본에는 "寒". 『雙梅堂篋藏集』에 근거하여 수정.

92 硯 : 저본에는 "樹". 『白洲集』에 근거하여 수정.

93 竣 : 저본에는 "峻". 『竹南堂稿』에 근거하여 수정.

## 24

近代有皇華集, 皆明使臣詩也. 如倪尙書謙、陳祭酒鑑、張給事寧、金太僕湜、祚郞中嘉、董尙書越、王給事敞、龔祭酒用卿、華學士察、張給事承憲、唐太史皐、史給事道、許閣老國、魏給事時亮、朱太史之蕃、梁給事有年、姜閣老曰廣、王給事夢尹、熊行人化、劉學士鴻訓輩, 皆極一代之選. 然興象唐, 理趣不如宋, 是明人而已矣.

## 25

祝太僕孟獻百祥樓詩: "隋兵再擧豈成虛, 此地幾爲涸轍魚. 不見當時唐李薛, 直麾旋節到扶餘." 蓋譏趙文忠詩意太夸也. 而芝峯類說有云: "隋煬以征遼之役, 從至亡國, 則再擧之說, 亦虛矣." 余按東史, 再徵兵伐高麗, 百道俱進, 晝夜不息, 麗亦困弊乞降, 則祝豈失之? 李固未爲得也.

## 26

許海嶽國望月亭詩: "幽亭宜待月, 宴座但迎風. 江雨[94]暮偏急, 林霜秋未空. 亂帆烟樹裏, 疊嶂水雲中. 安得開晴望, 淸罇夜永同." 故是嘉靖高手. 後天啓中, 劉天使鴻訓練光亭詩云: "海岳風雲夢裏同, 欲學流螢度明月." 其見景慕如此.

## 27

朱天使之蕃之來, 柳西坰根爲儐接使, 許筠爲從事. 天使曰: "沿路館壁, 何無貴國詩乎?" 筠曰: "詔使所經, 不敢以陋詩塵覽, 故例去之." 天使曰: "國雖分夷夏, 詩豈有內外? 況天下一家, 四海兄弟, 僚與君俱落地爲天子臣, 庶可渠以生中國自誇乎?" 吁, 我國之恪謹, 天朝之一視, 可謂兩得之矣. 朱天使自練光亭溯江至浮碧樓歎曰: "此小金陵也." 又曰: "在小邦, 故以小目之, 其實勝金陵也." 吾姑擧皇華諸作以證之. 如: "江水不隨鄕國異, 聲同楊子共淙淙." 此朱之蕃之句也. "大江欲衍辟群山, 德巖旋作落星灣." 此劉鴻訓之句也, 此所謂小金陵也. "怪石槎枒撑砥柱, 靈源迢遞接銀河." 此陳嘉猷之句也. "貯得樓頭風月滿, 城闉疑是蘂珠宮." 此梁有年之句也. "夜來擧火明額字, 此亭恍疑斗牛間." 此劉鴻訓之句也, 豈直[95]勝金陵而已?

## 28

熊天使化遊南浦詩: "來往成陳迹, 江山自勝遊. 盛衰多感慨, 今古一沈浮. 積水通鼇

---

94 雨 : 저본에는 "南". 『皇華集』에 근거하여 수정.
95 直 : 저본에는 "眞". 문맥에 근거하여 수정.

極, 晴雲結蜃樓. 趁玆風月好, 但醉莫深愁." 信筆揮灑, 若有得色. 儐相柳根卽席和進曰: "故國千年地, 淸樽半日遊. 雨晴雲葉散, 風急浪花浮. 赤壁蘇仙月, 靑山謝朓樓. 江南宛相似, 莫作異鄕愁." 天使讀至腰聯, 不覺擊節曰: "語意天然渾成, 無一字勉强處, 卽置盛唐中, 不煩多讓, 今日可以屈居吾膝矣." 夫以屬國偏師, 抗衡中夏者, 寧獨一乙支文德哉? 不亦至乎天朝之遇我也. 薛庭寵遊平壤記云: "遂謁箕子." 又云: "復謁檀君、東明." 謁下見上也. 王夢尹詩曰: "莫問前朝事." 又云: "王伯千秋盡." 前朝字尊, 王伯字大. 劉鴻訓卽云: "爲問鼎湖何處是, 空留石窟老江鄕." 姜曰廣則云: "麒麟一去何時返, 練光望斷飛龍秋." 此則比東明於黃[96]帝, 至箕子尤致敬篤焉. 董越詩云: "高風謾說凌三代, 遺敎猶聞守八條." 陳鑑則云: "言垂千載存洪範, 人到三韓謁舊祠." 王鶴云: "中原道統推傳授, 絶域民風賴肅[97]雍." 若乃張承憲云: "聖朝皇極中天建,[98] 海國文物遍地舒." 足以弊短律絶佳者, 如張寧大同江云: "平壤孤城發曉裝, 畫船簫鼓麗春陽. 鳥[99]邊雲盡靑山出, 渡口潮通碧海長. 已[100]喜皇恩同天地, 不知身世在[101]他鄕. 淸樽且莫頻相勸, 四牡東風路渺茫." 金湜則云: "浪高如屋雨如拳, 人在江頭泊畫船. 咫尺樓臺飛不上, 尋常詩酒慣相牽. 便拚客路三千里, 箅作浮生五百年. 安得魚龍齊起躍, 掃開雲霧看靑天." 陳鑑浮碧樓云: "薰風徙倚夕陽樓, 水浸嵐光帶翠流, 草木都含[102]天地澤, 江山不盡古今愁. 心懸上國勞淸夢, 身在他鄕說壯遊. 回首明朝便陳跡, 雲輶無惜重淹留." 王敞百祥樓云: "江雲樹[103]影共悠悠, 萬里風煙豁壯眸. 紫禁遠連天北極, 夕陽閑倚郭西樓. 微茫弱水通玄圃, 咫尺扶桑隔鳳洲.[104] 我欲天涯窮勝槩, 一杯消盡古今愁." 祚順萬景樓云: "層欄徙倚望[105]皇畿, 山翠飛來[106]點客衣. 百囀黃[107]鸎花外緩, 萬家春樹雨中微. 風傳野曲樵人渡, 梁墜泥香鷰子歸. 自是君親常在念, 鄕心一片逐雲飛." 熊化淸華館云: "郵亭閒課只[108]詩篇, 坐對[109]爐

---

96 黃 : 저본에는 "皇". 문맥에 근거하여 수정.

97 肅 : 저본에는 "蕭". 『皇華集』에 근거하여 수정.

98 建 : 저본에는 "運". 『皇華集』에 근거하여 수정.

99 鳥 : 저본에는 "島". 『皇華集』에 근거하여 수정.

100 已 : 『皇華集』에는 "共".

101 在 : 『皇華集』에는 "是".

102 含 : 저본에는 "令". 『皇華集』에 근거하여 수정.

103 樹 : 저본에는 "水". 『皇華集』에 근거하여 수정.

104 洲 : 저본에는 "州". 『皇華集』에 근거하여 수정.

105 層欄徙倚望 : 『皇華集』에는 "望中何處是".

106 飛來 : 『皇華集』에는 "空濛".

107 黃 : 『皇華集』에는 "曉".

烟意悄然. 細雨五更留客處,[110] 薰風一榻困人天. 思親日暮憐萱草, 惜別春歸怨杜鵑. 獨上高臺[111]望京國, 蒼蒼雲樹萬山[112]連." 單聯如周倬: "薜荔年深綠石角, 鷗鷺晝靜上灘頭." 倪謙云: "飛棟入雲星可摘, 虛窓近水月先來." 張寧云: "風雲丘壑高低見, 草樹人家遠近分." 陳嘉猷云: "扶餘地脈臨江盡, 遼左山光隔岸多." 張珹[113]云: "蜃氣可能齊[114]棟宇, 蟾光容易到簾櫳." 唐臯云: "氷[115]光浮棟迷銀海, 日[116]色映山生紫煙." 董越: "遠峯秀聳郎官筆, 斷岸斜穿織女梭" 龔用卿云: "極目兼葭滿城郭, 可人煙火傍林丘."[117] 五言則董越: "樹色浮空翠, 天光動蔚藍." 龔用卿: "浮雲連樹色, 旭日動江光" 許國: "江雨[118]暮偏急, 林霜秋未空." 王鶴: "嵐光雙島嶼, 煙火萬人家"

## 29

熊化: "積水通鰲極, 晴雲結蜃樓." 王夢尹: "王伯千秋盡, 乾坤一雁孤." 此等語, 置長慶有餘, 入貞元無不足. 絶句如唐臯錦繡山云: "布帛已足貴, 文彩歸錦繡. 東風作春姸, 郊行亦明畫." 史道則云: "山石多五色, 花木更交加. 樵子穿雲去, 分明入彩霞." 龔用卿望月亭云: "亭子傍山隈, 雲光夜夜開. 層簷非近水, 爲有月明來." 魏時亮云: "來時月不見, 去路月生遲. 獨有吟弄意, 惺惺常自知." 華察浮碧樓云: "寒江落空碧, 應是昆明水. 高樓俯清流,[119] 雲影天光裏." 張承憲則云: "菁[120]蔥萬疊山, 玻璃[121]一片水. 水影樣[122]山光, 盡入層樓裏." 朱之蕃風月樓云: "池上樓臺蘸綠波, 海風吹送月明多. 爲憐夜氣淸如許, 不種薔薇種芰荷." 梁有年則云: "荷香暗遞風多力, 酒盞明催

---

108 只 : 저본에는 "是". 『皇華集』에 근거하여 수정.

109 坐對 : 저본에는 "對坐". 『皇華集』에 근거하여 수정.

110 處 : 저본에는 "夜". 『皇華集』에 근거하여 수정.

111 臺 : 저본에는 "亭". 『皇華集』에 근거하여 수정.

112 山 : 저본에는 "里". 『皇華集』에 근거하여 수정.

113 珹 : 저본에는 "城". 『皇華集』에 근거하여 수정.

114 齊 : 저본에는 "充". 『皇華集』에 근거하여 수정.

115 氷 : 저본에는 "水". 『皇華集』에 근거하여 수정.

116 日 : 저본에는 "月". 『皇華集』에 근거하여 수정.

117 林丘 : 저본에는 "丘林". 『皇華集』에 근거하여 수정.

118 雨 : 저본에는 "南". 『皇華集』에 근거하여 수정.

119 流 : 저본에는 "池". 『皇華集』에 근거하여 수정.

120 菁 : 저본에는 "靑". 『皇華集』에 근거하여 수정.

121 璃 : 저본에는 "瓈". 『皇華集』에 근거하여 수정.

122 樣 : 저본에는 "入". 『皇華集』에 근거하여 수정.

月有功. 貯得樓頭風月滿, 城闉疑是藥珠宮." 吾嘗篤而論之, 鹿峯嶽嶽, 唐公折其角, 張也堂堂, 鴻山落其距, 魏之與龔則望洋矣, 梁之與朱亦隔塵也.


# 漆翁冷屑上

## 剛正

**1**

金守朴子台佐, 風局峻正, 疾惡如讐. 其門壻有穢行者, 距之不肯見.

**2**

朴合江大德赴其師芝山之喪, 操文哭之, 所需用紅露及桃實. 諸生大駭以爲妄, 朴乃張目曰: "老先生原是光岳之氣, 而欲邪鬼之乎?"

**3**

田西亭闓作都事箕省, 屬丙子虜警. 巡伯勤王東出, 一切留務委西亭. 久之, 亂方定, 則收一校尉歸者, 付軍法, 或曰: "先天事不足深治." 西亭毅然曰: "是驍武國家所選, 以備緩急用耳. 時平竊恩澤, 世亂遺君親, 則將焉用彼? 棄矣."

**4**

朴上舍蕘, 嘗夏日行郊野, 忽雷聲匐然, 一黑物竄入衣袂中, 朴不爲動. 又嘗入亞營, 作文酒會, 直夜出郭, 小橋邊, 有一夜叉遮道, 所帶奴倉卒入馬韉底. 朴叱夜叉: "這漢胡不避?" 於是夜叉亦辟.

**5**

金木川三俊, 定州土豪, 片語可以折獄. 鄭譯命壽有姓姪某爲州伍伯, 命壽欲其貴之, 屬州官以鄉錄. 州官召諸父老議之, 皆言: "是在金三俊者一人, 雖然, 此不可以不義屈." 而已金至, 果不允. 乃告命壽: "有金三俊者, 獨持之, 請屈公一赫怒." 命壽卽傳令召金, 金集家衆, 與之訣曰: "吾必不返." 遂詣命壽, 壽曰: "聞若執鄉命, 吾有一侄以累汝." 金抗言: "此賤者不足汚鄉錄, 且使公歸朝, 宰相可做, 此事不可焉," 命壽熟視之曰: "而謂鄉錄何如汝頭?" 金曰: "吾來時, 以置七尺度外矣." 命壽勅金出曰: "朝鮮獨此人敢抗我, 亦自奇士."

## 鯁直

**1**

李掌令謙, 當正德己卯, 蜮蜮啄善類, 乃倡群僚, 伏閤苦叫, 張士林一赤幟, 事雖不克, 亦自可人.

**2**

文先生愼幾, 居於龍川. 穆廟駐蹕灣上, 特設別科, 以慰邊情. 愼幾自以一方巨擘, 不得與, 抗疏斥春官之不公選, 語頗侵尹相斗壽. 上赫怒曰: "若豎儒, 敢辱朝廷大臣乎?" 亟命斬之. 愼幾猶抗辯不屈, 尹相顧惜其才氣, 特請試之, 乃命韻. 愼幾應聲而就, 辭極雋婉, 左右皆神之. 上亦霽色獎曰: "愼幾直士, 可特汝一命." 仍命罷其科.

**3**

昭顯世子自瀋還也, 多挾虜奇物, 沿路發傳遞載, 金郊郵吏以馬不俱當刑. 許箕山灌時爲其丞, 直入厲聲曰: "邸下以朝鮮無物乎? 一切行具, 令臣擔負, 且不辭彼北物, 奚足以煩殘郵? 臣郵吏也, 請受刑." 東宮憮然曰: "許灌眞毒物."

**4**

鄭襄武公鳳壽, 作昏朝宣傳官. 屬有廢母之議, 鄭乃抗言曰: "國家大事, 非武臣所可知, 顧嘗聞之, 春秋子無讐母而已." 遂爲群凶啄去之.

**5**

【中宗朝遠接使誣陳, 四十年一道停擧】肅廟癸西, 有朝士李禎以成都太守, 參考鄕試, 嗛多士之侵己屹, 吾西風俗有禽狄等停擧. 盧槐軒謍來唾手曰: "吾不爲老蜮飮弩矢," 卽抗章斥禎大姦猾, 誣上不道, 得旨, 禎特罷言職, 至於流配. 近李寢郞萬秋彈呂必禧事同.【一道三番停擧. 英廟朝, 御使呂必禧按廉不明, 故誹謗喧藉, 返命書啓構誣, 一道停擧, 便作夷狄禽獸之類, 吉別提仁和疏頭.】

---

123 癸 : 저본에는 "己".『승정원일기』에 근거하여 수정.

# 節義

**1**

石室山人趙狷, 本名胤, 文忠公浚弟也, 仕高麗至典書, 文忠不能奪其志. 再出至嶺臬, 國尋亡, 不肯爲我用, 改其名曰狷, 字從犬, 蓋國亡不死有類於犬, 且取犬有戀主之義也, 太祖嘗幸所居淸溪山築石室而與之, 趙亦不肯居.

**2**

崇禎戊寅, 上將軍李時英有綿州之役, 辟田西亭及許箕山, 以自皆稱疾不起. 鄭譯命壽諷本朝罪無赦, 乃皆決獄配南. 漢都人嗾嗾聚觀曰: "是欲殉皇明者." 越三年則又發舟師以塞虜口, 而箕山又被辟, 以死自誓, 乃作詩有"中原父老何顔見, 都督監軍此路來"之句. 林元帥慶業爲罷其從事曰: "此天下義士, 我輩可以愧死."

**3**

布衣車禮亮、勇士崔孝逸俱居淸北, 丁卯北警後, 各抱帝秦之恥. 禮亮密送孝逸, 泛海探皇朝消息, 虜猶覺之, 禮亮家碎毒, 于孝逸族亦慘禍. 朝廷聞之, 壯義之, 並加褒揚.

**4**

丙子之亂, 永柔縣人金禹錫捲入慈母城, 聞南漢不戒, 慷慨書一絶于城門曰: "我是大明天子民, 皇恩尙記黑蛇春. 城中今日知何世, 寧踏東溟恥帝秦." 虜酋索得欲殺之, 禹錫稚子應元方十歲, 抱父呼泣, 請代其死, 虜義之, 獲兩釋.

**5**

咸逸人希泰, 安陵人, 其大父應秀, 乃丁卯國殤也. 逸人語及, 必簇簇下淚曰: "吾縱不及齊襄公, 獨不爲魯仲連乎?" 其自號日月處士者爲明也. 嘗擬虜檄, 縷縷數千言, 讀之懦夫立志.

## 忠烈

**1**

當勝國之季, 天人有所屬也, 文忠公浚實爲開國元佐. 嘗作關東伯, 巡所部, 到旌善郡,

有詩云: "滌蕩東溟知[124]有日, 居民洗眼待澄淸." 其自負以社稷生民之重若此.

**2**

張僖襄公思吉, 自父儷世爲義州土豪, 强梁不服役之日久, 及見聖祖儀容, 不覺屈膝曰: "吾今有主矣." 卒能挾飛龍以御天, 其功不在趙文忠公下.

**3**

金副元帥景瑞, 世稱萬人敵. 天將李提督如松, 望沿海有將星出曰: "彼有眞將在." 果得副元帥於黃岡. 起家爲防禦使, 一夕入倭壁, 斬其驍將而出, 大小戰百餘合, 卒成剿滅之功.

**4**

金副元帥在虜中凡六年, 思欲一得當以報國, 嘗密草疏, 且陳深河失律之由及彼國情形, 兵家得失, 購胡人阿郞介, 傳送至北兵營, 得以上之. 然竟爲姜弘立所覺, 與部下銳委三百同日死.【壬辰, 倭關白平秀吉先鋒將沙也可也, 以倭軍三千來附于別將金景瑞麾下, 多番立功, 故宣祖大王沙也可也賜姓金海金, 賜名澤, 賜號慕夏堂, 子孫居龍岡云.】

**5**

壬辰倭變, 穆廟蒙塵于灣上. 有富人李春蘭, 輸行廚米三百石, 軍餉米三千石, 所載馬牛悉自出, 特蒙督獎, 聚拔主工曹侍郞. 大臣或重其名器, 玉色毅然曰: "有能以升斗救松城者耶?"

**6**

穆廟西狩也, 道經定州間關, 有趙玄術者, 方樵磯谷間, 猝値聖駕. 初不知爲龍顏也, 直爲貴人何緣得此, 爲之執靮, 僅十餘許里, 出平坦道, 然後已. 上乃獎嘆曰: "吾而君也, 避兵至此, 良苦野人相送." 仍宣召州官, 數其不迎駕而誅之, 特除趙一命賞之.

**7**

楊晦軒德祿雖爲布衣, 刺論經國大計. 壬辰倭變, 分義兵三百, 號曰敵愾軍, 傳檄郡邑, 聞者爭奮. 居久之, 天兵食絶, 又募義穀三千石以濟之. 賊平後, 除參奉, 力讓曰: "敢要爵乎?"

---

124 知: 『松堂集』에는 "當".

**8.**

黃桐皋應聖之莅保寧也, 遭李賊夢鶴弄兵, 多出奇策, 訖平大憝, 洪洪州可臣攘爲己功, 黃常黙黙不作擊柱語.【功載於宣廟寶鑑】

**9**

崔三和應水逆适平, 朝旨令各言其功. 崔自以功微, 逡巡未敢發. 金漢豊泰屹爲之推轂, 得以成名. 當時諺曰: "蒙友力作功臣."

## 孝行

**1**

魚直殿變甲, 雅有至性, 雖居官, 未嘗一日不思親也. 後忽謁告歸養, 有詩曰: "謝病歸來一室幽, 荒凉秋樹古池頭. 若余豈避功名者, 只爲慈親不遠遊."

**2**

沸流有金智賢, 事親至孝, 患無以供瀰瀹, 則宅前鑿池養魚以奉日饍. 久之, 池因旱涸, 子請廢池爲稻田, 亦足壽親. 金愀然曰: "汝奚爲出此語?" 卽臨池泣且禱, 亡何, 水聚溢魚如故. 且以母性喜食雉, 每忌日必薦雉. 後忽夏潦彌日, 金自痛無以得雉. 有飛雉止于庭際, 使人供之以需焉. 吁! 亦奇事矣.

**3**

金智賢不獨以孝自命, 亦忠義之儔耳. 當明廟鼎盛之日, 乃曁前後國恤者四矣, 知賢一切大布服, 三年朔望, 輒設奠哭曰: "吾父母太平生死者, 皆吾君之賜, 則吾何爲喪吾君, 不若喪吾父母哉?" 其妻亦從知賢而服國喪. 朝廷嘉其行誼, 旋爲忠孝.

**4**

趙賢述有至情, 而貧無以養親. 一夕, 遠村得斗米, 歸抵馬山下, 會天黑逢二老父偶坐道傍, 欣然迎謂曰: "子家何在, 何行之驟也?" 賢述告之故, 且辭以歸養誠急. 二老挽之曰: "此有元寶, 子若取之, 豈不賢於貸粟乎?" 賢述謝不敢, 二老曰: "子乃肯俗物我? 我受帝命, 指汝窖處." 卽拉賢述至層處, 掘得二銀瓮, 止割二千兩受之曰: "帝命初不過此." 賢述驚悚曰: "兹豈白屋宜有? 若歸用之家, 公債私疾俱所難免, 非親承帝命不可." 乃抵于他, 二老曰: "咄咄, 固哉若人." 忽不見, 後人有欲之者, 竟迷不得瓮.

**5**

金得振者, 副元帥景瑞之子也. 副元帥碧血入瀋土, 得振坐處, 未嘗一日北向. 及爲鐵山守, 屬有北使, 差護行大將, 抵曉星嶺, 憤憤不食, 嘔血而死.

**6**

金晉興君良彦, 其父德秀沒於深河之役, 誓不與虜共一天, 大書復讐二字佩之, 募戰亡子孫五百人, 名復讐軍, 張都元帥晩奏薦爲復讐將. 每鴨綠江氷合, 則相率水邊以待變. 屬逆适弄兵, 自請爲斥堠將, 先登滅賊, 策勳除光化守, 則吾不忍爲賣復讐之名, 以易爵祿也, 至三上書辭職, 然後竟還戍次如故. 迨丁卯春, 入守安州城, 卒與帥臣南以興同殉難.

**7**

田石浦乃績, 父祖以上三世有曾閔之行. 嘗母疾思丙穴, 投網于江, 會夏潦不可得, 忽有一鷩殹三大魚出諸陸, 人以謂爲誠孝所感. 於是一門化之, 其奴有爲父病斫指, 其婢亦握節於丙子亂中.

**8**

李之諴、之諴兄弟, 其父戊午之役, 陷虜中, 存沒不可知. 二人以其去家日爲忌, 而終身服衰不食肉.

**9**

鄭弘翼者, 世居鐵山, 父某仕郡, 爲太守沈東祥箠死, 弘翼之齒切矣. 迨東祥去郡, 方出境, 則伏丸射之, 不殊而驚墜馬. 弘翼以爲東祥已死, 自出就縛, 卽送于當道. 道臣李周鎭謂祥雖不死, 猶死也, 竟以死刑論. 弘翼之母若妻二孀, 相扶携奔闕下, 欲擊鼓, 仇家遏之, 不得入. 會母病死, 妻欲自殺, 爲其姑屍未收, 隱忍而止, 聞者相弔出涕.


## 友悌

**1**

盧上舍警來與都事省來, 極友愛, 白首不分異. 都事稍艱, 則探上舍藏中, 如其物. 嘗有所與好者, 從輦下來過, 告以女婿須二疋帛, 意欲要西路守宰. 都事舍此欲何之乎, 爲日設盃盤奏絲竹以娛客, 客莫測且欲歸矣. 是時上舍內子方織帛訖, 都事且入織所,斷帛去, 嫂語上舍曰: "叔取我帛." 上舍怡然曰: "勿多言, 恐阿季知."

# 敦睦

**1**

朔州士人崔震瞻, 五世同居, 一門僅數十百口, 而瞻於昭穆爲第二位, 故朝夕廟見後, 詣所尊者候寢食, 出坐廳事, 受家衆拜禮畢, 各執其業. 食時, 鳴鼓會, 已食, 執業如古. 每值都會試、鄉試, 其能文者十輩, 同作一篇, 推年長一人用之, 每榜無不中訖, 有登國庠者, 爲多士所艶. 巡伯顯明相公因行部特造之, 至爲文以擬張公藝, 繼以趙八座尙絅[125]掌銓, 奏薦之, 再轉至敬陵直長.

**2**

金振健, 郭山官奴也, 五服同居, 備有家法. 一門百餘口, 各田其田, 至秋, 輸之宗家, 而囷置之. 有故, 必告于宗子, 然後惟意所足. 每時節宗會, 男婦秩然有序. 當宁聞而嘉之, 親寫百子堂三字旌之.

# 清廉

**1**

李文簡公承召成廟朝太宗伯, 以廉直者著名. 上嘗勑黃門覘其家, 惟茅屋數椽, 且不設祠堂. 玉音詰之, 對曰: "臣家在平壤, 伯兄主祀. 臣旅宦, 幸得容膝足矣." 于時判本兵者亦入侍, 上目李與相識乎, 卽對以不知. 本兵慚曰: "非不知也, 以臣營立家戶爲子孫計故云耳."

**2**

田西亭闉歷典七邑, 所至有氷蘖聲. 初嘗得保寧守, 邑人相矜謝曰: "吾太守詩如玉顔如玉心如玉." 三玉太守之目.

---

125 絅 : 저본에는 "綱". 문맥을 고려하여 수정.

## 3

張和菴世良作橫城縣, 政淸如水, 朝廷因吏民之請, 特加三期, 增秩賜帛. 乃解去, 身上一切物, 悉委之而行, 到家之明日, 便足此屋子薪米矣.


# 獨行


## 1

朴合江大德喪其師曹芝山, 廬於墓, 朝夕展拜者三年, 無故不出洞, 南人號爲朴居墓洞.


## 2

朴合江以大同法爲郡侯所忤, 罰之定支勑養馬. 合江不以人代之, 手抱蒭粟, 口讀春秋. 天使甚異之, 召見賜坐曰: "他日血食, 非子而誰?"


## 3

韓靜安禹臣, 其父本安定郵卒. 靜安六七歲時, 隨入郵舍, 屬有使客奇其容止, 召與語, 輒膳與之, 靜安伏地不敢食. 客問所以, 則曰: "有祖母在." 客益奇之, 勑他卒賷之. 至家, 徑詣祖母跪進, 祖母問: "汝曾食否?" 對以: "祖母在, 兒何敢食?" 竢祖母食已, 乃退. 卒返白其事, 客乃嗟嘆曰: "吾已識其爲不齷齪也."


## 4

韓靜安髫齔歲, 適野逢一氓與穀觸交, 卽伏地不忍視. 氓愧甚, 盡力扶起, 終不動, 及歸而遂秘之. 後臨終擧以與語諸子曰: "吾所以不欲見者, 一知其名, 沒身不忘, 故忍而至此."


## 5

黃月渚胤後生無狹[126]斜之步, 一巡伯有欲撓之者, 密授諸妓方略. 俄一侍兒當行酒, 乍執其手, 月渚正色莊立, 截其汗衫而擲之, 巡伯爲之內服.


## 6

黃執菴順承篤行君子也, 每有祀事, 必齋必戒, 輒以曲木鉤穢, 以便溺道, 世笑以黃生

---

126 狹: 저본에는 "俠". 문맥에 근거하여 수정.

祭祀鉤.

**7**

黃執菴與堂叔一人, 省墓行至臥峴, 去花原可二十里, 卽下馬行雪泥中. 叔問曷爲, 則曰: "墓山見矣." 叔不得已亦下步, 七艱八苦, 他日每及此: "咄咄順承更不作伴."

**8**

黃執菴夜行遇群盜, 所騎馬爲所劫, 乃徒行若干步武, 回與所持鞭曰: "馬困須鞭乃行." 盜驚曰: "豈固執黃生耶?" 曰: "然." 盜乃捨馬曰: "賢人所騎也." 蓋黃雅有操履, 鄉黨目爲固執, 盜亦遂稱之耳.

**9**

黃執菴供典牲任, 以爲牲者實祭宗廟, 不可不敬, 別爲板床居群豕, 日令皂隷洗其足糞其糞, 身朝服以臨之.


## 將略

**1**

鄭襄武公鳳壽年十四, 與群兒聚戲, 自大將作陣法. 一日約某所有大蛇爲民害者, 可共殺之, 若屬明日各持刀兵來, 後期則戮. 有一兒後期, 縛之樹下, 斧斫之. 遂前射蛇, 蛇亦斃. 會冀兒不歸, 兒之父恨欲報之, 急持鄭於官. 官將見之, 驚異曰: "縱殺若兒百輩, 何能當一鄭家兒耶?"

**2**

鄭襄武公丁卯之亂入龍骨山城, 倡率義徒, 講城守策, 爲郡太守見忌, 輒相掣肘. 襄武曰: "噫嘻! 大事其債矣." 卽帳中斬守首而出, 號令吏士, 卒全其城.

**3**

許箕山灌作延曙驛丞, 屬有虜變, 扈駕入南漢. 虜薄城下, 一角隨砲而壞. 方冬嚴, 寒其甚, 箕山請於都堂, 立竹木爲柵, 而水其上, 一夜成氷. 會圍中缺馬草, 擧朝亡所出, 崔遲川相公請召許灌問計, 箕山卽對: "願假臣騎卒五百." 卽與五百騎, 於是開城門, 直穿虜陣去, 虜主爲開陣, 聽其所之, 天向夕, 箕山盛辦草而回, 崔相亟稱許某才器大用.

**4**

唐岳人崔德雯者, 能屬辭, 饒機略. 天啓癸亥, 爲賊适所鉤致, 度逆膓莫遏, 爲僞設三策, 然後從數百騎走歸元帥軍前, 竟致橫殺, 而适亦敗, 本德雯變幻其術也.

**5**

戊申南賊之變, 諸將爭殺避難人口, 充賊級, 獨繼援將灣人朴東樞, 故靮馬在後, 一不驅策曰: "吾不忍以平人之命博富貴也."

## 識量

**1**

全中樞長福雖不學, 而性通慧, 隨事意解. 有二子同學遊, 每朝必令誦所業而聽之, 大者多不通, 黙然深念, 小者憫之, 再曰越越. 長福罵曰: "若敎而兄空涉乎?" 或問: "何由知越之爲空涉也?" 曰: "勅使東渡, 不曰越江乎?"

**2**

有一弁幹鑄鍾之役, 銅十二三入其手, 長福與人燕語及之, 弁聞不服. 長福曰: "若稱鍾則奈何?" 弁不信曰: "鍾之重, 非分金秤可量." 長福曰: "今竪木橫木若樑柱狀, 而左懸鍾右累石, 使輕重相齊, 然後從而秤其石, 則鍾雖千萬斤, 不越是矣." 弁謝曰: "某信有罪矣."

## 標致

**1**

有土官朱仁輔者, 神氣高朗軒軒若霞氣. 一日朝巡伯, 具袍笏, 坐門外廳次. 會鶴山倅亦至, 見之不覺忘專城之雄, 便磬折而拜. 人譏其失, 鶴山倅憮然曰: "吾自執吾禮矣."

**2**

韓靜安禹臣作國子司藝. 舊例司藝升座, 諸生皆庭揖. 諸生爭自奮: "誰肯爲韓某庭揖者?" 及見韓, 威容簡穆, 不自知頭之搶地也. 出而相咎: "非我爲之, 特效人拜來耳."

**3**

中朝術士梁姓者, 不遇於朴燁也, 輾轉行乞松泰寺, 見鮮于遞菴浹. 適方鼎角咿唔不
輟, 爲之環繞者數日, 乃戒寺僧: "是將血食者, 若曹善視之."


**4**

康公後說威容穆穆, 鄉黨見之如神. 嘗從李忠伯貸白金百兩, 過期不還. 李婁趣之, 康
意殊落落. 一日李早作戟手大罵曰: "我見康, 其必刃之." 遂詣康, 略叙數語, 潛發所
佩刀以擬康. 康忽一顧李, 不覺手慄, 卽奉頭長跪曰: "好寶劍, 敢以獻左右." 終不能
及銀事.


**5**

李山人景業別墅在觀佛里, 一日戴葛巾騎黃牛, 逢鶴山倅, 不爲之下. 鶴山倅使問是何
人, 山人揚鞭不顧而去曰: "我觀佛山人李景業先生也." 鶴山倅望之, 以爲眞隱者.


**6**

安一介先輩風流獨立, 傾於一邦. 群妓日集其門, 梨園爲空, 或爭妬輒相訴曰: "爾識
安郎宅何在?"


**7**

盧上舍警來, 爲近代風流渠帥. 嘗帶絶蘂帶, 友人張姓者慕之, 故絶其蘂帶, 匝步街
中. 忽一人從後批其頰, 張顧未及言, 其人笑曰: "我將謂爲盧勉進矣." 張便大喜曰:
"審矣幸復批我."


### 宦蹟


**1**

田西亭闢, 晚乞郡, 得寧越. 越俗故椎[127], 西亭則引郡子弟可敎者, 入府舍, 嚴進士爲
之師, 而西亭時時折衷之. 期月而儒化大行, 絃誦相望.


---

127 椎 : 저본에는 "推". 문맥에 근거하여 수정.

**2**

有鄭宣者, 係鄭譯命壽親姪, 以命壽故, 後先得郭、順二郡守, 所至有幹聲. 迨命壽敗, 親黨皆誅死, 獨宣賴二郡民上其績于當道, 請貰其死, 遂得脫焉.


## 知微

**1**

西山靜大師, 卽東土之六祖. 己丑逆獄起【宣祖己丑宗系辨誣】, 以名僧被逮, 穆廟特命放釋, 仍出御筆墨竹, 使賦之, 卽應製曰: "瀟湘一枝竹, 聖主筆頭生. 山僧香爇處, 葉葉帶秋聲." 玉音云: "下句亦有何意?" 對以數年後當在秋月中爾. 及壬辰之亂, 駐蹕灣上, 屬八月十五日, 夜登統軍亭, 聞有磬聲從林裏來, 怪之, 黃門進曰: "山僧禮佛矣." 睿思惶然, 方忓墨竹詩之意.


**2**

黃菊軒澄, 明易範象之學. 萬曆己未, 調度使尹受謙詣門稱先生欲從受其所業, 越數日, 復遣幙僚來曰: "屬有靮掌, 可不相屈?" 菊軒口呭: "是奈何牛馬我也?" 卽以弓絃擬其頂, 幙僚大駭走不顧, 亡何尹竟以逆敗.


**3**

朴合江大德方十歲, 侍曹芝山入成齋洞. 屬有歌者自遠而來, 韻極疏越, 芝山問: "此歌何如?" 對曰: "清而不實, 殆病矣." 及見之, 果病風者.


**4**

朴燁畜無君之心, 欲因全長福爲腹心, 而長福固自外欲殺之以事, 而又不忍爲之, 低回首數矣. 朴素善博, 長福亦高手, 互勝負. 然長福慮其不測, 潛爲一骰子作四面六孔, 常串佩之. 朴於一日浿江舟所勑長福: "汝勝我當重賞, 不勝死." 是福勢甚急, 乃跪告曰: "這骰子不慣手, 請以宿物試之." 朴不知頷之. 福一擲, 便得六, 卽投于江. 朴雖疑怒, 然業已首不奈何.


**5**

當鄭譯鴟張時, 親黨皆得官. 全長福以巡營將佐, 辟嘉山守, 長席薰營門, 涕泣自陳: "某閭巷物, 其敢于名器, 必以死明亡他." 其事遂寢, 而已鄭譯敗, 全獨得不坐.【鄭命

壽本是慈山月灘人, 兒時殺人, 亡命中國. 及長, 淸朝爲譯官, 仁孝廟時, 出入作弊無常.】

## 學術

### 1

金松亭洴居然經術作國子蛾子之長, 導迪後生, 了無倦色, 三十年如一日. 與金鉤、金末兩文長持相伯仲, 故遂有三金之目.

### 2

韓靜安禹臣讀虞書, 至共工象恭滔天, 乃謂滔天當作諂夫. 噫! 豈釋氏所謂透徹之悟耶?

### 3

鮮于遜庵浹弱冠從守朴子受尙書, 至期三百, 守朴亦所未解. 遜菴鍵戶月餘, 力解氷釋, 守朴爲遜席數矣. 先生嘗言: "角者而能言, 吾爲之受書成點火之功."

### 4

有崔天興號吏隱者, 崛起閭巷, 默識道妙, 一圖一說, 皆出自得. 其言若曰: "吾能誦十數且沿且沂者, 將月餘, 忽覺暗室生白, 因此有悟." 識者目爲刀筆之康節、理窟之弘羊矣

## 文章

### 1

松亭先生金洴將命入皇朝也, 求題魚龍簇子者. 松亭卽應聲曰: "誰畫輕綃幅, 風濤雲霧濛. 錦鱗翻碧海, 神物上青空. 潛見形雖異, 飛騰志則同. 若爲燒短尾, 攀附在天龍." 華人大激賞, 謂之燒短尾先生.

### 2

金直學學起, 嘗失愛於其父, 群弟皆玉食, 而唯直學飯秫, 不得備諸子數. 一老奴常左右之, 竟登浮碧樓別試. 榜出, 父囑老奴以諸郞中誰及弟, 奴歸報曰: "秫飯及第矣."

**3**

金慕齋安國, 中廟主文柄, 間嘗與日本釋弸中交儐. 弸中屬以初月詩, 故拈僻韻, 卽應曰: "神珠缺碎鬪龍魚, 剔殺銀蟾[128]半蝕蛆. 顚倒望舒仍失御, 軸亡輪折不成輿." 弸中爲之吐舌者久矣.

**4**

韓靜安禹臣碧紗籠賦、卞荆山瓛過甑山詩, 俱爲天使所賞, 爲之薰盥而後讀之, 謂韓乃有道者之文, 謂卞亦是唐人口氣.

**5**

李葛坡進, 或有李白比之者, 乃曰: "吾詩若遇李白, 則當執鞭, 白[129]馬才子之屬, 吾亦裕爲之耳." 嘗有句云: "七月初三日, 今年亦已秋." 月沙李相國得之, 不覺擊節喜曰: "眞搏麒麟手也."

**6**

黃月渚㣧後懷夢草賦, 輦下爲之紙貴, 仁廟亦嘗壁揭. 迨後通朝籍侍尺五, 上乃迎笑曰: "懷夢草來乎?"

**7**

許箕山灌與首陽柳道三學士、北人李之馧侍郎, 有方外三傑之目. 尤庵先生嘗讀其賦曰: "金濯纓以上人."

**8**

近世光焰, 咸推謂許箕山及金梨村汝旭也. 然金故自有篤論曰: "許學圃之文, 如廣廈千間, 其勢翼翼, 特未及粧點耳. 吾則八雀三間, 輪奐畢備." 人定之二公之品題.

**9**

尹督郵瑛平生讀書最有法, 每十五日以前, 太史諸家, 惟日不足. 以後六博呼盧, 亦惟日不足. 人問其故, 曰: "非太史無以立脚跟, 非六博無以長氣力."

---

128 蟾 : 저본에는 "蛆". 『慕齋集』에 근거하여 수정.

129 白 : 저본에는 "自". 문맥에 근거하여 수정.

**10**

卞斯文之益字叔謙, 故自稱曰卞叔, 即荊山瓛最少子, 爲文章極高古, 居然秦漢間人. 當己巳恩科時, 深爲同列所忌, 許箕山榜而逐之去, 卞倪之哂曰: "亦自成語."

**11**

金西泉虎翼之督湖南也【全州參禮察訪時】, 從巡伯祀社稷, 作一絶云: "春秋祭二神, 時或使他人. 相國身親莅, 方知社稷臣." 巡伯稱之爲眞才耳.

**12**

許文山晳才旣天授, 力能復古, 手闢草昧, 爲一方詞人之冠. 每一篇出, 不脛而走四方, 即五尺童靡不引領西望也. 嘗有南士趙重鼎者, 與文山里中子遇於洛邸, 即口授一絶云: "許晳能文者, 平生願見之. 牧丹峰好月, 何日與論詩." 文山後亦聞之, 便以爲快.

**13**

李和隱時恒來自淸之北, 吾箕之學者未能或之先也. 李太學士德壽稱其文辭, 務平穩典, 實如菽粟布帛, 適於世用, 如趙相泰億則曰: "老子當輸一局矣."

**14**

康員外侃, 靜安先生彌甥也.【彌甥女壻外孫, 英廟丙午進士文科.】 搆文詞, 多奇氣神境, 如太極辨、人鬼論等語, 鄭相羽良批之云: "非煙火食人語." 或問鄭相曰: "吾東文士, 有能擢中朝制科者乎?" 鄭相遽答曰: "擧一國, 惟康侃也."


## 聰敏

**1**

康士部儀鳳聰敏過人, 嘗作鍊通判, 屬有天使作百韻長律, 抵儐相要屬和, 乍見即收去, 儐相以下皆莫識. 是時康方出站次, 從屛後一覰而已. 有白儐相者, 使誦之, 不遺一字. 儐相以下, 莫不嘖嘖.

**2**

卞叔爲荊山所奇愛, 嘗受父指治博士業, 賚尙書一帙詣僧舍讀之, 不浹旬而反. 荊山責其中度, 對曰: "已習之矣." 荊山間軸試之, 誦如流, 雖至輯註, 亦不錯一字. 荊山吐舌曰: "汝何求及第, 及第必求汝." 又華人載籍一船, 來泊滏水, 臨欲售直. 卞叔特造之, 一涉而盡便記誦, 若熟玩者. 華人大駭, 傾舟而與之.

**3**

秀才河弘者, 有孟以來人才之冠冕. 嘗因幹抵浿上, 所主卽莞庫吏也, 文範盈几, 弘間一窺之, 俄忽爲回祿所蝕. 弘見吏有憂色, 便索紙筆, 寫無遺, 大驚服, 館時[130]特優矣.

**4**

洪三遷益重雅有記性, 於書過目不再讀. 少出遊邑庠, 會驪陽閔公勸諸生講席, 讀不通者撻之. 諸生皆乙丙不寐誦讀, 洪帶醉臥, 時有切聽之狀. 及就講, 諸生多不通, 而洪獨蒙賞矣.

## 漆翁冷屑下

### 任放

**1**

具相國鳳瑞聞卞叔不俗之人也, 因行部特造之. 屬卞叔持母服裏, 鶴氅操琴作怨慕聲. 具卽執手下泣曰: "毋爲爾, 名教中有三尺."

**2**

金重試鋏鋒當阻飢, 其門外皆他人粟方熟, 鋏鋒一早自意刈粟, 粟主來語之, 乃張目曰: "吾豈伯夷也哉? 焉可不食周粟?"

**3**

盧槐軒警來幼失所怙, 不爲孝, 嘗以慈指持三日粮, 走山寺. 初不開卷, 惟日習長短歌, 歌成而歸. 聖善詢其所業則曰: "歌而已矣." 試之, 亦喜曰: "歌如是足矣." 又復資之, 使讀書, 日夜矻矻, 逾於習歌時.

---

130 時 : 저본에는 "詩". 문맥을 고려하여 수정.

**4**

洪判校慶先家貧好讀書, 自十五六歲時, 已有聲場屋. 間嘗欲赴都會, 而足無襪矣. 母
夫人爲折靑布被作襪, 洪欣然履之, 見之此, 爭目笑之, 弗恥也. 于時陽壤豪族姓黃,
富而有室女, 洪家先有意, 未之許, 及見之洪唱名第一則曰: "欲求佳婿, 疇昔靑襪兒."
遂以女歸之.


## 諧謔


**1**

韓龍山克昌當時巡伯有愛而賞之者, 數召與談風月, 間遘二客醜貌, 縛者成也齇者元
也. 韓卽就席應命賦詩曰: "淸華館裏賞春寒, 二客形容總不端. 成子縛顏魚網密, 元
君朱鼻荔芰丹. 路傍兒輩爭騰笑, 帳下佳人愧合歡. 忍恥忍羞男子事, 莫嫌今日過平
安."


**2**

金斯文德良獨於任宦旅食者幾年矣, 間詣一原任冢宰, 厥有妹婿姓楊, 乘冢宰出, 盜
墨而懷之. 冢宰還問墨所在, 金揚言逃墨必歸於楊, 願問諸楊公, 詰之果自首. 冢宰以
金爲才, 延譽寢廣, 宦途遂闢.


**3**

黃菊軒澄居國庠, 有輩下一生問: "君家去崔正甫幾許?" 黃曰: "若君家之去李連松
耳." 蓋兩賊皆負綱常之罪也.


**4**

有巨瑠嘲黃菊軒曰: "聞鄉俗作長房, 男婦混處, 若在聚生子則如之何?" 菊軒曰: "唯
唯, 有割腎作黃門耳." 巨瑠黙然甚愧.


**5**

唐岳有二才, 曰崔彦虎尹之翰者, 少相狎, 長相謔也. 尹忽先唱: "有隹雀山
下, 常懷反哺心. 誰知莘野老, 生此鳥中參." 崔卽反之曰: "有丑拖長尾, 毛野角且周.
山川雖不捨, 愧我作犁牛."

**6**

金副元帥景瑞作吉州牧, 繕修保障, 身負土石爲役卒倡, 時時步武遍行中, 役者相語曰: "毋怠緩, 恐金旗總來." 副元帥已在其後, 笑曰: "金旗總來矣."

**7**

李葛坡進有狗寶之誚, 而同時崔一唯上舍亦令之瞎虎也, 崔自爲詩有"先生眼力堪撋剪, 學士風流未免梭"之句.

**8**

金西泉虎翼丙子虜東搶薄安州, 衆皆奔迸, 金倉卒得句云: "馬蹄團團人跡長." 諸走者爭罵曰: "何等時節好箇文章."

**9**

許箕山瀚十二三歲時補邑庠弟子, 才氣已大成. 常夏月啜羹, 有靑蠅來集, 箕山爲誦孟子句曰: "叟不遠千里而來, 亦將有利吾國乎?"

**10**

李僉樞忠伯, 人畏之如虎, 惟爲李山人景業作弄器, 憚之, 一日晨句山人入門, 李突出騎其腹喚友國忠趣持劍來: "今日殺此竪子." 山人怡然曰: "國忠勿持劍來, 吾與若主未知孰死." 李笑而起.

**11**

李山人家屢空, 處之如裕如, 一夕從外施施入, 囑家人持空盤來, 卽擧匙接口曰: "大食固難廢闕, 空匙須出入."

**12**

沸流偉人尹莘喆僑居陽壤【江東古號】作縣功曹, 而好滑稽也. 遇機卽發, 爲主倅羅萬甲所愛重. 羅公出見蝌蚪, 目尹而戱曰: "這似尹字." 曰: "非尹字, 乃甲字耳." 羅又指路傍古塚曰: "君何不爲伐草乎?" 曰: "城主欲墓直我乎?"

**13**

沸流有吳振吉者, 亦自奇士, 之洛見元斗杓相公, 相公曰: "聞子國有叱倅峯, 信諸?" 對曰: "叱倅峯下, 還有善政碑."

# 傲誕

**1**

洪注書承範與西河方希範、唐岳崔彦虎, 俱以俊逸自位置, 崔簡易諸公目爲關西三虎. 洪甫十餘歲, 得一聯云: "山臺棲鳥鵲, 遠接長兒孫." 蓋爲蘇世讓爲儐相, 以流連聲色而發也. 世讓大噱而去, 吾西枳清之禍端, 自此路塞.

**2**

朴燁登練光亭也, 有一生騎而過長林者, 爲吏卒擁至庭下, 卽抗言曰: "諺云: '隔江千里.' 相公寧能禁人於千里外乎?"

**3**

崇禎間, 有華人鄭先甲者, 羈旅鐵甕, 攻石而食之. 是時帥臣李薈有相墓之役, 先甲當礬字乃冷騁曰: "使我足挾筆, 猶勝此." 李大怒欲殺之曰: "若其能書乎?" 及試之, 果能書. 李聞知其爲中朝進士也, 便更憐愛以爲上客.

**4**

尹督郵瑛篴仕在京, 與宰相子博, 爲其爭道, 便揚局呵之曰: "狗兒, 汝倚乃父作宰相耶? 吾篋中有彭澤一賦耳." 尹之宦途, 自此遂塞.

**5**

洪上舍僎用詞賦, 擢蓮榜. 會妹婿李評事級亦以明經赴會圍, 久之無鵲. 妹憫之以訪洪, 洪作冷語曰: "徒聞洪僎進士, 不聞李級及第." 俄而李報至, 洪色如土.

**6**

金禮山義燁當己酉恩科當設, 有問誰當弟者. 金乃屈指自無名而上之曰: "金啓址、邊四達、楊顯望." 惟拇指獨屹, 問者怪之, 徐曰: "老子恐不須讓." 及榜出, 楊忽居魁而己次之, 乃怒曰: "何物小兒乃爾項領也!"

**7**

楊員外萬榮, 姜夫人月塘相公曾孫女也, 美而無子. 一夕有夢龍之異, 會聞春塘策士. 夫人欲生祺, 員外欲黃甲, 竊衣夫人之衣, 一擧便大闡, 壯元而下皆釋褐賜衣, 獨員外巾幗出, 玉音詰之, 卽對以實, 供好事, 一大噱.

**8**

洪判校慶先謁郡太守, 暄冷畢, 遽取太守裝硯, 且仟文城倅, 因慢罵之曰: "吾豈拜汝
來耶? 汝麀官能受吾拜否?" 太守大駭, 令掖文城倅出, 文城倅狼狽而退.

**9**

有上人良悅者, 嘗負杖行過首陽衙海西伯鹵簿, 欲捕治之, 悅供云: "胸前羅八萬大藏
經, 背後貯詩書百餘家. 語爲爾抱負, 遑見其他?" 海伯知其韻釋也, 乃呼韻, 卽唱曰:
"文王羑里仲尼匡, 賈誼長沙屈子湘. 自古聖賢皆若是, 首陽今日亦何傷." 海伯大擊節
曰: "浪仙上人."

**10**

黃菊軒遊國庠, 深自韜鏃, 又爲人目微眇而鬜, 林白湖悌輕之, 常呼爲鬜子. 一日泮製
時試大夫松賦, 黃作居上游. 白湖便駭汗曰: "鬜子瞞我."

**11**

黃菊軒至自國庠來也, 逢海西伯在黃州設都試會士. 菊軒亦冒入場中, 物色欲逐之.
菊軒見賦題搰苗, 乃詭爲不學者, 讀搰爲偃曰: "此義謂何?" 場中大笑, 不認其黃澄
也. 至榜出, 居魁者黃澄也, 場中復大驚.

**12**

桂赤壁雲植姬詞賦, 多賣以自給, 每入場屋, 從者簇簇然帽毛. 桂思渴, 乃書東坡赤壁
賦以塞吻, 故有桂赤壁之目, 由此起也.

**13**

箕營小吏吳光禮者, 作朴燁膳宰. 一日進食牛炙, 帶烟火氣, 朴曰: "何不遙炙之乎?"
翌日則生進之, 朴怒之甚, 光禮伏地曰: "昨所教云云, 故纔登練光亭, 望大聖山火燻
之耳."

**14**

舊例有使客入浿府, 自本營差下吏, 申其動靜, 謂之儀吏. 當朴燁按臬時, 群吏疾光禮
狡點, 欲其因事獲罪, 故差是役. 光禮則正衣冠服, 入營門, 負手徐步翩如也. 朴問:
"若何爲者?" 光禮對以: "小人儀吏也, 故欲習儀耳." 朴以爲痴, 斥去之.

**15**

吳光禮家貧, 樂飲酒甚益, 其妻不樂也. 間有生面過門者, 光禮因邀之, 坐定, 旋先入廚囑之曰: "有貴客, 沽酒來." 妻勉從之, 酒進, 光禮先自酌, 若將侑客者, 繼再飲, 繼三飲曰: "酌畢矣." 客拂衣出詬罵不置, 妻問何故, 則曰: "君勿言, 此客一盃已大醉矣."

**16**

吳光禮售庄直於洛人, 其[131]標曰: "東長林, 西南狸巖, 北酒巖." 洛人執驗之, 乃大同江也.

**17**

當肅宗時, 有武人朴振英者, 筮仕在輦下, 意鬱鬱不自得. 當值內殿失火, 衛士共撑之, 獨振英在彤墻外, 往來呼唱云: "朴振英不在, 豈能滅此火?" 上聞之, 以爲振英眞能滅火, 特除邊將.

## 義俠

**1**

全長福素爲鄭譯所厚, 箕山劾其罪, 欲擠之死地. 長福後聞箕山卒, 乃嘆曰: "關西虛無人矣. 往此公欲殺我, 非此公, 又誰殺我者." 爲之弔祭, 厚且賻之.

**2**

全長福賚貨物直若干萬緡, 赴椵島, 欲市之. 有一人來者, 看不覺歔欷下泣, 長福問其故, 曰: "我蜀賈也, 破家東來, 觸目光景, 政自不能不爾." 長福曰: "是亦可以溫若業乎?" 曰: "豈不可, 又安敢望耶?" 全卽輟以與之曰: "明年皆可再相見." 其人謝且請立券, 全笑曰: "汝蜀人, 我鮮人, 汝若不來, 我且持券往來乎?" 其人亦感亦喜, 明日揚帆而去, 至期果來, 其利不啻什百.

**3**

有灣人任義男者, 卽仁廟朝八壯士之一, 丙子城下後, 護鶴駕入瀋中, 于時淸陰先生亦執而北矣. 虜主設油鑊嚇之曰: "果殉爾國者, 宜就此." 淸陰卸衣躍入, 義男卽前抱出

131 其 : 저본에는 "某". 문맥에 근거하여 수정.

之, 虜主義卒獲釋.

## 4

義男晚來益嗜義, 常呼全長福爲阿父. 屬有虜警, 乃投袂曰: "吾不南行, 全爺必死." 一日馳去五百里, 抵淇上, 爲獲之, 卒於脫難. 義男在淇上, 頗立產業, 及老且死, 收全氏子弟, 悉付之, 一青騾飄然北歸矣.

## 5

近有鄭順雄者, 箕都大俠, 嘗於黃州黑橋, 遇大商數十輩, 與彩轎爭道, 擠之橋下, 後到見之, 叱曰: "何物群醜乃爾無禮耶?" 卽脫躍入赤手擊, 群輩皆仆不能起, 然後掖彩轎出濁流中, 問之乃祥原士族女也. 其夫婦涕泣挽順雄, 俱歸其家, 擊牛釀酒以娛客, 女行酒執兄妹禮, 復遺以一婢曰: "歸爲兄執井臼."

## 貪嗇

### 1

禹文博陽巖之富竈也, 而性吝甚, 儉於自奉, 諸子婦皆食糠麩. 一日爲親家所邀, 腆其品而待之, 及啓飯蓋, 則糠麩也. 文博怍而返, 諸婦始得食脫粟.

## 迂拙

### 1

金斯文德良宰寧邊府, 日庖人宰牛而竊其膔, 金問: "是豈無膔者耶?" 卽詭云: "黑牛故無膔." 他日差祭白岳山, 復爲人所瞞, 祭而不祝, 遂召金吾之逮, 其供辭曰: "旣信黑牛之無膔, 安知白岳之有祝."

### 2

金泰川汝旭一鄰漢亡馬來認之, 金不能自直, 後亡馬者旋得之, 亟以金見還, 且以爲設饌邀金去, 金弗異也, 亦又醉飽而已.

**3**

李和隱時恒作遼原郡, 民或有所訟者, 輒問鋪敘若何, 回題若何.

**4**

李溁壯元嘗受治於稻田防水口役, 從外隨防輒決, 乃令作防水論, 則便從裡面做去.【或云塞其源而斷流.】

## 勇退

**1**

金校理積福湖海之氣, 居然亢龍以上人, 年未暮, 謝病歸里, 卓然自樹於萬物, 一邱一壑, 亦觸亦咏, 與風花雪月互相發, 故人曰飲仙, 里曰龍德, 爲一邦遺佚之冠冕.

**2**

李靑山應虛嘗歷敭於朝矣, 忽然起蓴鱸思, 卽掛冠歸隱靑雲山中, 從一二釋子, 探泉石自適, 金守朴台佐其執友也, 爲作檄以招之, 然終不能起.

## 偃蹇

**1**

洪員外旣濟己卯別試作封彌官, 有貴家子舞姦者. 洪初欲持之, 爲其所脅而曲拘之, 獄尋作, 洪遂廢錮.

## 寡學

**1**

金鋏鋒多力善射, 不善文事, 於武經特挾吳子一書, 於吳子只讀吳起見魏文侯一句而已. 其赴重試也, 講官從所願抽吳子, 視之所講, 乃所不熟. 於是奮手奪卷, 翻得首張首文讀之曰: "躴䮀家文字如斫刀耳." 講官不覺失笑矣.

**2**

有豪民金麗仁者, 起家邊將, 秩品崇而不知書. 嘗與友人約寫丁字, 負者輪酒肉. 麗仁
便執筆先作橫一劃, 續作縱一劃, 其結局摠在挑尾. 麗仁故停筆, 沈思久之, 忽大叫
而右挑之, 席人無不捧腹.

**3**

壯士文壽遠用弓馬取富貴, 再領邊太守, 一宰相問其世德, 壽遠卽率口對以文忠公兒
孫, 宰相欲窮之曰: "君謂文忠公爲誰?" 壽遠始辭塞.

**4**

吾箕一生不欲言其名, 有述才而不嫺典故, 常認關羽張飛作一人, 嘗入場屋賦詩, 當
使關羽故事, 乃告人曰: "關羽張飛若是二人, 怎不中用."

## 褒錫

**1**

金直學學起, 以筆翰傾一國, 成廟嘗出箭筒, 命寫詩句, 乃書"近水樓臺先得月, 向陽
花木易爲春"之句進之, 天笑爲新, 特賜貂玉, 雖爲綦者見激, 亦可謂奇遇矣.

**2**

朴合江大德有龍蛇之役, 深爲穆廟嘉奘, 御書關西夫子四字賜之.

**3**

黃月渚胤後, 以才學被選入春坊, 積有侍學之勞. 一日, 內殿召至簾外, 賜錦袍一副曰:
"聞汝敎我子甚勤, 故賞之." 仍命服以拜賜, 同列莫不洒然.

## 善徵

**1**

邊瓮津四達嘗夢一丈夫謂: "子之名字不好, 盍易以酒載?" 邊莫曉, 乃曁乙酉鄉解, 丁
酉司馬, 己酉大闡, 方悟酒載之義.

**2**

李先生齊漢, 肅宗壬戌進士. 其初得解也, 夢見鵝頭上生蓮花, 則覆試日遇乙未: "吾必得捷." 而已果然. 乙也者鳥也, 鵝去鳥乃我字也.

**3**

金聖猷本名聖徽, 丁丑庭試壯元, 先一夕, 夢入月宮, 題其名於桂樹之顚曰金聖猷, 因改徽作猷, 遂得大魁.

## 神異

**1**

金守朴子台佐, 於其忌日, 必策神馬擁荷蓋, 傳呼令公來.

**2**

金副元帥景瑞有所乘馬, 得之馬嶺窟中, 及在遼東虜中, 臨殉義, 刺臂血作書, 繫馬鬣, 報于其家, 家人卽灣上招其魂, 有兵馬喧闐若相屬者, 比及于廳事, 有聲若曰: "進盥水." 水爲作浪, 俄而進帨, 帨亦濕.

**3**

近世李相公世載巡沿海, 入金副元帥舊宅, 撫其劍, 拜其祠, 禮意初不甚肅, 忽飄風從祠中起, 騰門扉一隻於空際, 風止旋下, 了不相缺, 李竦然異之.

**4**

西山靜公在妙香之內院, 禪定久之, 忽作一哂, 其徒問所以, 則曰: "有二虞人方在洞口, 食獐而美, 謂欲奉西山丈老." 其徒領訖, 卽趨下山, 則虞人欲行, 相顧錯愕, 詰之果然, 乃求其餘肉以進. 靜公啗之, 卽吐庭除, 皆成活獐群, 躍躍而去. 繼以四溟師有東槎之役, 靜公爲解火厄.

**5**

熙川郡民當憫赤旱, 謁靜公禱雨. 靜公手寫符一道, 俾授大音聲人登某山絶頂, 呼東海龍王者三, 當有應者, 以此付之. 熙川人異而從之, 俄而大雨立至.

**6**

有博陵郡民李廣通者, 家貧傭作, 好修德不已. 一太守新莅之越七日, 暴疾卒, 其友人先死者已在冥司, 指一庫曰: "此貴邑民李廣通錢二千三百緡錢者, 冥王俾我掌之, 以待通至. 若君限十日貸之, 以奉司命者, 則庶幾可活. 活而違其限者, 且再死矣." 太守從其言, 卽得甦, 亟訪廣通得之, 然念到官屬耳, 無錢可償, 當道聞之, 爲代輸廣通錢, 通不敢謝. 太守固與之曰: "汝若不受, 我終當死." 通不得已受之, 爲刱院宇及[132]橋梁, 餘以買義田若干頃, 以濟其篤疾匡羸者. 鄉人德之, 歲奉祀至今.

**7**

洪司藝乃範少時嘗病場入冥司, 其冥官卽故師洪正字承範也. 正字閱視司命籍, 乃曰: "子誤來矣. 更幾年, 當大貴." 因歷指其科官歷履及齡祿而曰: "此座他日須爲子據, 顧吾所不能舍者, 有弊紅袍與龍硯石在某所, 歸語家人, 可見付." 特起一白犬作前導行, 渡黑水, 跌墜水中, 忽驚覺. 其家人云: "卒七日矣." 司藝病立愈, 亟詣正字宅, 果獲二物者, 作文以告, 而司藝一切前程事, 皆如左契.

**8**

鮮于遯庵先生, 方舞勺, 讀書箕子殿齋室中, 晝夢若有箕子贈詩曰: "汝監司在玄輻峴校射, 卽寫其詩以進." 詩曰: "上古玄鼂孫, 生而生不辰, 金銷周火起, 巨跡日月新, 來斯敎狐黨, 何人作眞人, 昔微神農氏, 牛羊何可馴, 世荒人無識, 恩忘已德負, 尺墳殘城外, 孤祠對寒脯, 今對群雁行, 何數仲尼後." 巡伯見異之, 卽建請修箕子墓, 箕子墓之蕪沒, 蓋亦久矣.

**9**

卞叔年壯而不娶, 人勸之室則曰: "吾二十八當死, 忍令寡人之女乎?" 如期死, 死之日, 聞骨節砉然有聲曰: "吾今換骨矣." 俄而仙樂[133]振空, 異香滿室, 人以爲尸解去.

**10**

康公後說嘗赴南宮試, 行次松都, 邸舍主有室女, 窺而悅之, 誓不嫁他人. 邸舍主以謁康, 康佯應曰: "諾." 遂以白銀籤子爲信而別. 比至京, 不得志還, 徑由他路, 女見康過期不來, 卽自縊. 康歸讀書廣法寺, 間出至溪上, 有雌雉飛集若可捕者, 因逐雉上山,

---

132 及 : 저본에는 "反". 문맥에 근거하여 수정.

133 樂 : 저본에는 "藥". 문맥에 근거하여 수정.

雊忽不見, 見女縹色, 投籤子于地, 遽前批其頰曰: "負心漢, 汝雖磨鐵杵, 定不成名." 遂滅不見.

**11**

當己酉恩科時, 箕下人士莫不欲得之思, 邊瓮津四達才名, 故差屬祭祭官, 祭之日, 適與開場同日, 邊齊誠涓潔, 鷄鳴初喔, 將事訖, 卽納履望西而走, 如有百鬼前導, 日未出, 便達安州, 旣卽入棘圍, 則龍門一躍, 復誰得禁?

【祝文自官修送, 及其告祝, 文字脫漏, 故邊讀入産難死者而行祭, 祭訖而納履而走, 如有百鬼前導, 日未出, 便達安州場, 登龍門, 至誠所到, 神明佑之.】

**12**

辛丑大獄, 抱寃者多憑附, 以箸其靈, 安陵有男巫, 自云金聖恒降於己. 一日過李和隱, 和隱贈以詩曰: "洛城喬木盡荒凉, 故宅無人但夕陽, 聞道覆盆回白日, 不須飄泊在他鄉." 巫卽次曰: "回首東華産業凉, 可憐魂魄托巫陽, 蒼茫何處尋家室, 靑黑楓林是故鄉."


# 方技


**1**

李掌令謙善推步, 厥有室女, 時當喪夫. 時金吉福上舍爲子禹卿求婚, 李爲筮之法, 當夭而有貴子, 乃嘆曰: "寃家不可逃." 卒婿禹卿, 年僅三十一死, 子卽德良.


**2**

黃菊軒工隷首之學, 嘗用手中之杖, 測遠山高廣, 可各幾丈, 聞者駭之, 黃曰: "亦易爲耳." 乃取小豆滿缸中, 從外筮之曰: "豆凡幾顆." 驗之, 其言若契.


**3**

成居士作秘訣, 封緘甚固, 囑其外祖吳曰: "後當有業之者." 居士死而人或發之, 輒得疾, 最後有同里人趙泰璧者, 賫酒肉贄吳而要之, 吳辭曰: "非不欲能發, 發輒之有怪, 奈何?" 趙落莫而退.

**4**

有成居士, 定州張氏子【名斗成. 早年上庠, 後爲悟世客, 自稱成居士】, 獨臻堪輿之妙, 能相地徹十丈, 後有人以色逼之, 乃縮其半.

**5**

曺上舍後彬, 有禁方, 能使鬼. 一夕, 趣松都幹事回, 天未曙矣.

**6**

武人金寬治天官之書, 嘗權八座尚游湖南巡幕, 忽曰: "某日當大火, 請預儲水以備之." 八座從之, 至期果然. 又尹尚書趾仁按箕臬, 値天旱, 欲祈雨, 而恐不驗, 問將佐曰: "此有解天門者乎?" 皆以寬對, 卽夜密召寬, 問雨候, 寬對以某日當雨. 尹以其日祈雨, 祭畢卽雨, 尹初不欲先露其事, 然已喧傳在人口矣.

**7**

近世有北人趙士宗者, 流入順天地方, 方冬挈其子行乞, 至一窟口, 曝日而坐, 逢獰風從窟出, 墜於堤下, 見一曝骨, 旁有神鐵鍼二杖, 取歸家, 因病七日不能起, 忽夢異人謂之曰: "吾醫也, 哀而不自食, 授而二鍼, 苟有獲, 毋相忘." 覺後, 病良已, 因出遇一商病目者, 試之立效, 獲錢數十緡, 還至骨處, 瘞之高燥, 且祭之, 復夢其人謝之曰: "術不過十年." 自是或自鬻, 或見請, 輒皆奇中, 頗占田宅, 業日饒. 居久之, 爲德川人丁姓所邀, 療其病, 得物而歸, 渡水跌倒, 所賫鍼覺亡, 是後醫方頓衰, 距初得鍼時, 果十年矣.


## 梨園


**1**

天啓中, 柳公稠按箕臬, 有妓白雪香, 嫺於樂府, 屬按使方病, 目貼黃栢皮, 香唱李白宮詞, 自以意易數字曰: "使道黃金嫩, 小人白雪香." 按使爲之擊節者久之.

**2**

沸流妓巫山仙, 善擊琴, 若與人問答者, 卽假寐, 亦不失音節. 晩益奪天, 一切作哭泣悲歡聲, 蓋有叔夜廣陵散意.

**3**

箕都有妓, 忘其名, 後先得幸於州官, 每臨別, 輒欲投江, 江邊一老嫗乍見人有手授之
者, 笑曰: "莫援他, 他欲死此久矣."

**4**

世目物産之饒者曰: 平壤之蠅、龍岡之掌議、安州之蚊、祥原之齋長、義州之蝙蝠、遂
安之座首. 如箕妓二梅, 嘗言: "人生幾何, 豈徒自拘束?" 其爲一宵歡者, 殆至三千有
奇, 其亦饒也已.

# 附錄

**1**

穆廟駐蹕灣上也, 食目魚而甘之曰: "命爲銀魚." 旣旋軫, 乃復獲其本名, 有還目之稱.
前此董天使越東來食菁醢蝦思母, 故邦人謂之感董.

**2**

許忠貞公琮按箕橐, 以禦北寇, 爲人身長十二尺二寸. 董天使見之竦然曰: "所不知則
天上, 天下則無雙."

**3**

丁八座應斗有廉頗之量, 箕營舊例, 新伯到任, 所進饌甚盛, 夏月則特設蠅粥一大盆,
丁一噉都盡, 府中皆笑.

**4**

吾箕生祠之自完平李相公元翼始, 其次金瀛海起宗、閔八座聖徽僅若而人耳. 嘗玄宇
宏直長, 俊士詣完前再拜, 瀛海一拜, 至閔不拜, 而彈其鼻曰: "馬賈亦在此乎!" 蓋閔
有馬癖, 數換所騎馬若轉販故也.

**5**

綾羅島本成川土疆, 漂流至浿上. 故成人每歲徵土稅, 至朴燁守成時猶然, 暨箕橐則
曰: "而取土而去也." 成人憪然去.【永樂年間, 七日雨下如注, 豆等灘島漂流, 止於平
壤大同江中, 今所謂綾羅島, 今言堠子所植考之, 則成川西距五里地, 名豆等灘島, 俗

名月來島.】

**6**

朴燁按箕臬者六年, 潛懷異圖, 聞椵島有姓梁爲麻衣之學者, 腆禮幣邀之. 及門, 朴故設威而見之. 梁升堂却道不拜, 熟視良久, 索紙筆, 書莫浪殺劒在頸六字. 朴大怒, 命曳出之, 亡何, 朴竟伏法死. 先一夕, 朴乘月至法首橋, 忽得一絶云: "一代關西伯, 千年法首橋, 秪應今夜月, 終作可憐宵" 其讖若此.

**7**

朴燁有鬼妾, 每告其凶吉, 若曰: "活千人則王." 朴誤認爲殺, 用嚴刑戮枉濫, 將殺人, 必捫其左耳, 吏民候之, 判其生死.

**8**

朴燁居有耳目, 探虜情, 一日敕隷卒授以燒酒、蜜果、牛脯而語之曰: "北墻外一丈夫, 有衣葛而項鼠皮戴蔽陽者, 以此付之." 如敎而得之其人, 問誰送者, 答以布政使所送. 其人遽授而如飛, 乃洪太始也.

**9**

具相國鳳瑞行部列邑, 所至簿牒雲委, 且一過目則盡鎖之, 令訟者來待營門, 聽其發落, 敕吏三人隨呼隨書, 了無遺失, 一一裁決而退.

**10**

具相國方聽事, 有一少年飄然而來, 通其姓氏, 具爲設勺, 少年辭曰: "吾不復有爲相公觴之乎." 袖出一壺, 自酌以進, 視則血色, 具當頗惡之, 少年索其酒, 一吸而盡, 便作揖, 失之其所, 具不覺自失曰唶. 或謂少年刀回道士云.

**11**

林將軍慶業作灣尹, 忽失兵符, 莫知所謂, 後自虜中見送, 然後乃覺之, 思有以報之, 竟取虜主所着紅兜子, 明日而還之, 虜主驚服, 戒群下莫犯.

**12**

孫斯文必大作西河守, 値丁卯之元朝, 朝縣人也, 忽飄風從西北起, 塵沙漲天, 孫嚬蹙曰: "腥胘之氣至矣." 即投綬而去, 亡何, 虜警作.

**13**

國舅閔驪陽相公優禮文士, 多以錦剗賞之, 皆白屋所未有蓄, 率爲神崇, 反以敗産.

**14**

任按使義伯亡其粧刀及銀盞, 具冠帶蓺爐香, 筮其禍福. 此聲聞於都下, 後代任者辭陛, 有朝士作詩送之曰: "銀盞藏宜密, 粧刀佩亦堅, 焚香冠帶祝, 無若季方然." 任坐是廢錮.

**15**

權相國瑎恃才傲物, 覽箕儒所製詩賦【按使時旬製等】, 多不滿意, 輒等第之曰馬糞、牛糞、猪糞、狗糞, 最稍可者人糞耳. 是悉中司馬, 詣營門, 請詣令傳呼曰: "馬糞入, 牛糞入, 猪糞入, 狗糞入." 權甚有愧色.

**16**

李光漢初爲賈客西行, 至肅川, 爲功曹所辱, 歎曰: "吾安得爲肅川倅乎?" 功曹慢罵曰: "若爲肅川, 則吾爲政丞矣." 久之, 光漢竟爲肅川倅, 功曹逃去, 乃質其妻子以招功曹, 至曰: "若何爲不做政丞耶?" 仍令供任如故, 第加役以勞苦.

**17**

李按使世載, 每食一器盡, 乃覓他器. 庖人初不知食性, 所進鷄湯內骨筋而弁以肉, 李連骨筋皆喫訖, 無一言矣.

**18**

崔相國錫恒爲人龍鍾可笑, 按臬之時, 有一妓不覺失笑, 左右欲治之, 崔遽曰: "豈有見我貌而不笑者乎?" 人以爲有晉公之量.

**19**

箕尹一人甚不治, 有魚持平者擊去之, 吏民悅喜爲立一木, 曰魚持平善政碑.

**20**

清流壁磨崖碑, 自李光漢爲倡, 光漢敗而碑毀矣. 挽近以來, 諂諛成風, 殆於無隙可刻, 識者目爲先生案.

# 찾아보기

황윤후(黃胤後)  54, 58, 117~118, 129, 163,
　166, 169, 193, 225, 228, 231, 272, 275, 315,
　322, 322, 421, 442, 478
황응성(黃應聖)  225, 227, 230, 409
황재요(黃戴堯)  129
황징(黃澄)  45~46, 116, 166, 190, 315, 321,
　434, 454, 464, 490
휴정(休靜)  87, 107, 115, 118, 164, 170, 177, 180,
　433, 483

지은이

**김점**(金漸, 1695~?)

본관은 김해(金海), 자는 중홍(仲鴻), 호는 현포(玄圃)이며 평양 출신이다. 십대 중반에 문산(文山) 허절(許晢)을 사사하여 문학적 재능을 인정받고, 1717년 평안도 관찰사로 부임한 김유(金楺)와 사제의 인연을 맺었다. 1721년 진사시에 합격하여 성균관에 입학했으나 문과에는 급제하지 못했다. 이후 성천(成川)으로 이주하여 독서하며 여생을 마쳤다. 80세 무렵 평안도 관찰사로 부임한 채제공(蔡濟恭)을 만났는데, 이 인연으로 채제공이 문집『현포산인집(玄圃山人集)』의 서문을 써주었다. 문집은 전하지 않고,『서경시화』와『칠옹냉설』이 전한다.

옮긴이

**장유승**(張裕昇) 단국대학교 동양학연구원 연구교수

시화총서 • 일곱 번째

서경시화
평양의 시와 인물들

1판 1쇄 인쇄 2021년 6월 10일
1판 1쇄 발행 2021년 6월 20일

지 은 이 김점
옮 긴 이 장유승
펴 낸 이 신동렬
책임편집 현상철
편     집 신철호·구남희
마 케 팅 박정수·김지현

펴 낸 곳 성균관대학교 출판부
등     록 1975년 5월 21일 제1975-9호
주     소 03063 서울특별시 종로구 성균관로 25-2
전     화 02) 760-1253~4
팩     스 02) 762-7452
홈페이지 http://press.skku.edu

ⓒ 2021, 장유승
ISBN 979-11-5550-472-7 93810

값 32,000원

잘못된 책은 구입한 곳에서 교환해 드립니다.